UN CRI SØUS LA GLACE

Camilla Grebe est déjà célèbre en Suède pour sa série de polars écrite avec sa sœur et finaliste du prix Best Swedish Crime Novel of the Year. *Un cri sous la glace*, son premier livre en solo paru en 2015 en Suède, fut un best-seller dès sa sortie.

CAMILLA GREBE

# *Un cri søus la glace*

TRADUIT DU SUÉDOIS PAR ANNA POSTEL

CALMANN-LÉVY

*Titre original :*

ÄLSKAREN FRÅN HUVUDKONTORET
Publié par Wahlström & Widstrand, Stockholm


ISBN : 978-2-253-09270-4 – 1re publication LGF

*À Estelle et Frederik*

« Tu ignores qui est ton ami et qui est ton ennemi jusqu'à ce que la glace sous tes pieds se brise. »

Proverbe inuit

## PETER

Je suis debout dans la neige devant la tombe de ma mère lorsque je reçois l'appel. La pierre tombale est simple, en granit grossièrement taillé, et m'arrive à peine aux genoux. Nous étions en train de réfléchir, ma mère et moi, aux difficultés d'être policier dans une ville où les gens ne s'intéressent plus qu'à eux-mêmes. Et, peut-être plus important encore : aux difficultés d'être humain dans une telle ville, par les temps qui courent.

Je piétine pour retirer la neige fondue de mes baskets et me détourne de la tombe. Il me semble impoli de parler au téléphone à côté du sépulcre de ma mère. Devant moi s'étend le paysage ondoyant du Skogskyrkogården, le cimetière des bois. Des traînées de brouillard flottent entre les cimes des pins, dont les troncs sombres jaillissent du sol enneigé comme des points d'exclamation, soulignant le caractère éphémère de la vie. Les arbres gouttent, les pierres tombales gouttent. La neige fondue ruisselle partout. Elle se fraie même un chemin dans mes chaussures de toile fine, entre mes orteils, comme pour me rappeler que je devrais m'acheter ces bottes d'hiver, dont j'ai tant besoin, que je ne me suis pas encore autorisé à acquérir. Un peu plus loin, j'aperçois des silhouettes obscures qui s'enfoncent dans la forêt de pins. Peut-être sont-elles là pour disposer des lanternes ou étaler des aiguilles de sapin.

C'est bientôt Noël.

Je fais quelques pas vers l'allée soigneusement déneigée et jette un coup d'œil à l'écran de mon portable, même si je sais déjà de qui il s'agit. La sensation dans ma poitrine ne trompe pas. Ce creux dans l'estomac, ces palpitations, je les connais bien.

Avant de répondre, je me tourne une dernière fois vers la tombe, esquisse un geste gauche de la main et marmonne la promesse de revenir. Ce qui est naturellement inutile : elle sait que je reviens toujours.

La route de Nynäsvägen se déroule devant mes yeux, noire et luisante, lorsque je conduis vers le centre-ville. Les phares rouges des voitures scintillent devant moi sur la chaussée. Me montrent le chemin. De gros tas de neige sale jonchent le bas-côté et, le long de la bretelle qui va vers Stockholm, se dessine un bâtiment bas et si conformiste que c'en est déprimant. Quelques étoiles de Noël éclairent les fenêtres comme des torches au milieu de la nuit. Il a recommencé à neiger. Une bouillie aqueuse et collante qui se pose sur le pare-brise et efface les contours nets du paysage. Tout devient plus doux. On n'entend plus que le bruit des essuie-glaces, mêlés au léger ronron du moteur.

Un meurtre.

*Encore* un meurtre.

Longtemps auparavant, chez le jeune policier que j'étais, fraîchement nommé à la section homicide, l'annonce d'un assassinat éveillait toujours une sorte de gaieté. La mort était synonyme de mystère qu'il fallait résoudre, démêler comme une pelote de laine enchevêtrée. Car on pouvait toujours élucider l'affaire, la clarifier. Il suffisait d'avoir de l'énergie, de la persévérance et de savoir tirer sur les bons fils au bon moment. La réalité n'était rien d'autre qu'un tissu complexe de ces fils.

En résumé : on pouvait la maîtriser, l'ordonner.

À présent je n'en suis plus si sûr. Peut-être ai-je perdu l'intérêt que j'avais pour ce tissu, perdu l'intuition qui me guidait vers les fils sur lesquels je devais tirer. Avec le temps, l'idée de la mort a également pris une autre dimension. Ma mère, qui dort dans la terre détrempée du Skogskyrkogården. Annika, ma sœur, qui repose dans le même cimetière, à peine quelques mètres plus loin. Et mon père, rongé par l'alcool sur la Costa del Sol, qui ne tardera pas à les rejoindre. Les crimes qui se trouvent sur mon chemin ne me semblent plus aussi importants qu'avant. Bien entendu, je peux aider à découvrir ce qui s'est passé. Mettre des mots sur un acte incompréhensible – quelqu'un a été assassiné – et décrire les événements qui ont conduit à cet homicide. Peut-être aussi retrouver le coupable et, dans le meilleur des cas, faire en sorte que celui-ci soit poursuivi. Mais les morts restent morts, n'est-ce pas ? À présent, j'ai du mal à me dire que ce que je fais a un sens.

Lorsque j'arrive au niveau de Roslagstull, la nuit commence à tomber et je remarque qu'il n'a jamais vraiment fait jour aujourd'hui. Que cette journée est passée aussi inaperçue, dans la brume grise de décembre, que la veille et les jours précédents. Le trafic devient plus dense lorsque je sors de l'E18 vers le nord. Je traverse une zone de travaux et les nids-de-poule secouent la voiture, faisant bondir de façon inquiétante le petit sapin accroché au rétroviseur.

À peu près au niveau de l'université, je reçois un coup de fil de Manfred. Il m'explique que c'est un bordel monstre, qu'un gros bonnet est impliqué et qu'il serait bon que je me magne les fesses et rapplique illico. Je scrute le crépuscule gris et industriel, lui réponds qu'il va devoir prendre son mal en patience, que la chaussée est trouée comme du gruyère et que je risque d'avoir des hématomes sur les couilles si j'accélère.

Manfred éclate de son rire familier qui ressemble à un grognement et qui rappelle un peu le bruit d'un cochon. Non, je suis injuste : Manfred est obèse et peut-être que sa morphologie influe sur l'idée que je me fais de son rire et me fait penser à un grognement animal. En réalité, peut-être a-t-il exactement le même rire que moi. Peut-être avons-nous tous le même rire.

Manfred et moi travaillons ensemble depuis plus de dix ans. Au fil des années, nous nous sommes tenus côte à côte dans la salle d'autopsie, avons interrogé des témoins et rencontré des parents désespérés. Jour après jour, nous avons arrêté les malfaiteurs et rendu le monde plus sûr. Plus sûr… vraiment ? Tous ces gens qui dorment dans les chambres froides de l'Institut médico-légal de Solna sont toujours morts et le resteront. Pour les siècles des siècles. Nous ne sommes rien d'autre que la voiture-balai de la société, nous nouons des fils déliés lorsque le tissu s'est déchiré et que l'inimaginable s'est produit.

Janet dit que je suis déprimé, mais je ne lui fais pas confiance. En outre, je ne crois pas à la dépression. C'est exactement cela : je n'y *crois* pas. J'ai simplement pris conscience des conditions de mon existence et, pour la première fois, je regarde les choses en face. Janet réplique alors que ça fait partie des symptômes : le dépressif est incapable de prendre du recul par rapport à sa vie qu'il considère comme misérable. Je lui réponds généralement que la dépression est sans doute l'invention la plus lucrative de l'industrie pharmaceutique et que je n'ai ni le temps ni les moyens de contribuer à l'enrichissement d'entreprises déjà pleines aux as. De toute façon, chaque fois que Janet tente de s'appesantir sur mon état de santé mentale, je raccroche le téléphone. Après tout, cela fait quinze ans que nous ne sommes plus ensemble – il n'y a aucune raison de ressasser ces questions avec elle. Le fait qu'elle soit la mère de mon unique enfant ne change rien à la donne.

D'ailleurs, Albin n'aurait jamais dû venir au monde. Pas parce que quelque chose cloche chez lui – il est comme tous les adolescents : boutonneux, sans doute obsédé sexuel et pathologiquement dépendant aux jeux vidéo – mais parce que je n'étais vraiment pas prêt à être père. Lorsque j'ai des idées noires, ce qui arrive de plus en plus souvent, je me dis qu'elle l'a fait exprès. Qu'elle a jeté sa pilule contraceptive à la poubelle et qu'elle est tombée enceinte pour se venger de l'affaire du mariage. C'est peut-être le cas. Je ne le saurai jamais et cela n'a plus d'importance. Albin existe bel et bien, et il mène une vie tranquille avec sa mère. Nous nous voyons de temps en temps – pour Noël, la Saint-Jean et son anniversaire. Je pense que c'est mieux pour lui. Que nous n'ayons que des contacts sporadiques, j'entends. Sinon, il risquerait d'être déçu, lui aussi.

Parfois je me dis que je devrais avoir un portrait de lui dans mon portefeuille, comme les autres (vrais) parents. Un cliché scolaire médiocre, pris devant un panneau sépia dans une salle de gym, par un photographe dont les rêves ne l'ont pas mené plus loin que le lycée de Fastra. Mais je me rends compte bien vite que cela ne tromperait personne, surtout pas moi. Être parent, cela se mérite. C'est un droit qui s'accompagne de devoirs : les veillées nocturnes, les changes de couches et tout le reste. Cela n'a pas grand-chose à voir avec la génétique, avec les spermatozoïdes que j'ai donnés inopinément il y a de cela une quinzaine d'années, pour que Janet puisse réaliser son rêve de maternité.

Je repère la maison de loin. Non pas que la bâtisse blanche et cubique fasse tache dans ce quartier pavillonnaire cossu, mais elle est entourée de voitures de police. Les gyrophares jettent une lumière bleue sur la neige et la fourgonnette blanche de la police technique et scientifique, reconnaissable entre mille, est soigneusement garée un peu plus loin. Je laisse ma voiture au bas de la côte et monte à pied jusqu'à la villa. Je salue les uniformes, montre ma carte de police et passe sous le cordon de sécurité bleu et blanc qui se balance doucement au gré de la brise.

Manfred Olsson se tient devant la porte d'entrée. Son corps immense dissimule presque tout le battant lorsqu'il lève la main pour me saluer. Il porte une veste en tweed et un petit foulard de soie rose dépasse de sa poche de poitrine. Son gigantesque pantalon en laine est soigneusement rentré dans ses surchaussures bleu hôpital.

— Putain, Lindgren ! J'ai cru que tu n'arriverais jamais !

Je croise son regard. Ses petits yeux espiègles, semblables à des grains de poivre, sont profondément enfoncés dans son visage rougeaud. Ses cheveux fins sont blond-roux et sa coiffure au peigne mouillé rappelle celle des acteurs des années cinquante. Il ne ressemble pas à un policier, plutôt à un antiquaire, à un historien ou à un sommelier. En tout cas, pas à un flic – et il en est bien conscient. Tellement conscient que je le soupçonne d'en jouer. Il doit éprouver une grande satisfaction à exagérer son style vestimentaire excentrique pour provoquer tous ces agents qui se prennent au sérieux.

— Comme je te disais…

— Oui, c'est à cause des bouchons ! À d'autres ! Quand on est devant un bon porno, je sais combien c'est difficile de s'en détacher.

Le langage grossier de Manfred contraste avec son style vestimentaire soigné et raffiné. Il me tend une paire de surchaussures et des gants.

— Bon, continue-t-il. C'est un vrai carnage… Viens voir.

J'enfile l'équipement de protection avant de pénétrer dans la maison en marchant sur les plaques de plastique transparent que les techniciens ont placées, apparemment au hasard, dans l'entrée. L'odeur du sang, pourtant familière, est si envahissante et répulsive que j'ai envie de reculer. Les palpitations dans ma poitrine se font plus fortes. Malgré toutes les scènes de crime que j'ai examinées, tous les cadavres que j'ai vus, quelque chose dans la proximité avec la mort brutale et cruelle me donne encore la chair de poule. Peut-être est-ce de savoir à quel point ça va vite. Qu'une vie peut s'éteindre en un clin d'œil. Parfois, c'est l'inverse, bien sûr. Une scène de crime ou un corps peuvent porter le témoignage d'une lutte prolongée et insupportable contre la mort.

J'adresse un signe de tête aux techniciens en combinaison blanche et lance un regard circulaire dans l'entrée. Le lieu est remarquablement anonyme, presque asexué. Ou peut-être très masculin, c'est quasiment la même chose, non ? En tout cas lorsqu'il s'agit d'aménagement. Des murs blancs, un sol gris. Aucun des éléments personnels que l'on trouve habituellement dans une entrée : ni vêtements, ni sacs, ni chaussures. Je pose le pied sur la dalle de plastique suivante et aperçois une cuisine. Meubles noirs, laqués, brillants. Table ovale entourée de chaises que je me rappelle avoir vues dans un magazine de décoration intérieure. Couteaux en rang d'oignon sur le mur. Je remarque qu'aucun ne manque à l'appel.

Manfred pose une main sur mon bras.

— Par ici, suis-moi.

Je poursuis mon périple dans le couloir d'entrée sur les plaques de cheminement en plastique, dépassant un technicien muni d'un appareil photo et d'un carnet de notes. Une immense flaque de sang s'étend sous les dalles transparentes. Non, ce n'est pas une flaque, plutôt une mare. Une mare rouge et collante de sang frais qui semble couvrir le sol de toute cette partie du couloir, d'un mur à l'autre, et qui continue jusqu'à l'escalier de la cave. Une foule de traces de pas de tailles différentes conduisent de la flaque à la porte d'entrée.

— Y en a, du sang, marmonne Manfred avant de poursuivre son chemin avec une agilité surprenante, bien que les dalles en plastique vacillent dangereusement sous son poids.

Un plot de signalement portant un numéro est posé près d'un tas de vêtements écarlates. Je distingue une jambe et une botte noire à hauts talons, puis le bas du corps d'une femme. Elle est allongée sur le dos, la tête détournée de moi. Il me faut quelques secondes pour comprendre qu'elle a été décapitée. Ce que j'ai pris pour des habits est en réalité une tête qui gît par terre. Ou, plus exactement, une tête *posée* par terre, comme si elle avait poussé là.

*Comme un champignon.*

Manfred halète et s'accroupit. Je me penche en arrière, enregistre mentalement ce tableau macabre. Je me laisse pénétrer – c'est important. La réaction naturelle serait de se détourner, de ne pas regarder ce genre de scène effroyable, mais en ma qualité d'enquêteur spécialisé dans les homicides j'ai appris depuis longtemps à éliminer ce réflexe.

Le visage et les cheveux bruns de la femme sont couverts de sang. Si je devais faire une hypothèse, ce qui est difficile au vu de l'état du corps, je dirais qu'elle a environ vingt-cinq ans. Son corps est également maculé de sang et elle présente des lésions profondes aux avant-bras. Elle porte une jupe noire, des collants noirs et un pull gris. Sous elle, je devine une doudoune, elle aussi imbibée d'hémoglobine.

— Oh merde !

Manfred opine du chef et caresse sa barbe de trois jours.

— Elle a été décapitée.

J'acquiesce. Que dire de plus ? Cela ne fait aucun doute. Il faut une force considérable, ou du moins un travail assidu, pour détacher la tête et la colonne cervicale du corps. Cela nous donne des informations sur le coupable. Lesquelles précisément, je l'ignore, mais l'assassin n'est clairement pas un infirme. Il doit être assez vigoureux. Ou très motivé.

— On sait qui elle est ?

Manfred secoue la tête.

— Nan. En revanche, on sait qui habite ici.

— Qui ?

— Jesper Orre.

Ce nom m'est familier, comme pourrait l'être celui d'un ancien sportif ou d'un politicien qui a fait son temps. Il me rappelle quelque chose, mais je ne me souviens plus où je l'ai entendu.

— Jesper Orre ?

— Oui, *Jesper Orre*. Le directeur général de Clothes&More.

Soudain tout s'éclaire. Le directeur controversé de C&M, la chaîne de prêt-à-porter scandinave à la croissance vertigineuse. L'homme que les médias aiment haïr. Pour ses méthodes de gestion, ses affaires de cœur et ses déclarations aussi fréquentes que politiquement incorrectes.

Manfred pousse un profond soupir et se lève. Je suis son exemple.

— Et l'arme du crime ? demandé-je.

Il montre du doigt le bout du couloir. Au fond, près de l'escalier qui descend à la cave, j'aperçois un grand couteau, ou peut-être une machette. J'ai du mal à voir.

Un petit panneau portant le chiffre cinq a été soigneusement posé à côté.

— Jesper Orre, on l'a pincé ?

— Non. Personne n'a l'air de savoir où il se trouve.

— On a d'autres infos ?

— Le corps a été découvert par une voisine qui passait par là et qui a remarqué que la porte était ouverte. Nous l'avons interrogée. Elle est à l'hôpital Karolinska, le choc a visiblement déclenché un problème cardiaque. Elle n'a rien vu d'autre qui puisse nous servir. Malheureusement, elle a fait des allers-retours dans le couloir, on verra si les techniciens réussissent à trouver des traces de pas utilisables. Il y a aussi du sang dans la neige, dehors. Le coupable a dû vouloir se nettoyer après le meurtre.

Je regarde autour de moi. Aux abords de la porte d'entrée, le sol est souillé d'un méli-mélo de traces rouges. Sur les murs, on voit des éclaboussures écarlates et des empreintes de main sanglantes. La scène rappelle une peinture de Jackson Pollock : on dirait que quelqu'un a versé de la peinture rouge sur le sol, s'est roulé dedans avant d'en projeter un peu partout.

— Le meurtre semble avoir été précédé d'une vraie baston, poursuit Manfred. La victime a des marques sur les mains et les avant-bras. Selon le rapport d'autopsie préliminaire, elle serait décédée entre quinze et dix-huit heures hier. Il s'agit d'une femme d'environ vingt-cinq ans et la cause de la mort est vraisemblablement les multiples coups de couteau portés au cou conduisant à la… enfin, tu vois par toi-même.

Manfred se tait.

— Et la tête ? Comment s'est-elle retrouvée comme ça, dressée à la verticale ? Ça peut être un hasard ?

— Les médecins légistes et les techniciens pensent plutôt que l'assassin l'a placée de la sorte.

— C'est sacrément tordu.

Manfred opine du chef, me fixe de ses petits yeux marron et baisse la voix, comme s'il ne voulait pas que les autres dans la pièce l'entendent – je me demande bien ce que ça peut lui faire. Les seuls qui sont encore là sont des techniciens de la police scientifique.

— Dis, tu ne trouves pas que ça ressemble à…

— Ça fait dix ans, Manfred.

— Mais tout de même.

J'acquiesce. Impossible de nier les similitudes avec le meurtre de Södermalm dix ans plus tôt, que nous ne sommes pas parvenus à élucider malgré une des enquêtes les plus longues de l'histoire criminelle suédoise.

— Malgré tout, il n'y a aucune raison de penser que…

Manfred agite la main.

— Nan, je sais. Tu as sans doute raison.

— Et le type qui habite ici, Orre, qu'est-ce qu'on sait de lui ?

— Pas grand-chose de plus que ce qui est écrit dans les journaux. Mais Sanchez bosse dessus. Elle a promis de nous faire un retour ce soir.

— Et que disent les journaux ?

— Bof, les potins habituels. Apparemment, on le traite de négrier. Le syndicat le déteste et son entreprise fait l'objet de plusieurs recours devant les prud'hommes. Orre serait aussi un coureur de jupons notoire. Il aurait des tas de conquêtes.

— Pas marié ? Pas d'enfants ?

— Non, il vit seul ici.

Je scrute le couloir, laisse glisser mon regard sur l'immense cuisine.

— On a vraiment besoin d'une aussi grande maison quand on habite tout seul ?

Manfred hausse les épaules.

— Besoin… je ne sais pas. La voisine, la vieille qu'ils ont conduite à l'hôpital, a dit que plusieurs femmes passent du temps ici, qu'elles vont et viennent. Mais qu'elle a fini par perdre le compte.

Nous sortons de la villa, ôtons nos surchaussures et nos gants. Une dizaine de mètres plus loin, à côté de la maison, se trouve quelque chose qui ressemble à un hangar brûlé, à moitié couvert de neige.

Manfred allume une cigarette, tousse et se tourne vers moi.

— Ah, j'ai oublié de te dire, son garage a pris feu il y a trois semaines. L'assurance tire ça au clair.

J'observe les restes des poutres carbonisées qui jaillissent du sol et repense aux pins du cimetière des bois. Les mêmes silhouettes sombres qui se détachent sur la neige, évoquant le caractère éphémère de la vie, le même sentiment inquiétant de mort.

En conduisant vers la ville, je songe à nouveau à Janet. Quelque chose dans les crimes les plus graves, associés aux plus épouvantables horreurs, me fait toujours penser à elle. J'imagine que c'est parce que Janet me déstabilisait, exactement comme le font ces crimes. Ou peut-être est-ce parce qu'à un niveau primitif, inconscient, je souhaite parfois qu'elle soit morte, comme la femme dans cette maison blanche. Naturellement, je ne veux pas vraiment la tuer, elle reste la mère d'Albin, mais la sensation est là, je n'y peux rien.

Ma vie était tellement plus simple avant que nous nous rencontrions.

Janet travaillait dans l'un des cafés près du commissariat de police à Kungsholmen. Nous avions pris l'habitude de nous saluer quand j'entrais. Parfois, lorsqu'il n'y avait pas trop de monde, elle s'installait avec moi quelques minutes. Elle m'offrait un café et nous papotions un peu. Elle avait les cheveux décolorés, une coupe courte punk et les dents du bonheur. C'était peut-être charmant, peut-être peu seyant, je ne sais pas, mais cela attirait l'œil, permettait de fixer le regard. Et puis, elle avait de ces seins ! Bien sûr, j'avais eu des copines avant elle. Beaucoup de copines, même, mais aucune relation sérieuse. Les filles allaient et venaient, sans faire grande impression sur moi. J'imagine que je n'ai pas fait grande impression dans leur vie non plus.

Janet était différente. Elle était têtue, sacrément têtue. Je crois que nous étions allés trois ou quatre fois au restaurant et avions fini au lit le même nombre de fois lorsqu'elle a commencé à me tanner pour que nous nous installions ensemble. J'ai refusé, bien entendu. Je n'avais pas besoin de vivre avec Janet. Ses laïus interminables à propos de choses et d'autres avaient déjà commencé à me taper sur le système. De plus en plus souvent, je me surprenais à prier pour qu'elle la ferme. Pourtant, parfois, lorsqu'elle dormait nue dans mon lit trop étroit, je la trouvais incroyablement belle. Le calme et le silence lui allaient beaucoup mieux que les incessants bavardages. Si seulement elle avait pu être comme cela tout le temps. Mais c'est un souhait absurde. On ne peut pas exiger de sa petite amie qu'elle soit nue et silencieuse.

En tout cas pas tout le temps.

Au début, ses harangues concernaient surtout des choses anodines, comme les vacances. Janet rentrait parfois, après le boulot, le sac rempli de catalogues de voyage et passait la soirée entière à réfléchir à chaque destination, à peser le pour et le contre. Majorque ou Ibiza. Les îles Canaries ou la Gambie. Rhodes ou Chypre. Météo, spécialités culinaires, shopping, elle comparait tout.

Nous avions fini par partir en vacances, naturellement, et ce n'était pas désagréable. Il n'y avait pas grand-chose à faire dans le petit village de la côte est de Majorque et Janet a passé presque toute la semaine en bikini, à lire *Les Enfants de la terre*. Aussi était-elle silencieuse. Et presque nue.

Et puis il y avait le sexe.

Sur ce plan-là, c'était fabuleux, indéniablement. Peut-être que tout le vin et la sangria que nous buvions sous le soleil nous avait donné un coup de pouce. Elle était comme un animal, sans retenue, et vulnérable à la fois. Je me surprenais parfois à penser que son comportement au lit avait quelque chose de masculin. Cette soif, ce désir impatient qui exigeait un assouvissement immédiat, étonnamment égoïste. Elle prenait ce qu'elle voulait et, à ce moment-là, c'était *moi* qu'elle voulait. Mon corps. Et peut-être une fois ou deux, dans la passion du moment, ai-je envisagé sérieusement une vie avec elle. Peut-être même le lui ai-je dit. Je ne m'en souviens plus.

On oublie tant de choses.

À peine rentrée, elle avait remis sur le tapis cette histoire d'appartement. Je lui avais expliqué de manière assez claire que je n'étais pas prêt à m'installer avec elle, mais j'avais l'impression qu'elle ne voulait pas m'entendre. Comme d'habitude, elle avait un objectif et ne voulait pas en démordre. Elle voulait acheter un appartement et fonder une famille – comment se faisait-il que je n'avais pas les mêmes envies ? me demandait-elle. J'avais pourtant déjà trente-trois ans.

Elle s'était même fait tatouer mon nom sur la chute de ses reins. *Peter*, sur une banderole portée par deux colombes. Cela m'avait mis très mal à l'aise, sans que je sache exactement pourquoi. Un tatouage est quelque chose d'éternel et l'idée de passer l'éternité avec Janet me donnait des frissons.

À peu près en même temps, j'avais commencé à travailler comme enquêteur à la brigade criminelle et, naturellement, je passais beaucoup de temps au boulot. Je prenais chaque affaire très au sérieux, à l'époque, convaincu que je contribuais à rendre le monde meilleur.

*Un monde meilleur ?*

À présent, quinze ans plus tard, je sais que rien ne change. J'ai compris que le temps n'est pas linéaire, mais plutôt cyclique. Cela peut sembler prétentieux, mais au fond c'est assez banal. Le temps est circulaire, comme une saucisse de Falun dont les deux extrémités se rejoignent. Cela ne mérite pas une réflexion approfondie, mais c'est ainsi : nouveaux homicides ; policiers débutants qui, avec une vision romantique de leur fonction, se jettent à corps perdu dans le travail ; nouveaux malfaiteurs qui, dès qu'ils sont emprisonnés, sont remplacés par des criminels qui viennent d'entrer dans le circuit.

C'est infini.

Je me dis souvent que j'étais plus ferme au début de notre relation. Je m'opposais catégoriquement à ses lubies. Avec le temps, elle avait réussi à briser ma résistance, ou peut-être avais-je changé de tactique, étais-je devenu plus fuyant. Je me mis à répondre que « oui, nous pourrions emménager ensemble l'an prochain » quand la question revenait sur le tapis. Ensuite, je trouvais de curieux défauts à tous les appartements où elle me traînait : trop bas dans l'immeuble, trop d'étages (pense aux risques d'incendie, voyons !), trop loin du centre, trop central (beaucoup de bruit) et j'en passe.

Après chaque visite, elle prenait le même air accablé, fixait l'asphalte sans mot dire, avec sa longue frange pâle qui lui tombait devant les yeux tel un rideau, et serrait son sac à main contre sa poitrine comme un bouclier. Ses lèvres étaient pincées, formant un mince trait pâle.

Janet connaissait toutes les astuces. Elle savait que le sentiment de culpabilité qu'elle faisait naître en moi me rendrait encore plus faible et conciliant. Je me demandais parfois où elle avait appris tout cela, comment on pouvait être si jeune et déjà si versé dans l'art de la manipulation.

Peut-être l'expérience de ma relation avec Janet a-t-elle joué dans la fascination que j'ai éprouvée pour Manfred lorsque nous avons commencé à travailler ensemble, quelques années plus tard. En dépit de son aspect extérieur presque comique – son apparence et son langage grossier –, Manfred semblait posséder une force intérieure que j'ai immédiatement admirée. Après seulement quelques jours, il m'a pris à part et m'a expliqué qu'il allait quitter sa femme et qu'il valait mieux que je sois au courant, car cela pouvait influer sur son travail.

À cette époque, Manfred était marié à Sara et ils avaient trois adolescents. Je me rappelle lui avoir demandé ce que Sara en pensait, ce à quoi il avait répondu que « ça n'avait aucune importance, car il avait déjà pris sa décision ». Quelque chose dans cette phrase m'a donné à réfléchir. Il avait donc fait son choix tout seul et prévoyait de demander le divorce *indépendamment* de l'avis de Sara.

Cela me semblait incroyable.

Et en même temps très inquiétant. Car il existait un risque que Manfred, cet homme si lucide et si courageux, me voie tel que j'étais vraiment. Qu'il découvre ma faiblesse, mon ambivalence et mon aversion pour l'engagement. Des caractéristiques si monstrueuses, m'avait-on dit, qu'il valait mieux les camoufler. Des traits de personnalité qui, s'ils affleuraient, dégageraient une odeur nauséabonde, à l'instar des ordures dérivant à la surface d'un fleuve.

Quelques années plus tard, j'ai tout de même raconté l'histoire du mariage à Manfred. Il a d'abord eu l'air déconcerté, comme s'il ne comprenait pas bien ce que je venais de lui dire, puis il a éclaté de rire. Il a ri à gorge déployée, jusqu'à ce que les larmes se mettent à couler le long de ses joues rouges et rebondies et que son double menton tremble, et a continué à se bidonner jusqu'à être à deux doigts de se rouler par terre.

On peut dire ce qu'on veut de Manfred, mais il a au moins l'avantage de voir la vie du bon côté.

Il fait nuit lorsque j'arrive au commissariat central à Kungsholmen. J'ai aussi l'impression qu'il fait plus froid, car au lieu d'une neige pluvieuse, il tombe à présent sur la rue Polhemsgatan de gros flocons duveteux. Si le commissariat n'avait pas été aussi hideux, la scène aurait pu être belle, mais le paysage est dominé par ces gigantesques immeubles qui rappellent la brutale architecture postindustrielle très en vogue dans les années soixante. Le réseau de lumières qui se dessine sur la façade témoigne que les collègues travaillent derrière ces murs, que la lutte contre les voyous ne s'arrête jamais, pas même en soirée juste avant Noël. Et surtout pas lorsqu'une jeune femme vient d'être sauvagement assassinée.

Dans l'escalier entre le deuxième et le troisième étage, je tombe sur Sanchez.

— Tu as l'air crevé, dit-elle.

Avec son chemisier en soie couleur crème et son pantalon de tailleur noir, elle ressemble parfaitement à la policière de bureau qu'elle est. Ses cheveux noirs sont attachés en queue-de-cheval, dévoilant un tatouage dans son cou. On dirait une sorte de serpent qui se faufile depuis son dos vers son oreille gauche, comme s'il voulait grignoter son lobe.

— Tu n'as pas l'air très en forme non plus.

Elle esquisse un sourire doux mais sournois, et je comprends immédiatement que je vais regretter ce commentaire.

— J'ai trouvé un tas de choses sur Jesper Orre. J'ai tout donné à Manfred.

— Merci, dis-je, et je continue à monter.

Manfred boit du thé devant son ordinateur. Il me fait signe de m'asseoir. Sur son bureau trônent des photos d'Afsaneh, sa jeune épouse, et de leur fille Nadja, bientôt un an.

— Tu as mangé ? s'enquiert-il.

— Pas faim.

— Ouais, pas facile d'avaler quoi que ce soit après cette visite.

Je repense à la tête dans la mare de sang. À tout ce que les gens se font subir les uns aux autres, parfois sans aucune raison visible, parfois à cause de vendettas qui durent depuis des générations. Une émission télévisée que j'ai vue quelques mois plus tôt me revient à l'esprit. Il s'agissait de savoir si l'homme est un animal pacifique ou meurtrier. Je trouve que la question elle-même est étrange. Il ne fait aucun doute que l'homme est l'animal le plus dangereux de la planète. Nous chassons et tuons continuellement, non seulement les individus des autres espèces, mais aussi de la nôtre. La pellicule de civilisation est aussi fine et cosmétique que les vernis à ongles criards dont Janet est friande.

— Tu as quelque chose sur Jesper Orre ?

Manfred opine du chef et montre d'un doigt boudiné le document devant lui.

— Jesper Andreas Orre. Quarante-cinq ans. Est né et a grandi à Bromma.

Manfred marque une pause et tend le bras pour attraper ses lunettes de lecture tandis que je réfléchis à ce qu'il vient de dire. Quarante-cinq ans, c'est-à-dire quatre ans de moins que moi, et peut-être coupable d'un meurtre bestial. Ou peut-être est-il lui aussi une victime, impossible de le savoir à ce stade, même si les statistiques nous poussent à croire qu'il est l'auteur du crime. Car souvent l'explication la plus simple est également la bonne.

Manfred se racle la gorge et poursuit :

— Depuis deux ans, il est DG de la chaîne de prêt-à-porter Clothes&More. Il est… comment dire… *controversé*. Les gens ne peuvent pas le saquer, tout simplement. Il a l'air impitoyable. Si on en croit le syndicat, il aurait licencié des employés qui ont dû s'absenter pour garder leurs enfants malades, ce genre de choses. Le conseil des prud'hommes a été saisi à plusieurs reprises. L'an dernier, Orre a déclaré un revenu de 4 378 000 couronnes. Casier judiciaire vierge. Jamais marié. Apparaît souvent dans les médias, surtout dans la presse à scandale, particulièrement pour ses affaires de cœur. Sanchez a parlé avec ses parents et sa secrétaire : personne n'a eu de ses nouvelles au cours des dernières heures. Mais il est allé bosser comme d'habitude vendredi dernier et il avait l'air complètement *normal*.

Manfred fait des guillemets dans l'air avec les doigts en prononçant le mot « normal » et croise mon regard au-dessus de la monture de ses lunettes.

— Une relation stable ?

— D'après les parents, non. Et selon la secrétaire, il est beaucoup plus discret concernant sa vie privée depuis que les médias ont commencé à s'intéresser à lui. Nous avons reçu les contacts de certains de ses amis. Sanchez va les interroger.

— Et l'incendie ?

— Ah oui, l'incendie.

Manfred feuillette la liasse de papiers avant de reprendre :

— Jesper Orre était en train de faire construire un garage, mais celui-ci a pris feu voilà trois semaines. Ses deux voitures ont aussi brûlé. Des bagnoles de luxe apparemment. Une… attends voir… une MG et une Porsche. L'assurance enquête pour déterminer si l'incendie était criminel. Sanchez va leur parler.

Je regarde par la fenêtre. La neige tombe plus densément et cache le paysage. Manfred lit l'impatience dans mes yeux.

— Bientôt, dit-il. Moi aussi, je dois rentrer. Nadja a une otite.

— Encore ?

— Tu sais comment c'est à cet âge.

J'approuve de la tête alors même que je n'en ai aucune idée. L'enfance d'Albin remonte à loin et quand il était petit je ne le voyais presque jamais. Les otites, les gastro-entérites, tout cela m'est passé au-dessus.

— Dis, reprend Manfred, ça ne coûte rien de fouiller un peu dans cette vieille enquête. Le *modus operandi* est trop semblable pour qu'on l'ignore. Peut-être qu'on pourrait aussi retrouver la sorcière, non ? Comment elle s'appelait déjà ? Hanne ?

Je pivote lentement vers Manfred, prenant soin de ne pas laisser transparaître mes sentiments, ne pas lui faire comprendre l'effet que ce prénom a sur moi. Comme les souvenirs qui affluent, se diffusent dans chaque cellule de mon corps.

*Hanne.*

— Non, réponds-je, d'une voix peut-être un peu trop stridente, que je ne contrôle plus. Non, je pense qu'on n'a aucune raison de la contacter.

# EMMA

*Deux mois plus tôt*

— Waouh ! Il est énorme, ce diamant !

Olga attrape la bague de ses doigts maigres et observe la pierre à la lumière, comme pour s'assurer qu'elle est authentique.

— Magnifique, constate-t-elle en me tendant le bijou. Il était à combien ?

— C'est un cadeau. Je ne pouvais pas demander.

— Ah bon ?

— Non. Ça ne se fait pas.

— Alors, raconte ! fait Mahnoor après un long silence. Qui est le prince charmant ?

— Je ne peux pas…

— Oh, Emma ! glousse Mahnoor, vous êtes fiancés maintenant. Tu ne peux pas garder ça pour toi.

Elle a une grosse tresse noire qui lui tombe sur l'épaule et les yeux soulignés d'épais traits d'eye-liner.

— C'est compliqué, commencé-je.

— Ma tante est sortie avec son cousin. Ils se sont vus en cachette pendant dix ans, intervient Olga pour m'encourager. Ils avaient deux enfants. *Ça*, c'était vraiment chaud.

— Je vous jure, les filles, je ne peux rien vous dire. Ce n'est pas quelqu'un de ma famille. Il n'y a pas d'histoire d'inceste. Mais c'est juste… *compliqué.*

— Comme sur Facebook ? *It's complicated.*

Olga éclate d'un rire complice.

— Peut-être.

Le frigo de la kitchenette se met en marche dans un râle, brisant le silence qui vient de s'installer. Je comprends la curiosité de mes collègues. J'aurais eu la même réaction qu'elles. Mais cette fois, c'est différent. La situation est exceptionnelle. Ce serait injuste et irresponsable de ma part de tout raconter, surtout à Olga et Mahnoor. Cela pourrait porter préjudice à Jesper et, par conséquent, à moi.

En plus, je le lui ai promis.

Olga rassemble les miettes de pain en un petit tas sur la table et y trace des dessins de ses longs ongles blancs en acrylique.

— Pourquoi tu fais des cachotteries ? gémit-elle. S'il était marié, ce ne serait pas pareil, mais vous êtes fiancés ! Donc tu pourrais…

Mahnoor l'arrête d'un signe de la main.

— Elle n'a pas envie de nous en parler. Essaye de respecter ça, quand même.

Je lui dis merci du bout des lèvres, elle me répond par un sourire et rejette sa tresse dans son dos. Olga pince ses lèvres fines et lève les yeux au ciel.

— *Whatever !*

Elles se taisent à nouveau. Mahnoor se racle la gorge.

— Comment s'est passé l'enterrement de ta mère, Emma ? Une belle cérémonie ?

Ah, Mahnoor ! Toujours prévenante et attentionnée. Une voix douce et des mots prononcés lentement, presque en tâtonnant. Comme de petites caresses apaisantes sur la peau. J'ajuste la bague à mon doigt et soupire.

— Oui, très belle. Il n'y avait pas beaucoup de monde. Seulement les proches.

Effectivement, nous n'étions que cinq dans la petite chapelle. Quelques couronnes de fleurs solitaires ornaient le cercueil en bois simple. L'organiste a joué des psaumes, bien que ma mère ait toujours eu horreur des cantiques et des prières. Dans la mort comme dans la vie, il faut se plier aux traditions, n'est-ce pas ? C'est ce que je me dis.

— Comment tu te sens maintenant ? Ça va ?

Mahnoor a l'air inquiet.

— Ça va.

En vérité, j'ai du mal à savoir ce que j'éprouve. Tout semble compliqué, impossible à expliquer. La situation me paraît irréelle. Je n'arrive pas à me faire à l'idée que ma mère est morte. Que c'est bien son énorme corps qui repose inconfortablement dans ce cercueil trop étroit. Que quelqu'un l'a habillée, a coiffé ses cheveux broussailleux et décolorés et l'a allongée là-dedans. Que le couvercle a été refermé et cloué – si c'est ainsi qu'ils font les choses.

Que devrais-je ressentir ?

Du désespoir, de la peine ? Du soulagement ? Ma relation avec ma mère n'a jamais été simple – c'est le moins qu'on puisse dire. Et, les dernières années, lorsqu'elle s'est mise à boire « à plein temps » – expression utilisée par mes tantes –, nous n'étions plus trop en contact.

Et maintenant, cette histoire avec Jesper. Au milieu de toute cette misère, il m'offre une bague, annonce qu'il veut vivre avec moi. Je baisse les yeux sur le diamant qui scintille à mon doigt en me disant que malgré tout ce qui s'est passé, personne ne peut me le retirer. Je le vaux, je l'ai mérité.

La porte s'ouvre avec fracas.

— Combien de fois faut-il vous répéter de ne pas me laisser tout seul dans la boutique ? Vous êtes en train de fumer pendant que…

— On fume pas, lance Olga d'un ton acerbe, en passant une main dans ses longs cheveux fins.

Sa remarque me surprend. S'opposer à Björne n'est jamais sans conséquence. Il se raidit, étire son grand corps sec et enfonce les mains dans les poches de son jean, qui est déchiré comme il faut et qu'il porte aussi taille basse que la mode le lui permet. Puis il se balance d'un pied sur l'autre dans ses bottes de cow-boy, fixe Olga et lève le menton, ce qui fait ressortir sa mâchoire inférieure proéminente. Il ressemble à un poisson. Une saleté de poisson malveillant qui se cache dans les eaux troubles en guettant sa proie. Quand il rejette la tête en arrière, ses cheveux noirs touffus lui balaient la nuque.

— Je t'ai demandé ton avis, Olga ?

— Non, mais…

— C'est ce qu'il me semblait. Alors je te suggère de la fermer et de venir m'aider à étiqueter les jeans au lieu de contempler tes nouveaux ongles russes.

Il tourne les talons et claque la porte derrière lui.

— Quelle bite, fait remarquer Olga qui, malgré dix ans passés en Suède, a encore du mal à utiliser les bonnes insultes au bon moment.

— Il vaudrait mieux qu'on y retourne, fait Mahnoor.

Elle se lève, tire sur le bas de son chemisier pour le défroisser et ouvre la porte.

Sur le chemin du retour, je fais des courses. Jesper aime la viande et, ce soir, nous avons quelque chose à fêter. Je prends donc un filet de bœuf – bio, qui plus est – même si je n'en ai pas vraiment les moyens. J'achète du mesclun, des tomates cerises et du fromage pour faire des chèvres chauds. Dans le magasin d'alcool, j'hésite longtemps entre les rayons. J'effleure les bouteilles ventrues, alignées au garde-à-vous. Je ne m'y connais pas bien en vin, mais nous buvons généralement du rouge et, comme Jesper a un penchant pour les vins sud-africains, je finis par choisir un pinotage qui me coûte une centaine de couronnes.

Quand je remonte l'avenue Valhallavägen, il fait déjà nuit. Un vent froid souffle du nord et des gouttelettes de pluie fouettent mon visage. Je baisse les yeux sur la chaussée noire et trempée, et parcours à la hâte les derniers mètres qui me séparent de chez moi.

L'immeuble date de 1925 et jouxte le centre commercial Fältöversten dans le quartier d'Östermalm, à Stockholm. L'une de mes tantes y a vécu jusqu'à son décès, voilà trois ans. Pour une raison impénétrable, j'ai hérité de son appartement, ce qui a provoqué un certain émoi dans la famille. Pourquoi diable Agneta a-t-elle légué son deux-pièces en plein centre-ville à Emma, alors qu'elles n'étaient pas particulièrement proches ? Par quelle ruse Emma a-t-elle réussi à le lui soutirer ? Au fond, ce n'était pas complètement illogique. Tante Agneta n'avait pas d'enfants et nous étions tout de même en contact. Les sœurs de ma mère se retrouvaient de temps en temps, fermement résolues à perpétuer leur matriarcat dysfonctionnel, et j'assistais parfois à leurs petites réunions.

Je tourne la clé dans la serrure et abaisse la lourde poignée de laiton. Je suis accueillie par une odeur familière de pain grillé et d'eau de Javel. Et de quelque chose d'autre, une odeur de renfermé que je ne parviens pas à identifier. Un effluve organique qui ne m'est pas inconnu. Je dépose les sacs par terre avec précaution, j'allume la lumière dans l'entrée et retire avec peine mes chaussures trempées.

Deux enveloppes gisent sur le sol. Des factures. Je les ramasse, les apporte dans la cuisine et les pose avec les autres factures et lettres de relance. Le tas est d'une taille inquiétante – ça me rappelle qu'il faudrait que je discute argent avec Jesper. Peut-être pas ce soir, mais bientôt. Je ne peux pas continuer à empiler les factures comme ça. Un jour, il faudra bien les payer.

Je sors la pâtée pour chat du placard en appelant Sigge. J'entends le grincement des gonds de la chatière et le vois apparaître. Il se frotte contre mes mollets. Je me penche en avant, caresse son pelage noir, lui parle doucement, puis j'entre dans le salon.

Mon appartement est chichement meublé. Les fauteuils Carl Malmsten sont également un héritage de ma tante Agneta. J'ai acheté la petite table à battants sur Internet et le lit vient d'Ikea. J'ai aussi un bureau, que j'ai trouvé dans le magasin d'occasion Myrorna. Il est jonché de livres et de bloc-notes rouges. À côté du boulot, je me suis inscrite à des cours par correspondance pour rattraper le lycée. En filière scientifique. J'ai arrêté l'école trop tôt. Il s'est passé des choses dans ma vie qui ont fait que je ne pouvais ni ne voulais étudier, bien que j'aie toujours eu des facilités. Surtout en maths. Le monde des chiffres a quelque chose de libérateur. Il n'y a pas de zones grises, pas de place pour la subjectivité ou les interprétations. C'est correct ou ça ne l'est pas.

Si seulement le reste de ma vie pouvait être aussi simple.

L'espace d'un instant, je pense à La Vis. Ses longs cheveux noirs attachés en queue-de-cheval sur la nuque. Sa main posée sur sa joue lorsqu'il écoutait – car il semblait toujours nous écouter avec une attention impressionnante. Comme si nous avions tous quelque chose de très important à dire. Peut-être était-ce le cas. Je frissonne et sors dans le salon.

Un jour, j'arrêterai de penser à lui – j'essaie de m'en convaincre. Un jour, le souvenir de cet homme pâlira comme une vieille photographie de polaroïd et je pourrai continuer ma vie comme s'il n'avait jamais existé.

Je possède *un* objet de valeur – le tableau de Ragnar Sandberg, suspendu dans la chambre. Une composition naïve en jaune et bleu représentant des joueurs de football. J'y tiens beaucoup. Ma mère m'a plusieurs fois suggéré de le vendre pour que nous puissions partager les recettes. J'ai toujours refusé. Sa présence ici, sur le mur où il a toujours été, me rassure.

Tante Agneta m'a également laissé un peu d'argent ; 100 000 couronnes, plus exactement. Des liasses bien serrées de billets de cent, que j'ai trouvées entre les draps dans l'armoire. Je n'en ai jamais parlé à ma mère. Hélas, je ne sais que trop bien ce qu'elle en aurait fait.

Je m'approche de la fenêtre et regarde au-dehors.

Cinq étages plus bas s'allonge l'avenue Valhallavägen, gigantesque artère noire dont le trafic alimente la rue Lidingövägen et le centre-ville. Ces veines font partie de l'immense système circulatoire de routes qui parcourent Stockholm. La pluie semble s'intensifier. Elle tambourine contre ma fenêtre, laissant sur la vitre un dépôt huileux. Il doit faire froid, presque au-dessous de zéro, me dis-je en frissonnant.

Je déballe les courses, coupe le chèvre en morceaux que je dispose sur des toasts. J'allume le four et prépare la salade. Puis je prends une douche. Je sens l'eau chaude couler sur mon corps. J'inspire la vapeur brûlante, savonne le moindre centimètre de peau avec le gel douche qu'il aime tant. Mes seins sont sensibles et gonflés quand je les masse. Je tends la main pour attraper le shampoing, me lave les cheveux et m'extrais difficilement de la baignoire sabot.

La salle de bains est pleine de vapeur. J'entrouvre la porte, essuie le miroir avec une serviette et me penche en avant. Mon visage a l'air rouge et un peu bouffi. Mes taches de rousseur ressortent sur ma peau laiteuse, comme des centaines de petites îles dispersées au hasard dans la mer. Quelques-unes plus grandes, d'autres plus petites. Certaines taches se rejoignent, formant des continents roux-brun dans l'océan blanc.

Je commence doucement à démêler mes longs cheveux auburn avec un peigne à dents larges. J'examine mes seins. Ils sont amples, beaucoup trop amples pour mon corps, avec de grandes aréoles rose clair. Je les ai toujours détestés, depuis que ces petites bosses sont devenues visibles comme des furoncles sur ma peau pâle. Je faisais tout pour les cacher : je portais des pulls trop larges, je marchais le dos courbé, je mangeais beaucoup trop.

Jesper dit qu'il adore mes seins et je le crois. Il repose entre mes jambes, les caresse comme deux petits chiots et parle avec ravissement à l'un, puis à l'autre. L'amour, me dis-je, ce n'est pas seulement aimer une personne, mais aussi se voir à travers les yeux de l'être aimé. Voir la beauté là où l'on ne remarquait que les défauts et les manques.

Je me maquille minutieusement. Jesper n'aime pas trop le maquillage, ce qui ne signifie pas que je ne dois pas en porter. Cela ne doit simplement pas se voir. C'est plus long qu'on ne l'imagine, d'obtenir le parfait look naturel. Lorsque j'ai terminé, je me mets du parfum à tous les endroits stratégiques : poignets, nuque, entre les seins. À l'aine aussi. Puis j'enfile ma robe noire à même la peau et m'essuie soigneusement les pieds sur le tapis de la salle de bains avant de sortir.

Jesper a l'habitude d'être ponctuel, aussi suis-je tentée d'enfourner les toasts de chèvre dès dix-neuf heures. Mais ils ne mettent que quelques minutes à cuire. Mieux vaut attendre qu'il arrive. La pluie bat toujours les carreaux avec la même intensité. Au loin, j'entends le bruit d'une sirène qui disparaît. J'allume les bougies à côté de la table. Le courant d'air qui pénètre par les vieilles fenêtres fait vaciller les flammes, donnant vie aux ombres qui semblent se mouvoir dans la pièce. Elles se dessinent, ondoyantes, sur la table à battants et les placards de la cuisine. L'espace d'un instant, j'ai l'impression que toute la pièce tangue et je suis moi-même prise d'une légère nausée.

Je ferme les yeux et m'appuie sur un accoudoir.

Et je pense à lui.

Jesper Orre. J'avais entendu parler de lui, bien sûr, vu sa photo à la télé ou dans les magazines people. Il nous arrivait de discuter de lui, au boulot. Le patron de l'entreprise était controversé, pour sa gestion du personnel, mais pas seulement. Il était en quelque sorte le *bad boy* du monde de la mode, avec la réputation d'être dur et sans scrupules. Le mois suivant sa nomination en tant que directeur général, il avait viré tout le comité exécutif et y avait placé ses amis. Puis les changements s'étaient fait sentir dans toute l'entreprise : licenciement de vingt pour cent des effectifs, nouvelles directives sur la relation client, code vestimentaire plus strict pour le personnel, déjeuner raccourci, moins de pauses.

Lorsqu'il entra dans la boutique, en ce jour de mai, je ne le reconnus pas tout de suite. Son être tout entier semblait un peu troublé, perdu. Posté au milieu du rayon hommes, il tournait sur lui-même, lentement, comme un enfant au milieu d'un manège de cirque, qui contemple la foule, les yeux écarquillés.

Je m'avançai vers lui pour lui proposer de l'aide. Après tout, c'était mon travail. L'entreprise disposait même de manuels contenant des répliques que nous, les employés, devions apprendre par cœur – encore une idée de Jesper que le syndicat était loin d'avoir applaudie.

Il pivota vers moi, toujours avec cette expression confuse et, gêné, passa la main sur la poche poitrine de sa chemise pour me montrer une grosse tache orangée.

— J'ai une réunion du comité exécutif dans une demi-heure, me dit-il, continuant d'éviter mon regard et scrutant le magasin. Il me faut une autre chemise.

— Spaghettis bolognaise ?

Il se figea et je vis poindre un sourire sur son visage bronzé. Puis il croisa mon regard et je le reconnus enfin. Heureusement, il détourna les yeux, car sa présence me semblait si intense, si évidente, que je ne savais pas vraiment quoi faire. Et il me laissa seule dans le silence, incapable de gérer la situation.

Il me fallut quelques secondes pour me ressaisir.

— Quelle taille ?

Lorsqu'il se tourna à nouveau vers moi, je remarquai qu'il avait l'air fatigué. Ses yeux étaient cernés de noir, ses tempes grisonnantes, et une ride mélancolique au coin de la bouche donnait à son visage une expression presque amère.

— *Taille ?*

— Eh bien, la taille de la chemise.

— Ah oui, bien sûr, désolé. Médium.

— Quelle couleur ?

— Je ne sais pas. Blanche, peut-être. Quelque chose de neutre. Qui irait bien pour une réunion du comité exécutif.

Il me tourna le dos et se remit à scruter les rayons. Je choisis trois chemises qui selon moi pourraient lui convenir. À mon retour, il était toujours planté au milieu de la pièce.

— Pourriez-vous me conseiller ?

— Bien sûr.

Ce n'était pas une question étrange, cela faisait partie de mon travail d'aider les clients à choisir ce qui leur va. Je l'attendis devant la cabine d'essayage jusqu'à ce qu'il sorte, vêtu de la première chemise, la blanche.

— Qu'en pensez-vous ?

— C'est très bien, elle vous va comme un gant. Essayez les autres.

Les portes de la cabine se refermèrent sans bruit. Deux minutes plus tard, il réapparut avec la deuxième chemise sur le dos, la blanche à rayures bleues et à col boutonné.

— Hum.

— Elle ne vous plaît pas ?

Il eut tout à coup l'air si inquiet que j'éclatai presque de rire.

— Si, bien sûr, mais pas pour une réunion aussi importante… Il vous faut quelque chose de… plus formel.

Il opina du chef, comme s'il était prêt à m'obéir au doigt et à l'œil, et retourna dans la cabine.

— Qu'en pensez-vous ? J'essaie aussi la troisième ?

— Oui, absolument !

Ce petit jeu sympathique avec le directeur de l'entreprise débarqué incognito dans la boutique commençait à m'amuser. On aurait dit un roi dans une vieille histoire, qui se déguise en mendiant pour se mêler à la foule.

La porte s'ouvrit et il sortit, portant une chemise bleu clair.

— C'est parfait. C'est celle-ci qu'il vous faut. Elle est sobre, mais pas aussi austère que la blanche.

— Vous voulez dire qu'on vend des vêtements *austères* dans cette boutique ?

Ses yeux s'étaient soudain animés d'une nouvelle vie et il me regardait avec une attention très différente de tout à l'heure.

— Même nos clients ont parfois besoin de vêtements austères.

— *Touché.*

Il sourit et s'arrêta à mi-chemin vers la cabine.

— *Vous*, vous me plaisez. Comment vous appelez-vous ?

— Emma. Emma Bohman.

Il hocha la tête et disparut dans la cabine sans rien ajouter.

Au moment de me rendre derrière la caisse, il se passa quelque chose qui allait changer ma vie à jamais. Jesper se mit fébrilement à chercher son portefeuille, de plus en plus gêné.

— Je ne comprends pas. Il devrait être…

Il palpa ses poches de pantalon, secoua la tête d'un air résigné.

— *Merde*, maugréa-t-il entre ses dents.

— Écoutez, vous pouvez revenir payer plus tard. Je sais qui vous êtes.

— Ah non, impossible. Ça ferait un trou dans votre caisse. Je ne veux pas vous causer d'ennuis.

— Si vous essayez de me rouler, j'appelle la police.

La plaisanterie sembla lui passer au-dessus. J'aperçus de petites gouttes de sueur perler à la racine de ses cheveux qui brillaient comme des cristaux dans la lumière crue et artificielle.

— Merde, répéta-t-il et, étrangement, il parvint à donner l'impression de poser une question, comme s'il avait besoin de mes conseils dans sa situation précaire.

Je me penchai en avant, posai doucement une main sur son bras.

— J'ai une idée. Je vous avance l'argent et voici mon numéro. Remboursez-moi quand vous pourrez.

Et ce fut chose faite.

Il prit mes coordonnées, l'air soulagé, puis sortit, sourire aux lèvres, agitant le bout de papier comme si je venais de lui donner une sorte de diplôme.

Je regarde l'horloge au-dessus de la télévision. Dix-neuf heures vingt. Où peut-il bien être ? Peut-être s'est-il trompé d'heure, a-t-il cru que je l'avais convié à vingt heures et non à dix-neuf. Mais j'ai une boule dans le ventre. Je n'ai jamais rencontré quelqu'un d'aussi ponctuel que Jesper. Il arrive toujours à l'heure, apporte toujours en cadeau un bouquet de fleurs fraîchement coupées. En un mot, le parfait gentleman. Il peut sembler grossier et arrogant, presque brutal en surface, mais lorsqu'on creuse, on découvre qu'il est sentimental, empathique et espiègle comme un enfant.

*Et ponctuel.*

Je me sers un deuxième verre de vin et allume le téléviseur. Des agriculteurs français ont déversé des tonnes de pommes de terre sur le périphérique autour de Paris pour protester contre la réforme des subventions européennes. Une tempête a frappé Sala cet après-midi, causant des dégâts importants dans une école récemment construite. Des chercheurs chinois ont découvert un gène qui, s'il est défectueux, peut provoquer un cancer de la prostate. J'éteins la télévision. Tripote impatiemment mon portable. Je ne veux pas harceler Jesper, mais je suis inquiète : peut-être y a-t-il eu un malentendu sur l'heure, l'endroit, le jour.

Je lui envoie un bref SMS, lui demande s'il est en route en espérant ne pas avoir l'air trop collante.

*Jesper Orre*... Si Olga et Mahnoor savaient !

*Si ma mère savait !*

Je sens un pincement dans ma poitrine. Ne pas penser à ma mère. Pas maintenant. Mais c'est trop tard. Je peux déjà percevoir sa présence dans le petit salon, sentir l'odeur de la bière et de la sueur, voir sa chair blanche s'étaler sur le canapé lorsqu'elle était affalée devant la télévision, ronflant bruyamment avec une canette de bière à moitié vide entre les genoux.

Ma mère se targuait toujours de ne rien boire de plus fort que de la bière. Lena, l'une de ses sœurs, rétorquait que les alcooliques buveurs de bière étaient les plus pathétiques des toxicomanes, les drogués au statut social le plus bas, avec un pied dans la tombe et l'autre en route vers le supermarché pour remplir le frigo.

Le plus tragique, c'est que ma mère n'a pas toujours été comme ça. Il fut un temps très éloigné où elle était différente. Je m'en souviens encore clairement et parfois je me demande si je ne pleure pas la perte de celle qu'elle était plus que sa mort.

Un souvenir lointain.

J'étais assise sur mon lit étroit dans la chambre aux murs sales, ceux qui étaient couverts d'empreintes de doigts, de paumes de mains, et même de pieds. « Comment tu te débrouilles, enfin ? Tu *grimpes* sur les murs comme un singe ? » me demandait ma mère avec un long soupir théâtral lorsqu'elle essayait d'effacer les traces à l'aide d'un chiffon humide. Dehors il faisait nuit. Quelqu'un déblayait la neige dans la cour intérieure. J'entendais les claquements secs de la pelle qui traversait la couche de neige et venait heurter les pavés. Il faisait froid dans l'appartement et ma mère et moi portions toutes les deux des pyjamas à manches longues et des chaussettes. Le livre sur les trois ours était posé sur ses genoux.

— Continue, maman !

— D'accord, mais pas longtemps, dit-elle en bâillant avant de tourner la page déchirée, recollée à l'aide de ruban adhésif.

Elle regarda le texte avec une expression résolue.

— Qui a dormi dans mon lit ? dis-je en suivant les mots avec le majeur.

J'avais sept ans et je venais d'entrer en primaire. Je savais déjà lire avant de commencer l'école. Je ne me souviens plus comment j'avais appris. J'imagine que certains enfants comprennent, tout simplement, ils réussissent à pénétrer les secrets de la lecture sans l'aide de personne. La maîtresse, très satisfaite, avait en tout cas téléphoné à ma mère pour lui raconter que j'étais très en avance sur mes camarades de classe s'agissant de la lecture. Et, puisque « la lecture est la base de tout autre apprentissage », cela signifiait que tout allait très bien se passer pour moi dans la vie.

— Et la ligne suivante ?

— Le petit ours regarda le gros ours et se… secoua la tête, lus-je.

Ma mère opina du chef d'un air concentré, comme si elle tentait de résoudre un délicat problème de mathématiques. Au même moment, on frappa à la porte de la chambre. Mon père apparut, un livre et un paquet de cigarettes à la main. Ses cheveux mi-longs tombaient sur son visage comme une douce vague. J'ai toujours trouvé que mon père avait des airs de rockeur avec sa tignasse et ses vêtements décontractés. Il était plus cool que tous les autres parents et parfois j'aurais aimé qu'il m'accompagne à l'école à la place de ma mère.

— Je voulais juste dire bonne nuit.

Il s'avança vers le lit, se pencha vers moi et m'embrassa sur la joue. Sa barbe de trois jours me chatouillait la peau et l'odeur de la cigarette me piquait les narines.

— Bonne nuit, répondis-je en le suivant des yeux alors qu'il ressortait.

Son dos maigre, sa coupe de cheveux – ou plutôt son absence de coupe de cheveux – et sa manière de balancer les bras en marchant lui donnaient un air d'adolescent.

Je me tournai à nouveau vers ma mère. Elle était vraiment l'opposé de mon père avec son corps immense, ovoïde, comme un animal aquatique – un lion de mer, ou une baleine peut-être. Ses cheveux décolorés étaient hirsutes et ses seins menaçaient de faire craquer son pyjama en flanelle à carreaux à chaque inspiration.

— À toi maintenant, lui dis-je.

Ma mère hésita un instant puis posa lentement son index sur le texte.

— Je n'ai p…

— Pas, terminai-je.

Ma mère acquiesça, se lança à nouveau.

— Je n'ai pas dor… mi dans ton lit, dit le pe… pe… tit… o…

— Ours.

Ma mère serra le poing.

— Zut alors ! *Ours !* Ça, c'est un mot difficile.

— Bientôt tu trouveras ça facile, répondis-je d'un ton grave.

Ma mère me regarda, les yeux brillants, et prit ma main dans la sienne.

— Tu crois ?

— Bien sûr ! Tout le monde sait lire dans ma classe.

Je me retins d'ajouter que tous les parents savaient lire aussi, car, du haut de mes sept ans, j'avais conscience que cela lui aurait fait de la peine. Ni les collègues de ma mère ni même mon père ne connaissaient ce secret honteux.

— On continuera à s'entraîner demain, conclut ma mère avant de m'embrasser sur la joue. Tu ne dis rien à papa, hein ?

— Promis.

Elle éteignit la lumière et quitta la chambre. Je restai dans mon lit, envahie par une sensation douce et chaude. La sensation d'être non seulement aimée, mais utile à quelqu'un.

Si ma mère avait pu assister à cela, avait pu me voir avec Jesper, qu'aurait-elle pensé ? J'ai comme l'impression qu'elle aurait été mécontente de l'attention qu'attirera sans doute notre relation. Elle aurait pincé les lèvres, pris une mine déçue, pleine de pitié pour elle-même, et aurait marmonné que je ne m'intéressais plus à elle, ce qui ne l'étonnait pas parce que je ne l'avais jamais aidée à faire quoi que ce soit. Ensuite, elle se serait mise à rabâcher l'histoire de la fille de la vieille Löfberg, celle qui vit toujours à la maison et s'occupe de sa pauvre mère, bien qu'elle ait déjà trente ans.

Je jette un coup d'œil à l'horloge. Vingt et une heures trente. Un vague malaise croît dans ma poitrine et, avant même de mettre les mots dessus, je sais ce que c'est : la peur. Et s'il était arrivé quelque chose à Jesper ? Il fait nuit, le vent souffle et les routes sont sans doute couvertes d'un épais verglas. Je réfléchis quelques instants, prends mon portable qui est posé sur la table. J'hésite. Étrange que je sois si réticente à l'appeler. Comme si ma valeur dépendait du fait qu'il veuille de moi plus que je ne veux de lui – ou du moins autant. Seules les femmes désespérées harcèlent leur petit ami. Et les femmes désespérées sont difficiles à aimer.

Je finis par lui téléphoner.

Je tombe directement sur le répondeur, il a dû éteindre son portable.

Je vide la bouteille de vin, me blottis sous ma couverture et ferme les yeux.

Au bout d'une semaine, Jesper m'avait appelée pour me dire qu'il voulait me rembourser la chemise et aussi m'inviter à déjeuner – si j'étais d'accord.

Nous nous retrouvâmes un samedi, non loin de son petit pied-à-terre dans le quartier de Södermalm. Le restaurant bouillonnait d'activité, le niveau sonore était élevé. Au début, je faillis ne pas le reconnaître. En jean et tee-shirt, il avait l'air beaucoup plus jeune qu'avec le costume qu'il portait le jour où nous nous étions rencontrés dans le magasin. Toute son attitude était différente. Son expression un peu gauche et perdue avait complètement disparu. Il avait le dos droit, souriait et me regardait, sûr de lui.

— Bonjour Emma, me dit-il avant de m'embrasser sur la joue.

Une gêne m'envahit. *Personne* ne m'embrassait sur la joue, pas même ma propre mère. *Surtout pas* ma propre mère.

— Bonjour.

Il se pencha en arrière sur sa chaise et m'examina en silence. Il resta immobile jusqu'à ce que mon embarras soit tel que je me sente obligée de parler, au moins pour rompre ce silence importun.

— Alors, comment s'est passée la réunion du comité exécutif ?

— Bien.

Il sourit. Il y avait quelque chose d'avide, de presque affamé dans son regard, comme s'il reluquait une denrée comestible. Toute cette situation me mit tout à coup très mal à l'aise.

— Au fait, pourquoi m'avoir invitée au restaurant ?

Je n'avais pas prévu de poser cette question, mais j'étais si déconcertée par son comportement que l'honnêteté la plus brutale me semblait la seule réaction possible.

— Parce que je suis curieux de vous connaître, répondit-il du tac au tac, en continuant à me dévisager.

Je baissai les yeux sur mes genoux, examinai le nouveau jean que j'avais acheté exprès pour ce déjeuner. Quelle imbécile j'étais. Comme si Jesper Orre allait s'intéresser à mon accoutrement ! Moi, une simple vendeuse.

— Vous avez attisé ma curiosité, car vous m'avez traité comme votre égal.

Je croisai son regard. L'espace d'un instant, j'eus l'impression d'y voir passer une lueur particulière, de la douleur peut-être, ou du dégoût, comme s'il venait de mordre dans quelque chose d'amer.

— Mon *égal*?

Il approuva lentement de la tête. Au bar, un hurlement collectif se fit entendre. Je tournai les yeux vers les écrans fixés au mur. Arsenal venait de marquer contre Manchester United, portant le score à 2-0.

Jesper se pencha en avant, par-dessus la table, approchant son visage du mien, de plus en plus près. Si près que je pouvais sentir l'odeur de son eau de toilette et de la bière qu'il buvait. À nouveau, le malaise monta en moi.

— Quand on est… Quand on occupe un poste comme le mien, se reprit-il, peu de gens nous traitent normalement. La plupart nous vouent un respect excessif. Certains n'osent même pas nous parler. Rares sont ceux qui disent ce qu'ils pensent vraiment. C'est parfois exaspérant. Et on peut se sentir seul, si vous voyez ce que je veux dire. Mais vous avez été franche. Vous m'avez traité comme une personne normale.

Je haussai les épaules.

— Parce que vous n'êtes pas une personne normale ?

Il s'esclaffa et prit une gorgée de bière. Ses bras étaient bronzés et couverts de duvet blond.

— Ça peut paraître dingue, mais j'ai senti une sorte de connexion entre nous. Et, répondez-moi franchement…

— Oui ?

— Vous ne seriez pas aussi le genre de fille qui se sent parfois seule ? Comme sortant du lot ? Un peu différente des gens qui vous entourent. Une… *spectatrice* ?

J'opinai du chef lentement. Il avait raison. Je m'étais toujours sentie différente. Depuis ma plus tendre enfance. J'avais toujours eu l'étrange impression d'avoir un rôle secondaire dans ma propre vie. D'être dans une bulle et de m'observer de l'extérieur. La question était de savoir comment Jesper Orre pouvait le déceler en l'espace de dix minutes passées dans la boutique.

Du bar parvenaient des soupirs résignés.

— Poteau, constata Jesper.

— Comment… savez-vous tout ça ?

— Quoi donc ?

Il jeta un coup d'œil vers l'écran, comme si ma question concernait le match.

— *Sur moi*. Vous m'avez seulement acheté une chemise et là vous êtes en train de me dire qu'on se ressemble. Et qu'on est seuls. Vous ne savez rien de moi, ni d'où je viens ni ce que je veux faire de ma vie. Mais vous me dites… tout ça. Qu'est-ce qui vous fait croire que vous pouvez lire en moi comme dans un livre ?

Il leva son verre pour trinquer et me fit un clin d'œil.

— Comme je vous l'ai dit, j'ai apprécié le fait que vous me traitiez comme tout le monde. Vous n'avez pas peur. Vous êtes comme moi.

Je quittai le restaurant les jambes flageolantes, les joues en feu et les mains moites. Je ne savais pas quel sentiment était le plus fort : l'agacement, car il se permettait de m'attribuer tout un tas de caractéristiques sur lesquelles il n'avait pas le droit de se prononcer, ou l'attirance que je ressentais déjà pour lui. Et au milieu de tout cela, je ne pouvais m'empêcher de me demander s'il n'avait pas raison. Nous ressemblions-nous vraiment ? Y avait-il véritablement une connexion entre nous, ce genre de lien que l'on sent immédiatement et qui surmonte toutes les barrières : classe sociale, âge et profession ?

Il était seize heures passées lorsque je dépassai au pas de course le jardin Björns trädgård en direction de Slussen. Il faisait chaud et je ne portais qu'un débardeur léger. Malgré tout, la sueur coulait entre mes seins et, au milieu de la rue Götgatan, je dus m'arrêter tant j'étais essoufflée à cause de la pente. Les gens passaient autour de moi : promeneurs du week-end, adeptes du lèche-vitrines, mendiants et femmes voilées en route vers la mosquée. J'avais l'impression de me trouver dans des rapides, comme si j'avais tout à coup perdu le sens de l'orientation et flottais dans une marée humaine, tel un navire sans capitaine.

Arrivée à la bouche de métro, j'aperçus une silhouette familière. Jesper Orre. D'une manière ou d'une autre, il avait deviné où je me rendais et y était parvenu avant moi.

Il me prit la main.

— Venez !

Il m'attira avec lui pour redescendre la pente et je ne pouvais pas protester, ne pouvais pas m'y opposer. La sensation d'impuissance était assourdissante, et en même temps étrangement libératrice. J'étais tout à coup exemptée de ma propre responsabilité et de la culpabilité qui l'accompagne. Je le suivis. Je fermai les yeux et je le laissai me guider à travers la marée humaine.

Il est trois heures du matin lorsque je me réveille dans une posture inconfortable, à moitié allongée dans le fauteuil. J'ai la nuque raide et douloureuse quand je me lève. L'obscurité s'est épaissie, formant un mur compact au-dehors. Le vent souffle plus fort, siffle en pénétrant par la fenêtre, et je sens une brise glaciale m'effleurer les chevilles.

Je ne sais pas pourquoi, mais je pense à mon père et à cet insecte que nous avions trouvé. Je devais avoir dix ou onze ans. La chenille, vert clair et potelée, rappelait un peu un bonbon gélifié couvert de poils. Elle avait la même forme arrondie et les mêmes entrailles à moitié transparentes. Elle avait plein de petites pattes sur le ventre et un piquant à l'arrière. Elle me chatouillait lorsqu'elle se promenait sur le plat de ma main pleine de taches de rousseur et montait sur mon bras.

— Papa, ça pique, tu crois ?

Il avait secoué la tête.

— Non, le petit aiguillon que tu vois au bout du corps est la corne postabdominale. Totalement inoffensive.

La larve continuait à grimper et j'avais tourné l'intérieur du bras vers l'extérieur pour que le rai poussiéreux de lumière qui filtrait par la fenêtre puisse éclairer le petit corps vert. Ainsi, il devenait complètement transparent. La chenille reposait sur mon poignet comme une pierre précieuse étincelante, parfaitement polie.

— Où l'as-tu trouvée ?

— Dans le buisson près des balançoires.

Il avait acquiescé.

— Elle se nourrit de feuilles. Viens, on va lui chercher à manger.

Nous avions traversé le couloir à pas de loup pour ne pas réveiller ma mère. La porte d'entrée s'était refermée avec un clic et mon père m'avait fait signe de le suivre. Les immeubles se dressaient autour de la petite cour, embrassaient de leurs grands corps de béton la verdure clairsemée. Le soleil n'avait pas encore dépassé les toits et la cour intérieure était plongée dans la pénombre. Dehors, il n'y avait personne. Les balançoires pendaient, abandonnées dans leurs cadres de métal, et le bac à sable était vide, attendant le réveil des enfants. À côté, quelques pelles en plastique cassées gisaient sur l'allée en gravier. On entendait au loin de la musique orientale et les pleurs d'un bébé. Une odeur de café flottait dans l'air en ce début d'été.

— Là, avais-je dis en pointant du doigt le buisson épineux.

Mon père avait brisé sans bruit quelques branches humides de rosée et m'avait regardée sérieusement.

— On va lui construire un petit nid.

Nous avions mis les branches dans un pot en verre et étions retournés dans l'appartement aussi silencieusement que nous l'avions quitté. Le couloir était plongé dans l'obscurité et on sentait la vague odeur des Gula Blend, les cigarettes de ma mère. J'entendais ses ronflements depuis la chambre à coucher. Mon père avait ouvert un placard et fouillé dans la boîte à outils avec un cliquètement métallique. Lorsqu'il était revenu dans l'entrée, il tenait à la main un petit objet effilé.

— C'est un poinçon, avait-il chuchoté.

À l'aide de la pointe, il avait percé le couvercle du pot, faisant plusieurs trous pour que le locataire poilu puisse respirer. La larve avait semblé accepter son nouveau foyer. Elle ne devait pas exiger grand-chose de la vie, une branche et quelques feuilles seulement, car elle s'était installée immédiatement sur un rameau épineux.

— Et maintenant, qu'est-ce qui se passe ?

— Quelque chose de merveilleux, avait répondu mon père en essuyant quelques gouttes de transpiration sur son front bronzé. Quelque chose de vraiment merveilleux. Mais tu dois être patiente. Tu l'es ?

Je tends le bras pour attraper mon portable. Pas d'appels en absence. Pas de SMS. Jesper a manqué notre dîner de fiançailles sans donner d'explications. Dois-je être enragée ou inquiète ? Je décide qu'il mérite de vraies remontrances – sauf peut-être s'il est aux urgences avec les deux jambes cassées.

Je me dirige vers la cuisine, la couverture sur les épaules. Je range la salade, les toasts au chèvre et le vin dans le frigo. Puis j'appelle Sigge et vais me coucher.

Une lumière matinale gris-bleu filtre à travers mes minces rideaux. J'ai l'impression qu'il fait froid dans la chambre et je m'enfonce plus profondément sous la couverture, à la recherche de chaleur. Sigge, qui est roulé en boule à mes pieds, se réveille, lèche ses pattes. Pendant quelques secondes, je ne pense à rien, je me contente d'absorber la chaleur agréable et le doux bruit de la pluie qui crépite sur les carreaux.

Puis je me souviens.

Jesper n'est pas venu. Pour je ne sais quelle raison, il ne s'est jamais pointé à son propre dîner de fiançailles et je suis restée toute seule dans la cuisine en robe noire décolletée, sans sous-vêtements, avec des assiettes remplies de nourriture.

Mon portable gît sur le sol. Toujours pas d'appel. Pas de SMS.

Je me dresse sur mon séant. Il fait froid dans la chambre, qui est traversée de courants d'air à cause de mes fenêtres mal isolées. J'ai beau être emmitouflée dans ma couverture lorsque je m'avance jusqu'à la vitre, je sens que l'air frais afflue par les fentes.

Dehors, je distingue les voitures qui roulent doucement sur Valhallavägen, vers le nord. Des gens minuscules, à peine plus grands que des fourmis, se déplacent vers la bouche de métro. Je sors dans le salon avec l'intention de mettre les informations. Si quelque chose s'est passé – un accident, un crime –, peut-être qu'ils en parleront. Lorsque je m'affale dans l'un des fauteuils verts, je suis prise d'un haut-le-cœur. Ai-je beaucoup bu hier ? Je devrais peut-être manger quelque chose.

Je vais dans la cuisine et ouvre le frigo.

Les toasts sont soigneusement disposés sur l'assiette. J'en saisis deux, retourne dans le salon et allume la télévision. Mais l'écran reste noir et un court texte jaune m'informe qu'il n'y a pas de signal. J'avale la première tartine et retourne dans la cuisine. Je me doute bien de ce qui a pu se passer. Je saisis le tas de factures, m'installe à la table, engloutis le deuxième toast et entreprends de déchirer les enveloppes. Je découvre d'innombrables relances du fournisseur d'électricité, de l'entreprise de téléphonie mobile et de la société de vente par correspondance.

Tout ça, c'est aussi en partie à cause de Jesper Orre. Un mois auparavant, je lui ai prêté de l'argent et, depuis, j'entasse les factures au lieu de les payer. Mon salaire ne suffit pas, n'a jamais suffi, mais avant j'avais une réserve dans laquelle puiser.

J'ouvre la dernière enveloppe, de Com Hem, qui menace de couper la télévision et l'abonnement Internet si je ne paie pas ma dette dans les dix jours.

Le courrier date de deux semaines.

Je jette la lettre et ramasse le tas de factures. J'hésite un instant, ne sachant pas vraiment quoi faire. Puis j'enfonce toutes les enveloppes dans la boîte à pain vide. Le couvercle grince lorsque je le referme.

Dans le métro, je lis les informations sur mon portable. Un homicide au couteau à Rinkeby, des émeutes à Malmö, mais rien sur Jesper Orre. Rien non plus sur un potentiel accident de la route qui aurait eu lieu la nuit dernière.

La rame est pleine à craquer, la chaleur et l'odeur des corps qui se pressent me donnent à nouveau la nausée. Je suis obligée de sortir à la station Östermalmstorg pour ôter mon manteau et m'asseoir quelques instants sur un banc. Je plonge mon visage dans mes mains. Du coin de l'œil, je vois des passants m'observer avec des regards déconcertés, peut-être inquiets, mais personne ne s'arrête pour me demander comment je vais. Je leur en suis reconnaissante.

Je ne pense qu'à une chose, ne veux savoir qu'une chose : où est Jesper et pourquoi il n'est pas venu hier soir.

# HANNE

Tous ceux qui affirment que l'on est malheureux parce que l'on en attend trop de la vie ont tort. Je n'ai jamais rien attendu de la vie, je ne m'attendais pas à être heureuse, riche ou brillante. Pourtant, j'éprouve aujourd'hui une déception que je ne parviens pas vraiment à décrire. Elle ne se laisse pas définir, dépasse ce que les mots peuvent exprimer. Peut-être est-elle plus grande que moi. Peut-être est-ce moi qui habite cette déception et non l'inverse.

Comme si elle était une maison dans laquelle je me trouvais enfermée.

L'une des explications, bien entendu, est que je ne peux plus faire confiance à mon corps. Mon intellect et ma mémoire sont en train de se détruire, de se fragmenter et de se transformer en de minuscules miettes incompréhensibles qui ne peuvent plus être assemblées pour former un tout cohérent.

Je contemple le pilulier posé près de l'évier, les petits cachets blancs et jaunes dans des cases nommées d'après les jours de la semaine. Je me demande si tous les médicaments que j'avale ont un effet quelconque. La dernière fois que j'ai vu le médecin, il m'a dit qu'on ne pouvait prédire précisément la progression de la maladie. Cela pouvait aller vite ou lentement, prendre des mois ou des années avant que je ne sombre dans l'oubli et la confusion. Les médicaments pouvaient avoir de l'effet ou non – nul ne pouvait le dire –, mais puisque j'avais développé la maladie à un âge relativement précoce, cinquante-neuf ans seulement, il était possible que son évolution soit fulgurante.

Lorsque le médecin m'a annoncé cela, j'ai rangé le bloc-notes où j'avais consigné des questions à poser. Je ne voulais plus rien entendre.

Parfois, il vaut mieux ne pas savoir.

Je sors la pâtée pour chien du placard et distingue aussitôt des bruits de pattes qui s'approchent depuis la chambre à coucher. Et elle est là à mes pieds, m'observe de ses grands yeux noirs, la tête légèrement penchée en avant et le regard prévenant, suppliant. *Tu veux te faire bien voir*, me dis-je. *Pourquoi donc ? Ai-je déjà oublié de te nourrir ?*

Je prends conscience que oui, j'ai sans doute déjà omis de donner à manger à Frida. J'oublie des choses tout le temps, sans même m'en rendre compte. Je jette un regard circulaire dans la confortable cuisine. Les placards sont couverts de petits Post-it jaunes. Owe déteste ces bouts de papier. Peut-être parce qu'il déteste ma maladie, et ce qu'elle fait de moi, mais je suspecte qu'il hait surtout ce qu'elle fait de *lui*. Elle risque de détruire l'image qu'il a de lui-même et l'œuvre de sa vie : sa maison parfaite, sa belle épouse cérébrale, les dîners avec des amis qui se prolongent tard dans la nuit. Il m'a fait comprendre qu'il préfère n'inviter personne avec une cuisine dans un tel état et, au fond de moi, je sais qu'il a honte. Car c'est honteux. Perdre le contrôle de soi de cette manière est honteux.

J'entre dans le salon, laisse courir mon regard sur ma vie bien ordonnée : les irrésistibles coussins moelleux, les chandeliers antiques sculptés dans de l'os de baleine et la bibliothèque qui s'élève du sol au plafond. Les masques et les statuettes du monde entier qui se pressent entre les livres – des ouvrages témoignant d'un voyage qui ne s'est jamais fait : *This Cold Heaven : Seven Seasons in Greenland, Inuit Art* et *Eskimo Essays – Tales From the Top of the Earth.*

Owe ne partage pas ma fascination pour le Groenland et les Inuits. Il ne comprend pas ce que l'Arctique, ce continent inhospitalier et dénué de culture, peut avoir de si intéressant. On ne peut pas y jouer au golf, on y mange de la merde (les mots sont d'Owe) et il faut débourser une fortune pour s'y rendre.

Je crois que j'ai perdu l'espoir de voir un jour le Groenland. Parce que je ne sais pas si j'oserais partir pour un tel voyage toute seule. Pas maintenant, à un moment où la maladie me guette à tous les coins de rue, menace de m'avaler, comme la mer a avalé Sedna dans la légende.

La belle mais vaniteuse jeune Inuite Sedna s'était enfuie de chez son père avec un oiseau marin pour devenir sa femme. L'oiseau lui avait promis qu'il la conduirait dans un pays merveilleux : elle n'aurait jamais faim, leur tente serait fabriquée avec les plus beaux cuirs et elle se reposerait sur de douces peaux d'ours. Or, arrivée à destination, la jeune fille vit que la tente était faite de vieilles peaux de poisson qui laissaient passer le froid et le vent, elle dut dormir sur des peaux de morse rigides et on ne lui donna à manger que des reliefs de poisson.

Le printemps venu, son père alla rendre visite à sa fille et la trouva désespérée et épuisée au pays des oiseaux de mer. Il tua son beau-fils et repartit avec Sedna dans son kayak.

Mais les oiseaux se vengèrent. Ils créèrent une tempête violente et le père fut obligé de sacrifier sa fille à la mer pour apaiser les volatiles. Il la jeta par-dessus bord dans l'eau glaciale et, comme elle refusait de lâcher le bateau, il lui coupa les doigts l'un après l'autre. Les phalanges tombèrent dans la mer et se transformèrent en baleines et en phoques. Enfin, Sedna fut engloutie et elle devint souveraine – la déesse de la mer.

L'ancienne légende de Sedna met bien entendu en garde les jeunes Inuits contre le danger d'être vaniteux et de ne pas obéir à son père, mais elle traite aussi du caractère inflexible des éléments. Tout ce que nous sommes incapables de contrôler, mais que nous devons respecter pour ne pas être engloutis.

Quant à moi, j'ai beau avoir de quoi manger et un lit chaud où me coucher tous les soirs, la maladie est là, malgré tout, prête à me dévorer. À faire de moi sa souveraine dans l'existence vide et dépourvue de souvenirs qui m'attend.

Owe pense que nous ne devons pas parler de ma pathologie à nos amis. Pas encore. Il le répète si souvent que c'en est agaçant, mais chaque fois il ajoute qu'il restera à mes côtés, qu'il s'occupera de moi. C'est ce qu'il a toujours fait, mais je garde cela pour moi : Owe s'est toujours occupé de moi. Depuis le jour où nous nous sommes rencontrés, quand j'avais dix-neuf ans et lui vingt-neuf. Il venait me chercher sur l'autoroute quand ma voiture tombait en panne, payait mes factures, me récupérait à des soirées trop arrosées. Il lui est même arrivé de me sortir prudemment du lit d'un autre lorsque j'essayais sérieusement de me révolter en le trompant. Il a toujours été compréhensif. Compréhensif et critique. Il me donnait des comprimés qui apaisent, m'expliquait qu'il savait que j'allais mal, mais que le problème ne disparaîtrait pas parce que je me jetais dans les bras d'un collègue ou d'une vague connaissance, que je ne comprenais pas ce qui était bon pour moi, mais qu'il m'aimait quand même.

Toute cette sollicitude poisseuse a fini par m'étouffer. Comme si je ne parvenais pas à respirer en sa présence, comme s'il prenait trop de place et ne me laissait plus assez d'oxygène. Et lorsque j'essaie d'en parler avec lui, il répond que si je n'avais pas été aussi immature et irresponsable, il n'aurait pas été obligé d'agir comme il l'a fait. C'est moi qui ai fait de lui ce qu'il est.

En somme, c'est ma faute. Encore et toujours.

Peut-être y a-t-il une part de vérité dans ce qu'il dit. Mais tout n'est pas vrai. Son besoin de contrôle est pathologique et imprègne chaque pan de ma vie : ce que je mange, qui je fréquente, et même ce que je pense.

Dix ans plus tôt, j'étais à deux doigts de le quitter. Si tout n'avait pas capoté ce jour-là, je ne vivrais plus avec Owe. Mais on ne peut pas réfléchir ainsi. Sinon on devient fou. Tant de choses dans la vie ne se déroulent pas comme prévu, et ce n'est pas une excuse pour laisser l'amertume nous gagner. Alors je lutte contre la déception comme contre les mauvaises herbes, je refuse de la laisser s'ancrer en moi. Je tente de retenir toutes les choses positives : mon travail, les recherches auxquelles je consacre ma vie depuis dix ans, mes amis qui sont devenus comme ma famille faute d'avoir eu des enfants.

Je pose l'écuelle à sa place sur le sol et observe Frida ingurgiter sa pâtée. Je me demande si les chiens n'ont pas une vie meilleure finalement. Ensuite, je rassemble mes affaires, vais chercher mon bloc-notes et écris : *Café d'Ikea, 14 heures, aider Gunilla à choisir des meubles.* Un mémo très simple, au cas où j'oublierais ma destination. Je n'en suis pas encore là. Je me rappelle encore où je vais et je sais toujours conduire. Mais je crains le jour où je devrai demander de l'aide à Owe.

La température est descendue bien au-dessous de zéro pendant le week-end, j'enfile donc ma doudoune et mes bottes doublées. Je verrouille les deux serrures (non, je n'ai pas oublié) et gagne la voiture garée rue Skeppargatan, dans la partie en pente qui monte vers la rue Strandvägen. Elle est couverte d'une couche de dix centimètres de neige et il me faut un bon moment pour parvenir à en retirer suffisamment du pare-brise et des fenêtres pour pouvoir conduire.

Le ciel pèse, sombre, lourd, inquiétant, sur la baie de Nybroviken et la surface de l'eau légèrement ondoyante semble presque noire. Selon les prévisions météorologiques, il va encore neiger. Je me décide à partir le plus vite possible, démarre la voiture et me dirige vers le nord. Je dois être de retour au plus tard à dix-sept heures, car Owe et moi allons au concert de Noël à l'église Hedvig Eleonora.

Owe est féru de culture. La musique, le théâtre et les livres ne sont pas que des passe-temps ; ils représentent la base de toutes nos conversations avec nos amis. Celui qui ne parvient pas à suivre le flux culturel est rapidement réduit au rang de spectateur passif lors des dîners et autres réunions.

Owe décide même des sujets de conversation, encore une preuve de son besoin de tout contrôler. Parfois, je suis prise d'un désir irrépressible de parler de choses qui n'ont rien à voir. De sujets légers et superficiels pour lesquels je me ferais taper sur les doigts par Owe une fois les invités partis. Dire que je me suis fait faire un soin du visage divin aux huiles essentielles, peut-être parler de vêtements, de bijoux ou de vacances au soleil. Ou bien, l'impensable : dire avec un faux sérieux que j'ai lu *et* aimé *Cinquante nuances de Grey*.

En conduisant vers Barkany, je liste mentalement les raisons pour lesquelles je déteste Owe :

*Vaniteux.*

*Égocentrique.*

*Narcissique.*

*Dominant.*

*Malodorant.*

Gunilla est déjà installée à une table au café. Elle a accroché son court manteau de fourrure sur le dossier de la chaise et a l'air d'examiner ses ongles. Ses cheveux mi-longs blond vénitien tombent parfaitement et son sous-pull à col roulé moule son corps svelte.

Plusieurs raisons expliquent l'aversion d'Owe pour Gunilla. D'une part, elle est l'une de ces personnes superficielles qu'il méprise tant, une femme qui se maquille, met du vernis à ongles et achète des vêtements de marque. D'autre part, elle rit beaucoup trop fort et trop longtemps lorsqu'elle vient chez nous et, le plus souvent, son régime alimentaire est critiquable. Mais par-dessus tout : elle a quitté son époux après vingt-cinq ans de mariage. Comme ça. Juste parce qu'elle en avait assez. C'est une chose qui ne se fait pas. Pas dans le monde d'Owe, en tout cas.

Pas si l'on est une femme.

Son étreinte est longue, chaude et sent le parfum onéreux.

— Assieds-toi, je vais nous chercher quelque chose.

J'opine du chef et me laisse tomber sur la chaise d'en face. Je retire avec peine mon épais manteau et jette un coup d'œil autour de moi. C'est incroyable le nombre de personnes qui se pressent dans le café d'Ikea. L'odeur de laine mouillée et de safran se mêle à celle de la transpiration et des effluves de la cuisine. Çà et là, des rires et des bribes de conversations me parviennent des tables voisines.

Gunilla revient, portant un plateau rouge avec des brioches au safran et deux tasses. Le parfum épicé ne trompe pas.

— Du vin chaud ? Il est sans alcool ?

Elle éclate d'un rire indulgent, incline la tête sur le côté.

— Non, je pensais qu'on pouvait se faire un petit plaisir. Pour fêter l'achat de mon appartement.

— Mais je suis en voiture.

— Bah, c'est un petit verre. Et on va bien rester un moment, non ?

Je secoue la tête.

— Tu me fais rire. Fêter ton achat ? À *Ikea* ?

— Pourquoi pas ?

— Y a-t-il plus tragique que de trinquer à Ikea ?

Gunilla sirote bruyamment sa boisson chaude et balaie la salle du regard, observe les gens installés aux tables qui nous entourent. Ses yeux clairs s'arrêtent sur un couple âgé. L'homme et la femme mangent chacun une portion enfant de boulettes de viande.

— Je pense qu'il y a pire. Comment vas-tu ?

Gunilla est la seule à être au courant – hormis Owe. D'ailleurs, je lui ai parlé de la maladie bien avant d'en informer mon mari. Cela signifie peut-être que je suis plus proche d'elle que de mon propre époux. J'imagine que c'est ainsi.

— Je vais bien.

— Qu'a dit le médecin ?

— Bah, rien de nouveau.

Elle hoche la tête et son visage devient sérieux. Elle prend ma main et la serre légèrement. Je sens la chaleur de son corps affluer dans le mien.

— Tu n'hésites pas à demander si tu as besoin d'aide, hein ?

— Je ne *veux pas* qu'on m'aide.

— Justement.

Son visage est si grave que j'éclate de rire.

— Et toi, les amours ?

Gunilla sourit et s'étire comme un chat. Elle pose sa tasse sur la table, se penche en avant et murmure, comme si elle me confiait un secret.

— C'est génial. On a tellement… *de désir* l'un pour l'autre. On est *excités*, comme on dit familièrement. C'est autorisé à notre âge ?

— Si tu savais ce que je donnerais pour être un peu excitée !

Owe et moi ne faisons plus l'amour, mais je n'ai pas envie de le dire à Gunilla. Non pas parce qu'elle me jugerait, mais parce que je trouve que c'est profondément tragique de vivre avec une personne qu'on ne désire pas. Seuls les gens faibles restent dans des relations dysfonctionnelles. Et je ne veux pas être faible – pas même vis-à-vis de Gunilla.

À travers le brouhaha, j'entends mon portable sonner. Je l'attrape et jette un coup d'œil à l'écran. Je ne reconnais pas le numéro.

— Réponds, m'encourage Gunilla. Je dois aller au petit coin.

Je décroche quand Gunilla se lève et marche lentement vers les toilettes. Elle a une sciatique et je pense qu'elle a plus mal qu'elle ne veut l'admettre.

L'homme au bout du fil a une voix douce et chantante. Il se présente comme Manfred Olsson et explique qu'il travaille comme enquêteur à la brigade criminelle. Cela fait longtemps que je n'ai pas entendu parler de la Crim. J'ai cessé de travailler pour eux cinq ou six ans plus tôt. J'avais décidé de me concentrer sur mes recherches et de ne plus accepter de mission de consultante pour la police. Pour dire la vérité, c'est Owe qui en a décidé ainsi à ma place. Il trouvait que je travaillais trop, disait que ça me rendait maussade et grincheuse.

En outre, nous n'avions pas besoin d'argent.

— Nous avons été en contact, vous et moi, il y a environ dix ans. Mais vous ne vous rappelez peut-être pas.

Effectivement. Manfred Olsson, cela ne me dit rien, mais la dernière chose que j'ai envie de lui dire, c'est ce dont je me souviens ou pas, je préfère donc garder le silence.

— Il s'agissait d'une enquête sur un homicide ici à Stockholm, à Södermalm plus précisément. Un jeune homme avait été décapité. La tête était…

— Ça me revient, dis-je. Le coupable est toujours dans la nature, n'est-ce pas ?

Démence ou pas, le souvenir de la tête de la victime, qui avait été placée debout sur le sol, est resté gravé dans ma mémoire. Peut-être à cause de la violence du meurtre, peut-être parce que nous avons travaillé comme des bêtes pour trouver le coupable. Lorsqu'on m'a appelée, l'enquête durait depuis déjà quelques mois. À l'époque, la brigade criminelle n'avait pas de section de profilage, aussi ai-je été recrutée comme consultante pour aider les enquêteurs à définir le profil psychologique de l'assassin. J'ai une formation initiale en science du comportement, mais, au fil des années, mes recherches se sont davantage axées sur les schémas explicatifs des crimes violents. Je me suis retrouvée à collaborer avec la police par hasard et j'ai ensuite travaillé pour elle régulièrement pendant plusieurs années.

— Exactement. Nous n'avons jamais trouvé le coupable. Et aujourd'hui, nous avons un homicide analogue. Pour tout vous dire, le *modus operandi* est même très semblable. Je me demandais si nous pouvions nous retrouver pour un café. Je me rappelle que vos idées étaient très intéressantes.

Gunilla est de retour. Elle s'installe en face de moi et vide son verre cul sec.

— Je ne travaille plus pour la police.

— Je sais. Il ne s'agit pas d'une mission de consultante. Je voudrais simplement savoir ce que vous en pensez. Juste autour d'un café. Si vous êtes disponible, bien sûr.

Lorsque je rentre, Owe se tient dans l'entrée, comme s'il m'attendait. Ses cheveux gris et abîmés sont ramenés sur le côté pour tenter de cacher sa calvitie. Son ventre tend le tissu de sa chemise, son visage est écarlate et sa peau luisante de sueur, comme s'il revenait d'un footing. Il jette un coup d'œil ostentatoire à sa montre – un objet cher sans être de mauvais goût, qui envoie les bons signaux à son entourage.

— Il est moins dix, dis-je.

Owe se retourne sans mot dire et se dirige vers la chambre. Dans quelques instants, il sera de retour avec un gilet. Je dépose le sac Ikea contenant des bougies et des serviettes en papier et salue Frida, qui me fait la fête pour attirer mon attention. Je passe la main dans son pelage noir et frisé qui rappelle une peau de mouton.

Owe réapparaît dans l'entrée avec son gilet moutarde. Le plus laid de sa collection. Il enfile son manteau et ses bottines et croise mon regard.

— Il faut qu'on y aille, on va être en retard.

La rue Kaptensgatan n'a pas été déblayée et je tente en vain d'éviter que de la neige n'entre dans mes chaussures en marchant dans les empreintes de pas déjà formées. Il fait nuit et nous avançons vers la rue Artillerigatan.

— La brigade criminelle m'a appelée, dis-je.

— Ah bon, répond Owe d'une voix neutre qui ne trahit aucune émotion.

Owe est comme ça. Un peu comme une chaudière. Il ne laisse rien sortir jusqu'à ce que la pression atteigne un point de rupture. C'est à ce moment-là qu'il explose.

— Ils veulent me rencontrer.

— Ah bon.

Nous commençons à monter vers l'église, passons devant le restaurant du musée de l'Armée, où il nous arrive de déjeuner.

— Apparemment, un meurtre a été commis, qui leur rappelle beaucoup une enquête à laquelle j'ai participé il y a dix ans.

— Enfin Hanne, *merde* ! Dis-moi que c'est une blague !

Je prends un air innocent.

— Quel est le problème ?

Il s'arrête sans me regarder. Il préfère fixer l'église éclairée qui se dresse dans la neige devant nous. Sa flèche transperce le ciel noir et s'élève vers l'éternité. Je vois qu'Owe serre les poings et je sais à quel point il est fâché. Curieusement, cela m'amuse, me remplit d'une joie primitive et espiègle. Comme si j'étais une adolescente qui parvenait enfin à faire perdre patience à un parent maître de soi.

Il pivote vers moi, pose une main sur mon bras et quelque chose dans ce geste subtil – qui exprime à la fois de l'indulgence et un droit de propriété – me met hors de moi.

— Quoi, Owe ? Qu'est-ce qu'il y a ?

— Tu crois vraiment que c'est la chose à faire ?

Il a baissé la voix et je sais qu'il lutte pour se contrôler. Owe a horreur de perdre la maîtrise de soi, presque autant que lorsque moi, je m'emporte.

— *Qu'est-ce* qui n'est pas la chose à faire ?

— D'accepter du travail, dans ton… *état* ?

— *Mon état ?* On croirait que je suis enceinte.

— Si seulement !

— Qui dit que je vais travailler pour eux ?

— Mais bon sang ! Tu sais bien comment ça se termine quand ils t'appellent.

— Et qui dit que je ne peux pas travailler ?

Il lève le menton et me regarde de haut, de cette manière que je déteste, et prend une profonde inspiration.

— *Moi*, je le dis. Tu n'es pas assez en forme pour accepter de nouvelles missions et comme je suis la personne la plus proche de toi, j'ai le droit de donner mon avis.

Et, à cet instant précis, je sais que je devrais trouver une réponse percutante : peut-être tout simplement le gifler ou, en tout cas, laisser tomber le concert de Noël, me retourner et rentrer voir Frida. Au lieu de cela, je me tais et nous continuons notre chemin en silence, dans le noir, jusqu'à l'église.

## EMMA

*Deux mois plus tôt*

— Alors, comment ça s'est passé ?

Le regard d'Olga est curieux, mais bienveillant. Elle me considère de ses yeux gris en pliant les jeans posés sur la longue table à côté des caisses.

Tout à coup, je ne sais que répondre. Une partie de moi voudrait dire que tout était parfait, que nous avons bien mangé et vécu une nuit d'amour passionnée. Une autre partie de moi voudrait dire la vérité, mais n'en a peut-être pas la force.

— Il n'est pas venu.

— *Pas venu ?*

Olga pose le jean qu'elle tient à la main sans le plier et me fixe avec une attention toute nouvelle.

— Non, il m'a posé un lapin. Et je n'ai pas réussi à le joindre. Je ne sais pas ce qui s'est passé.

— Il n'a pas appelé ?

— Non.

Le silence qui s'installe est inconfortable. Je vois bien qu'Olga a du mal à appréhender la situation, ignore comment réagir.

— En général, il t'appelle quand il est retard ou qu'il ne peut pas venir ?

J'hésite un instant.

— Il n'est jamais en retard. Et il n'a jamais eu d'empêchement.

Soudain, je suis à l'étroit dans la boutique, alors même que nous venons d'ouvrir et qu'il n'y a encore que peu de clients. La lumière artificielle crue me pique les yeux et je perçois un battement sourd à l'arrière de ma tête. Je me penche vers le présentoir où sont posés les jeans et sens les larmes brûler sous mes paupières.

— Et s'il lui était arrivé quelque chose ?

La voix d'Olga est basse, presque un murmure. Entre ses sourcils très maquillés, une petite ride est apparue. Je suis incapable de répondre. Je me contente d'approuver de la tête.

— T'as essayé de l'appeler ?

— Oui, je viens de le faire. Juste avant l'ouverture.

Elle ne dit rien de plus, mais continue de plier les jeans en jetant un coup d'œil vers l'entrée de la boutique.

— Le voilà, murmure-t-elle sans me regarder.

J'attrape un jean à portée de main et commence à le plier, mais c'est déjà trop tard.

— Vous êtes encore en train de traîner ? Emma, prends la caisse.

Björne a été chez le coiffeur. Il a coupé les mèches noires qui tombaient sur sa nuque. Ses cheveux sont peignés sur le côté et une longue frange lui cache un œil. Sa silhouette aux jambes arquées, associée à sa coiffure et à sa veste, me fait penser à Lucky Luke. Un Lucky Luke arrogant et vieillissant.

Je lui tourne le dos et me dirige vers la caisse sans mot dire. Je pense à nouveau à ma mère. À ma mère et à ses sœurs et à tout ce qui n'existe plus. Je me dis que c'est sacrément injuste que les jolis souvenirs fragiles que j'avais aient disparu, comme la fumée dans le brouillard, et soient remplacés par Björne et des piles de jeans et de strings.

Les rires et les gloussements retentissaient dans le salon du petit appartement de l'avenue Värtavägen où vivait tante Agneta. L'effluve du café frais flottait dans l'air, mêlé à la fumée des Gula Blend de ma mère. Tante Christina, qui venait d'arrêter la cigarette, se plaignait en soupirant du manque de solidarité de ma mère. Je me demandais si elle était fâchée, mais elle éclatait ensuite de son rire rauque et j'en concluais que c'était une plaisanterie.

Tous les premiers samedis du mois, les tantes se retrouvaient pour leur traditionnel déjeuner. C'était une réunion bruyante, gorgée de calories, où seules ma mère, ses sœurs et moi étions conviées.

Tout à coup, elles baissèrent la voix, je n'entendis plus qu'un murmure interrompu par de petits gloussements. Je n'avais pas besoin d'écouter pour savoir de quoi elles parlaient : du nouveau petit ami de Lena, du mari candide de Christina et du dos douloureux de ma mère.

Ma mère était la plus jeune des sœurs. Elle était la petite dernière, la fille sauvage et mal éduquée, mais adorée, qui avait scandalisé mes grands-parents en tombant enceinte de mon père à dix-huit ans. Une nouvelle salve de rires se propagea dans la pièce, une vague de joie et d'enthousiasme primitif. Agneta s'ébroua, on aurait dit qu'elle allait se mettre à tousser, puis j'entendis des cliquetis de porcelaine.

Quant à moi, j'étais assise en tailleur sur le parquet de la chambre à coucher, tenant à la main le bocal avec la larve de papillon. Les feuilles avaient fané depuis longtemps et étaient tombées au fond du pot, l'une après l'autre, et les branches nues ressemblaient à une bobine de fil barbelé. La chenille vert clair semblait avoir disparu. Mais mon père m'avait expliqué ce qui s'était passé : dans la petite chrysalide lisse, quelque chose de merveilleux était en train de se produire. La larve subissait une transformation et, si j'avais de la patience et avec l'aide de Dieu, je verrai un animal tout à fait différent sortir de la chrysalide.

Cela m'inquiétait un peu. Je tenais absolument à voir le moment où cet autre animal allait apparaître, mais je ne savais pas *quand* cela allait se produire. C'est pourquoi j'apportais le bocal partout où j'allais. Mon premier réflexe au réveil et mon dernier réflexe au coucher étaient d'examiner la chrysalide avec attention à la recherche d'éventuels changements.

J'avais demandé à mon père pourquoi la chenille était obligée de s'enrouler dans un cocon gris-brun, pourquoi elle ne pouvait pas plutôt rester une larve, mais mon père avait secoué la tête et souri tristement.

— Elle n'a pas le choix, mon petit loup. Elle doit se transformer ou mourir. C'est la loi de la nature.

J'ai longuement médité sur cette expression, essayé de me représenter ce que ça fait d'être forcé à choisir : « se transformer ou mourir ». J'avais beau y penser, je n'arrivais pas à me mettre dans cette situation.

Levant les yeux du pot en verre, je fixai le mince lit d'Agneta. Cela faisait bien longtemps qu'elle ne l'avait partagé avec quelqu'un, c'est ce que tante Lena avait chuchoté à ma mère dans l'escalier en montant ici. Les adultes croient toujours que les enfants n'entendent pas ou, s'ils entendent, ils pensent qu'ils ne comprennent pas. Tout cela est évidemment faux. Je devais me forcer à prendre une mine désintéressée, indifférente et puérile chaque fois qu'il m'arrivait d'entendre les secrets de mes tantes.

Au-dessus du lit était accroché le petit tableau avec les footballeurs. Je ne comprenais pas ce qu'il avait de si particulier, pourquoi les tantes en parlaient à voix basse, enthousiasmées, debout en demi-cercle à l'admirer en fumant. Je ne voulais pas leur dire de peur de leur faire de la peine, mais le tableau était assez laid. Les personnages n'avaient pas de contours nets, semblaient se confondre avec l'arrière-plan, et l'artiste n'avait pas du tout réussi à peindre une représentation fidèle de la réalité. Même moi, j'aurais pu faire mieux que ça. Mais je ne leur ai jamais dit, car j'étais malgré tout assez bien élevée.

— Ma petite chérie, qu'est-ce que tu fais par terre ?

Tante Agneta était apparue dans l'embrasure de la porte. Elle s'était accroupie à côté de moi. Ses grosses jambes semblaient encore plus volumineuses à quelques dizaines de centimètres de distance et ses bas s'enfonçaient dans ses mollets de façon peu flatteuse.

— Tu ne veux pas te mettre dans le fauteuil ? Ou sur mon lit ?

Je secouai la tête sans répondre et tante Agneta soupira silencieusement.

— Bon, d'accord. Comme tu veux. Au fait, qu'est-ce qu'il y a dans ton bocal ?

— C'est une chrysalide.

— Une *chrysa-quoi* ?

— Une chrysalide. Que la larve a construite pour pouvoir se transformer.

— Ça alors ! Où est-elle, cette chrysalide ?

Je la lui montrai. Elle prit le bocal avec précaution, le tint à la lumière, plissa les yeux. Ses petits yeux bleus disparurent sous ses lourdes paupières.

— On la voit à peine.

— C'est le but. Sinon les oiseaux la mangeraient. Ils aiment bien les chenilles.

Elle me regarda avec sérieux et acquiesça.

— Bien sûr. Je n'y avais jamais pensé.

Comme cela, de près, tante Agneta avait l'air plus âgée qu'elle ne l'était. Ses joues pendaient jusque sur son cou et ses seins reposaient lourdement sur ses genoux lorsqu'elle s'accroupissait.

— Dans la nature, les animaux mangent d'autres animaux dès qu'ils en ont l'occasion.

Agneta me caressa les cheveux de sa main calleuse.

— Ma petite Emma, dit-elle d'une voix douce comme du chocolat.

Elle semblait poser une question, comme si j'avais pu répondre à ses interrogations cachées. Je récupérai le bocal qu'elle me tendait et le posai doucement sur le parquet.

— Comment ça se passe à la maison, Emma ?

Tante Agneta sembla tout à coup inquiète : il y avait dans sa voix quelque chose de fragile que je ne reconnaissais pas.

— Qu'est-ce que tu veux dire ?

Elle marqua une pause et contempla la chambre. Depuis la cuisine, on entendait des voix étouffées, pas de rires, un signe évident qu'elles discutaient du mari de l'une d'entre elles. Toutes les sœurs avaient épousé des hommes bêtes ou méchants : Agneta, qui était restée célibataire, ne s'en sortait finalement pas si mal.

— Est-ce que maman et papa boivent beaucoup de vin et de bière, Emma ?

C'est une question à laquelle je ne savais pas répondre. Bien entendu, je comprenais la question, mais je ne savais pas ce qu'elle voulait dire par *boire beaucoup*. Beaucoup, c'était combien ? Oui, il y avait toujours des canettes de bière dans la cuisine et dans le salon le matin, était-ce beaucoup ? Était-ce *trop* ? Combien de canettes de bière et de bouteilles de vin buvaient les autres parents le soir ? Je l'ignorais. Alors, je répondis avec honnêteté.

— Je ne sais pas.

Agneta poussa un nouveau soupir et se leva avec peine, faisant craquer et crépiter ses genoux comme s'ils étaient faits de branches de bouleau sèches et non de tendons, de chair, d'os et de sang.

— Doux Jésus, dit-elle en étouffant un petit rot. Tu ne veux pas venir manger des gâteaux avec nous, Emma ?

— Tout à l'heure. Peut-être.

Lorsque Agneta retourna dans la cuisine, les voix faiblirent, devinrent un murmure. Généralement, cela signifiait qu'elles abordaient un sujet intéressant. Aussi pris-je le bocal avec moi, sortis-je dans le couloir à quatre pattes et m'allongeai-je par terre pour écouter. Je ne parvenais qu'à distinguer des fragments de ce qui se disait. J'entendais la voix éraillée d'Agneta.

— … un enfant *différent*.

Puis j'entendis ma mère, sa voix était un peu plus forte à présent.

— Différent ne veut pas nécessairement dire *moins bien*.

Aucune des tantes ne répondit.

Juste au moment où j'allais retourner dans la chambre d'Agneta, quelque chose dans le bocal attira mon attention. La chrysalide pendait toujours de sa branche, comme avant, mais quelque chose avait changé. Comme si la peau était devenue un peu transparente, semblable à du verre rayé ou à un glaçon sale.

La transformation avait commencé.

L'homme à la caisse me tend la main et m'adresse un large sourire.

— Anders Svensson, journaliste.

J'hésite, lui serre la main et étire légèrement les lèvres.

— Emma.

Il a les yeux bleu clair et les cheveux jaunes comme de l'urine de chien sur de la neige. Il porte une parka militaire verte et sale, un jean déchiré et a l'air d'avoir la trentaine.

— En quoi puis-je vous aider ? demandé-je en voyant qu'il ne me lâche pas la main.

Il continue à sourire.

— Je fais un reportage sur les conditions de travail ici. Il paraît qu'on vous interdit de parler aux journalistes. C'est exact ?

— Interdit ? Non, je ne sais pas vraiment…

— Que vous n'avez pas le droit d'aller aux toilettes, lance-t-il en voyant mon hésitation.

Ce n'est pas complètement faux. On nous serre la vis depuis que Jesper est arrivé, ce que les médias n'ont pas tardé à remarquer. Mais je ne peux pas en parler, surtout compte tenu de ma relation avec lui.

— Je n'ai rien à vous dire.

Je sens mes joues devenir écarlates.

— Nous pouvons nous retrouver ailleurs si vous préférez, fait-il en se penchant en avant pour me fixer de ses yeux humides. Vous pouvez garder l'anonymat, personne ne sera au courant.

— Je ne préfère pas.

Soudain, je devine une silhouette qui approche sur le côté.

— Elle vous a dit qu'elle ne voulait pas vous parler. Vous êtes bouché ou quoi ?

Le journaliste à la parka verte se redresse.

Björne se tient maintenant près de moi. Je vois qu'il fulmine. Ses poings sont serrés et ses mâchoires crispées. Il coince sa frange derrière une oreille d'un geste expert, pousse le menton en avant et déclare lentement :

— C'est la deuxième fois que vous venez harceler mon personnel. Foutez le camp immédiatement, ou j'appelle la police. Pigé ?

— J'ai le *droit*…

— Oh, vous avez entendu ce qu'elle vous a dit ? Ou vous voulez que je vous fasse un dessin ? Elle ne veut *pas* vous parler !

Des gouttelettes de salive giclent de la bouche de Björne lorsqu'il siffle ces mots.

— Tu as eu la bonne réaction, Emma ! s'exclame-t-il, avant de disparaître dans le bureau.

Je regarde à nouveau le journaliste. Son large sourire s'est évanoui. Son visage est complètement neutre. Il fouille dans sa poche de blouson et pose quelque chose sur la table. C'est une carte de visite. Ses yeux clairs rencontrent à nouveau les miens.

— Appelez-moi si vous changez d'avis.

Puis il s'en va.

Je me penche en avant, prends la carte, la regarde un instant avant de la glisser dans ma poche.

Jesper Orre. Ses grandes mains chaudes. La peau douce, un peu ridée de son visage. Sa barbe de trois jours, poivre et sel, qui couvre son menton saillant. Sa manière de me regarder, qui fait penser à la façon dont une personne affamée contemple des pâtisseries extravagantes dans la vitrine d'une boulangerie.

Que voit-il en moi ? Je me le demande. Je suis une personne des plus ordinaires avec une profession inintéressante et une vie privée monotone. Pourquoi passe-t-il tant de temps avec moi ? Qu'est-ce qui fait qu'il peut rester des heures dans mes bras à laisser courir sa main le long de mon corps, effleurant des parties auxquelles je n'avais jamais prêté attention auparavant ?

Je me rappelle notre rendez-vous chez moi, une semaine ou deux auparavant.

— Nous nous ressemblons tant, Emma, murmura-t-il. Parfois, j'ai l'impression que je peux lire dans tes pensées, tu comprends ?

Je ne comprenais pas. Je ne sentais pas de communion télépathique avec lui, ne savais pas ce qu'il pensait. Je l'aimais, mais je ne voyais pas ce qu'il voulait dire lorsqu'il parlait de notre *connexion*.

Mais je me gardai bien de le lui avouer.

— J'ai eu tellement de chance, chuchota-t-il en hissant son corps lourd sur le mien.

Avec ses genoux, il écarta mes jambes, s'approcha de moi, tout près.

— Je suis l'homme le plus heureux du monde.

Il pénétra en moi sans que je sois préparée. M'embrassa dans le cou, caressa mon sein du doigt.

— Je t'aime, Emma. Je n'ai jamais rencontré quelqu'un comme toi.

Je gardai encore le silence, ne voulant pas briser la magie de ce moment. J'aurais tant aimé me reposer dans cette sensation plus longtemps. Mon vagin me brûlait. Jesper n'était pas tendre et cela n'avait rien d'agréable, mais c'était tout de même assez magique.

Être aimée. Être désirée. Comme les pâtisseries aux framboises dans la vitrine de la boulangerie.

Il commença à bouger plus violemment en moi. Il me serra le bras plus fort, des gouttes de sueur tombèrent sur ma joue telles des larmes. Il gémit, comme s'il avait mal.

— *Emma.*

On aurait dit une question, ou peut-être un encouragement.

— Oui ?

Il s'arrêta, haletant. M'embrassa.

— Emma, est-ce que tu ferais n'importe quoi pour moi ?

— Oui. Je ferais n'importe quoi.

Ferais-je n'importe quoi pour Jesper Orre ? La question était rhétorique. Il ne m'avait jamais demandé de faire quoi que ce soit, sauf quand il m'avait emprunté de l'argent pour pouvoir payer ses ouvriers. C'est même moi qui avais insisté pour le lui prêter. Moi qui voulais qu'il reste chez moi au lieu d'aller à la banque.

Il avait embrassé mes paupières.

— Ma chérie, tu sais que je veux rester, mais j'ai promis de payer les ouvriers aujourd'hui. En cash. Ils sont polonais. Et je n'ai pas 100 000 couronnes en liquide. Donc, malheureusement, je dois aller à la banque.

*Un déjeuner-baise.*

L'expression était d'Olga. Elle avait éclaté de rire lorsque je lui avais dit que j'allais déjeuner avec mon copain. Chez moi. Olga avait toujours été brusque. Franche. Provocatrice. Elle disait ce qu'elle pensait et n'en avait pas honte.

— Je dois y aller, Emma.

— Je peux te prêter l'argent.

— *Toi ?*

Il avait eu l'air étonné, mais avait semblé ignorer ma proposition. Il s'était levé, avait marché vers la fenêtre et regardé au-dehors en se grattant l'entrejambe.

— J'ai de l'argent chez moi.

— Tu as *100 000 couronnes* chez toi ? Ici, dans ton appart ? avait-il demandé en montrant la pièce d'un large geste.

— Oui, j'ai l'argent dans l'armoire à linge.

Je m'étais levée en pouffant et avais enfilé un tee-shirt – pas que ça me gênait que Jesper me voie nue, mais plus par habitude. Je n'aime pas montrer mes seins quand il fait jour. À personne.

Pas même à Jesper.

Il m'avait suivie jusqu'à l'armoire, regardée en silence descendre le panier contenant des nappes et doucement dérouler la tenture de Noël pour faire apparaître les liasses de billets. « Noël adoré, enfin arrivé » était brodé au point de croix.

— Tu es complètement tarée ? Tu as 100 000 couronnes dans ton armoire à linge ?

— Oui, et alors ?

— Pourquoi tu ne mets pas ton argent à la banque, comme une personne *normale* ?

— Comment ça ?

— Tu peux te faire cambrioler ! Il n'y a que les petites vieilles qui cachent leur argent dans le matelas ou entre leurs draps.

Je lui avais rappelé que j'avais justement hérité l'appartement d'une de ces petites vieilles. Il s'était esclaffé et avait haussé les épaules.

— D'accord. Je te les rends. Très vite.

Puis il m'avait embrassée dans le cou, enlacée par-derrière et avait laissé glisser ses mains lentement sur mes seins.

— J'ai encore envie de te baiser, petite salope friquée.

## PETER

Manfred se penche sur le corps, l'air impassible. Il laisse courir son regard de l'entaille soigneusement recousue sur la poitrine et le ventre aux profondes balafres sur les avant-bras.

— Elle a vraiment résisté, non ?

La médecin légiste acquiesce. Fatima Ali, la quarantaine, est originaire du Pakistan, mais a fait ses études aux États-Unis. J'ai déjà eu l'occasion de travailler avec elle plusieurs fois. À l'instar de la majorité des médecins légistes, elle est minutieuse à l'excès et craint de s'exprimer dans des termes trop forts. Mais je lui fais confiance. Rien ne lui échappe. Et j'ai l'impression que ses grands yeux noirs et ses mains délicates ne reculent devant rien.

— Elle a des contusions à l'arrière de la tête et sur le visage et au total dix-huit coupures sur les avant-bras et les paumes. La plupart à droite, ce qui prouve qu'elle a été attaquée de ce côté-là.

Fatima se penche en avant, écarte légèrement les lèvres d'une des plaies les plus profondes, fait apparaître la chair rouge et la désigne du doigt.

— Regardez. Les coupures sont plus profondes dans ce sens-là : l'agresseur est probablement droitier et l'a attaquée comme ça.

Elle lève une main moulée dans un gant en latex bleu comme pour poignarder Manfred qui recule instinctivement.

— Combien de temps a duré la lutte ? demandé-je.

Fatima secoue la tête.

— Impossible à dire. Mais aucune de ces coupures n'a pu provoquer la mort. Ce sont les blessures au cou qui l'ont tuée.

Je me penche en avant et observe la tête qui repose sur la table en inox. Cheveux bruns agglutinés à cause du sang séché. Sourcils bien formés. Et, au-dessous, une masse informe de chair et de tissu.

— Et que dire de ces blessures ?

Fatima opine du chef et s'essuie le front de l'avant-bras. Elle cligne des yeux, comme si la lumière crue la dérangeait.

— Elle a reçu plusieurs coups de couteau au niveau de la gorge. Un seul aurait suffi pour la tuer, mais le coupable était décidé à séparer la tête du corps. La colonne cervicale a été tranchée entre la troisième et la quatrième vertèbre. Il a fallu une force considérable pour faire ça. Ou de l'acharnement.

— Une force considérable, c'est-à-dire ?

— Difficile de le savoir.

— Est-ce qu'une femme aurait pu faire ça ?

Fatima hausse un sourcil et croise les bras sur son tablier en plastique.

— Qui dit que les femmes sont faibles ?

Manfred se tortille un peu.

— Ce n'est pas ce que je voulais dire.

— Je sais ce que vous voulez dire, soupire Fatima. Oui, une femme aurait pu faire ça. Ou une personne âgée. Ou un jeune homme fort. C'est votre boulot de le déterminer.

— Et à part ça ? demandé-je.

Fatima baisse les yeux sur le corps pâle.

— Je dirais qu'elle a entre vingt-cinq et trente ans. Elle mesure un mètre soixante-douze et pèse soixante kilogrammes. Constitution normale en d'autres termes. En bonne santé. Sportive.

L'odeur dans la pièce commence à me donner la nausée. J'aimerais croire que je suis aguerri, mais on ne s'habitue jamais à cet effluve. Ça ne sent pas vraiment mauvais – plutôt comme une odeur de viande crue et de fleurs restées trop longtemps dans un vase – mais je sens qu'il faut que je sorte. J'ai soudain besoin de l'air froid du dehors.

— Ah oui. Une dernière chose, marmonne Fatima. Elle est mère, ou du moins elle a été enceinte.

— Elle a eu un ou plusieurs enfants ? s'enquiert Manfred.

— Impossible à dire, fait Fatima en ôtant ses gants avec un claquement. On a terminé ?

Manfred prend le volant pour retourner vers Kungsholmen. Des flocons de neige saupoudrent le trafic dense. Bien qu'il ne soit que quinze heures, la nuit a déjà commencé à tomber.

— Jolie fille, fait remarquer Manfred en allumant la radio.

— Fatima ?

— Non, la fille sans tête.

— Putain, t'as vraiment un problème !

— Ah bon ? Tu l'as vue toi-même. Elle devait être sacrément belle. Tu as vu ce corps ! Ces seins…

Je regarde par la vitre en méditant sur ses commentaires.

— On a d'autres infos sur son identité ?

— Négatif.

— Et pas de nouvelles d'Orre ?

— Non. Visiblement, il n'est pas allé bosser hier.

— Et aujourd'hui ?

— Je ne sais pas encore. Sanchez devait vérifier ça. Mais la moitié de la Suède le cherche, il ne pourra pas rester planqué bien longtemps.

— Et le rapport préliminaire des techniciens ?

— Sur ton bureau. Pas de traces d'effraction donc quelqu'un a probablement ouvert la porte à l'assassin. À moins qu'il n'habite dans la maison. Ce qui signifie que ce serait Orre. Ils ont trouvé de l'urine sur le sol. Et un certain nombre d'empreintes digitales et de traces de pas. Mais comme cette imbécile de voisine s'est baladée en long et en large dans la maison, ils ne sont pas sûrs d'aboutir à quelque chose. Il y a aussi tout un tas de fibres, mais rien qui vaille la peine d'être noté. L'arme du crime est une machette. D'ailleurs, elle a été envoyée au laboratoire national de recherche criminelle. On verra ce qu'ils trouvent. Apparemment, ils ont mis ce pervers de Linbladh dans la boucle, celui qui bosse sur les traces de sang. Il va les aider à reconstituer la scène.

Manfred se tait et se met à tambouriner sur le volant au rythme de la musique. J'ai l'impression qu'il est stressé. Il ne s'est pas rasé depuis plusieurs jours et ses yeux semblent fatigués.

— Nadja va mieux ?

Manfred jette un coup d'œil dans ma direction puis passe la main sur son manteau en poils de chameau.

— Non, elle a chialé toute la nuit. Afsaneh est devenue dingue. Elle devait se lever tôt. Un de ses doctorants soutient sa thèse aujourd'hui. Et elle a recommencé à parler mariage au milieu de toute cette galère. Pourquoi font-elles ça, les femmes ?

Je n'ai pas de réponse à lui apporter. Je ne me souviens que trop bien des histoires autour de mon propre mariage.

J'étais avec Janet depuis environ un an lorsque ses remarques continuelles à propos du mariage sont devenues insupportables. Pour être honnête, je ne sais pas du tout comment j'en suis arrivé là, mais, tout à coup, j'avais accepté de l'épouser. Bien entendu, j'aurais dû lui opposer un *non* catégorique, au lieu d'être lâche. J'imagine que je ne voulais pas – ou n'osais pas – la décevoir. Je l'ai donc laissée faire.

Pendant les mois qui ont suivi, elle ne pensait qu'aux arrangements floraux, au menu et à la liste des invités. Elle rapportait des échantillons de gâteaux, dessinait des plans de table sur de grandes feuilles et écoutait des marches nuptiales à plein volume.

Et elle s'était mise au régime.

J'avais presque commencé à m'inquiéter. Apparemment, elle mangeait comme un moineau pour pouvoir entrer dans une certaine robe. Une robe que je n'avais absolument pas le droit de voir avant le jour J. Visiblement, c'était crucial pour elle.

Quant à moi, je me réfugiais dans le travail. Nous enquêtions sur le meurtre d'une gardienne de parking à Tensta et, comme je venais d'être promu, il était encore plus important que je montre de quoi j'étais capable. Je ne dirais pas que Janet était compréhensive. Au contraire, elle exigeait de moi plus de temps et d'engagement que d'habitude. Il fallait visiter des églises, réserver un voyage de noces et s'entraîner à réciter nos vœux (qu'elle avait écrits).

Un soir, elle était venue me voir avec un paquet d'enveloppes à la main. Elle semblait particulièrement enjouée, comme quand elle avait acheté quelque chose de bien trop cher ou qu'elle avait trouvé un voyage qui lui plaisait dans l'un de ces catalogues qu'elle rapportait constamment à la maison. Ses yeux brillaient et ses courts cheveux décolorés étaient en pétard.

Elle m'avait expliqué que les invitations étaient prêtes, tendu les lettres et demandé si je pouvais les poster. Je ne me rappelle plus ce que j'avais répondu. Sans doute quelque chose comme « on en reparlera à un autre moment », mais comme d'habitude elle ne m'écoutait pas.

En tout cas, je me souviens que, plus tard dans la soirée, j'étais assis dans le fauteuil avec le tas d'invitations à la main, me demandant ce que j'allais bien pouvoir en faire. Bien entendu, je devais les envoyer, c'était la chose la plus facile au monde. Descendre au carrefour et les glisser dans la boîte aux lettres jaune pour ne plus être obligé de penser à ce maudit événement pendant plusieurs semaines, mais je ne pouvais pas. Je n'étais pas prêt à faire quelque chose d'aussi définitif, à franchir ce cap, à entrer dans cette vie à deux que je n'avais pas choisie. L'espace d'un instant, j'avais également eu envie de tout avouer à Janet, de lui dire la vérité : que cette histoire de mariage me foutait une trouille bleue et que je préférais le repousser. Or, lorsque j'étais entré dans la chambre pour lui parler, elle dormait déjà. Alors j'avais rangé les invitations dans le tiroir du bureau et décidé d'aborder la question un autre jour.

Et ce qui devait arriver arriva. Je ne peux pas vraiment dire que j'avais oublié les enveloppes dans le tiroir, c'est plutôt que je n'avais pas la force de mettre le sujet sur le tapis. Chaque fois que je décidais de parler à Janet, j'avais soudain autre chose à faire, ou bien Janet était maussade et grognon et n'avait pas envie de discuter. Elle pouvait être comme ça, parfois, brusque et grincheuse. Souvent sans que je comprenne pourquoi.

Lorsque je repense à cette époque, je me rends compte que j'essaie de trouver des excuses à mon comportement. Ce que j'ai fait était bête, immature et a blessé Janet à un point que je n'aurais jamais pu imaginer. Au fond, je ne voulais pas lui faire de mal. Je voulais simplement qu'elle me foute la paix.

En tout cas, un soir, alors que la date du mariage approchait dangereusement – il devait rester trois ou quatre semaines, peut-être –, elle s'était assise à côté de moi sur le bord du lit. Ses cheveux, qu'elle laissait pousser pour pouvoir les attacher, tombaient en mèches raides autour de son visage triste et ses seins pendaient si bas sur son buste amaigri que c'en était inquiétant.

— Je n'ai pas reçu une seule réponse à l'invitation, avait-elle dit en se tournant vers moi. N'est-ce pas étrange ?

J'étais en train de relire un procès-verbal d'enquête préliminaire que j'avais promis au procureur de terminer avant le lendemain matin – je n'avais pas vraiment le temps de discuter de cela avec elle. Mais je me souviens d'avoir été mal à l'aise. D'avoir eu honte, même.

— Tu crois que les lettres ont pu se perdre ?

Quelque chose dans sa posture affaissée et sa voix étrangement sourde m'avait touché, m'avait fait prendre conscience de l'étendue de ma trahison.

Je m'étais senti physiquement mal.

Pour autant, je n'avais pas osé lui dire la vérité. Pas à ce moment-là. J'avais plutôt décidé de reporter la conversation au lendemain matin. Finalement, cette discussion n'avait jamais eu lieu et, avec le recul, je dois reconnaître que j'ai mal agi. Mais c'est facile d'être avisé après coup.

Cette nuit-là, alors que je dormais, Janet avait retourné tout l'appartement. Comme si elle avait flairé ce qui s'était passé, comme si elle était dotée d'une sorte de sixième sens. J'avais été réveillé en sursaut par un hurlement épouvantable : jamais, ni avant ni après, je n'avais rien entendu de pareil. J'avais d'abord cru qu'on était en train de l'assassiner ou de la violer. Je m'étais levé d'un bond, j'avais trébuché sur une chaise et m'étais ouvert le menton contre la table basse. J'avais poursuivi mon chemin dans l'appartement, le visage ensanglanté, et fini par trouver Janet. Elle était devant le bureau et les lettres étaient éparpillées autour d'elle telles des feuilles mortes jonchant le sol, comme si elle les avait jetées en l'air. Elle n'arrêtait pas de hurler. Elle avait continué à hurler, même lorsque je l'avais prise dans mes bras et bercée comme un enfant. J'avais approché la main de sa bouche pour essayer de la faire taire, mais elle m'avait mordu.

Je me souviens d'avoir senti un immense soulagement, malgré la douleur. Avec ma main dans la bouche, elle ne pouvait plus crier.

Manfred, Sanchez et moi-même sommes assis dans la petite salle de conférences au troisième étage, celle qui est à droite de la kitchenette. Elle est en tout point identique aux autres salles de réunion du bâtiment : murs peints en blanc, sièges en bois clair avec un rembourrage bleu, table blanche en stratifié. Devant la fenêtre, il y a un chandelier que Gunnar a apporté dans une tentative désespérée de créer une ambiance de Noël. Sur le mur est accrochée une affiche aux couleurs délavées qui montre les étapes de la réanimation cardio-pulmonaire. Nous devons préparer la réunion du lendemain avec les enquêteurs et le responsable de l'enquête préliminaire, Björn Hansson, l'un des nouveaux procureurs. Je ne l'ai pas encore rencontré ; selon Sanchez, il est « intelligent, mais a du mal à se sortir les doigts du cul et une trop haute opinion de lui-même, comme ses collègues ».

Manfred a apporté la cafetière et Sanchez coupe les petites brioches au safran avec un couteau à beurre. Les photographies de la scène de crime sont étalées sur la table, à côté des pâtisseries. J'essaie de ne pas regarder la tête décapitée lorsque je me penche pour en attraper une.

Cela fait à présent deux jours que la femme assassinée a été découverte dans la maison de Jesper Orre à Djursholm et nous ne savons toujours pas qui elle est. Quelque part, ses parents et ses proches vivent sans savoir que leur fille, sœur ou mère a été tuée.

Quelque part, un meurtrier est en liberté.

Sanchez résume l'affaire :

— Jesper Orre a été vu pour la dernière fois au travail vendredi après-midi. Selon les collègues que nous avons entendus, il s'est comporté de manière tout à fait normale et il ne s'est rien passé d'inhabituel. Il a quitté le bureau vers seize heures trente et, selon un témoin, devait rentrer chez lui. Il n'a pas parlé de ses projets pour le week-end, mais il avait posé des congés jusqu'au mercredi, il avait donc peut-être prévu de partir en voyage. Son téléphone portable et son portefeuille ont été retrouvés à son domicile. Aucune carte de crédit ne manquait et aucun retrait n'a été effectué sur ses comptes depuis la semaine dernière. Les techniciens ont trouvé des traces récentes de chaussures taille 43 dans l'entrée et dans la neige devant la maison, ce qui peut indiquer que Jesper Orre a effectivement quitté la maison après l'homicide. Ils ont également trouvé des empreintes appartenant à la voisine et à notre victime inconnue. Ainsi que d'autres empreintes qui n'ont pas encore été identifiées. Le labo nous a informés qu'il y avait des empreintes digitales sur la machette mais leur analyse n'est pas encore terminée.

— Comment est-il, ce M. Orre ? s'enquiert Manfred en sirotant bruyamment son café.

— Il semble plutôt apprécié par ses collègues de la direction, mais ses autres collaborateurs au siège ont l'air de le trouver dur. Plusieurs d'entre eux ont même peur de lui, répond Sanchez. Quant aux employés dans les magasins, la base si je puis dire, ils le détestent pour ses mesures draconiennes. Et le syndicat l'a en horreur. Mais vous êtes déjà au courant. Ses parents sont tous les deux des professeurs à la retraite. Ils vivent toujours à Bromma dans la maison où Jesper Orre a grandi. Ils décrivent leur fils comme dynamique, sportif et enjoué. Ils ne lui connaissent pas de problème psychologique. Les parents confirment qu'il est célibataire depuis plusieurs années, mais qu'il a une « vie amoureuse active ».

— Quelle expression à la con ! Qu'est-ce que ça veut dire ?

Sanchez se penche sur la table et croise le regard de Manfred. Elle enfourne un dernier bout de brioche.

— Ça signifie qu'il s'éclate bien plus au lit que toi, Manfred.

— Ce qui ne nous avance pas beaucoup, fais-je remarquer.

Sanchez se met à pouffer, recrachant des miettes qui tombent sur sa courte jupe noire.

Manfred a l'air moyennement amusé par la discussion. Il retire sa veste à carreaux, l'accroche avec un soin non dissimulé sur le dossier de sa chaise et donne de petits coups sur la table de son énorme poing, comme pour attirer notre attention.

— Si on pouvait essayer de se concentrer un peu. Je ne tiens pas à y passer la nuit. Sanchez, ta théorie ?

Comme Sanchez est la moins gradée autour de cette table, il est normal qu'elle prenne la parole en premier. Les plus âgés, avec plus d'expérience, forment les plus jeunes. Cela fait partie du cycle. Sanchez s'étire et prend soudain un air sérieux. Elle joint les mains devant elle sur la table blanche.

— C'est assez clair, non ? Jesper Orre est chez lui avec l'une de ses copines lorsque quelque chose se passe. Ils se disputent et il finit par la tuer. Ensuite, il s'enfuit.

— Pourquoi ne pas prendre son portable ou son portefeuille ? demande Manfred en chassant quelques miettes invisibles de sa chemise rose.

— Parce qu'ils étaient dans le salon et qu'il ne voulait pas laisser trop de traces sur la scène de crime ? suggère Sanchez. Ou bien il a oublié. Il avait d'autres préoccupations.

— Je pense au meurtre en tant que tel, dis-je en pointant du doigt les photographies de la tête qui semble plantée dans le sol. Pourquoi tant de violence ? Ne suffisait-il pas de la tuer ? Pourquoi a-t-il fallu qu'il la décapite ?

Sanchez fronce les sourcils.

— Il devait être fou de rage, devait la haïr à un point ! Je me demande si l'emplacement de la tête a une signification. Elle est tournée vers la porte, vers la ou les personnes qui vont entrer. Vous y avez réfléchi ? Je me demande s'il a voulu dire quelque chose.

— Dire quoi, par exemple ?

Nous observons à nouveau le cliché. Les yeux de la femme sont clos et ses cheveux sanglants tombent en mèches raides sur son visage.

Sanchez hausse les épaules.

— Je ne sais pas. Quelque chose comme : « Regardez ! Voilà ce qui arrive quand on me trahit, ou quand on me ment »... quand on fait ce qu'il lui reproche, quoi.

Le portable de Manfred retentit. Il le saisit, écoute et répond :

— On est dans la petite salle de conférences au troisième étage. Tu peux l'accompagner. Parfait. Oui, bien sûr. D'accord.

Puis il rassemble les photographies de la scène de crime, les retourne et pose le tas soigné devant lui. Il prend une profonde respiration et s'appuie contre le dossier de sa chaise.

— Nous avons de la visite. Vous vous souvenez que nous avons parlé de ce meurtre dans le quartier de Södermalm il y a dix ans, qui présente beaucoup de ressemblances avec celui-ci ? Je me suis permis d'inviter une des personnes qui ont participé à l'enquête. Pas forcément parce qu'il y a un lien, mais parce que je crois qu'elle pourrait nous aider à réfléchir un peu à qui est notre assassin.

Au même moment, on frappe à la porte et je sens un froid m'envahir. Toute la chaleur semble quitter mon corps en une seconde, remplacée par une sensation glaciale accompagnée de palpitations dans ma cage thoracique. La pièce rétrécit, le plafond s'incline, comme s'il allait me tomber dessus.

La porte s'ouvre et elle est là, vêtue d'une doudoune noire mal coupée et de bottes qui semblent assez épaisses pour une expédition au pôle Nord. La mode n'a jamais été son point fort. Ses épais cheveux bruns sont striés de gris et elle porte des lunettes qui lui donnent un air assez sévère, mais à part cela elle n'a pas changé. Il y a quelque chose dans le délicat réseau de rides autour de ses yeux, dans son visage un peu amaigri, qui la rend vulnérable. Comme si le temps l'avait rendue plus fragile, plus fine.

— Je vous présente Hanne Lagerlind-Schön, dit Manfred.

## EMMA

*Deux mois plus tôt*

Les vendeurs dans les magasins sont touchés par une fatigue toute particulière. La lumière crue, artificielle et la musique de fond qui ne s'arrête jamais ont un effet soporifique inattendu. Pour tout vous dire, je suis sûre d'avoir déjà dormi alors même que je circulais dans la boutique, l'air occupé. Parfois, des heures entières disparaissent, comme effacées de ma mémoire. Je peux rentrer de ma pause-déjeuner, vérifier le stock, puis me rendre compte que c'est l'heure de fermer, sans savoir où cette journée est passée.

Dehors, je vois les gens déambuler, en manteau mouillé, parapluie à la main. Mahnoor étiquette des tee-shirts de la collection été en vue des soldes. Elle se déplace lentement au rythme de la musique. Ses longs cheveux foncés tombent sur ses épaules et dans son dos en une vague noire qui déferle sur sa tunique rouge. Ses jambes minces moulées dans un jean font de petits pas de danse discrets. Olga n'est pas là. Peut-être est-elle sortie fumer ou partie déjeuner de bonne heure.

Aucune nouvelle de Jesper.

Il a disparu sans laisser de traces et ce qui s'est passé demeure un mystère. Je pars du principe que je serais au courant s'il lui était arrivé quelque chose de grave. J'en aurais entendu parler aux informations. Et s'il avait eu un empêchement, il m'aurait certainement prévenue.

Il n'a jamais eu d'empêchement.

Le magasin est vide. Mes yeux sont secs lorsque je cligne des paupières, éblouie par la lumière blanche. Les haut-parleurs débitent la même musique qu'une heure plus tôt. La playlist que le département commercial met à jour une fois par mois défile en boucle du matin au soir, jour après jour.

« Ça ne te rend pas folle ? » m'a demandé ma mère une fois. La vérité, c'est qu'on s'y habitue. Au bout d'un moment, on n'entend même plus la musique. À partir de là, on peut dormir et travailler en même temps, se mouvoir à travers la boutique sans réfléchir. Flotter au-dessus des notes sans se laisser engloutir par la mélodie, avec toutes les fonctions intellectuelles éteintes, comme une feuille dérivant sur l'eau.

— Tu t'y plais ? me demanda Jesper lors de notre premier dîner.

Je me tortillai sur ma chaise, ne sachant que répondre. Nous venions de nous installer dans un restaurant sur la place Stureplan, celui devant lequel j'étais passée tant de fois sans jamais entrer. J'avais décidé qu'il valait mieux mentir. Je le connaissais à peine à l'époque et quel était l'intérêt de se confier à quelqu'un qui, dans la pratique, est son supérieur hiérarchique ?

— Oui, je m'y plais beaucoup.

— Tu n'as pas l'air convaincue.

Une serveuse portant des sandales aux talons vertigineux nous apporta le menu. Elle s'accroupit à côté de nous et prit la commande pour les boissons. Sa jupe était si courte qu'on devinait sa culotte à travers son collant transparent. Cette distraction était la bienvenue, car cette conversation me mettait plutôt mal à l'aise.

— Qu'est-ce que tu prends ?

— La même chose que toi.

Il leva les sourcils, m'examina un instant avant de se tourner vers la serveuse pour commander deux cocktails. Puis il détacha sa cravate et s'enfonça dans le siège profond avec un soupir.

— Parfois, *je déteste mon boulot*, dit-il en appuyant sur les mots.

Il regarda par la fenêtre. Le soleil du début de l'été, déjà bas dans le ciel, dessinait des stries dorées sur la chaussée humide au-dehors.

— Vraiment ? Je ne l'aurais jamais cru.

— Pourquoi ? Parce que je suis… haut placé ? Parce que j'ai un travail important ? En tout cas en surface.

Il eut tout à coup l'air fatigué. Fatigué et cynique. Pas du tout l'air d'un directeur.

— Non, je… Je ne sais pas.

— C'est ce que pensent les gens. Que mon boulot est excitant, passionnant. Il s'agit d'un mythe, tu sais. En réalité, ça ne l'est pas.

— Comment est-ce, *en réalité* ?

On nous apporta les boissons. J'étais nerveuse, je tremblais en portant mon verre à mes lèvres. Je dus le tenir à deux mains, ce qui n'empêcha pas le liquide de déborder. J'avais maintenant les doigts mouillés.

Poisseux à cause du sucre. Ils collaient à mon verre. J'essayai de les essuyer sur ma serviette, mais de petits bouts de papier restèrent collés à ma peau. Jesper ne semblait rien remarquer. Il esquissa un sourire secret, peut-être légèrement désintéressé.

— Franchement ?

— Franchement.

Il avala une gorgée de son cocktail et se pencha vers moi. Quelque chose d'étrange passa dans ses yeux, quelque chose que je ne reconnus pas. De fines rides se creusèrent autour de ses yeux. Combien d'années de plus que moi ? Il devait avoir quarante ans environ. Alors cela faisait quinze ans ? Vingt ?

— Je me sens seul.

— Seul ?

— Tu ne me crois pas, hein ? Je te promets. Il n'y a rien de plus solitaire que d'être sous les feux de la rampe, passer à la télé, être mentionné dans les journaux. Être tout en haut de la hiérarchie. Tout le monde sait qui tu es, mais tu ne connais personne. Tout le monde veut être ton ami, mais tu ne peux faire confiance à personne. Pas *vraiment*. Tu comprends ?

— Je comprends.

Il sourit. Un rictus sans joie qui laissait paraître des dents trop blanches.

— Je savais que tu comprendrais. Nous nous ressemblons, Emma. Nous ressentons la même chose.

Une fois de plus, j'eus ce sentiment insidieux que quelque chose ne tournait pas rond, qu'il voyait en moi des choses, des caractéristiques qui n'existaient pas. Qu'il avait décidé que j'étais quelqu'un que je n'étais peut-être pas. Une autre sensation commença également à poindre : la peur. Serait-il déçu lorsqu'il découvrirait ma véritable personnalité ? S'il apprenait vraiment à me connaître ? N'étais-je rien d'autre qu'un passe-temps pour cet homme puissant ? Allait-il ensuite me mettre au rebut, comme un jouet usagé ?

— Mais dans ta vie privée… Tu n'as pas de famille ?

La question était, du moins en partie, rhétorique. Je savais fort bien que Jesper n'avait ni femme ni enfants. Que les petites amies avaient défilé ces dernières années.

Il suffisait de savoir lire pour être au courant. Et encore : il suffisait simplement de regarder les photos en une des magazines.

Jesper eut l'air mélancolique. Les coins de sa bouche s'abaissèrent.

— Non, la vie en a voulu autrement. Si on regardait le menu ?

Nous commandâmes à manger.

Devant la fenêtre, un couple s'embrassait dans la lumière du couchant. Une gêne m'envahit, je ne savais pas où regarder. Je tentai en vain de détacher les petits morceaux de serviette collés à mes doigts.

— Et toi, s'enquit-il, tu as de la famille ?

— Moi ?

Il sourit.

— Oui. *Toi*, Emma.

Je sentis mes joues s'enflammer et me maudis intérieurement de me laisser décontenancer si facilement.

— Si tu me demandes si j'ai un copain, alors la réponse est non. Et de la famille… J'ai ma mère.

— Ah. Et vous vous voyez souvent ? Vous êtes proches ?

— Pas vraiment. On se voit quelques fois par an. Je ne dirais pas qu'on est très proches.

— Ah bon.

J'eus soudain envie de me confier. Je n'avais pas l'habitude de parler de ma mère, mais pour une raison que j'ignore, cela me semblait naturel de le faire maintenant, avec Jesper.

— Ma mère est alcoolique.

Il braqua son regard sombre sur moi, se pencha en avant et posa la main sur mes doigts collants.

— Je suis désolé, je ne savais pas.

Je fis un signe de tête, baissai les yeux sur la table, incapable de prononcer un mot et d'affronter son regard.

— Elle boit depuis longtemps ?

Je marquai une pause, le temps de décider si j'osais ou non être sincère.

— Aussi longtemps que je m'en souvienne.

Je réfléchis. Y avait-il eu un temps où ma mère ne buvait pas ? Pas dans mon souvenir. En revanche, elle était joyeuse et pleine d'énergie quand j'étais petite. Parfois nous sortions tard le soir, bien après l'heure du coucher, et nous nous pourchassions pieds nus dans la neige. Un jour où ma mère était ivre, nous étions allées acheter un chiot dans une animalerie. En route, ma mère chancelait tellement que j'avais été obligée de la soutenir. Et puis il y avait eu cette fois où nous n'avions plus d'argent et avions volé au supermarché Konsum.

De beaux souvenirs malgré tout.

— Et ton père, où était-il ?

— Il est mort quand j'étais au collège.

— Tu penses souvent à lui ?

— Parfois. Je rêve de lui.

Jesper opina du chef comme s'il comprenait parfaitement.

— Tu as un beau-père ?

L'image de Kent apparut dans mon esprit et me fit frissonner. Ma mère l'avait fréquenté quelques années. Je n'ai jamais compris ce qu'ils avaient en commun, à part la boisson.

— Ça doit être très difficile de grandir avec un parent alcoolique.

La main de Jesper reposait sur la mienne. La chaleur se diffusait de son corps au mien, comme un rayon de soleil.

— Je me sentais… seule.

— Ah ! Tu vois ? dit-il d'un ton triomphant en serrant ma main.

— Quoi ?

— Toi aussi tu es seule. C'est ce que je disais. J'en étais sûr !

En rentrant du travail, je descends à la station Slussen. Un vent froid souffle dans la rue Götgatan, charriant des feuilles et des mégots vers la place Medborgarplatsen. De petits cristaux de glace se sont formés sur le sol humide. La lumière des lampadaires étincelle. Le trottoir est glissant et je suis à deux doigts de perdre l'équilibre lorsque je bifurque à gauche pour monter la rue Högbergsgatan. De vagues effluves de nourriture s'échappent des fast-foods et des cafés. Deux jeunes partagent une cigarette dans un escalier. Ils me regardent comme si je les dérangeais, comme si j'interrompais quelque chose d'intime. Leurs regards sont presque menaçants. Je rabats ma veste en cuir contre ma poitrine et les dépasse le plus vite possible, les yeux rivés sur la chaussée gelée.

Et soudain, je suis devant le portail de la rue Kapellgränd.

Je reconnais aussitôt l'immeuble. Le rosier fané à l'extérieur, la porte avec ses panneaux de verre coloré. Juste au moment où je vais tendre la main vers la poignée, le battant s'ouvre, laissant sortir un homme âgé avec son chien. Il me salue et me tient la porte. Je lui fais un signe de tête.

Je ne le reconnais pas.

Il n'y a pas de nom sur la porte, mais le petit panneau « pas de publicité », écrit de la main de Jesper, prouve que je suis au bon endroit. J'ai toujours trouvé cela étrange qu'il ne veuille pas indiquer son nom, mais il expliquait qu'il voulait être tranquille. Éviter les voisins et les journalistes curieux. Je presse la sonnette. Rien. J'attends un peu, appuie à nouveau, peut-être un peu trop longtemps. La sonnerie retentit furieusement derrière la porte. J'entends des pas approcher puis la porte s'ouvre en grand.

— Oui ?

L'homme, en marcel et pantalon décontracté, tient une canette de bière à la main. Ses bras sont couverts de tatouages et ses cheveux longs sont attachés en queue-de-cheval sur sa nuque. Mais il y a autre chose qui me fait réagir : les meubles dans l'entrée sont tout à fait différents de ceux de Jesper. Les chaises rouges et le petit buffet ont disparu. À présent, des tableaux sont appuyés contre le mur et des manteaux s'entassent dans un coin. Le tapis que la mère de Jesper a tissé elle-même a également disparu.

— Désolée de vous déranger. Jesper est là ?

— Jesper ? Quel Jesper ?

L'homme ouvre la canette de bière. Elle craque et chuinte. Il la porte à la bouche, avale ostensiblement une grosse gorgée.

— Celui qui habite ici. Jesper Orre.

— Jamais entendu parler. J'habite ici tout seul. Vous avez dû vous tromper d'adresse.

Il rabat la porte, mais je suis plus rapide. Je la retiens avec le pied avant qu'il n'ait le temps de la fermer.

— Attendez, c'est le seul appartement au rez-de-chaussée ?

— Oui.

— Savez-vous si un Jesper Orre habitait ici avant votre arrivée ?

— J'en ai pas la moindre idée. Je suis là depuis un mois et je vais bientôt déménager. Ils vont raser l'immeuble. Visiblement, il y a une merde dans les murs. Maintenant, si vous voulez bien m'excuser, j'ai pas que ça à faire.

Je recule. M'excuse. L'homme à la canette claque la porte sans ajouter un mot.

Je marche en long et en large dans mon appartement. Je déambule sur le parquet qui grince. L'obscurité au-dehors est compacte. De l'intérieur, on dirait que quelqu'un a muré les fenêtres. Le vent siffle autour du bâtiment, le fait presque tanguer, et les fenêtres craquent sous les bourrasques, comme si elles se plaignaient d'être rudoyées.

Je suis frappée de constater que je me comporte exactement comme au travail. Je marche en cercle au hasard, comme si cela allait m'aider à organiser mes pensées.

*Pas d'appel, pas de SMS.*

J'ai même regardé le courrier. Il n'y avait que de la publicité et des factures. Je n'ai pas eu la force d'ouvrir les lettres. Je les ai juste rangées avec les autres dans la vieille boîte à pain.

Je m'affale dans l'un des fauteuils verts. Je fais pivoter la bague de fiançailles autour de mon doigt. Elle est trop large et flotte un peu. Doucement je la retire, la regarde à la lumière de la lampe. Il n'y a pas d'inscription. Nous nous sommes mis d'accord pour nous en occuper plus tard.

La pierre est d'une taille absurde.

Pour tout vous dire, je n'avais jamais vu un aussi gros diamant auparavant. Je repense à Olga qui voulait connaître son prix. Au fond, la question est légitime, même si la bienséance l'interdit. Combien peut coûter une telle bague ? Jesper a fait très attention à ce que je ne voie pas l'étiquette. Et moi, je trouvais cela romantique, je me sentais comme l'héroïne de *Pretty Woman*, enfoncée dans le canapé en velours élimé de la bijouterie.

*Au moins 50 000 couronnes*, me dis-je. Vu le prix des autres bagues, serties de pierres beaucoup plus petites, elle doit coûter au moins 50 000. Une somme vertigineuse. Je n'ai jamais eu autant d'argent à dépenser pour une chose complètement inutile et je ne pense pas que quiconque dans ma famille ne l'ait eu non plus. À l'exception de ma tante, bien sûr.

Je me promène avec une fortune au doigt, mais l'homme qui me l'a offerte s'est évaporé. Pourquoi dit-on à quelqu'un qu'on l'aime, lui donne-t-on une bague de fiançailles hors de prix pour ensuite disparaître dans la nature ? Y a-t-il d'autres explications qu'un accident, une maladie soudaine, un voyage d'affaires urgent ou un portable perdu ? A-t-il pu le faire exprès ? Peut-être ressent-il une satisfaction pathologique à me savoir inquiète, enfermée chez moi à attendre, sans savoir ce qu'il en est.

J'écarte cette pensée.

Il va revenir, c'est évident. La question est : « Quand ? »

Je me lave les dents et me glisse dans mon lit, sens les draps froids contre ma peau. Bien que mes pensées se bousculent dans ma tête, me harcèlent, je m'endors presque immédiatement.

Je rêve qu'il se tient près de mon lit, immobile, et me regarde sans rien dire. La lumière de la lune entre par la fenêtre et, bien que je plisse les yeux, tente de fixer mon regard, je n'arrive pas à voir son visage. Il n'est qu'une silhouette noire qui se détache contre la lueur argentée, les contours d'un homme que je ne connais plus. Que je n'ai peut-être jamais connu. Je veux lui parler, lui demander de m'expliquer, mais quand je tente d'ouvrir la bouche je remarque que mon corps est paralysé. Et lorsque j'essaie de crier, aucun son ne sort de mes lèvres.

Et soudain, il disparaît.

Une lumière grise matinale filtre par la fenêtre. Debout sur mon lit, je passe la main sur le papier peint jauni, tente d'ordonner mes pensées et de comprendre.

Le tableau de Ragnar Sandberg a disparu.

On voit un rectangle plus clair sur le mur, à l'endroit où il était accroché. Le clou est toujours là, comme avant. Je tire le lit et regarde derrière, tout en sachant que c'est une explication invraisemblable. Il n'y a rien, hormis des moutons de poussière et un vieux ticket de caisse du magasin d'alcool.

Je descends du lit, formule lentement la question dans ma tête : est-ce que quelqu'un est venu chez moi pour prendre le tableau pendant mon sommeil ou avait-il déjà disparu quand je suis rentrée hier ? J'essaie de me rappeler si quelque chose a attiré mon attention la veille, mais je ne me souviens de rien. C'était un soir comme les autres. Un soir solitaire dans l'appartement, en compagnie de Sigge et de la tempête automnale qui rugissait derrière les fenêtres noires.

Le tableau était le seul objet de valeur que je possédais. Et l'argent que j'avais, je l'ai prêté à Jesper. Comment vais-je m'en sortir à présent ? Les factures s'entassent dans la vieille boîte rouillée, comme des tranches de pain moisies. Certes, mon salaire tombe dans une semaine, mais je n'irai pas loin avec cet argent.

Et si quelqu'un était entré dans l'appartement pour voler le tableau ? Et si cette personne était venue cette nuit, s'était penchée au-dessus de mon corps endormi et avait décroché la toile ? Avait écouté ma respiration alors que je reposais là, ignorant ce qui allait se passer.

Tout à coup, je me souviens du rêve. La silhouette qui se dessinait dans les rayons de la lune. La sensation paralysante de terreur lorsque j'ai pris conscience que je ne pouvais ni bouger ni hurler.

Je suis prise d'un haut-le-cœur fulgurant. Je titube jusqu'aux toilettes, m'effondre à genoux et vomis un liquide jaune et amer. Dès que j'essaie de me relever, je vomis encore. Je m'allonge sur le sol froid, roule sur le dos, les bras et les jambes écartées comme une étoile de mer.

De longs fils de poussière pendent au plafond. Ils flottent dans le léger courant d'air de la ventilation. On tire la chasse d'eau quelque part dans l'immeuble. Les tuyaux qui courent le long du mur glougloutent et murmurent, comme s'ils parlaient une langue étrangère.

Sigge vient me voir, me regarde, étonné. Il se demande probablement ce que je fais par terre. Ensuite il fait demi-tour et sort, la queue en l'air.

*Si tu savais parler*, me dis-je, *tu pourrais raconter ce qui s'est passé pendant que je dormais.*

## HANNE

Au fond, c'est à cause d'Owe si je suis ici, à patienter dans l'entrée du commissariat central. Le soir, après le concert à l'église Hedvig Eleonora, nous nous sommes disputés comme jamais. Une explosion de colère insensée. Plus exactement, c'est *lui* qui était fou de rage. Il m'a expliqué à quel point il était irresponsable et puéril de ma part de même envisager de rencontrer la police et parler travail alors que toute la cuisine était tapissée de Post-it aide-mémoire et que je ne me souvenais même pas du type de pain qu'il voulait chez Konsum (épeautre et graines de courge, je me rappelle, j'ai sciemment pris l'autre pour l'agacer).

J'avais envie de lui répondre qu'il pouvait acheter son fichu pain lui-même, mais évidemment je ne l'ai pas fait. Au lieu de cela, j'ai appelé Frida et suis allée me coucher dans le petit lit de la chambre d'amis. J'ai tenté de comprendre pourquoi j'avais tant de mal à envoyer balader Owe, pourquoi je le laissais me mener par le bout du nez.

Je n'ai pas trouvé de réponse intelligente.

Le lendemain matin, une fois Owe parti au travail, j'ai téléphoné au policier en question et lui ai expliqué que je passerais volontiers discuter un moment. Demain pourrait convenir ?

Il a répliqué que c'était parfait, que j'étais la bienvenue.

La femme qui m'accompagne jusqu'à la salle de réunion au troisième étage est jeune et parle de la météo. Elle me demande si je n'ai pas eu trop de mal à venir à cause de la tempête de neige. Je réponds poliment que le métro fonctionne à merveille et que mes vêtements sont si chauds que je pourrais dormir dehors sans avoir froid du tout.

Elle jette un coup d'œil à mon immense manteau et m'adresse un sourire compatissant.

Nous arrivons devant une porte. La femme frappe légèrement et, au bout de quelques secondes, le battant s'ouvre. Je ne sais pas à quoi je m'attendais, mais certainement pas à cela.

Il est là, au milieu de la pièce, devant la fenêtre.

*Peter.*

J'ai l'impression que tout le sang de mon corps descend brusquement dans mes jambes, que l'air est mystérieusement aspiré par les fentes de la fenêtre pour ne laisser qu'un vide. Le bout de mes doigts picote et mon cœur bondit dans ma poitrine, comme s'il voulait lui aussi sortir : s'enfuir loin de cet homme d'âge moyen, à première vue inoffensif, assis sur sa chaise bleue.

Il est exactement comme dans mon souvenir. Juste un peu plus fatigué avec un ventre un peu plus rond. Des cheveux courts et blonds, striés de gris, et des yeux verts enfoncés. Un nez aquilin bien découpé qui fait penser aux héros des films de mafia des années soixante. Des mains fines, si fines qu'elles pourraient appartenir à une femme.

*Je sais fort bien ce qu'il sait faire avec ces mains.*

Cette pensée vient de nulle part et me donne la nausée. Une fois de plus, je lutte contre l'envie de tourner les talons et de fuir. Mais je me force à rester, même si mon corps s'y refuse.

— Bonjour, dis-je.

— Bienvenue, répond un homme robuste un peu rougeaud portant une chemise rose et un foulard jaune autour du cou.

Il a une apparence curieuse. Comme s'il n'était pas à sa place dans les bureaux gris du commissariat. Il ressemble plutôt à un ami d'Owe qui se serait égaré là, quelqu'un de sa partie de chasse qui se serait retrouvé ici pour une raison inexpliquée.

Une femme d'une trentaine d'années à la peau mate s'approche de moi et se présente. Je lui serre la main, mais n'entends pas ce qu'elle me dit. Puis il est devant moi. Comme auparavant, son corps et sa façon de se mouvoir ont quelque chose d'enfantin, un caractère dégingandé qui n'a jamais vraiment disparu. Il me tend la main et je vois bien que la situation le met mal à l'aise.

Je lui serre la main, mais je me garde de croiser ses yeux verts. Pourtant ma réaction est si évidente, presque physique, que cela me fait peur. J'ai l'impression qu'on me donne de violents coups de pied dans le ventre. Mais l'instant est déjà passé et nous nous lâchons la main. Je retire mon manteau, me laisse tomber sur une chaise et décline le café que la femme me propose – j'ai peur d'être incapable de tenir la tasse sans trembler.

Je baisse les yeux sur la table. La surface brillante est marquée de petites stries. Je devine Peter du coin de l'œil. Il semble regarder par la fenêtre.

— Bien. Merci d'être venue, commence l'homme robuste. Nous nous sommes vus quelques fois il y a dix ans dans le cadre de l'enquête sur l'homicide de Miguel Calderón.

J'opine du chef, croise son regard. Il sort un gros dossier cartonné et se met à en extraire des rapports et des photographies. Le papier est jauni et les images cornées. Il étale les documents devant lui.

Je me penche en avant, examine les clichés en noir et blanc. Les souvenirs affluent de manière incontrôlée : l'odeur de la morgue, la tête du jeune homme placée à plusieurs centimètres de son corps, redressée à dessein et tournée vers la porte. Les yeux de la victime maintenus à demi ouverts par du ruban adhésif – cela m'a poursuivie en rêve pendant des mois.

— Miguel Calderón, vingt-cinq ans, a exercé divers métiers, continue le policier trapu à la voix douce qui, cela me revient, s'appelle Manfred. Sa sœur Lucia l'a retrouvé mort dans son appartement de la rue Hornsbruksgatan, près du métro Zinkensdamm, le 15 août il y a dix ans. Elle avait vainement essayé de le joindre pendant une semaine et commençait à se faire du souci. Comme elle avait les clés de chez lui, elle est entrée et l'a trouvé mort dans le hall. Cause du décès : un grand nombre de coups portés à la gorge avec un objet du type épée qui n'a jamais été retrouvé. La tête avait été détachée du corps et posée à côté. Les paupières avaient été scotchées en position ouverte, comme si le meurtrier voulait forcer tous ceux qui entraient dans la pièce à croiser le regard de la victime.

J'acquiesce et sens que mon cœur se calme peu à peu, que l'oxygène dans l'air revient. C'est étrange, mais un meurtre bestial vieux de dix ans semble fonctionner à merveille comme distraction. Peut-être puis-je faire comme s'*il* n'était pas là, juste à quelques mètres de moi, et même le faire disparaître si j'essaie vraiment.

Si je me concentre plutôt sur la mort.

Manfred Olsson laisse tomber les épais tas de papiers sur la table avec un bruit sourd et continue :

— L'enquête a été l'une des plus fouillées de l'histoire criminelle suédoise, peut-être *la* plus fouillée – à l'exception du meurtre d'Olof Palme, évidemment. Nous avons entendu des centaines de témoins et de proches, recensé et prélevé l'ADN d'un nombre incalculable de personnes. Nous avions trouvé un mégot devant la porte, qui aurait pu appartenir au coupable. L'affaire a été reprise dans l'émission télévisée *Efterlyst*. Un journaliste a même écrit un livre où il affirme que Calderón a été descendu par un tueur à gages chilien qui traquait les réfugiés politiques dans notre pays avec le consentement des services de renseignements suédois. Enfin, tu dois t'en souvenir, Hanne.

J'approuve de la tête.

— Et maintenant, *ça*, continue Manfred Olsson en déposant sur la table des photos qui ont l'air d'avoir été prises récemment. Dimanche soir, une jeune femme a été retrouvée assassinée à Djursholm. Cause de la mort : un grand nombre de coups de lame portés à la gorge. Comme Calderón, la jeune fille a été décapitée et sa tête posée sur le sol, tournée vers la porte d'entrée.

— Y avait-il du ruban adhésif sur ses paupières ?

Je suis presque étonnée d'oser poser la question, de réussir à parler.

La femme à la peau sombre secoue la tête.

— Non, pas de ruban adhésif. Et cette fois nous avons trouvé l'arme du crime sur place. Une machette. Elle a été envoyée au labo pour analyse.

Je ne peux m'empêcher de jeter un coup d'œil en biais à Peter. Il a le teint blafard et les bras croisés devant lui. Il est mal à l'aise, ça crève les yeux, et c'est une sorte de triomphe. Un petit triomphe mesquin, mais un triomphe que je savoure tout de même.

— Je me souviens que tu avais des théories intéressantes sur le coupable la dernière fois, reprend Manfred Olsson. Penses-tu que nous puissions avoir affaire au même assassin ?

Je regarde les photographies de mort et de chaos étalées devant moi. Je ressens, comme chaque fois, une sorte de mélancolie, mais également une fascination pour cet indomptable instinct meurtrier de l'homme. Et autre chose, un picotement, peut-être un désir de me plonger dans l'affaire, la retourner dans tous les sens. Peu à peu créer une image de l'auteur, le ou la transformer en personne de chair et d'os.

Mes recherches universitaires me passionnent, mais travailler pour la police me donne une tout autre satisfaction. Tout ce que je fais pendant la journée reste très théorique et c'est toujours excitant d'appliquer ces connaissances dans la pratique. Je comprends tout à coup combien cela m'a manqué.

— Comme vous pouvez l'imaginer, il m'est difficile de me prononcer sans avoir tous les éléments de l'enquête, mais à première vue… Les victimes sont évidemment différentes, un homme et une femme, tout comme les lieux du crime. Et dans votre affaire, l'arme a été laissée sur place, ce qui diffère également du cas Calderón. Malgré tout, je dirais que les similitudes dans la manière d'agir sont trop importantes pour que nous puissions les ignorer. Vous devriez regarder ça de plus près. Mais vous avez déjà dû parvenir à cette conclusion puisque vous m'avez contactée.

Le policier bedonnant opine du chef.

— Qui fait ce genre de chose ? demande la femme. Un fou ?

J'esquisse un petit sourire. Le mot « fou » est utilisé à tort et à travers dans notre société.

— Ça dépend de ce qu'on entend par fou. On pourrait affirmer qu'il *faut* être fou dans une certaine mesure pour commettre un tel crime. Mais si nous avions eu affaire à un meurtrier souffrant d'une pathologie mentale si grave qu'il ne peut pas prendre soin de lui, il n'aurait pas non plus été capable de dissimuler ses traces et de se cacher. Vous l'auriez probablement déjà arrêté.

— Vous dites « il » ?

La policière se penche en avant et me regarde dans les yeux.

— Oui, parce que la plupart des tueurs sont des hommes. Surtout pour ce genre de meurtres… *violents*. Mais évidemment on ne peut pas exclure qu'il s'agisse d'une femme. On parle ici de probabilités, ce n'est pas une science exacte.

— Et le fait de décapiter la victime et de placer sa tête sur le sol, qu'est-ce que ça signifie ?

Je hausse les épaules.

— Allez savoir. Je me souviens que nous avions dit qu'il pouvait s'agir d'humilier la victime, que le coupable connaissait sans doute Calderón et éprouvait pour lui une haine profonde. Suffisamment profonde pour vouloir l'exhiber face au monde entier. L'acte lui-même, trancher la tête de quelqu'un, témoigne également d'une… véritable rage. D'un point de vue historique, la décapitation a été utilisée pour punir les crimes les plus graves. L'expression « peine capitale » vient du latin *caput* qui signifie « tête ». Cette peine existe encore aujourd'hui en Arabie Saoudite. En Suède, la dernière décapitation date de 1900, mais dans plusieurs pays européens on pouvait y être condamné pendant une grande partie du vingtième siècle. On estime que plus de quinze mille individus ont été décapités en Allemagne et en Autriche entre 1933 et 1945. Dans plusieurs pays européens, on considérait traditionnellement qu'il était plus glorieux d'être décapité que pendu ou condamné au bûcher, par exemple, et cette méthode d'exécution était réservée aux nobles et aux soldats. Or, dans d'autres cultures, comme en Chine, c'était vu comme un opprobre. Les Celtes coupaient la tête de leurs ennemis et la suspendaient à leur cheval. Après les combats, les têtes étaient embaumées et conservées pour être ensuite exposées – ce qui indignait les Romains, pour qui les Celtes étaient des barbares. Mais pour les Celtes, il était naturel de décapiter leurs ennemis, car la tête représentait la vie, l'âme elle-même.

Le silence se fait dans la pièce – peut-être mon exposé a-t-il réussi à choquer ces policiers aguerris ?

— Y a-t-il un lien entre les victimes ? demandé-je.

— Pas que nous sachions, mais nous planchons sur la question, répond Manfred Olsson. Nous avons un suspect pour l'homicide de dimanche, donc nous examinons les liens avec Calderón.

J'observe à nouveau la photographie de la tête tranchée de la femme, essayant de me représenter ce qu'il faut ressentir pour faire subir cela à quelqu'un. Quels sont les mécanismes qui se grippent pour qu'une personne soit capable de commettre un tel crime.

Je passe délicatement le doigt sur l'image.

— Qui est-ce ?

Pas de réponse. Dehors, la neige continue de tomber. De gros flocons soyeux poussés par la force du vent volettent devant la fenêtre, obstruant la vue.

— Nous ne le savons pas, intervient soudain Peter en croisant mon regard pour la première fois.

Je devine une douleur dans ses yeux avant qu'il ne les baisse. Les autres ne semblent pas percevoir la tension entre nous parce que le policier corpulent s'empresse d'ajouter :

— Je me demandais si ça t'intéresserait de nous aider sur cette affaire. Comme consultante, bien sûr. Il ne s'agit pas d'un travail à temps complet, plutôt quelques heures par-ci par-là. Si tu as le temps et l'envie, bien entendu.

Stockholm est enveloppé d'une épaisse brume laiteuse lorsque je descends la rue Hantverkargatan vers l'hôtel de ville. Les flocons de neige me fouettent le visage. Tout est silencieux. J'irais plus vite en métro, mais je sens le besoin de me vider la tête, d'en chasser

Peter qui s'est à nouveau immiscé dans ma vie. Les voitures roulent au pas dans la tempête de neige et la couverture blanche crisse sous mes pieds alors que je me dirige lentement vers le centre-ville.

Peter Lindgren.

Au fond, c'est assez étrange que je ne sois pas tombée sur lui plus tôt. J'ai pourtant effectué plusieurs missions pour la police, même après. Parfois je me disais qu'il était peut-être là, au commissariat, à travailler comme si rien ne s'était passé. À l'époque, cela me bouleversait tant que j'avais du mal à respirer. Mais ainsi va la vie. Les gens se trahissent tout le temps et pourtant la vie continue, qu'on le veuille ou non. La vie se fiche de ce qu'on veut.

La tour brun-rouge de l'hôtel de ville s'efface dans le brouillard, comme si elle se dressait jusqu'au ciel et au-delà, jusqu'à l'espace noir, vers l'éternité. Un jour, peut-être que ma mémoire sera affectée au point de le faire disparaître, me dis-je. Au point de l'oblitérer, comme la ville sous la brume neigeuse.

Je l'espère.

Mais dans le pire des cas, c'est le contraire qui pourrait se produire : tout le reste s'estomperait, sauf l'image de cet homme, son corps, ses mots.

Nous nous sommes rencontrés lorsque j'aidais la police dans l'enquête sur la mort de deux prostituées à Märstra, au nord de Stockholm. De prime abord, Peter ne m'avait pas fait grande impression, je m'en souviens. Il était l'un des nombreux policiers qui croisaient mon chemin. Peut-être l'ai-je trouvé un peu frileux. Il avait l'air de manquer de confiance en lui – pas physiquement, non, mais dans sa manière de s'exprimer, un peu maladroite, entortillée. Je me rappelle avoir pensé qu'il était un drôle de flic, car les flics sont généralement droits, clairs et sûrs d'eux.

Et puis il y a eu l'histoire de l'ascenseur.

Ils étaient en train de rénover le commissariat et, pour je ne sais quelle raison, ils ont réussi à scier un câble électrique au moment où Peter et moi nous trouvions dans un ascenseur, quelque part entre le premier et le deuxième étage. En un instant, nous avons été plongés dans l'obscurité et l'ascenseur s'est arrêté. Quelques secondes plus tard, une lumière bleutée s'est allumée au niveau de nos pieds, probablement une sorte d'éclairage d'urgence. Nous avons passé un bon moment à parler avec un gardien de sécurité confus, par l'intermédiaire du petit dispositif de communication fixé au mur, avant de nous entendre dire que la seule chose à faire était de nous asseoir et d'attendre les secours – ce qui pourrait prendre du temps.

Nous sommes restés là environ trois heures avant que les pompiers ne viennent nous délivrer. Et c'est pendant ces trois heures que j'ai appris à connaître Peter.

D'abord, nous avons parlé de choses et d'autres. Surtout du boulot, c'est vrai, de l'affaire sur laquelle nous enquêtions, nous étonnant que deux adolescentes ordinaires aient commencé à se prostituer alors qu'elles semblaient avoir tout ce qu'il leur fallait. Assez rapidement, nous avons abordé des sujets plus personnels. Je lui ai parlé de ma relation avec Owe et je me souviens que j'étais moi-même étonnée de ma capacité à me confier à Peter, à lui raconter des choses que je n'avais même pas dites à mes amis. Mais il y avait quelque chose dans son comportement, dans ce tâtonnement obstiné, cette quête des choses importantes de la vie qui me poussait à le laisser entrer dans mes recoins les plus privés.

Peut-être est-ce aussi parce qu'il a osé partager avec moi ses pensées les plus sordides, les plus interdites.

Il m'a parlé du décès de sa sœur aînée à l'adolescence et de sa séparation d'avec sa fiancée. De son fils de cinq ans qu'il ne voyait presque jamais et de sa tristesse d'être devenu une personne qu'il n'aime pas. De ses sentiments lorsqu'il a pris conscience de ne pas être, au fond, quelqu'un de bien. Ce sont les mots qu'il a utilisés : « Au fond, je ne suis pas vraiment quelqu'un de bien. » Il a affirmé cela d'un ton neutre, comme s'il parlait d'une voiture ou d'un appartement. Et il avait l'air de croire sérieusement qu'Albin – son fils – se portait mieux sans lui.

J'ai essayé de lui expliquer que tous les individus ont leurs défauts, font des erreurs, et que les enfants – peut-être tout particulièrement les petits garçons – ont besoin de leur père, même s'il n'est pas parfait. Notre société nous fait croire qu'être parent, c'est être parfait, alors que ce qui importe, c'est d'être présent.

Mais qu'en savais-je exactement ? Je n'avais pas d'enfants.

Il m'a également dit qu'il n'avait qu'une seule certitude : il était un bon flic et il comptait s'en tenir à cela. Peut-être aurais-je dû me méfier dès cet instant, mais il a attisé ma curiosité. Chaque fois que je rencontre des personnes un peu abîmées, je ressens une sorte de pulsion, un besoin de les rapiécer, de guérir ces plaies douloureuses.

Comme si je pouvais réparer Peter.

Deux semaines plus tard, je l'ai accompagné chez lui après le travail. Je ne sais pas vraiment pourquoi. J'ai dormi dans son petit deux-pièces à Fastra et nous avons fait l'amour toute la nuit. J'ai trouvé cela magique, je m'en souviens, comme s'il avait éveillé quelque chose qui sommeillait en moi depuis des années. Cette sensation, à la fois physique, sentimentale et presque spirituelle, d'être faits l'un pour l'autre.

Je frissonne en me remémorant ces instants. Cela me semble tellement anecdotique à présent, dans le chaos neigeux, dix ans plus tard. Qu'avions-nous en commun en réalité, si ce n'est une sorte d'amertume parce que la vie ne s'était pas vraiment déroulée comme nous l'avions espéré ? Une solitude qui nous a poussés dans les bras l'un de l'autre. Comment aurions-nous pu construire une vie ensemble – il avait dix ans de moins que moi et j'étais mariée. *Très* mariée. Nous ne venions pas du tout du même milieu, n'avions ni les mêmes centres d'intérêt ni la même culture.

Et pourtant.

Toutes ces journées. Toutes ces nuits. Comme ses mains avides exploraient mon corps ! Comme nous faisions l'amour ! Dans son lit, dans sa voiture de fonction et dans les toilettes au travail. De vrais adolescents. Nous avions du mal à être dans la même pièce sans nous regarder en rougissant et en gloussant. Les collègues échangeaient des coups d'œil complices et secouaient la tête.

Je m'arrête près du parc Berzelii, tente de discerner les contours du Théâtre dramatique royal dans la tempête de neige. Je renverse la tête en arrière, ouvre la bouche et laisse les flocons se poser sur ma langue. Je goûte le ciel qui me tombe dessus.

Owe s'est évidemment rendu compte que j'étais amoureuse. Ces choses-là se voient – bien qu'on n'y croie pas soi-même. Mais il n'a pas fait de remarque. Pas à ce moment-là.

Au bout d'un an, Peter et moi avons commencé à parler de nous mettre en couple, de vivre ensemble. En toute bonne foi, c'est moi qui hésitais le plus – pour les mauvaises raisons, je m'en rends compte aujourd'hui. Je m'inquiétais de ce que les gens allaient penser si je quittais mon époux pour un policier de dix ans mon cadet et pour aller m'installer en banlieue. Moi qui avais tout : une belle maison, une carrière sensationnelle et un mari que tout le monde admirait.

Tout le monde, sauf moi.

Mais Peter était têtu. Il voulait que je sois à lui, expliquait-il. Même si nous ne pouvions pas avoir d'enfants et que nous allions sans doute payer le prix fort pour cet amour. Il voulait que je sois à lui, car il m'aimait et ne pouvait pas vivre sans moi.

Bla-bla-bla.

Des mots, ce n'étaient que des mots. Ou peut-être était-ce ce qu'il ressentait, à cet instant précis. Oui, c'est sans doute cela.

En tout cas, il a fini par me convaincre et j'ai décidé de quitter Owe. Je suis rentrée chez moi pour faire mes bagages, rassembler les effets personnels les plus importants, et Peter a promis de passer me chercher devant chez moi à dix-sept heures le même jour.

En faisant mon sac, je me souviens que j'étais à la fois enjouée et pleine de culpabilité, comme un gosse qui se prépare à voler des bonbons. Au moment où je m'apprêtais à passer la porte, Owe est arrivé, ce qui ne faisait pas partie de mon plan – il rentrait rarement avant dix-huit heures. Je lui ai dit la vérité : que j'avais rencontré quelqu'un et que j'allais le quitter. Que je ne l'aimais pas et que je me sentais emprisonnée dans notre relation. Il s'est mis en colère et a crié que je le regretterais, que ce n'était qu'une question de temps avant que je ne rentre toute penaude en le suppliant de me laisser revenir. Je n'ai pas répondu, je me suis contentée de sortir sans même fermer la porte derrière moi. J'entendais encore ses hurlements en arrivant au niveau du portail. Je ne distinguais plus les mots, mais j'entendais encore l'écho de sa voix enragée dans la cage d'escalier.

Dehors il faisait nuit et une fine bruine tombait sur l'asphalte. J'ai posé mon sac sur une marche et me suis assise à côté, soudain envahie par une fatigue paralysante. J'avais l'impression que quelqu'un me tirait vers le sol et que mes jambes refusaient de me porter.

Et je suis restée là.

L'heure tournait. Dix-sept heures puis dix-sept heures trente. Vers dix-sept heures quarante-cinq, j'ai appelé Peter pour lui demander ce qu'il faisait, mais il n'a pas répondu. Vers dix-huit heures trente, j'ai commencé à comprendre qu'il ne viendrait pas, mais je n'avais pas la force de bouger, de me lever de cette marche de pierre. La pluie avait cessé et un vent froid qui sentait la mer et les gaz d'échappement remontait des quais. Il se glissait sous ma veste légère et enveloppait mon cœur, me glaçant de l'intérieur.

Lorsque Owe est descendu me chercher vers vingt et une heures, je n'ai pas protesté, malgré la douleur quand il m'a empoignée par le bras. Je l'ai suivi dans l'appartement sans broncher.

J'ai reçu une lettre la semaine suivante. Peter m'expliquait qu'il ne pouvait pas vivre avec moi, qu'il ne me ferait que du mal – il était comme cela, il faisait du mal aux gens – et qu'il valait mieux pour toutes les personnes concernées, y compris moi, que nous ne nous voyions plus.

J'arrive à hauteur de la boutique d'ameublement Svensk Tenn dans la rue Strandvägen. Je colle mon visage à la vitrine humide de neige et regarde par la fenêtre. Cela ressemble à notre intérieur, chez Owe et moi. Cette élégance bourgeoise et colorée avec des influences ethniques. Cher sans être tape-à-l'œil. De bon goût sans être inquiétant. Un tramway passe dans la rue et je ferme les yeux, j'essaie de chasser Peter de ma conscience. Me concentrer sur l'ici et le maintenant, sur la tempête de neige alors que je rentre chez moi pour retrouver un homme que je n'aime toujours pas. Avec l'oubli comme seul salut.

## PETER

Une enquête pour homicide, c'est exactement comme la vie : il y a un début, un milieu et une fin. Et, comme la vie, on ne sait jamais où on en est avant qu'elle soit achevée. Parfois, elle se termine presque avant d'avoir commencé et, parfois, on a l'impression qu'elle continue pour toujours, jusqu'à ce qu'elle périclite ou qu'elle soit classée sans suite.

La seule différence, c'est qu'avec les enquêtes, l'objectif est d'arriver à une conclusion le plus rapidement possible – contrairement à la vie. Enfin, par moments je me pose des questions.

Avant, je trouvais que le côté imprévisible, l'élément de hasard incontrôlable dans mon travail faisait partie de son charme. Mais c'est devenu la routine, comme tout le reste.

La femme assise face à nous dans la salle d'interrogatoire s'appelle Anja Staaf. Je ne sais pas encore si elle pourra nous aider à résoudre le mystère de ce qu'il s'est passé chez Jesper Orre dimanche, mais elle est, à en croire les amis de Jesper, l'une des femmes qu'il a fréquentées le plus assidûment au cours des dernières années. Elle a les cheveux sombres, presque noirs, et sa coiffure élaborée rappelle celle d'une pin-up d'un autre temps. Sa peau est pâle et elle est très maquillée, avec un épais trait d'eye-liner et les lèvres rouge foncé. Elle porte une robe à pois qui moule sa poitrine, un petit gilet et des bottines noires. Elle semble calme, étonnamment calme pour quelqu'un qui se trouve dans une salle d'interrogatoire au commissariat.

Manfred lui sert un verre d'eau, allume le magnétophone et lui explique qu'elle va être entendue comme témoin dans le cadre de l'affaire du meurtre commis dans la maison de Jesper Orre. Elle opine du chef, l'air grave, tripote son gilet, tire sur l'un des petits boutons nacrés et polis.

— Jolie veste, dit-elle en montrant d'un signe de la tête le blazer jaune moutarde de Manfred.

Il ne se laisse pas déstabiliser, mais caresse de la main le revers gauche de sa veste.

— Merci. On fait de son mieux, marmonne-t-il. Pouvez-vous nous dire quand et comment vous avez rencontré Jesper Orre ?

Elle lève les yeux et fixe le plafond, comme si elle devait se concentrer pour se souvenir.

— C'était dans le club. Au Vertigo, là où je travaille. Il y venait de temps en temps et, de fil en aiguille, on s'est mis à discuter. Ensuite, on a commencé à se fréquenter. Parfois, on dînait ensemble, parfois, il dormait chez moi, des choses comme ça.

— Quand était-ce ?

Elle marque une pause.

— Il y a un an, peut-être. Mais ça fait plusieurs mois que je ne l'ai pas vu.

— Et ce club, le Vertigo. C'est quoi comme genre d'endroit ?

— Un club normal… sauf que la plupart de nos clients s'intéressent au fétichisme ou à la culture *queer*. Et ils aiment se lâcher. Ils n'ont pas tous des pratiques sexuelles spéciales, bien sûr, mais il y a un certain *dress code* à respecter pour entrer. Culottes Sloggy et chaussures Crocs ne sont pas les bienvenues.

Elle fronce légèrement le nez en finissant sa phrase, comme si les sous-vêtements Sloggi étaient les choses les plus répugnantes qu'elle puisse imaginer. Inconvenantes, en quelque sorte.

— Alors Jesper… c'est un… fétichiste ?

Je ne peux m'empêcher de sourire en découvrant que Manfred est clairement déstabilisé, en dépit de sa longue expérience des interrogatoires où il a été confronté à tout type de personnes. Or ce n'est peut-être pas la discussion sur les goûts sexuels particuliers de Jesper Orre qui le met mal à l'aise, mais le fait d'être face à une jeune et belle femme qui, de surcroît, lui fait des compliments sur sa veste favorite.

— Non, Jesper n'est pas vraiment fétichiste. Je crois qu'il aime bien repousser ses limites. On pourrait dire qu'il est avide de sensations fortes. Pourtant, au fond, c'est un mec très doux et gentil.

— Doux et gentil ? Ce ne sont pas les mots qu'emploient ses collègues pour le décrire.

La femme soupire.

— Bon, moi, je ne sais pas comment il est au boulot. Je connais juste sa façon d'être quand on se voyait.

— Et comment était-il ?

Elle regarde à nouveau le plafond.

— Chais pas… Joyeux, gentil. Parfois un peu stressé. Il regardait son portable tout le temps. Mais je me disais que c'était à cause de son boulot, qu'il devait être joignable vingt-quatre heures sur vingt-quatre. Je me souviens que je le plaignais. Et puis, il avait peur qu'on nous voie ensemble en ville. Sans doute à cause des paparazzis qui ne le laissaient pas tranquille. Non, sincèrement, c'était pas facile pour lui.

Elle se tait. Ses intenses yeux bleus croisent les miens.

— Alors, où vous donniez-vous rendez-vous ? s'enquiert Manfred.

— Je vous l'ai dit : au club ou chez moi dans mon appart près de Midsommarkransen.

— Combien de temps êtes-vous restés ensemble ? Vous avez dit que vous vous étiez rencontrés il y a un an et que ça fait plusieurs mois que vous ne vous êtes pas vus.

La femme rit doucement.

— Attendez, là. On n'était pas *en couple.* On se voyait, c'est tout. On se fréquentait, on couchait ensemble. Enfin, vous voyez.

Manfred n'a pas l'air de voir du tout.

— Du sexe, mais pas d'engagement ?

— C'est ce qu'il y a de mieux. Vous n'êtes pas d'accord ?

Manfred opine du chef, hésitant.

— Est-ce qu'il était parfois violent au lit ? Est-ce que vous avez déjà eu peur de lui ?

— Peur ? rit-elle. Non. Il était gentil, je vous l'ai déjà dit. Un peu brutal, c'est vrai. Il aimait ça, le sexe un peu violent. Mais moi aussi, donc ça ne m'a jamais posé problème.

— Violent ? Comme un sadomasochiste ?

— Non, pas du tout ! Il était juste… enfin, vous voyez. Il me plaquait contre le lit, des choses comme ça.

Elle est moins détachée à présent, comme s'il était important pour elle de décrire exactement le comportement de Jesper Orre. Comme si elle voulait à tout prix éviter un malentendu s'agissant de ses dispositions et préférences.

— Est-ce que vous vous voyiez parfois chez lui ?

Elle secoue la tête.

— Jamais. Trop loin. Il habite en banlieue.

— De quoi parliez-vous quand vous ne couchiez pas ensemble ?

— De tout et de rien. De politique, de sport. Il aimait bien le sport. Je crois qu'il en faisait pas mal, d'ailleurs, il était en forme pour son âge. Il prenait soin de son corps, ça se voyait. Il ne mangeait jamais de cacahuètes ou de chips, par exemple. Il buvait surtout de l'eau citronnée avec des glaçons.

— Hum, je comprends. Un vrai Monsieur Parfait.

Elle fronce les sourcils et se penche en arrière. Elle croise les bras sur sa poitrine et je devine qu'elle n'apprécie pas la tournure que prend cette conversation.

— Oui, exactement, répond-elle.

Juste avant que Manfred ne raccompagne Anja à l'accueil, elle se retourne et me regarde dans les yeux.

— Il y avait encore une chose.

— Oui ? dis-je.

— Il volait parfois mes sous-vêtements.

— *Il volait vos sous-vêtements !*

— Oui, j'imagine qu'il aimait les dessous féminins. Au fond, je m'en moquais, mais ils étaient assez chers, donc il aurait pu au moins m'en acheter d'autres, non ? Il gagnait tout de même bien sa vie.

Une fois l'amie de Jesper Orre partie, Manfred et moi montons au troisième étage. Manfred cherche son souffle. Sans doute l'escalier. Mais j'ai arrêté de lui répéter qu'il devrait faire de l'exercice et perdre du poids. C'est un grand garçon, après tout, et il doit être au courant que peser vingt-cinq kilos de trop n'est pas très sain.

— Merde alors, dit-il. *Un pervers !*

— Ce n'est pas illégal de baiser des nanas en latex et de plaquer sa partenaire contre le lit.

— Mais voler des sous-vêtements, si.

— Bonne idée ! On l'épingle pour vol.

Manfred sourit, ôte sa veste et éponge la sueur sur son front.

— Il a déjà la moitié des flics de Suède au cul, on n'a pas besoin de prétextes pour l'épingler.

Manfred n'a pas l'air de m'écouter.

— On s'étonnera toujours de découvrir comment sont les gens sous leur surface lisse, constate-t-il.

J'acquiesce, tout en me disant qu'il y a des choses bien pires à dissimuler qu'une vie sexuelle haletante. Les gens qui n'ont rien du tout sous cette surface, par exemple. Qui sont aussi creux qu'un Tetra Pak vide.

Comme moi.

— En surface, c'est un chef d'entreprise qui travaille dur, mais en réalité c'est un fétichiste qui n'ose pas s'engager dans une vraie relation. Qui a peur des responsabilités. Peur de la vie, ajoute Manfred, comme s'il était un médecin qui, avec une autorité évidente, diagnostiquait une maladie mortelle.

Je reste assis à mon bureau bien après le départ de Manfred. Je regarde le ciel s'assombrir au-dessus de Stockholm, passer du gris sale au noir profond. Quelques flocons de neige solitaires tournoient dans le vent puissant. Dans les appartements de l'autre côté de la rue, les fenêtres éclairées d'une lumière jaune et chaude témoignent que tous ces gens normaux et responsables – quoi que ça puisse bien vouloir dire – préparent le dîner ou sont devant la télé.

L'image de Hanne m'apparaît. La manière dont elle m'a serré la main dans la salle de conférences, sans vraiment me regarder dans les yeux. Comme si elle avait préféré fixer le mur, juste à côté de mon visage. Naturellement, j'ai ressenti quelque chose lorsque nous nous sommes touchés : une sorte de mélancolie à cause de tout ce qui n'est pas advenu, peut-être. Ou un désir idiot d'expliquer, de clarifier les raisons pour lesquelles j'ai agi comme je l'ai fait. Lui dire tout ce que je n'ai pas osé lui dire alors.

Comme si ça allait changer quelque chose.

Je repense ensuitc à ce qu'a dit Manfred, que Jesper Orre a peur des responsabilités. Si ma mère était vivante, était assise en face de moi et devait répondre à mes questions, elle dirait sans doute que c'est moi qui ai peur des responsabilités. Toutes les responsabilités. Dans les relations. Avec l'argent. Avec toute la putain de planète.

J'imagine ma mère sur la chaise en face de moi. Sa longue natte brune qui lui tombe dans le dos. Son corps menu et son derrière un peu proéminent. Ses lunettes années quatre-vingt qui semblaient bien trop grandes pour son visage maigre et bronzé.

— Ulla Margareta Lindgren. Je t'ai convoquée pour t'entendre à titre d'information au sujet de ton fils, Peter Ernst Lindgren. Moi, plus exactement.

— Est-ce vraiment nécessaire ?

— Ça ne sera pas long.

— Ah bon. Dans ce cas… ne perdons pas de temps. Je n'ai pas toute la journée.

Pause. Ma mère arrange sa coiffure et me lance un regard sévère, sans détourner les yeux.

— Me décrirais-tu comme une personne responsable ?

Profond soupir.

— Tu sais que je t'ai toujours aimé, Peter. Tu as un cœur en or, c'est indéniable. Mais tu n'as jamais pris tes responsabilités. Regarde comme tu vis. Comme un consommateur effréné. Tu manges des plats préparés vendus dans des emballages en plastique polluants. Tu ne tries pas tes déchets. Tu ne vois pas ton fils. La pauvre Janet a dû en assumer la charge seule. Bon, je ne critique pas le fait que vous ne viviez pas sous le même toit. Vous êtes assez grands pour en décider et, pour être honnête, je n'ai jamais trouvé que vous alliez bien ensemble. Mais tu aurais au moins pu l'aider, pour l'amour de Dieu ! Albin est la chair de ta chair, après tout. Et tu as beau être policier, la société, tu t'en moques aussi. Tu lis à peine les journaux. En Syrie, à Gaza, des enfants meurent et toi, tout ce qui t'intéresse, c'est regarder de mauvais films et travailler. C'est tellement… petit, Peter. C'est tout ce que j'ai à dire. Quand j'étais jeune, moi, j'étais engagée. Je militais pour les causes qui me tenaient à cœur. Même si j'avais un boulot et de jeunes enfants. Vous veniez avec moi aux réunions, ça n'avait rien d'étrange. Je ne comprends pas que tu ne puisses pas faire pareil. Profites-en maintenant, avant d'être trop âgé. En moins de temps qu'il n'en faut pour le dire, la vie est terminée.

Je me lève, m'approche de la fenêtre et appuie le front contre la vitre froide et noire. Je ferme les yeux et laisse mes souvenirs affluer.

Ma mère était engagée dans le mouvement contre la guerre du Vietnam et, comme elle avait une formation de graphiste, elle donnait un coup de main pour la mise en page du *Bulletin du Vietnam* et des affiches et brochures. Parfois, ma sœur Annika et moi l'accompagnions et l'aidions à colorier des pancartes ou à aller chercher le journal dans la petite maison du parc Kronobergsparken où se réunissait le groupe. Je me souviens que mon père avait horreur que nous allions avec elle : pour lui, nous étions trop jeunes pour comprendre quoi que ce soit à la question vietnamienne – ou à toute autre question politique, d'ailleurs. Mais nous plaidions et l'implorions, et il finissait toujours par céder. Il embrassait ma mère et l'exhortait à s'occuper de nous et à nous protéger contre la propagande anti-impérialiste la plus effrénée.

Moi, j'adorais ces réunions.

Il y avait toujours des enfants, l'atmosphère était détendue et très permissive. Tout le monde travaillait dur, mais personne n'était pressé. Les enfants couraient partout, mais ils ne gênaient personne.

Étant le plus petit, on me confiait les tâches les plus faciles : colorier les lettres des pancartes, par exemple « USA, sortez d'Indochine » en rouge sur fond blanc. Annika, qui était plus âgée, peignait les roquettes américaines, ce qui me rendait jaloux.

Quand le travail était fini, les adultes buvaient du vin et jouaient de la guitare ou discutaient de la situation en Indochine. Quant à moi, je m'amusais avec les autres enfants. Et parfois, je m'endormais par terre, aux pieds de ma mère.

Quelqu'un entonnait une chanson des Freedom Singers et ce qui avait commencé comme une soirée de travail se transformait – voire dégénérait – en une vraie fête.

De temps à autre, l'un des jeunes hommes maigres en veste de velours et favoris s'asseyait très près de ma mère, lui proposait une cigarette et remontait sur le front ses lunettes à monture d'écaille en parlant du Comité suédois pour le Vietnam ou des radicaux pacifistes, gentils, mais si naïfs. Il arrivait que l'un de ces hommes passât le bras autour du cou de ma mère, qu'il caressât légèrement ses longs cheveux bruns, mais elle se contentait alors de sourire en s'écartant un peu de lui. D'une certaine manière, je comprenais, malgré mon jeune âge, que cela signifiait sécurité et stabilité. Que ma mère était liée à mon père, bien qu'elle le traitât régulièrement de « réactionnaire » – un mot que je trouvais hideux.

Pourtant, un jour, la guerre se termina. Les défenseurs de la liberté avaient gagné et les impérialistes étaient rentrés aux États-Unis manger des hamburgers et boire du Coca-Cola. Les bombes incendiaires ne tombaient plus sur la jungle et les rizières, sur les enfants sans défense. Le napalm ne pénétrait plus la peau et les os aussi facilement qu'un couteau chaud dans du beurre.

Je comprenais que j'aurais dû être heureux, je m'en souviens. Ma mère me félicitait, disait que je pouvais être fier de moi, car j'avais *pris mes responsabilités* et aidé à mettre fin à la guerre. Mais au lieu de me réjouir, j'étais triste. Vide.

Finies les grosses réunions. Finies les manifestations. Plus de pancartes à colorier.

Je priais Dieu pour que la guerre reprenne, mais je n'avais pas grand espoir puisque ma mère m'avait expliqué depuis longtemps que Dieu n'était qu'une invention capitaliste pour maintenir les pauvres à leur place.

Je me retourne. Ma mère a disparu, transportée en un instant de la chaise en face de moi à la terre froide du cimetière des bois. Dans le couloir, j'entends mes collègues quitter le bureau. Des conversations et des rires épars s'estompent et disparaissent.

C'est l'heure de rentrer.

Allumer la télévision et tuer le temps, un soir de plus, comme tant d'autres soirs.

## EMMA

*Deux mois plus tôt*

— Ah bon, tu es malade ?

Olga a l'air authentiquement désintéressée. En fond sonore, j'entends la misérable playlist et c'est soudain une libération de ne pas aller au travail aujourd'hui.

— Rien de grave. J'ai dû manger un truc qui n'est pas passé. Je viens sans doute demain. Tu peux prévenir Björne ?

Silence.

— Oui.

Je l'imagine devant moi, le téléphone coincé entre l'épaule et le menton tandis qu'elle se concentre sur ses ongles, les observe l'un après l'autre à la lumière pour détecter la moindre rayure et vérifier qu'il y a encore des paillettes brillantes dans le vernis.

— On se voit demain alors, dis-je, mais elle a déjà raccroché.

Je tente de rappeler Jesper, même si je sais qu'il ne répondra pas. J'ai surtout envie d'entendre sa voix sur le répondeur, mais je ne tombe pas sur un message enregistré. Au lieu de cela, une voix explique que l'abonnement a été suspendu à la demande du client.

Je décide d'essayer une autre méthode : appeler le siège. Je cherche le numéro et le compose, les doigts tremblants. La standardiste transfère l'appel directement lorsque je demande à parler à Jesper Orre, ce qui m'étonne un peu. Est-ce si facile de joindre le DG de la boîte ? N'importe qui peut donc appeler l'accueil et l'avoir au bout du fil ?

Mais ce n'est évidemment pas Jesper qui décroche. Une femme à l'accent indéfinissable se présente comme son assistante et me demande ce qu'elle peut faire pour moi. J'explique que je cherche à joindre Jesper et que c'est une affaire privée. Elle me demande mon nom pour qu'il puisse me rappeler. J'hésite. N'est-ce pas justement pour cette raison que Jesper m'a priée de ne pas téléphoner au bureau ? Pour que les secrétaires ou standardistes ne prennent pas mon nom ?

Je lui demande si elle ne peut pas me le passer et elle répond qu'il est en réunion.

— Et il va bien ?

Elle marque une pause.

— Qu'entendez-vous par là ?

Je devine une méfiance dans sa voix.

— C'est juste qu'il a promis de m'appeler... il y a déjà plusieurs jours et comme je n'arrive pas à le contacter, j'ai eu peur qu'il lui soit arrivé quelque chose.

— Il va très bien. Si vous me donnez vos nom et numéro de téléphone, je lui demande de vous rappeler dès qu'il sort de réunion, répond-elle d'une voix aimable et professionnelle qui pourrait avoir sa place dans n'importe quelle publicité pour de la lessive.

Je lui demande si je peux rappeler plus tard et elle me répond qu'il n'y a pas de problème, puis je raccroche et reste assise à la table de la cuisine. L'horloge au-dessus de la table fait un tic-tac si assourdissant que j'ai l'impression que l'aiguille est à l'intérieur de mon crâne.

Pourquoi Jesper a-t-il disparu ? Le doute l'a-t-il gagné ? Regrette-t-il les fiançailles ? Ou est-ce simplement un malade mental qui jouit de me voir souffrir ?

Peut-il y avoir une autre explication ? Peut-il être arrivé quelque chose qui lui a fait prendre du recul : un décès dans la famille, une crise au travail ? Bien sûr que c'est possible, mais rien ne peut être grave au point qu'on ne puisse passer un coup de fil ou envoyer un SMS.

Trois semaines plus tôt. Nous étions étendus sur le sol de mon salon. La lueur sépia du soir filtrait à travers les persiennes, dessinant une douce trame d'ombres et de lumière sur nos corps. La fenêtre était entrouverte et les rideaux se gonflaient légèrement sous la brise fraîche.

Jesper fumait. Cela n'arrivait pas souvent, seulement lorsque nous avions bu quelques verres de vin, parfois quand nous avions fait l'amour. Sa grande main reposait sur mon ventre tandis qu'il fixait le plafond.

— C'est arrivé comment ?

— Elle est tombée malade et elle est morte.

Jesper tira longuement sur sa cigarette.

— Oui, je comprends. Mais de *quoi* est-elle morte ?

— D'une inflammation au pancréas. Parce qu'elle buvait trop, apparemment.

— Pauvre malheureuse !

— Oui et non. Parfois je me dis qu'elle ne peut s'en prendre qu'à elle-même. Elle buvait, c'était sa faute.

— Je ne parlais pas d'elle, mais de toi.

— De *moi* ?

Il éclata de rire et secoua la tête, comme si j'avais dit quelque chose de ridicule.

— Oui, *toi*.

— Moi, je n'ai pas de problème.

Il y eut un moment de silence. Une ambulance passa au loin. Dans la cuisine, le frigidaire se mit en marche avec un soupir.

— Je suis désolé de ne pas pouvoir t'accompagner aux funérailles, reprit-il après quelques minutes, comme s'il venait de peser le pour et le contre.

— Je m'en sortirai toute seule.

— Personne ne devrait aller seul à l'enterrement de sa mère.

Je ne répondis pas. Qu'y avait-il à dire ? Il avait raison. Cela faisait des mois que nous nous voyions et il était de plus en plus difficile de dissimuler notre relation, c'était évident.

— On va continuer comme ça pour toujours ?

Il écrasa sa cigarette dans le verre à vin posé à côté de lui et me fit face. Il se redressa sur un coude, m'embrassa doucement. Un baiser au goût de cendrier et de vin rouge. Je tournai la tête, ce qu'il interpréta sans doute comme une protestation contre notre situation plutôt que contre son haleine.

— Bien sûr que non.

— *Combien de temps*, alors ?

Il se laissa retomber sur le dos, poussa un profond soupir, visiblement frustré.

— On en a déjà parlé des milliers de fois. Tu sais que les journaux ne me laissent pas tranquille. Hier, deux journalistes ont utilisé le terme « esclavage moderne » pour décrire les conditions de travail de nos collaborateurs. Si les médias apprenaient notre relation… Tu comprends bien quelles en seraient les conséquences. Je me ferais virer. Il faut que j'attende que la tempête se soit calmée.

— Et *quand* est-ce que ça va se calmer, exactement ?

— Je t'en prie, Emma… Comment je pourrais le savoir, merde ? Probablement quand ces hyènes auront trouvé un autre sujet intéressant. D'ailleurs, tu devrais chercher un autre boulot. Ça faciliterait les choses si tu n'étais pas employée par l'entreprise.

Il se pencha en avant, ramassa la couverture et l'étendit sur nous.

— Il fait froid, dit-il. Tu veux que je ferme la fenêtre ?

— C'est tellement pénible. Tout le monde se demande avec qui je sors et je ne peux rien dire. Franchement, c'est assez… puéril.

Il tourna son visage vers moi. Son expression s'était radoucie et un sourire semblait poindre au coin de ses lèvres.

— Puéril ?

— Oui, je passe pour une gamine. Avec un amoureux secret et tout le tralala.

Il s'esclaffa, m'embrassa dans le cou et descendit vers le ventre.

— Je suis ton amoureux secret ?

— On dirait bien.

— Et toi, tu es quoi ? De la chair fraîche ?

Je ricanai. Sa langue glissa sur mes seins, pénétra dans mon nombril, tournoya comme s'il mangeait de la nourriture invisible sur mon corps. Il poursuivit son chemin vers le bas, laissa sa langue courir à l'intérieur de ma cuisse. Je me raidis, mal à l'aise et trop consciente de mon propre corps. Toutes les cavités, les odeurs, les bruits. Il dut sentir que je me crispais, car il souleva la tête de quelques centimètres et me regarda droit dans les yeux.

— Détends-toi, Emma. Tu dois apprendre à te détendre.

Il répétait toujours que je devais me détendre – et pas seulement au lit. Je faisais mon possible, mais quelque chose dans son comportement me poussait à rester sur mes gardes. Quelque chose dans toute notre relation. C'était trop beau pour être vrai, si l'on peut dire. Moi et Jesper Orre. Vendeuse désargentée rencontre homme plus âgé, riche, à la carrière brillante.

Que voyait-il en moi ? Pourquoi avoir choisi d'entamer une relation avec une employée de vingt ans sa cadette ?

Peut-être avait-il raison, cependant. Tous ces questionnements découlaient de mon manque de confiance en moi. Pourquoi ne pourrais-je *pas* l'intéresser ? Pourquoi notre relation était-elle si difficile à accepter pour moi ? Pourquoi avais-je tant de mal à croire à son amour ?

— Détends-toi, Emma, répéta-t-il. J'ai envie de toi et tu es digne d'être aimée. Comment puis-je te le faire comprendre ? Que dois-je faire pour que tu me croies ?

Nous nous endormîmes à même le sol ce soir-là.

Lorsque je me réveillai, il faisait nuit et mon dos me faisait souffrir. Je tâtonnais, passai la main à côté de moi, sur le tapis, mais Jesper n'était pas là. Je me levai lentement. Le corps raide et lourd, je traînai les pieds jusqu'à la chambre. Le sol était froid et la fenêtre était toujours entrebâillée.

C'est là que je le vis.

Il se tenait immobile dans l'obscurité, les yeux braqués sur le tableau de Ragnar Sandberg suspendu au-dessus de mon lit. Ses cheveux étaient ébouriffés et tombaient sur son front, comme s'il venait tout juste de se lever. Il avait le couvre-lit sur les épaules.

— Je crois que je t'aime, Emma, marmonna-t-il.

Assise dans mon lit, j'essaie de faire fonctionner mon ordinateur, mais il doit y avoir un problème de connexion. Au bout d'un long moment, je percute : c'est sans doute lié à toutes ces factures impayées. À présent, je constate que ni la télévision ni Internet ne marchent, et tout est la faute de Jesper.

Je décide de descendre au café de l'avenue Karlavägen où je peux accéder au WiFi. Ma nausée s'est un peu apaisée et pour la première fois de la journée, j'ai vaguement faim. En enfilant mon jean, je sens qu'il y a quelque chose dans une poche. Une carte de visite. Je la retourne et me souviens du journaliste qui est venu dans la boutique. Après quelques instants d'hésitation, je sors dans la cuisine, ouvre la boîte à pain, et pose la carte au-dessus du tas de factures.

Je suis installée dans un coin avec un café au lait à moitié vide. Un peu plus loin se trouve un jeune avec un Mac sur les genoux. À une autre table, deux dames parlent à voix basse, comme si elles discutaient d'un secret d'État. La pièce est sombre, presque obscure. Par la fenêtre, je vois tomber la pluie d'automne. Les arbres de l'allée centrale aux nuances jaunes, orange et brunes semblent s'embraser. De temps à autre, une feuille solitaire se détache et vient s'échouer doucement sur l'herbe.

Je parcours des articles sur Jesper. On le qualifie tour à tour de « roi de la mode » et d'« esclavagiste ». Puis je tombe sur une rubrique dans un journal économique : « Qui est vraiment Jesper Orre ? » Je le lis. Jesper vient du district de Bromma, à l'ouest de Stockholm, et ses deux parents sont enseignants. Il a fait des études d'économie à Uppsala, mais a arrêté au bout de deux ans. Ensuite, explique le journaliste, il y a de nombreux points d'interrogation. De longues périodes qu'il est incapable de décrire de façon « satisfaisante ». Des années qui creusent des trous aussi profonds qu'incompréhensibles dans son CV.

Je poursuis ma lecture. L'auteur s'est amusé à faire l'inventaire des fréquentations de Jesper et affirme qu'il côtoie des criminels. Deux de ses amis intimes ont été condamnés pour des délits financiers, un autre pour détention de stupéfiants. Je n'ai jamais entendu parler d'eux. Jesper ne me dit pas ces choses-là.

Je cherche à présent des images.

Jesper en costume. Jesper en tenue de sport. Jesper en smoking. Jesper en chemise, les manches retroussées, sur une estrade, en train de montrer des chiffres sur un écran.

Un autre cliché : un gros plan de Jesper. Un sourire se dessine au coin de ses lèvres, mais une ride profonde lui barre le front et je sais qu'il est gêné. Il n'aime pas être pris en photo ; nous en avons parlé plusieurs fois, de sa hantise de se voir dans les journaux et à la télévision.

Je trouve encore d'autres images : Jesper avec une femme blonde au bras. Elle se penche en arrière en riant. Sa robe est très échancrée. Quant à lui, il a l'air épuisé. Sa chemise est froissée en bas et déboutonnée au cou. Sur une jambe, il a quelque chose qui ressemble à une grosse tache, comme si quelqu'un avait renversé un verre de vin sur son pantalon. Je continue à chercher. Je trouve d'autres photographies représentant Jesper et des femmes – toutes différentes. À aucun moment, je n'ai vu deux fois la même à ses côtés.

Je ferme les yeux et me laisse tomber contre le dossier du fauteuil, m'efforçant de réfléchir calmement. Y a-t-il eu des signes avant-coureurs lors de nos derniers rendez-vous ? Quelque chose révélant qu'il était en train de se lasser ? Rien ne me vient. Tout était comme d'habitude. Il était aussi tendre que d'ordinaire. Nous nous sommes vus, avons bien mangé, fait l'amour. Pouffé pendant des heures dans mon lit étroit. Parlé de l'avenir, de ce que nous allions faire quand nous pourrions être ensemble *pour de vrai*.

Lorsque nous n'aurions plus besoin de nous cacher.

Soudain, l'un de nos derniers rendez-vous me revient en mémoire. Nous étions chez lui, dans son pied-à-terre de la rue Kapellgränd. J'étais étendue sur le côté dans le lit, tournée vers le mur, lorsqu'il sortit de la douche avec une serviette autour des hanches, s'assit à côté de moi et me caressa les cheveux.

— Est-ce que tu m'aimes ?

La question était saugrenue. C'était la première fois qu'il me la posait. Nous n'avions pas l'habitude d'utiliser ce mot, peut-être parce qu'il engage, semble trop important, presque un peu effrayant.

— Oui, ai-je répondu.

— Je comprends que ça doit être dur pour toi… de devoir dissimuler notre relation.

Il grimpa dans le lit, se lova contre moi et m'enlaça par-derrière. Je sentis la chaleur émanant de son corps encore humide, inspirai l'odeur de savon et d'eau de toilette. Je fermai les yeux.

— Promets-moi que tu auras la force de m'attendre. Que tu ne te lasseras pas.

— Je te le promets.

— Promets-moi que tu ne trouveras pas quelqu'un d'autre.

— Tu es bête ! Tu sais bien qu'il n'y a personne d'autre.

Son étreinte se fit plus forte.

— Et avant moi ?

Sa question me troubla.

— Qu'est-ce que tu veux dire ? Comment ça *avant* ?

— Avant qu'on se rencontre. Tu as eu quelqu'un ?

*Avant Jesper.*

Je songeai à ma vie avant Jesper : de longues soirées solitaires avec comme seule compagnie le chat et la télévision, des journées interminables dans la boutique, des plats préparés pour une personne achetés chez le traiteur Sabis. Il n'y avait absolument rien à raconter. Rien de honteux, rien à cacher.

— Tu as bien dû avoir quelqu'un avant moi ?

D'abord je ne répondis pas. Effectivement, il y avait bien eu quelqu'un avant, mais je n'avais pas envie d'en discuter.

— Oui, bien sûr.

— Qui ?

— Tu sais, ce mec dont je t'ai parlé. La Vis.

— Ton prof de menuiserie ?

J'opinai du chef et fermai les yeux. À cet instant, tout me revint, en dépit des années passées. Le long couloir nu et froid, le cliquetis des couverts à la cantine, l'odeur de sciure brûlée dans la salle de travail manuel. Moi, étendue sur un établi. La Vis, debout devant moi en chemise de flanelle, le jean descendu jusqu'aux genoux. Son expression déterminée lorsqu'il se frayait un chemin en moi.

J'étais folle de lui. Et à la maison, c'était le chaos. J'étais vulnérable. Je n'avais jamais compris à quel point j'étais fragile à ce moment-là. Il en a profité. J'étais une adolescente de quinze ans à la dérive et il m'a séduite.

— Ça me rend fou de penser à ça, murmura Jesper.

— Mais arrête ! C'était il y a un siècle.

— Vous avez couché ensemble dans *l'atelier*.

— Oui, mais…

Tout à coup, son étreinte me sembla trop forte, presque douloureuse et j'avais peine à respirer.

— Lâche-moi. Tu me fais mal !

— Tu aimais ça ?

— Quoi ?

— Baiser avec lui dans la sciure de bois ? Ça t'excitait ?

Jesper me serrait comme un étau. Je ne pouvais pas bouger, mais je sentis qu'il était en érection.

— T'es malade, Jesper !

Il retira sa serviette, se pressa contre moi. Soudain, son téléphone sonna et son étreinte se relâcha un instant, mais je restai immobile, comme pétrifiée, incapable de me mouvoir.

— Ça te plaisait, hein ? a-t-il chuchoté.

Je ne répondis pas.

Je quitte le café et rentre à pied sous la pluie. Le vent s'est levé et les feuilles ne tombent plus vers le sol avec lenteur, elles dansent au gré des bourrasques avant de se poser sur l'herbe de l'allée. Pourquoi Jesper est-il si jaloux de mon passé ? Bien que je n'aie presque pas eu de relation avant lui, bien que ce soit *moi* qui aie des raisons d'être possessive, c'est lui qui me faisait des reproches. Et pourquoi ça l'excitait de parler de La Vis ? C'est comme si cette conversation l'émoustillait.

J'ai de nouveau la nausée. Je ne comprends pas pourquoi. Il y a tant de choses que je ne comprends pas. Je traverse la place Karlaplan en biais. La fontaine est vide. Des feuilles et des ordures s'entassent. Je ne vois personne.

En entrant dans l'appartement, je suis frappée par l'odeur : elle est différente. Des effluves de laine mouillée et de savon flottent dans l'air, comme si quelqu'un était passé en coup de vent, avant de repartir. Je traverse le salon, examine la pièce en détail, mais ne décèle rien d'étrange. Tous les objets sont là où je les ai laissés. Rien n'a disparu. Le vieux plancher grince sous mes pieds.

J'entre dans la chambre à coucher, observe le rectangle clair au-dessus de mon lit, à l'endroit où se trouvait le tableau. On dirait qu'il est illuminé, qu'il vibre. Il semble se détacher un instant du papier peint jaune sale et se déplacer vers moi, comme s'il voulait me dire quelque chose. Dans la cuisine, j'entends Sigge manger sa ration quotidienne de croquettes insipides qui constituent sa seule nourriture.

Tout a l'air normal. La seule chose qui me chiffonne, qui m'inquiète, c'est l'odeur.

Demain, il faut que j'aille à la boutique, me dis-je en m'asseyant sur mon lit. Que je me sente bien ou mal, je dois bosser. J'ai déjà cinq arrêts de travail ce mois-ci et je sais que Björne va m'étriper si j'en ai davantage. Les absences sont indiquées à l'aide de furieux petits points rouges sur le calendrier de la kitchenette. Tous les employés peuvent voir le nombre de jours pendant lesquels leurs collègues sont restés à la maison parce qu'eux ou leur enfant étaient malades – encore une des mesures qui ont hérissé les syndicats et ont poussé les journaux à noircir des pages et des pages sur les méthodes de management esclavagistes de Jesper.

Je passe la main sur le mur. Le papier peint un peu sale me rappelle un autre mur, une autre vie.

Un soir, dans mon lit, je fixais le mur qui jadis avait été blanc, mais qui était à présent couvert d'une épaisse patine de fumée de cigarette, de graisse et de poussière. Avec un objet pointu, comme un cure-dents ou une branche, on pouvait graver des lettres ou des dessins sur la surface jaunâtre et crasseuse.

J'avais beau essayer, je ne trouvais pas le sommeil – d'une part à cause de la lumière bleu pâle de la nuit estivale qui filtrait par la fenêtre et tentait de se frayer un chemin entre mes paupières closes, et d'autre part à cause des voix indignées de mes parents dans la cuisine.

Ils se disputaient.

J'en ignorais la raison, mais cela n'avait pas d'importance. Ils se disputaient presque tous les soirs. L'astuce, c'était de s'endormir *avant* qu'ils ne commencent, on pouvait ainsi dormir jusqu'au lendemain matin. Au réveil, ils étaient toujours gentils, bien qu'un peu fatigués, car leur sommeil avait été agité.

Leurs voix s'affaiblirent, avant de s'éteindre. Je retins ma respiration. Après quelques secondes, j'entendis une note claire, comme si quelqu'un chantait. La note monta, descendit et se transforma en long hurlement.

Ma mère pleurait.

C'était toujours ma mère qui pleurait. Jamais mon père. Je ne savais même pas si mon père pouvait pleurer. Peut-être que les pères ne pleuraient pas ?

J'entendis un bruit sourd suivi d'un cri aigu et m'inquiétai alors pour de bon. Est-ce que l'un d'entre eux était tombé et s'était blessé ? Je bondis hors de mon lit, saisis le bocal contenant la chrysalide et me dirigeai vers la porte. Le sol en linoléum était froid et glissant sous mes pieds. Arrivée dans le couloir, je n'entendais plus que les sanglots étouffés de ma mère et le tic-tac indifférent de l'horloge de la cuisine.

Mon père était accroupi par terre, le visage entre les mains. Ma mère était assise sur une chaise à barreaux et pleurait. Je ne sais pas pourquoi, mais le silence de mon père et sa position m'ont bien plus inquiétée que les sanglots de ma mère. Les pères n'avaient pas le droit d'être comme ça, affalés, résignés, silencieux, le visage entre les mains.

Puis je le vis bouger légèrement. Un tout petit mouvement, quelques millimètres dans ma direction, comme s'il m'avait miraculeusement aperçue à travers ses mains. Il prit la parole d'une voix éteinte.

— Emma, mon cœur, va te coucher maintenant. Tu dois dormir.

Ma mère se leva d'un bond. Ses yeux arboraient cette expression farouche qu'ils n'avaient que tard le soir, lorsqu'elle et mon père avaient passé un long moment dans la cuisine. Elle me rappelait une sorte d'animal. Un animal sauvage et malheureux qui aurait été enfermé dans une cage et qui serait donc très, très dangereux.

— Sale gamine ! hurla-t-elle. T'étais encore là à nous épier, petite peste !

Mon père se leva. Il se trouvait entre ma mère et moi.

— Arrête, marmonna-t-il. Ce n'est quand même pas sa faute.

— Je sais bien que tu nous écoutes ! Et après ? Tu téléphones à tante Agneta pour moucharder, hein ?

— Non, répondis-je, mais elle n'entendit pas.

Elle prit appui sur la table et se mit à avancer vers moi. Son corps était curieusement pataud et elle renversa la chaise en essayant de passer devant mon père.

— Laisse-la tranquille, dit-il.

— Je vais t'apprendre à nous *espionner*..., bredouilla ma mère.

Elle bouscula mon père et tendit la main pour m'attraper, mais, plus rapide, je bondis sur le côté. Au lieu de me saisir comme elle le voulait, ma mère s'écroula la tête la première sur le sol.

— Bordel, maugréa-t-elle en se redressant.

Un mince filet de sang coulait de l'une de ses narines dans sa bouche.

— T'as vu ce que tu as fait, Emma ? Hein ?

Elle se leva lentement.

— Mais ce n'est pas…

Je ne vis pas la gifle arriver, et cette fois je n'avais pas osé me décaler de peur que ma mère ne tombe à nouveau et que le filet de sang ne se transforme en cascade, voire en océan.

— Maintenant, la ferme !

Ma mère se balançait légèrement et ses cheveux étaient dressés sur sa tête comme souvent lorsqu'elle venait de se réveiller. Mon père s'était de nouveau effondré, le visage entre les mains, comme s'il refusait de voir la scène. J'aurais aimé qu'il se lève et qu'il dise à ma mère d'arrêter, qu'il lui explique que ce n'était pas réellement ma faute. J'aurais aimé que ce soit le matin et qu'ils soient à nouveau gentils et fatigués, comme d'habitude, et qu'ils me donnent de l'argent pour aller acheter le petit déjeuner parce qu'ils avaient mal à la tête. J'aurais aimé être quelqu'un d'autre, ailleurs. Pas Emma. Pas ici. Pas maintenant.

Ma mère m'arracha des mains le bocal à la chrysalide.

— Passe-moi ce satané pot ! Tu l'emportes partout, il doit être important pour toi. Plus important que ta propre mère, hein ?

Je ne répondis pas.

— Je vais te faire comprendre, moi, ce qui est important !

Ma mère tituba jusqu'à la fenêtre de la cuisine, l'ouvrit et jeta le bocal. Au bout d'une seconde, peut-être, on entendit un fracas lorsqu'il se brisa sur l'asphalte en contrebas.

— Non ! criai-je. Non, non, non !

— Si ! répondit ma mère. *Si*. Je vais t'apprendre, moi, ce qui est *vraiment* important. C'était qu'un foutu bocal ! Tu piges ? Un truc *mort*.

Je ne l'écoutais plus, j'étais déjà en train de courir vers la porte d'entrée. Je l'ouvris, dévalai l'escalier et sortis dans la cour. Les éclats de verre brillaient comme des étoiles sur le bitume noir. Je posai les pieds avec précaution, l'un après l'autre, pour ne pas me couper. Puis je cherchai à tâtons sur l'asphalte froid et humide. Je ne trouvai que quelques feuilles sèches.

— Ici, Emma.

Je me retournai. Mon père était accroupi à côté de moi, la main ouverte. Dans sa paume il y avait quelques branches épineuses. La chrysalide était toujours accrochée à son rameau. Dans la lumière de la lune, elle semblait presque phosphorescente.

— C'est un truc de malade !

Olga secoue la tête, faisant cliqueter ses lourdes boucles d'oreilles. Björne ne se montre pas, mais nous savons toutes les deux qu'il est dans la boutique. Un peu comme dans la savane : on sait que les fauves sont là à rôder, mais on ignore où.

— Qu'est-ce que je dois faire ?

Olga continue à remuer la tête de gauche à droite, comme si elle trouvait la situation trop étrange pour pouvoir se prononcer. Puis elle remonte son jean élimé qui lui est descendu sur les hanches.

— Il se fiance avec toi et après il disparaît ? C'est qui ? Maintenant, tu peux nous dire ?

Naturellement, je pourrais parler de Jesper à Olga, mais quelque chose me retient. Si je le lui dis, tout le monde sera bientôt au courant. Et cela portera préjudice non seulement à Jesper, mais aussi à moi. Par exemple, que dirait Björne s'il entendait parler de mon amant le directeur général ?

— C'est… personne. Seulement quelqu'un dont on parle parfois dans les journaux. Peu importe. S'il veut rompre avec moi, OK, mais je veux récupérer mon fric.

Olga ne répond pas. Elle tend le bras vers un jean qui est en train de glisser de la petite table sur le sol. Elle l'attrape juste avant qu'il ne tombe.

— Quel fric ? s'enquiert-elle avec indifférence – sans doute ne lui ai-je pas parlé du prêt.

— Il m'a emprunté 100 000 couronnes pour payer des ouvriers.

— Quoi ? Tu es folle ? Tu as prêté 100 000 ?

— Oui. Et alors ?

Je hausse les épaules.

— Viens, fait Olga en m'entraînant vers la salle de repos.

Soudain, Björne nous fait face, l'air renfrogné. Il pose les mains sur ses hanches et s'avance bien trop près de nous. C'est inconfortable. Je vois qu'il essaie de se laisser pousser la barbe : une ombre rousse couvre son menton fin et saillant.

— Où allez-vous comme ça ?

— En pause, répond Olga, lapidaire, et pince les lèvres en un trait mince.

À ce moment-là, Mahnoor sort de la salle de repos. Elle enroule ses longs cheveux noirs et forme un chignon sur sa nuque.

— Tu peux prendre la caisse ? s'empresse de lui demander Olga.

— Bien sûr.

Elle pose sur nous un regard interrogateur, mais Björne semble se satisfaire de la réponse. Il pivote sur ses talons et se dirige vers le rayon hommes. Olga m'attire vers la salle du personnel et me force à m'asseoir sur l'une des chaises blanches de la kitchenette.

— Quel salaud, marmonné-je. D'ailleurs, tu as entendu qu'il a viré une fille au centre commercial de Ringen ? Apparemment, son petit de trois ans est souvent malade et elle est obligée de s'absenter. Elle avait, genre, dix points rouges par mois. Mais ils ont dit qu'il n'y avait pas assez de boulot, pour que le syndicat ne puisse rien faire.

Olga ne m'écoute pas. Elle feuillette les magazines féminins qui s'entassent sur une étagère dans un coin.

— Et tu as essayé le joindre, ton copain ? demande-t-elle calmement en soulevant une pile de revues haute de dix centimètres pour la poser sur ses genoux.

— J'ai appelé, envoyé des SMS. Tout. Il ne répond pas.

— Tu as été le voir ?

Je me remémore ma visite rue Kapellgränd : l'homme à la queue-de-cheval, le cliquetis et le chuintement ostensibles lorsqu'il a ouvert la canette de bière, les meubles que je n'ai pas reconnus.

Olga a cessé de feuilleter les journaux. Elle me regarde avec une véritable inquiétude dans les yeux.

— Je suis allée chez lui un soir…

— Et ?

— Il y avait quelqu'un d'autre dans son appartement. Tous ses meubles ont disparu.

Elle ne dit rien, se replonge dans son tas de magazines.

— Qu'est-ce que tu fais ?

— Je cherche un truc. Au fait, pourquoi tu as prêté de l'argent ?

— Parce que… je ne sais pas. J'avais de l'argent chez moi et il en avait besoin pour payer ses ouvriers.

— Tu avais 100 000 couronnes *chez toi* ?

— Oui.

— Désolée, mais là, c'est vraiment grave. Il t'a piqué autre chose ?

— Non, dis-je, mais je pense immédiatement au tableau de Ragnar Sandberg au-dessus de mon lit.

Jesper était le seul à connaître son existence. Hormis ma mère, bien sûr, mais elle est décédée.

— Là, marmonne Olga en parcourant un magazine qui semble contenir plus d'images que de texte. C'était dans celui-là.

Elle tourne lentement les pages, examine chaque sujet, puis s'arrête. Sa main repose sur un article : « Vivez-vous avec un psychopathe ? »

— Ton mec, il est psychopathe, affirme-t-elle en suivant lentement les lignes du doigt.

Son index fin caresse le texte, comme s'il s'agissait de braille.

— Qu'est-ce que ça dit ?

Elle toussote, tambourine de ses longs ongles sur le journal et lit :

— *Le psychopathe est charmant au premier abord, mais se montre vite manipulateur et égocentrique. Son absence d'empathie l'empêche de tenir compte de vos sentiments et de vos besoins. Il n'hésite pas à vous tromper et à vous trahir. Il vole et ment sans éprouver ni remords ni culpabilité.*

Je réfléchis. Pour moi, Jesper est chaleureux, tendre et sensible. Mais s'il m'a vraiment larguée, s'il a dérobé mon tableau, s'il n'a pas prévu de me rembourser, alors peut-être qu'Olga a raison.

— Ils disent ce qu'il faut faire ?

Olga hoche la tête, ses lèvres se meuvent sans bruit lorsqu'elle lit le dernier paragraphe.

— Tu dois t'éloigner le plus possible de lui, parce qu'il ne peut pas changer. Les psychopathes ne peuvent pas se changer. C'est écrit.

Elle se penche vers moi, pose une main sur mon bras, garde le silence, mais me regarde de ses grands yeux clairs remplis d'inquiétude. Je sens monter les larmes, mais encore une fois il y a quelque chose de plus fort que le désespoir – la volonté de savoir.

— Je ne comprends pas... Il est plein aux as. Et il est... célèbre. Pourquoi il risquerait tout pour me voler 100 000 couronnes ?

— Peut-être que c'est pas le fric qui l'intéresse...

— Qu'est-ce que tu veux dire ?

— Peut-être il veut t'humilier, genre. Te faire sentir comme une merde. Tu vois ?

Je suis devant le miroir de ma salle de bains. Mes longs cheveux auburn tombent en mèches mouillées sur mes épaules. Mes seins, ces pis que j'abhorre, n'ont jamais été aussi énormes et me font souffrir le martyre dès que je bouge.

Je me penche doucement en avant, essuie un peu de buée et étudie mon reflet. Mes taches de rousseur sont encore plus visibles ainsi, sans maquillage, sous la lumière froide du néon. Je m'enroule dans une serviette verte et sors dans le couloir. Par terre, sous la porte d'entrée, se trouvent trois lettres.

La première vient de ma banque, la deuxième du service des recouvrements et la troisième ne mentionne pas l'expéditeur. Je prends les enveloppes et les enfouis au-dessus des autres, dans la boîte à pain, sans les ouvrir. J'ai du mal à fermer le couvercle tant elle est remplie.

J'ai naturellement conscience que la situation est intenable – un jour où l'autre, il faudra bien que je paie mes factures. Mais je ne sais que faire. Je n'ai pas d'argent à la banque, pas d'actifs sous forme d'actions ou de fonds que je peux vendre. Aucun de mes amis n'a d'argent à me prêter.

Et je n'ai plus de famille.

*Jesper est ma famille.* Cela peut sembler étrange, mais il est la personne dont je suis le plus proche.

Je me rappelle notre dernière soirée. Nous avons eu une violente dispute. Toujours la même rengaine : combien de temps cette situation allait-elle durer ? Je voulais sortir, aller au cinéma, au restaurant. Il était stressé et irrité, avait passé une sale journée, apparemment. Nous marchions sous la pluie et je me souviens qu'à ce moment-là, je me suis dit que j'en avais assez.

Une fine bruine tombait sur Stockholm, transformant la rue Götgatan en miroir noir et brillant. Les reflets des lampadaires et des vitrines étincelaient comme des pierres précieuses. J'avais un parapluie, mais n'en faisais pas profiter Jesper. Cela n'avait pas l'air de le déranger. Il marchait à côté de moi, gesticulait et parlait d'une voix outrée.

— … pas ma faute, tout de même. Hein ? En plus, ça fait un mois que je te dis de chercher un nouveau boulot. Tu l'as fait ? Non ! Pourquoi c'est si difficile pour toi, putain ? Pourquoi faut-il que toutes les initiatives viennent de moi ?

Nous tournâmes au niveau de la rue Högbergsgatan. Le langage corporel de Jesper, tout son être respirait l'indignation. Aucun d'entre nous ne dit mot jusqu'à ce que nous soyons arrivés devant le portail de la rue Kapellgränd.

— Donne-moi une date, dis-je en posant la main sur la poignée en laiton glacial. J'ai l'impression de sortir avec un homme marié. Je veux une *date*. Je veux savoir quand tu vas me reconnaître.

Nous entrâmes dans l'immeuble, Jesper sortit son porte-clés et, maladroitement, réussit à trouver la clé de sa porte.

— *Te reconnaître ?* Mais de quoi tu parles ? Tu n'es quand même pas un putain de pays africain qui veut être reconnu par les Nations unies ? D'ailleurs, je n'ai personne d'autre, tu le sais bien. La seule question est de savoir quand on pourra révéler notre relation.

L'entrée était plongée dans l'obscurité, mais aucun d'entre nous ne chercha à allumer. J'ôtai mes bottes d'un coup de pied et jetai ma veste par terre dans un coin.

— Et quand est-ce que tu comptes le faire ? Tu n'arrêtes pas de te dérober. Tu mens et tu te dérobes.

— Mais tu es complètement tarée ? Je ne t'ai *jamais* menti ! Jamais !

Il hurlait à présent. Il lança son manteau contre le mur et le vêtement atterrit sur le petit buffet, renversant un vase en terre cuite que sa mère avait fabriqué dans les années soixante-dix. Il se fracassa contre le sol.

— Si. Tu me mens et tu m'exploites !

— Moi ? *T'exploiter ?* Comment ça ?

Soudain sa voix sembla froide, condescendante.

— C'est toujours toi qui poses les conditions. Tu crois que tu peux venir me voir et prendre ce que tu veux, quand tu veux. Mon corps, mes sentiments. Tu crois que tu les possèdes.

Il se tenait à présent immobile dans la pièce, le regard tourné vers la fenêtre. La lumière de l'enseigne au néon sur l'immeuble d'en face peignait des stries bleues et roses dans ses cheveux sombres. Des gouttelettes de pluie perlaient sur son front.

— Et ce n'est pas vrai, peut-être ? déclara-t-il lentement, comme si c'était la chose la plus évidente au monde.

Sa remarque me laissa perplexe. Je ne sus d'abord pas quoi répondre.

— Qu'est-ce que tu veux dire ? finis-je par demander d'une voix si faible que je l'entendais à peine moi-même.

Il se retourna vers moi. Son visage était maintenant impassible, spectral. Comme une coquille vide. Une coquille inhabitée, totalement dénuée d'émotions.

— Je veux dire que tu es à moi, Emma.

Il s'avança vers moi, jusqu'à ce que nous soyons l'un en face de l'autre dans l'obscurité. Au loin, on entendait des sirènes approcher. À part cela, il n'y avait pas un bruit. Il m'attira contre lui, dans une étrange étreinte : une accolade rigide, guindée, sans véritable chaleur. *Il montre qu'il me possède*, songeais-je. *Il ne s'agit pas d'amour, il s'agit d'autre chose. De pouvoir, peut-être.*

— Excuse-moi, me souffla-t-il à l'oreille. Bien sûr que tu as raison. On ne peut pas continuer comme ça.

Il me relâcha et fouilla dans sa poche.

— Je t'aime, Emma. Quoi qu'il arrive, je veux que tu t'en souviennes. Tu me le promets ?

Je me sentis tout à coup mal à l'aise.

— Qu'est-ce qui pourrait se passer ?

Il ignora ma question.

— Tiens. C'est pour toi.

Il tendit la main : quelque chose de brillant reposait dans sa paume. Lentement, j'avançai la main et la refermai péniblement autour du petit objet froid et métallique.

C'était une bague.

Je la regarde à la lumière. C'est un anneau en or blanc serti d'un imposant solitaire – un gros diamant poli. Il étincelle comme si de rien n'était.

La nausée m'assaille à nouveau. Je m'assieds sur mon lit. Ma chambre semble étonnamment vide sans le tableau au-dessus. Tout tourne, tout paraît disproportionné. La fenêtre se transforme peu à peu en un long trait fin. Le plafond penche dangereusement.

Sigge semble remarquer que je vais mal, car soudain il est là. Il frotte son petit corps tout doux contre mes jambes, comme pour me consoler. Je plonge le visage dans mes mains, mais mes seins sont si douloureux quand je me penche en avant que je suis obligée de me redresser immédiatement.

*C'est là que je percute.*

C'est comme si j'arrivais au sommet d'une très haute montagne située au cœur d'une forêt profonde, après avoir marché pendant des jours dans la pénombre, sous les grands arbres. Tout à coup, la lumière est crue et je vois clairement. J'ai l'impression d'avoir reçu un coup de pied dans le ventre et j'en ai la respiration coupée.

La terreur bouillonne en moi lorsque je sors mon portable, ouvre l'agenda et commence à compter les jours. Je compte une fois, deux fois. Puis une troisième. Je ne peux appréhender cette nouvelle, c'est trop étrange.

Pourtant, il n'existe pas d'autre explication.

*Je suis enceinte.*

# HANNE

Manfred, le gros policier rougeaud, ouvre la réunion. Il se lève, trotte jusqu'au tableau blanc et remonte du doigt ses lunettes à monture d'écaille. Autour de la table se sont réunis le responsable de l'enquête préliminaire, un jeune procureur blond répondant au nom de Björn Hansson, et le chef de la Commission nationale des homicides, Greger Sävstam. La femme au teint hâlé, Sanchez, est également présente, ainsi que Peter, qui s'est installé légèrement en biais derrière moi. Heureusement qu'il s'est assis là, et non en face de moi. Je ne sais pas si j'aurais supporté de le voir pendant toute la réunion.

Dans mon petit bloc-notes, j'ai soigneusement consigné les noms, fonctions et caractéristiques physiques de toutes les personnes présentes. Simple mesure de précaution. Les noms sont particulièrement difficiles à mémoriser pour moi.

J'ai accepté de prendre part à l'enquête à condition que la charge de travail ne soit pas trop lourde. Peut-être est-ce naïf de penser que je parviendrai à travailler en dépit de la maladie, mais je me convaincs que cela devrait marcher. Je ne suis tout de même pas gâteuse.

Du moins, pas encore. C'est surtout la mémoire à court terme qui flanche, et certains mots qui ont tendance à disparaître sans crier gare – comme les noms du Premier ministre et du roi, que le médecin m'a demandés lors de ma dernière visite.

Je me représente la mémoire comme un tissu, et mon tissu est percé de trous, çà et là. Des petits trous hideux qui, au fil du temps, vont s'élargir et se multiplier. Comme si quelqu'un brûlait l'étoffe au hasard avec un mégot incandescent. Pour le moment, je suis encore capable de combler ces brèches, de les cacher à mon entourage. Mais, petit à petit, la maladie va grignoter le tissu jusqu'à ne laisser que de minces fils pour retenir les petits morceaux restants.

Parfois, je me demande ce qui perdurera alors. Je veux dire, un être humain est constitué d'une accumulation d'expériences, de pensées, de souvenirs. Si tout cela m'échappe, que suis-je alors ? Quelqu'un d'autre ? Quelque *chose* d'autre ?

Manfred Olsson se racle la gorge et s'appuie contre le mur.

— Bien. J'aimerais vous faire part des nouveaux éléments de l'enquête. Nous avons interrogé neuf des collègues de Jesper, cinq de ses amis, ses parents, et deux anciennes petites amies. Personne n'a eu de nouvelles de Jesper Orre depuis vendredi. Personne ne savait où il avait prévu de partir en vacances ni où il pourrait se trouver maintenant. Toutes les personnes interrogées le décrivent comme un homme très ambitieux et habile, qui se consacre surtout à son travail. Pas de hobbys, sauf le sport et les femmes. Dans les médias, on peut lire qu'Orre fréquentait des cercles criminels, mais nous n'avons pas trouvé de preuves de ces allégations. Certes, il a une connaissance très éloignée qui a été condamnée pour possession de stupéfiants, mais c'est tout. Nous avons parlé aux voisins. Ils n'ont rien vu qui sorte de l'ordinaire le soir en question. Les informations que nous avons reçues du grand public depuis que la disparition d'Orre a été divulguée n'ont rien donné non plus. Nous avons également passé en revue ses e-mails et SMS : rien d'intéressant. Mais ça ne veut rien dire. Peut-être qu'il a un portable privé dont nous ignorons l'existence. Nous sommes en train d'examiner cette possibilité. Il est recherché depuis hier et il n'a pas pu quitter le pays, car tous les postes-frontières ont été informés. Et s'il essayait de retirer de l'argent, nous le saurions immédiatement. Voilà, c'est malheureusement tout ce que nous savons de Jesper Orre pour le moment. Nous avons aussi parlé avec le laboratoire national de recherche criminelle. Ils nous ont expliqué que l'arme retrouvée chez Orre est un *panga*, une variante de la machette, utilisée en Afrique de l'Ouest, qui a une lame plus large et un bout plus carré qu'une machette ordinaire.

Manfred affiche une photographie de la machette sur le tableau blanc et pointe du doigt le manche.

— Le manche est réalisé en ébène sculptée. C'est un objet assez rare, probablement assez ancien selon eux. On en trouve dans des ventes aux enchères spécialisées. Il n'y avait pas d'empreintes digitales sur le manche, ce qui indique que le coupable l'a essuyé après le meurtre. En revanche, les empreintes de Jesper Orre ont été détectées sur la lame.

Sanchez émet un sifflement bas.

— On le tient !

— Pas vraiment. Nous avons seulement la preuve qu'il a touché la machette, rien d'autre. Le labo et les médecins légistes sont en train de comparer les blessures de notre victime et celles de Miguel Calderón il y a dix ans, et ont promis de nous tenir informés demain ou après-demain au plus tard. Le sang retrouvé dans le couloir est celui de la victime. L'urine, par contre, est celle d'un homme. Le labo n'a pas réussi à dégager un profil génétique complet, mais ils sont dessus. Comme vous le savez, il est plus difficile d'extraire l'ADN de l'urine que du sang ou des tissus.

— Donc l'urine est celle d'un homme. Qu'est-ce que ça veut dire ? demande Sanchez.

— Qu'un mec a pissé dans l'entrée, répond Manfred.

Des gloussements étouffés se font entendre dans la salle.

— Oui, ça j'avais compris, mais pourquoi ?

— C'est à nous de le découvrir, reprend Manfred.

— On a aussi trouvé de l'urine dans l'affaire Calderón ? demandé-je.

Manfred secoue la tête et poursuit :

— Non. Ensuite, j'ai parlé à la police scientifique qui a passé le reste de la maison au peigne fin. Rien à signaler, à l'exception d'un panier contenant des sous-vêtements féminins utilisés qui a été retrouvé dans un placard dc la buanderie, au sous-sol. D'après l'entretien que Peter et moi avons eu avec Anja Staaf, dont je vous ai déjà parlé, nous pouvons conclure qu'Orre collectionne les dessous féminins sales. Que ça le fait bander, tout simplement.

Quelques rires fusent, mais ils s'éteignent rapidement lorsque le chef de la Commission nationale des homicides, Greger Sävstam, se tourne et dévisage chacun des participants autour de la table.

— Ils ont trouvé un autre truc aussi, continue Manfred. Une culotte utilisée et tachée de sang cachée sous le lit d'Orre à l'étage.

— La saison des fraises ? suggère Sanchez.

Manfred secoue la tête.

— Les taches de sang sont plus vieilles et, vu l'endroit où elles se situent, les techniciens pensent que la culotte a été utilisée pour stopper une hémorragie. Par exemple, en l'enroulant autour d'un bras ou d'une main. Nous ne savons pas encore si ça a quelque chose à voir avec notre enquête, mais c'est la seule chose notable qu'ils ont trouvée.

Manfred feuillette son bloc-notes à reliure en cuir.

— Ah oui, j'oubliais. Peter a échangé quelques mots avec la compagnie d'assurances qui est en train de tirer au clair l'incendie dans le garage d'Orre. Selon eux, il est fort probable qu'on ait mis le feu volontairement. L'analyse chimique des décombres a révélé des traces d'essence. La police départementale est également impliquée et nous sommes en contact avec eux. Pour l'instant il n'y a pas de suspect, même si l'assurance nous a fait comprendre qu'ils parieraient sur Orre.

— Que dire de sa situation économique ? demande le responsable de l'enquête préliminaire avec un accent de Scanie très prononcé.

— Elle est bonne, répond Peter derrière moi.

Je me retourne et me dis une fois de plus que ce n'était peut-être pas judicieux de venir ici, malgré tout. Mais je me convaincs que je suis suffisamment forte pour supporter quelques réunions avec l'homme qui a gâché ma vie il y a dix ans. Que ce serait le laisser gagner que de m'interdire de faire ce qui me passionne par crainte d'affronter mon passé. Qu'il est important que je me consacre pleinement à mon avenir, puisqu'il ne m'en reste que très peu.

— Il a un revenu imposable annuel de plus de 4 millions de couronnes, poursuit Peter. En outre, il possède des actions pour une valeur d'environ 3 millions. Et il n'a pas de dettes, d'après ce que nous avons vu.

Greger Sävstam se tortille sur sa chaise.

— Comment quelqu'un comme Jesper Orre peut-il partir en fumée ?

Manfred se racle la gorge.

— Toute la police du pays est à ses trousses.

— Je le sens mal, dit Greger Sävstam en se levant et en plongeant les mains dans les poches de son pantalon de costume froissé. On n'a rien de rien. Une vieille machette à manche d'ébène et une culotte ensanglantée ne nous aideront pas à résoudre cette affaire. Trois jours sont déjà passés, les journalistes nous harcèlent et nous ne savons même pas qui est la victime. Ni où se trouve Jesper Orre. Je refuse de me taper la honte devant la Commission nationale des homicides parce que vous n'avez pas une seule piste.

— Demain, nous allons rencontrer la comptable de Clothes&More, indique Manfred. Apparemment, ils ont lancé une enquête interne sur Orre. Selon certaines rumeurs, la boîte aurait financé la fête qu'il a organisée pour ses quarante-cinq ans. Peut-être que ça peut donner quelque chose.

Greger Sävstam prend un air sinistre et las. Il lève les yeux au ciel comme si la réponse de Manfred était une provocation.

— Quand bien même il détournait l'argent de sa boîte, ça ne va pas nous aider dans notre enquête pour homicide. On ne peut pas faire quelque chose d'autre ? De plus radical ? Passer par les médias pour demander de l'aide ?

— Tout le monde sait déjà que Jesper Orre a disparu et qu'une femme a été retrouvée morte chez lui, commence Manfred.

Greger Sävstam agite la main, irrité.

— Oui, oui, je sais. Ce n'est pas ce que je voulais dire. On ne peut pas publier une photo de la victime ? Ça nous aiderait à l'identifier ?

— Le corps est très abîmé… En général, on ne…

— Je me fous de ce que vous faites en général. On doit passer à la vitesse supérieure maintenant. On ne peut pas continuer à se regarder le nombril en se demandant pourquoi ça lui donnait la trique de renifler de vieux sous-vêtements.

— Nous pourrions demander à l'un de nos portraitistes de reconstituer son visage, de le dessiner, propose Sanchez. Ce n'est pas aussi sensible que de publier l'image d'une tête complètement amochée et séparée du corps.

Greger lui lance un regard las.

— Bordel, Sanchez, c'est la chose la plus brillante que tu aies dite depuis longtemps. Occupe-toi de ça !

Assise dans le grand fauteuil en cuir devant la cheminée, je parcours le compte-rendu d'enquête préliminaire de l'affaire Calderón. Le feu crépite et une petite bougie brûle sur la table basse en marbre. C'est étrange de retomber sur de vieux rapports que j'ai aidé à élaborer. Cela fait tant d'années, pourtant rien n'a changé ou presque. J'habite dans le même appartement. Avec le même homme. Seul le chien est nouveau.

Je regarde Frida, roulée en boule sur le tapis en peau à mes pieds. Son corps noir est secoué de soubresauts et ses pattes griffent l'air comme si elle faisait un rêve violent de chasse et de fuite.

Je me remets à lire. Je me souviens que nous nous sommes longuement appesantis sur les paupières et le ruban adhésif. Je ferme les yeux, profite du feu qui me réchauffe le corps et réfléchis. Pourquoi un assassin scotcherait-il les paupières de sa victime pour les maintenir ouvertes ? Selon les médecins légistes et les techniciens, les paupières ont été fixées ainsi post mortem. Pour étayer leur théorie, ils ont indiqué la présence de taches de sang sous le ruban adhésif.

Donc : un meurtrier colle les paupières de sa victime en position ouverte et place sa tête de manière à ce que la première personne qui entre dans l'appartement croise le regard du mort. Pourquoi ? Le tueur savait-il qui allait trouver Calderón ? S'agissait-il d'un message à son intention ? Ou voulait-il simplement humilier la victime ? À l'instar des Celtes, qui suspendaient la tête de leurs ennemis sur leur cheval, comme des trophées.

Je n'ai pas le temps de pousser ma réflexion plus loin, car j'entends une clé dans la serrure. Frida se fige, puis bondit et court vers l'entrée en remuant la queue. Je sais que je devrais cacher le compte-rendu de l'enquête, qu'Owe va devenir fou s'il le trouve, mais je n'en ai pas la force. Alors je reste assise avec les papiers sur les genoux.

Tout à coup, il est là, dans l'encadrement de la porte. Ses cheveux gris sont ébouriffés et ses joues sont écarlates de froid. Son pull bordeaux est tendu au niveau du ventre et sa posture corporelle révèle qu'il est irrité. Il est comme ça, parfois. Grincheux déjà en rentrant. Souvent, c'est parce qu'il s'est disputé avec quelqu'un au travail. Il finit généralement par lâcher le morceau, dire que l'un de ses collègues est incompétent ou qu'un patient désagréable l'a mal traité.

— Salut, toi.

— Salut.

Il reste dans l'entrée, se balance d'un pied sur l'autre, comme s'il ne savait pas où aller.

— Tu as passé une bonne journée ?

— Oui, et toi ?

Il hausse les épaules.

— Bah, comment dire ? Le conseil général n'embauche pas les gens les plus futés. J'en ai ras le bol de former ces médecins étrangers, incapables de voir la différence entre un schizophrène et un bipolaire. Et ils peuvent à peine rédiger un dossier médical compréhensible tant leur suédois est mauvais.

— Ça doit être pénible.

Il grogne quelque chose, je ne sais pas bien quoi. C'est l'un de ces sons gutturaux qu'il émet parfois. Peut-être devrais-je être capable de les interpréter, après toutes ces années, un peu comme les parents de nourrissons comprennent instinctivement ce que veulent leurs bébés lorsqu'ils crient.

— Au fait, tu as pris le vin pour demain ?

— Non, je… j'ai eu d'autres choses…

Ma voix s'éteint. Ce n'est pas que j'ai *oublié* d'acheter le vin, c'est juste que j'ai eu d'autres choses à faire, au commissariat central. Mais je ne peux pas vraiment le lui avouer.

Il soupire et se tourne, mais se fige dans son mouvement.

— Qu'est-ce que tu lis, d'ailleurs ?

Je pose les paumes sur les papiers, mais c'est trop tard. Il a perçu mon doute, a vu que mes mains tentaient machinalement de cacher les documents dans mon giron.

— Rien de spécial…

Mais il s'approche déjà, s'arrête face à moi, formant une silhouette sombre et imposante devant le feu. Il se penche en avant, soulève mes doigts d'un air décidé.

— Qu'est-ce que c'est que ça, Hanne ?

Son odeur me prend à la gorge – ce mélange un peu rance de cigarette et de transpiration et de quelque chose que je ne parviens pas à définir, mais qui rappelle surtout du chou cuit.

— C'est un… rapport d'enquête préliminaire.

— Ça, je le vois, merci ! dit-il d'une voix qui a grimpé d'une octave. Ce que je me demande, c'est ce que ça fiche ici, chez nous ? Tu m'avais dit que tu ne travaillerais plus pour la police.

— Je n'ai jamais dit ça. C'est *toi* qui l'as dit.

D'un grand mouvement, il saisit les papiers et les lance à l'autre bout de la pièce. Du coin de l'œil, je vois Frida fuir vers le couloir, la queue entre les jambes.

— Mais enfin, Hanne. Merde ! On en a déjà parlé et on a décidé que ce n'était pas indiqué, que tu n'avais pas la force de travailler. Et après, tu le fais quand même, derrière mon dos !

Au moment où il prononce ces mots, le plus sérieusement du monde, entouré de son odeur pestilentielle, je sens quelque chose se briser en moi. Se casser pour de vrai, comme quand un mur porteur s'effondre, faisant s'écrouler toute la maison. Comme mille explosions à l'intérieur de moi, toute la colère accumulée se déverse, sans aucune retenue.

Je bondis de ma chaise et me mets à marteler des poings son grand corps. Mes coups ne sont pas efficaces – je frappe au hasard, poussée par une résignation et un désespoir que je ne parviens même pas à nommer – et ne déclenchent en lui que de l'étonnement.

— Espèce de monstre ! On n'a jamais rien décidé. *Tu* m'as dit que je ne pouvais pas travailler. C'est *toi* qui as tranché. Comme d'habitude. *Toi, toi, toi.* J'en ai assez que tu décides tout à ma place !

Il attrape mes mains en l'air et les bloque fermement.

— Calme-toi. Tu es complètement folle ? C'est à cause de ta maladie que tu es comme ça, tu ne le comprends pas ? Agressive, déprimée. C'est la *maladie*.

Ce n'est pas la première fois qu'Owe affirme que la pathologie est à l'origine de mes sautes d'humeur. Il m'a déjà encouragée à me mettre sous antidépresseurs – du bonheur sur ordonnance qui m'accueillerait à bras ouverts, mais qui m'effraie bien plus que la démence elle-même.

— Arrête d'accuser la maladie, bon sang ! Elle n'a rien à voir là-dedans ! Il s'agit de moi. Je ne supporte plus ton arrogance et ton besoin de tout contrôler.

Je me tais et nous demeurons debout ainsi, devant le foyer. Tout devient soudain plus calme. On n'entend plus que le crépitement des flammes et ma respiration haletante.

— Lâche-moi !

Il m'obéit et se tient immobile tandis que je range à la hâte les documents avant de me précipiter dans la chambre.

— Hanne, ma chérie. Qu'est-ce qui s'est passé ?

— Je l'ai quitté, dis-je en laissant tomber la lourde valise sur les dalles de la cage d'escalier.

— Mais ne reste pas là, ma belle. Entre.

Gunilla saisit le sac et le pose dans l'entrée.

— Bon Dieu ! Qu'est-ce qu'il y a là-dedans ?

— Attention à ton dos. Ce sont des livres. Sur le Groenland. Seulement les plus importants.

Mon amie secoue lentement la tête.

Frida me précède dans le couloir lumineux. Je passe la porte, tape du pied pour retirer la neige de mes chaussures et ôte ma doudoune. Je l'accroche sur l'un des portemanteaux colorés, pénètre dans le salon et m'affale dans le canapé blanc de Gunilla.

— Raconte ! m'encourage-t-elle.

Et je lui raconte. La rencontre avec le policier et avec Peter. L'affaire vieille de dix ans qui est revenue sur le tapis et mon désir d'employer mon temps à faire quelque chose qui a du sens. Utiliser toutes les connaissances que j'ai engrangées au cours de ma vie professionnelle. Puis je lui parle d'Owe, je lui explique que son besoin de tout contrôler, son égocentrisme et même son odeur me font sortir de mes gonds. Que j'accumule de la rage depuis des mois et qu'elle a fini par s'enflammer comme un incendie forestier, me laissant vide et affaiblie.

— Alors il était temps que tu partes, se contente-t-elle de dire, une fois que je me suis tue.

La question que j'attendais ne vient que plus tard, lorsque nous avons bu plusieurs verres de vin et terminé le vieux fromage qu'elle avait chez elle.

— C'est vraiment sage de le quitter maintenant, alors que tu ne sais pas comment tu te sentiras dans un mois, ou dans un an ?

Il y a une petite pause, puis je croise son regard.

— C'est justement pour *ça* que c'est important. Je ne veux pas passer le temps qu'il me reste avec lui.

Lorsque je me réveille le lendemain matin, le soleil brille pour la première fois depuis plusieurs semaines et de petites gouttes de neige fondue tombent sur le rebord de la fenêtre. J'ai l'impression que c'est un signe et je sens grandir en moi un sentiment de gaieté et de soulagement. C'est presque comme une drogue. Une vague sur laquelle je peux surfer, qui peut me porter, au milieu de ma misère.

À présent, tout ne peut qu'aller mieux, me dis-je en sortant le livre de Louis-Jacques Dorais sur la langue et la culture inuites.

De la neige glisse du toit et atterrit sur le rebord de la fenêtre avec un bruit étouffé.

On dit toujours que les Inuits ont énormément de vocables pour décrire la neige, mais c'est un mythe qui trouve son origine dans l'obsession romantique de la civilisation occidentale pour les peuples de la nature et leur relation symbiotique avec les éléments. Les Inuits ont certes plusieurs mots pour décrire la neige, mais les Suédois aussi. En outre, il n'existe pas *une* langue inuite. Il y a plusieurs langues et dialectes parlés dans les régions arctiques de l'Alaska, du Canada, de la Sibérie et au Groenland.

Or, comme toujours, les gens ont un grand besoin de simplifier et de rendre la réalité maniable. Au fond, nous faisons exactement la même chose dans les enquêtes policières. Nous simplifions, tentons de comprendre, d'établir des liens et de retrouver des modèles sur la base d'éléments très complexes. Peut-être commettons-nous également la même erreur : nous attribuons des caractéristiques aux gens et appliquons des grilles de lecture à des événements, parce que cela cadre avec notre vision du monde.

Je repense au meurtre de Calderón, vieux de dix ans. Sommes-nous passés à côté de quelque chose ? Nos idées préconçues ont-elles influencé notre interprétation des faits ?

Des coups discrets à la porte interrompent le cours de mes pensées.

— Petit déjeuner ? demande Gunilla.

— Volontiers, je suis affamée.

Et c'est vrai : c'est la première fois depuis des mois que j'ai véritablement faim.

## EMMA

*Un mois plus tôt*

Je suis dans le métro pour aller travailler et j'essaie de comprendre ce qui s'est passé. L'enfant de Jesper – notre enfant – grandit quelque part à l'intérieur de mon corps. Dans un espace obscur et secret se cache un petit têtard, avec une queue et des branchies, en train de prendre forme humaine.

C'est incompréhensible.

Je n'arrive pas à concevoir que je suis enceinte, qu'il ne s'agit plus seulement de moi et de ma relation avec Jesper. À présent, je dois aussi décider si je veux ou non garder le bébé. Il n'est donc plus possible de laisser Jesper derrière moi, de tourner la page. La situation a changé et il a le droit d'être au courant que je porte son enfant, qu'il soit ou non le plus gros salaud de l'Univers.

Je dois le retrouver et lui dire la vérité.

Mahnoor et Olga sont dans la salle de repos, une tasse de café à la main. Il reste vingt minutes avant l'ouverture et Björne n'est pas encore là – autant en profiter.

— Café ?

— Je veux bien, merci.

Je retire mon manteau en me tortillant et m'assieds sur l'une des chaises blanches autour de la table. Mahnoor pose délicatement une tasse devant moi. Ses cheveux balaient la table lorsqu'elle se penche en avant. Elle a une chevelure magnifique. Elle doit faire des jalouses.

— Où est Björne ? demandé-je.

— Aucune idée, répond Olga. Peut-être en retard.

— Tu rigoles ? Il est toujours à l'heure. Il doit être malade, suggéré-je.

— Ça m'étonnerait, marmonne Mahnoor. Il n'a pas eu un seul point rouge depuis six mois.

Le silence se fait. Je trempe les lèvres dans le café brûlant en essayant de faire abstraction de la nausée. Je m'efforce de ne pas penser au passager clandestin qui s'est accroché quelque part, au plus profond de mon corps.

— Toi, tu as dix points rouges ce mois-ci, déclare Olga en braquant son regard sur moi.

Sa voix est dénuée de tact ou d'empathie. Elle constate le fait aussi objectivement que si elle indiquait à un client le prix d'une culotte.

— Je suis sûre que ça va aller, dit Mahnoor en me frôlant la main.

— Mais non, ça ne va pas aller. Si on a beaucoup de points rouges, on se fait virer.

— J'étais malade.

— Peu importe, continue Olga, comme si elle expliquait la chose la plus simple du monde à un tout petit enfant, idiot qui plus est.

Ses ongles tambourinent sur la table, comme s'ils cherchaient à s'enfuir. Ils sont tellement longs que ses mains me font penser à une arme blanche.

— Il faut saigner son travail et, même si on est malade, il faut quand même venir. On doit faire des efforts, affirme Olga en appuyant sur chaque mot.

— Saigner ? Tu veux dire qu'on doit *soigner* son travail, corrige Mahnoor, mais Olga ne l'écoute pas.

— Il faut saigner toutes ses relations. Des fois on doit faire des choses qu'on ne veut pas pour la paix du ménage. Par exemple, si je veux Alex content, je lui taille pipe quand il rentre le soir.

— Mais enfin ! proteste Mahnoor. Ce n'est quand même pas la même chose.

— Si ! Il faut faire des efforts, à la maison et au travail.

Mahnoor est clairement agacée. Elle se lève, pose sa tasse à café sur le bord de l'évier avec un bruit sec. Un peu du liquide brun s'en échappe.

— Tu es tarée, tu le sais, ça ? On n'est pas en Russie, là, ajoute-t-elle avant de sortir de la kitchenette d'un pas décidé.

Son parfum entêtant flotte dans la pièce.

— Pourquoi elle réagit comme ça ?

— Je ne sais pas.

Nous méditons quelques instants sur la question. Le téléphone sonne, mais Mahnoor est plus rapide que nous, elle a dû prendre l'appel à la caisse, car je l'entends parler avec quelqu'un dans la boutique.

— Tu vas t'excuser ? demandé-je à Olga.

— M'excuser ? Pourquoi ? C'est elle qui a coincé.

— Qui *est* coincée, tu veux dire.

— *Whatever*. Elle croit qu'elle vaut mieux que nous parce qu'elle va à l'université.

Olga pince les lèvres et croise les bras sur sa poitrine.

Des pas approchent. Mahnoor réapparaît dans l'encadrement de la porte et je vois à son attitude qu'il s'est passé quelque chose.

— C'est Björne, dit-elle d'une voix essoufflée. Il s'est fait percuter par un bus. Il ne va pas mourir, hein, mais il va être absent pendant un bout de temps. Peut-être un mois.

Ni Olga ni moi ne réagissons. Nous n'aimons pas Björne, mais nous ne lui voulons pas de mal non plus. L'idée de son corps maigrelet sous un autobus me provoque un nouveau haut-le-cœur.

— Pauvre Björne, murmure Olga.

— Oui, pauvre Björne, répète Mahnoor.

— Et maintenant, on fait quoi ? dis-je.

— On doit gérer le magasin, répond Mahnoor en se redressant un peu. Ils m'ont priée d'en être responsable jusqu'à nouvel ordre.

Je me demande si Mahnoor a été *choisie* pour s'occuper de la boutique ou si on l'a chargée de le faire parce que c'est elle qui a pris l'appel.

— Ah oui, il y a autre chose, poursuit-elle. Apparemment, de nouveaux articles sur notre cher DG sont sortis. Si un journaliste nous contacte, interdiction de répondre aux questions. Il faut lui dire de s'adresser au siège.

— Notre chef a encore fait des bêtises ?

Olga esquisse un sourire malicieux.

Mahnoor hausse les épaules.

— Aucune idée.

Mais Olga ne lâche pas le morceau.

— Ta copine, aux ressources humaines… elle enquête sur lui ?

— Elle ne travaille pas aux RH, elle est au service financier. Mais oui, il paraît que Jesper Orre a fait payer sa soirée d'anniversaire par la boîte. Je n'en sais pas plus.

Mon déjeuner se compose d'une salade emballée dans du plastique. Les crevettes sont si molles et insipides que j'ai du mal à imaginer qu'elles aient un jour vécu dans la mer. J'ai plutôt l'impression qu'elles ont été fabriquées à base de farine et de bouillon de poisson compactés.

Je suis devant l'ordinateur, assise au petit bureau de la salle de repos. À ma gauche, je vois la kitchenette. La table croule sous les magazines. Un bol en plastique identique au mien, avec quelques crevettes dedans, a été oublié à côté de l'évier.

Je m'essuie les mains sur une serviette, approche le clavier et tape le nom de Jesper Orre dans la barre de recherche. Au bout de quelques secondes, l'article « Jesper Orre accusé de harcèlement sexuel » apparaît à l'écran. Je clique sur le lien et fais défiler le texte. Une femme qui a « travaillé aux côtés » de Jesper pendant quelques années l'accuse de harcèlement sexuel. Ni son nom ni son lieu de travail ne sont indiqués, mais, puisqu'ils ont collaboré, j'en déduis que c'est quelqu'un du siège. Peut-être une secrétaire ou quelqu'un du service marketing. Ni Jesper ni l'entreprise ne souhaitent s'exprimer, mais des « sources fiables » affirment qu'une enquête interne a été ouverte.

Je réfléchis. Pour je ne sais quelle raison, l'article me dérange. Jesper me disait souvent qu'il était *exposé*, qu'on pouvait diviser les personnes autour de lui en deux catégories : les béni-oui-oui, qui ne le quittent pas d'une semelle, et les autres, qui s'évertuent à saboter son travail en toute circonstance. Habituellement, les gens se présentaient comme des alliés avant de lentement devenir des saboteurs lorsqu'ils n'obtenaient pas de sa part la récompense escomptée.

J'imagine que cette femme fait partie des saboteurs. Jesper est une proie facile. La chasse contre lui est ouverte. Pour les gens qui l'accusent, c'est une manière aisée d'attirer l'attention, et peut-être de se venger d'une vieille offense. Jesper avait raison. Il y a un avis de tempête au sommet de l'entreprise. Il est exposé et ne peut faire confiance à personne.

Et pourtant. Il se peut que j'aie tort.

*Est-ce que je connais vraiment Jesper ?*

Je me penche à nouveau sur l'article, mon regard reste fixé sur le nom tout en bas. *Anders Svensson*. Ça me dit quelque chose. Où l'ai-je entendu ?

Cela me revient : c'est le journaliste qui est venu au magasin, m'a posé des questions sur les conditions de travail et m'a donné sa carte de visite. Celle qui est rangée dans ma boîte à pain pleine à craquer, en compagnie des factures.

Mahnoor entre dans la pièce, s'assied sur la chaise en face de moi.

— Qu'est-ce que tu fais ?

Je m'empresse d'éteindre l'ordinateur.

— Rien de spécial. Internet ne marche plus chez moi, c'est tout.

Elle opine du chef, lentement.

— Ça va, au fait ? lui demandé-je. J'ai l'impression que tu as été vexée tout à l'heure.

Mahnoor soupire et lève les yeux au ciel.

— Olga a une vision des femmes qui craint, tu ne trouves pas ? C'est stupide. Comme si elle sortait tout droit du dix-neuvième siècle.

Je réfléchis. Olga est différente. Je ne me suis jamais posé de questions sur sa vision de la femme, plutôt sur son manque d'empathie, sur le fait que ses remarques peuvent être aussi douloureuses que des gifles – involontairement sans doute.

— Je n'y avais jamais pensé, dis-je.

— Mais *moi* oui.

— Au fait, je peux partir un peu plus tôt aujourd'hui ?

Elle me lance un regard inquisiteur.

— Oui, pas de problème. De toute façon, je devrais fermer. Maintenant que je suis… responsable et tout.

Elle prend un air maussade, à la fois comique et énervant.

— Merci, c'est adorable. J'ai un truc à faire.

Quand Mahnoor et moi fermons la boutique, une grosse femme aux cheveux décolorés portant une veste bien trop étriquée passe devant la vitrine et je ne peux m'empêcher de repenser à ma mère. Je me souviens d'un jour où nous étions dans le lit, toutes les deux. C'était l'un de ces instants rares et précieux de proximité et d'amour qui survenaient souvent lorsque ma mère et mon père avaient été fatigués et fâchés pendant longtemps.

Ma mère me caressait les cheveux. Son visage avait une expression grave.

— Emma, ma petite chérie.

Je ne répondis pas, me contentai de fermer les yeux, laissant la chaleur de la couverture et la présence de ma mère m'envelopper.

— Je suis désolée d'être si… d'être si… mal lunée, si méchante parfois, dit-elle tout à coup.

J'ouvris les yeux, croisant son regard. Elle semblait souffrir, comme lorsqu'elle avait mal au ventre et qu'elle avait besoin d'un de ces petits comprimés blancs qu'elle rangeait tout en haut de l'armoire.

— Ça ne fait rien, répondis-je.

Elle se détendit.

— C'est juste que… parfois je suis tellement stressée… tellement épuisée… qu'il m'arrive de perdre patience.

On pouvait donc perdre sa patience comme on perd ses clés ? Dans ce cas, on pouvait aussi la retrouver, sa patience. Mais je ne le lui dis pas, car je ne voulais pas gâcher cet instant si fragile et si parfait. Je me rendais compte que c'était à moi de le préserver.

— Ce n'est pas grave.

— *Si*, ma chérie. *Si*, c'est grave. Je veux que tu le saches. Quand je me mets en colère comme ça, ce n'est pas bien. Pas bien du tout. Je suis adulte, je devrais être capable de me contrôler.

À présent, sa voix était pleine de sanglots retenus, et je ne voulais absolument pas qu'elle se mette à pleurer. Tout à coup, une mission fondamentale m'incombait : l'empêcher d'être triste. Car si elle se mettait à pleurer, elle ne parviendrait pas à s'arrêter, la journée serait gâchée et tout serait ma faute.

— Je ne trouve pas que tu te mets en colère. Je trouve que tu es gentille.

— Oh, ma petite chérie, comme tu es mignonne, murmura-t-elle, puis elle m'embrassa sur la bouche.

Je sentis une odeur âcre de café et de vieux lait, mais je ne reculai pas. Au contraire, je restai immobile pour qu'elle puisse me faire un vrai bisou. Au même moment, le téléphone sonna dans l'entrée.

— Je reviens tout de suite.

Elle se leva et enveloppa son corps imposant dans sa robe de chambre rose.

Dehors, le soleil brillait et les enfants des immeubles voisins partaient pour l'école. Quant à moi, je toussais depuis plusieurs jours et ma mère avait insisté pour me garder à la maison – ce qui exaspérait mon père. Il trouvait qu'on ne devait pas *faire des histoires*. Et pour lui, rester au lit à tousser sans avoir de la fièvre, c'était *faire des histoires*.

J'adorais passer des journées seule avec ma mère. Il était rare que je la voie en forme et de bonne humeur. Le soir, elle était toujours dans la cuisine avec mon père, à boire de la bière, et le matin, elle était toujours fatiguée, éreintée même, et avait besoin de repos avant de pouvoir se lever.

— Non, on n'a pas d'animal de compagnie. *Pourquoi ?*

J'entendais distinctement ma mère dans l'entrée. Sa voix était légèrement plus aiguë, comme si elle était en train de s'énerver contre quelqu'un. Elle avait généralement ce ton-là le soir, juste avant qu'elle ne s'emporte et que des canettes de bière et des assiettes ne se mettent à voler dans la cuisine en direction de mon père.

— Là, je ne comprends pas. Comment ça, elle a du mal à créer des liens avec d'autres enfants ? Ma fille n'a aucun problème à jouer avec les autres. Elle a plein de copains dans le quartier.

Silence.

— Je n'y crois pas. Je vais lui demander, mais j'ai l'impression qu'elle a des amis à l'école aussi.

Je me levai pour fermer la porte. Ma poitrine était tout à coup oppressée, même si je n'avais pas envie de tousser.

— *Des besoins particuliers ?* Vous plaisantez. Et voir des animaux, pourquoi ça améliorerait les choses ? Ce n'est pas parce qu'on panse un cheval ou qu'on caresse un chien qu'on vainc sa timidité. Car oui, je crois qu'il s'agit de timidité, rien de plus, puisque…

Je fermai le battant et retournai vers mon lit. Je jetai un coup d'œil par la fenêtre.

Le jardin s'était paré de couleurs estivales. Les arbres et les buissons resplendissaient en différentes nuances de vert. Les élégantes plantes vivaces dans les plates-bandes étaient en fleurs. Près des balançoires, les églantiers étaient couverts de pétales rose clair qui allaient bientôt se transformer en fruits durs, remplis d'un poil à gratter de première classe.

Je me couchai sur mon lit, priant pour que ma mère raccroche. Pour qu'elle revienne, qu'elle se glisse avec moi sous les couvertures et qu'elle redevienne douce et gentille.

J'avais envie de me laisser câliner, *de faire des histoires*.

J'avais toujours la poitrine étrangement comprimée. Comme si quelqu'un avait enroulé une corde à sauter autour de mon corps, fait plusieurs tours et serré très fort.

C'est là que j'aperçus quelque chose. Un mouvement sur le sol près de mon lit. Avec une délicatesse extrême, je soulevai le bocal en verre. Sur l'une des branches nues couvertes d'épines, je vis un grand papillon bleu. Son corps était noir, dodu et un peu velu, ses ailes d'un bleu de cobalt intense avec un motif noir à leur extrémité. Il battait gracieusement des ailes, comme s'il s'entraînait à se mouvoir après une si longue période enfermé dans sa petite chrysalide.

Il fait nuit et je marche de la place Sergelstorg vers la rue Hamngatan. Mon parapluie ne me protège qu'à moitié – les gouttelettes me fouettent le visage, poussées par les bourrasques. Les rues sont étrangement vides. Çà et là, je croise un piéton qui avance à grands pas dans l'obscurité. Lorsque j'arrive à la rue Regeringsgatan, il est dix-sept heures. La grande boutique H&M est aussi illuminée que les ferrys en partance pour la Finlande et semble hurler son message, promettant une vie meilleure et plus excitante de l'autre côté de la vitrine. Quelques femmes aux cheveux trempés errent sans but entre les rayons, effleurant les vêtements.

Je bifurque à gauche pour m'engager dans la rue Norrlandsgatan, puis je marche encore une centaine de mètres. J'aperçois l'entrée du siège de Clothes&More

de l'autre côté de la chaussée. Le portail en bois, faiblement éclairé, semble presque phosphorescent dans la pénombre.

Je repère un porche juste à côté de moi. Je me coule dans l'obscurité, heureuse d'être protégée de la pluie. Ici, je peux attendre sans être vue. La question est de savoir si je peux distinguer qui entre et sort de l'édifice de l'autre côté de la chaussée. Ce n'est pas tout près et il fait nuit.

J'enfile mes gants et me prépare à prendre mon mal en patience. Au bout d'environ cinq minutes, la porte s'ouvre, laissant passer deux femmes de mon âge. Elles traversent la rue en gloussant et déploient leur parapluie. Le vent s'engouffre sous l'un d'entre eux et le retourne. Elles s'esclaffent encore plus fort. Je suis sûre qu'elles ne peuvent pas me voir, ainsi recroquevillée dans l'obscurité.

Plusieurs fois, une question s'immisce en moi : suis-je en train de devenir complètement folle ? Je me tiens là, sous la pluie, à épier Jesper. Comme si je le harcelais. Si quelqu'un m'avait dit cela il y a un mois, je l'aurais traité de cinglé.

Pourtant… Vu la situation, je n'ai pas vraiment d'autre choix. Il faut bien que j'arrive à lui parler. Il y a tant de choses que j'ignore de Jesper, tant de vides à combler. Tant de lacunes et si peu dc matière sur laquelle m'appuyer. La pluie tombe avec la même intensité pendant une heure. À intervalles réguliers, la porte s'ouvre de l'autre côté de la rue, laissant sortir des gens qui disparaissent ensuite dans la nuit. Pas une seule personne ne regarde dans ma direction. C'est comme si j'étais réellement invisible, comme si j'étais devenue une pierre sur le sol. Bien que je sois sous un toit, quelques gouttes de pluie égarées arrivent jusqu'à moi, se posent à la racine de mes cheveux, sur ma nuque et sur mes poignets. Cachée dans la pénombre, je fais de petits pas sur place et me frotte discrètement les bras pour me réchauffer.

À dix-huit heures quinze exactement, il fait son apparition.

Je le reconnais aussitôt. Il porte un pardessus noir ouvert qui volette derrière lui, laissant entrevoir son costume. Il se dirige à la hâte vers la rue Hamngatan. Je suis tout à coup paralysée, comme si mon corps ne me répondait plus, comme s'il s'était transformé en morceau de chair récalcitrant, congelé, ne faisant plus qu'un avec le trottoir humide.

Cela fait à peine une semaine que nous ne nous sommes pas vus. Pourtant, j'ai l'impression que cela fait des mois. Tous ces appels, tous ces SMS, et à présent il est là, l'homme que j'aime, une ombre sous la pluie.

J'émerge soudain de ma torpeur, sors de ma cachette et trottine derrière lui. L'ondée me fouette le visage, mais je n'ai pas le temps de m'arrêter pour ouvrir mon parapluie, de peur de le perdre de vue, de peur qu'il s'évanouisse dans l'obscurité.

Sa démarche est assurée et étrangement gracieuse, presque comme s'il dansait sous les gouttes. Puis, tout à coup, il disparaît, englouti par l'asphalte noir de la rue Regeringsgatan. Je presse le pas et, en arrivant à l'endroit où il s'est évaporé, je découvre l'entrée du parking.

Évidemment.

J'aurais dû m'en douter ! Il prend sa voiture pour aller au travail. Comment vais-je pouvoir le suivre, maintenant ?

Je jette un coup d'œil circulaire. Pas de véhicules en vue. Ni taxis ni voitures particulières. À une vingtaine de mètres de moi, une porte s'ouvre. Des phares s'allument à l'intérieur du garage. Il est au volant d'une Lexus noire. L'espace d'un instant, je distingue sa silhouette qui se dessine dans les lumières du parking. Il s'engage sur la chaussée et bifurque vers la place Stureplan.

La pluie ne m'importe plus, je ne la sens même pas. Je descends la rue Hamngatan vers Nybroplan. Si je me dépêche, je serai chez moi dans un quart d'heure. Mais pourquoi me hâter ? Personne ne m'attend et je n'ai rien à faire.

En voyant le parc Kungsträdgården désert et silencieux, je suis prise d'une envie subite de traverser la rue, d'entrer dans le grand jardin et de m'allonger quelque part, sous un arbre par exemple. Laisser l'herbe perlée d'eau m'accueillir, sentir mon corps s'engourdir, ne faire qu'un avec les plantes, le gravier et les feuilles d'automne mouillées. Disparaître. Oublier. Mourir, peut-être.

Puis je pense à La Vis.

Comment ne pas songer à lui lorsque les choses sont comme elles sont.

Au premier abord, il avait un physique assez banal. Cheveux bruns mi-longs, jeans déchirés toujours un peu trop larges, chemises à carreaux. Et il était vieux, bien sûr.

Au moins vingt-cinq ans.

Ce trimestre-là, on parlait beaucoup de lui. Toutes les filles racontaient des potins. Je ne peux pas prétendre que je les fréquentais. J'étais une sorte d'*outsider*, une personne qui observe le jeu social sans y participer réellement. Peut-être étais-je un peu timide – ou simplement désintéressée.

Ma mémoire me joue probablement des tours.

Cet automne-là, nous fabriquions des couteaux à beurre, des bols et d'autres objets inutiles à offrir à nos parents et amis. Mon couteau à beurre me causait du tracas. D'abord, il était trop grand et trop ventru, puis, à mesure que j'en modifiais les proportions, il devint de plus en plus petit, et finit par ressembler à une minuscule baguette de tambour.

— Attention, il risque de disparaître complètement, me dit La Vis avec un clin d'œil.

Je me sentis rougir, les mots me manquèrent. « Tu le trouves mignon ? » m'avait demandé Elin le matin même. « Je ne sais pas », lui avais-je répondu, et c'était vrai, car je ne m'étais jamais posé la question. Il avait beau être un peu plus jeune et moins déprimant que les autres enseignants, il restait mon prof.

Et pour nous, il était tout de même super vieux.

— Je viendrai t'aider tout à l'heure, Emma.

Il passa son gros doigt sur la surface irrégulière du bois, faisant tomber de toutes petites sciures sur la table. Je sentais son regard posé sur moi, mais n'osai pas lever les yeux. Je me contentai de faire oui de la tête.

La même année, au printemps, mon père sombra dans un trou noir. Un trou que lui seul pouvait voir et qui, pour une raison impénétrable, était si profond qu'il était incapable d'en sortir tout seul. En proie au désespoir et à la peur, il passait ses journées dans un isolement choisi, enfermé dans notre appartement de la rue Kapellgränd.

Apparemment, on appelait cela une *dépression.* Dehors, le printemps faisait renaître la nature tandis que mon père devenait de plus en plus fatigué, fixait le papier peint aux motifs d'algues, comme si les longues tiges vertes pouvaient lui apporter une réponse. Ma mère tentait de lui parler. Ils conversaient longuement à voix basse dans la chambre à coucher. J'essayais de distinguer leurs paroles, sans y parvenir. Quoi qu'il en soit, c'étaient des choses si terribles qu'on ne pouvait en parler qu'en chuchotant.

Les canettes de bière et les bouteilles de vin disparurent de la cuisine à mesure que l'état de mon père se dégradait. Il arrivait même qu'à mon retour de l'école, je trouve ma mère en train de cuisiner. De rouler des boulettes de viande ou de préparer une saucisse de Falun incisée et garnie de rondelles de tomate et d'oignon puis gratinée au four avec du fromage. Cela me rendait nerveuse – moi qui n'étais pas habituée à la voir jouer la maman poule. Ses petits projets se terminaient le plus souvent en catastrophes. Comme lorsqu'elle avait décidé de coudre des rideaux. Incapable d'obtenir des laizes symétriques, elle avait déchiré le tissu en longues bandes qu'elle avait jetées par la fenêtre. Les lanières étaient restées accrochées aux buissons pendant des mois, évocation des rideaux qui ne furent jamais achevés et de l'humeur dangereusement explosive de ma mère. Elle avait balancé la machine à coudre sur les tibias de mon père qui s'était retrouvé avec un gros hématome bleu foncé.

Je regardai à nouveau mon couteau à beurre en soupirant.

— Quoi ? demanda Elin en voyant mon expression critique.

— Il est moche.

Elin ne répondit pas. Elle se remit à travailler sur sa jolie petite boîte en bois. Tout ce qu'Elin faisait dans l'atelier de menuiserie était réussi. C'est comme si ses mains possédaient des pouvoirs magiques, comme si elles savaient instinctivement ce qu'elles devaient faire au contact du bois, du tissu ou du papier. Pas comme les miennes. Mes mains refusaient de m'obéir : elles détruisaient, enlaidissaient tout ce que je touchais. En tout cas, c'était mon impression.

Elin passa délicatement le papier de verre sur le couvercle déjà parfait pour poncer une irrégularité invisible en faisant une grosse bulle avec son chewing-gum. Marie, assise à la table devant elle, se balança sur sa chaise et se tourna vers son amie.

— Tu vas à la soirée de Micke ?

Elin haussa les épaules.

— Je sais pas encore. Il y a la fête de Petra le même soir.

— Petra est une débile.

Elin esquissa un sourire en biais.

— Et Micke fait trop pitié.

Marie éclata de rire en entendant l'analyse que faisait Elin des différents événements de vendredi soir. Elle balaya l'air de ses longs cheveux et se retourna. Quant à moi, je baissai les yeux sur mon couteau à beurre difforme. Jamais personne ne me demandait si j'allais à une fête. On ne se moquait pas non plus de moi. Jamais aucun élève ne m'avait tourmentée. Au fond, c'était comme si je n'existais pas. J'étais aussi insignifiante que l'une des chaises de la salle.

Je ne savais pas vraiment qu'en penser. Peut-être aurais-je dû être vexée, me sentir exclue, offensée.

En réalité, c'était presque un soulagement. Je n'avais aucune envie d'aller à la fête de Micke, me saouler et vomir tripes et boyaux dans les plates-bandes ou m'endormir dans la salle de bains. Je n'avais pas la force d'entendre les éternels bavardages de Marie sur son mec ou de traîner avec Elin devant le kiosque. Je préférais rester à la maison à regarder la télé.

La sonnerie retentit.

La classe commença à se vider, mais La Vis me fit signe de rester.

— Tu ne parles pas beaucoup, dit-il.

Que répondre ? Je serrai compulsivement mon couteau à beurre et sentis ma main devenir moite et mes joues s'empourprer.

— Tu es jolie, tu le sais ?

La Vis tira une chaise et s'assit à côté de moi. Il se pencha en avant. Nos visages étaient si proches.

— Merci.

Pour la première fois, je croisai son regard. Ses yeux très rapprochés, ourlés de longs cils noirs, étaient bruns et chaleureux. Quelques cheveux gris rebiquaient dans son épaisse tignasse noire, comme des arbres morts dans une forêt luxuriante.

— Excuse-moi, je ne veux pas paraître indiscret, mais je me pose une question.

Il se tut, émit un petit rire et secoua lentement la tête, presque comme s'il était gêné. Dans le couloir, les gloussements et les bruits de pas s'estompèrent pour laisser place au silence.

— Oui ?

Il ferma les yeux.

— Est-ce que tu as un petit ami, Emma ?

L'odeur familière de nourriture et de vieille fumée de cigarette dans le vestibule est étonnamment apaisante. J'observe mes mains. Elles sont pâles et humides, mais elles ont cessé de trembler. Quelque part dans l'obscurité, Jesper Orre a garé sa grande Lexus noire, est entré dans ce qu'il appelle sa maison. Je tâche de ne pas y penser, mais l'idée qu'il est sans doute installé dans son canapé, peut-être avec un verre de vin, me fait mal.

Lorsque je monte les marches, mes bottines laissent des traces humides sur la pierre usée. Je commence à prendre conscience que Jesper me cachait quelque chose. Pourquoi nous voyions-nous seulement dans son petit studio ou chez moi ? Pourquoi était-ce si important pour lui qu'on ne nous surprenne pas ensemble ? Il ne pouvait s'agir que de son travail, si ?

Dès que j'enfonce la clé dans la serrure, je comprends que quelque chose ne va pas. La porte n'est pas verrouillée et, lorsque je l'ouvre, j'entends un claquement venant de l'intérieur de l'appartement. Je ferme toujours à double tour quand je sors et personne d'autre ne possède les clés – pas même Jesper.

Je jette un coup d'œil circulaire. Derrière moi, la cage d'escalier est plongée dans l'obscurité et parfaitement silencieuse. Si quelqu'un y est caché, impossible de le voir. Mon estomac se noue.

J'entrebâille délicatement la porte d'entrée. Le couloir est vide. Pas un bruit. Aucune trace de visiteur. Je tends la main, tâtonne à la recherche de l'interrupteur. Quelques secondes plus tard, je pénètre à pas de loup dans le hall baigné de lumière.

Rien ne paraît avoir été déplacé, mais je sens quelque chose : un courant d'air frais qui traverse l'appartement et se faufile le long de mes chevilles. Je ferme la porte derrière moi et tout redevient calme, mais il fait froid, trop froid, et je me demande si une fenêtre est ouverte. Sans retirer mes chaussures, j'entre dans le salon et allume le plafonnier. Tout a l'air normal : les élégants fauteuils Carl Malmsten, le petit bureau où les manuels de physique sont encore ouverts. Je n'ai même pas eu le temps de penser aux cours depuis la dernière semaine. Et si je mettais les livres de physique dans la boîte à pain aussi, pour éviter de les voir ?

En continuant vers la cuisine, je comprends que quelque chose ne tourne pas rond. J'entends la pluie et le vacarme de la ville bien trop distinctement, presque comme si j'étais au milieu de la tempête. J'allume la lampe et me fige dans l'encadrement de la porte.

La fenêtre est grande ouverte.

Je ne l'ouvre qu'à de rares occasions et pourtant elle est là, béante, invitant la nuit entière à s'engouffrer dans l'appartement. Je m'en approche pour la fermer et, soudain, je percute.

*Sigge.*

Je crie son nom et le cherche dans toutes les pièces. Sous le lit et le canapé, dans les armoires closes, sur l'étagère à chapeaux, dans la baignoire. En vain. Il n'a pas pour habitude de se cacher. Je suis de plus en plus convaincue qu'il a disparu par la fenêtre.

En retournant dans la cuisine, je tente de me rappeler si j'ai oublié de verrouiller la porte en partant travailler, mais le souvenir de mes actions matinales se dérobe.

Cela ne fait que quelques heures, mais j'ai l'impression qu'une éternité s'est écoulée.

Je me penche par la fenêtre de la cuisine aussi loin que je l'ose et crie le nom de Sigge. La pluie me fouette la nuque. Cinq étages plus bas, la cour forme un rectangle noir. Les arbres et les buissons dansent dans le vent, mais Sigge ne donne pas signe de vie. J'enfile un manteau à la hâte, ouvre la porte et dévale les marches pour descendre dans la cour.

L'odeur des feuilles en décomposition et de terre humide me donne le tournis. J'enjambe les galets jusqu'à l'endroit que j'imagine être juste sous ma cuisine et regarde vers le haut en plissant les yeux à cause de la pluie. Loin au-dessus de moi, je devine la fenêtre ouverte. Une chute d'au moins dix mètres, peut-être plus.

Un chat peut-il survivre à cela ?

Il n'y a rien sur les pavés. Je m'accroupis. Juste à côté du mur, là où la pierre est presque sèche, j'aperçois une tache plus foncée. Je l'effleure doucement et regarde mes doigts.

C'est du sang.

Je distingue des traces de sang délavées en direction du mur qui donne sur la rue. Je les suis, toujours accroupie, pour voir où elles conduisent, mais la pluie les a déjà effacées.

Entre le mur et la façade de la maison, il y a une fente suffisamment fine pour qu'un chat puisse s'y glisser. Je me penche en avant et scrute les environs, mais je ne vois que les voitures qui, indifférentes, filent devant moi dans l'obscurité.

## PETER

Ces derniers jours n'ont pas été une partie de plaisir. D'une part, l'enquête piétine et d'autre part, la présence de Hanne aux réunions me rend nerveux. Elle est assise là, en silence. Rien de plus normal, elle se familiarise avec l'affaire, mais cela me gêne. En outre, son regard semble légèrement accusateur.

J'ai parfois l'impression indéfinissable qu'elle s'attend à ce que je prenne l'initiative. Que je lui parle. Que je lui explique pourquoi il s'est passé ce qui s'est passé, peut-être. Ou bien ce n'est que ma conscience qui se rappelle à moi.

Ainsi va la vie, non ? Ça gratte et ça pique comme un furoncle sur le cul et la seule manière de mettre fin à ses souffrances est d'en finir avec l'existence.

Je n'en suis pas encore là.

La voiture s'arrête et la voix de Morrissey s'évanouit.

— Hé, Lindgren, tu roupilles ?

Je me tourne vers Manfred, esquisse un sourire navré et sors de la voiture qu'il vient de garer dans le parking NK du centre de Stockholm.

— Je voulais juste voir si tu suivais.

— Bien sûr.

Nous descendons l'escalier et débouchons sur la rue Hamngatan. La frénésie des courses de Noël a commencé et les trottoirs sont noirs de monde. Des gouttes d'eau ruissellent des toits et des rebords des fenêtres. Presque toute la neige a disparu. Seuls quelques petits tas d'un blanc crasseux sont adossés aux façades des bâtiments. Le ciel est bleu, l'air donne une impression de propreté humide, de fraîcheur, comme du linge que l'on vient d'étendre. Quelques rayons de soleil se sont frayé un chemin entre les hauts immeubles et embrasent la chaussée devant nous lorsque nous traversons. Je plisse les yeux dans la lumière crue et cherche du regard l'entrée du siège de Clothes&More.

Agnieszka Lindén nous reçoit à l'accueil. La quarantaine, elle porte un tailleur bleu marine strict et a les cheveux blonds, un peu fins, et une coupe au carré soignée. Ses joues sont pleines et rosées. Elle a l'air en forme et me rappelle vaguement ma professeur d'éducation physique au collège – Sirkka, celle qui recommandait une douche glacée à jeun chaque matin (après un footing, qui devait aussi se faire avant le petit déjeuner).

— Bienvenue, dit-elle en nous serrant la main.

Elle me dévisage un instant puis nous indique le couloir dont les murs sont couverts de gigantesques affiches.

— Notre collection de printemps, marmonne-t-elle, avant de nous faire entrer dans une petite pièce qui donne sur la rue Regeringsgatan.

Nous nous installons dans les fauteuils noirs réservés aux visiteurs en face de son bureau et sortons nos blocs-notes. La table d'Agnieszka est totalement vide et les stylos sont soigneusement rangés dans un petit pot à crayons en plastique gris. Elle croise les mains et sourit.

— Alors, que puis-je faire pour vous ? Il s'agit de Jesper, n'est-ce pas ? Apparemment, les journalistes appellent du matin au soir.

Manfred opine du chef.

— Nous enquêtons sur l'homicide chez Jesper Orre. Plusieurs de vos collègues nous ont informés que vous effectuez une investigation le concernant. Pourriez-vous nous en dire un peu plus ?

— Oui, bien sûr. En juin, Jesper a organisé une soirée. C'était à la fois une fête d'anniversaire, pour ses quarante-cinq ans, et un dîner de représentation. Il avait invité certains détaillants et chefs de boutique. La moitié des dépenses a été prise en charge par l'entreprise, l'autre moitié par Jesper. En septembre, nous avons reçu une plainte anonyme : on accusait Jesper d'avoir profité de sa position et fait financer sa soirée d'anniversaire par la firme. En tant que comptable, je suis chargée d'examiner ce type d'allégations et d'en faire rapport au conseil d'administration. Je me suis donc penchée sur la question.

— Et quelles sont vos conclusions ? demandé-je.

— Je peux vous transmettre mon rapport. En bref, il était logique que Clothes&More couvre une partie des dépenses puisqu'un nombre important des invités avait un lien direct ou indirect avec l'entreprise.

— Il n'a donc pas commis d'erreur ? s'enquiert Manfred.

Agnieszka Lindén esquisse un sourire froid et passe la main sur son bureau bien ordonné.

— Oui et non. Il aurait été préférable qu'il en parle avec le directeur financier *avant* la soirée. De plus, il a certifié la facture lui-même, ce qui est inacceptable et viole toutes nos règles.

— Qu'en a dit le conseil d'administration ?

— Je ne sais pas. Je ne participe jamais à leurs réunions. Mais j'ai entendu dire que ça ne leur a pas fait plaisir. Jesper a été sous le feu de la critique ces derniers mois. J'imagine que vous lisez les journaux. Et maintenant ça… Il est sur un siège éjectable, si vous voulez mon avis. Mais que ça reste entre nous.

Manfred acquiesce et poursuit :

— Vous dites qu'Orre est sous le feu de la critique. Est-ce qu'il y a eu d'autres problèmes ?

Agnieszka se redresse légèrement et soupire.

— Eh bien, de toute manière, vous finirez par en entendre parler. L'une des chefs de projet au service marketing a visiblement porté plainte contre lui pour harcèlement sexuel. Je ne sais pas exactement de quoi il s'agit, mais les rumeurs vont bon train.

— Pourriez-vous nous donner son nom ? fais-je.

— Bien entendu. Elle s'appelle Denise Sjöholm. Elle est en arrêt maladie. Je peux vous transmettre ses coordonnées.

Lorsque nous sortons dans la rue, le ciel s'est couvert et le soleil a disparu derrière les nuages.

— Désolé, fait Manfred, je croyais que ça nous donnerait une piste.

— Allons parler à cette Denise. D'ailleurs, pourquoi aucun autre collègue d'Orre ne l'a mentionnée ?

Manfred hausse les épaules et me tient la porte du parking. Je me faufile devant son corps imposant.

— Peut-être qu'ils n'osaient pas. Orre est leur chef, après tout.

Manfred marmonne une réponse inaudible.

Nous restons quelques instants en silence dans la voiture. La circulation est dense sur la route vers le commissariat et je remarque que Manfred me dévisage bizarrement alors que nous roulons au pas sur le viaduc de Klaraberg. Son regard inquiet me dérange.

— Tout va bien ? finit-il par demander.

— Oui, pourquoi ?

Il ne dit rien de plus, préfère allumer la musique.

Encore une caractéristique que j'apprécie chez Manfred : il ne se sent pas toujours obligé de creuser dans la vie affective des autres (sauf si cela touche au travail, bien sûr). Pas comme les femmes, qui veulent constamment savoir à quoi on pense et qui ne se contentent pas de la réponse « à rien de particulier ». Sanchez est comme cela, bien qu'elle soit flic. Toujours en train de demander comment je vais, même si je lui ai dit mille fois que ça allait.

Je me demande si c'est génétique.

En arrivant au commissariat central, je m'installe dans la petite salle de conférences pour me replonger dans cette foutue affaire Calderón. Des pages et des pages de comptes-rendus d'interrogatoire, d'extraits de rapports techniques. Des analyses des traces de sang, des fibres, des empreintes de pas, ainsi que des images de la scène de crime.

Dehors, la nuit commence à tomber et j'entends que le vent se lève. De petits flocons de neige durs fouettent les carreaux.

Nous n'avons pas trouvé de dénominateur commun entre les victimes. Malgré tout, il semblerait qu'un fil invisible traverse l'espace-temps, depuis Calderón jusqu'à la femme non identifiée dans la maison d'Orre. Lorsque je pose côte à côte les photographies de la tête de Calderón et de celle de la femme, il est impossible d'ignorer les ressemblances. Est-ce vraiment concevable que deux individus différents aient commis des crimes aussi similaires ? Sincèrement, quelle est la probabilité ?

On frappe à la porte et, lorsque je lève la tête, je vois Hanne.

— Oh, pardon, s'excuse-t-elle en se retournant.

Mû par une impulsion – peut-être parce qu'elle a des yeux de chien battu –, je l'invite à entrer. Elle s'exécute, ferme doucement la porte derrière elle et se laisse choir sur l'une des chaises en face de moi.

— Qu'est-ce que tu fais ?

Je baisse les yeux sur les documents étalés devant moi sur la table. Sur les images de ce meurtre cruel et brutal, sur les rapports qui disent tant de choses, mais qui n'expliquent rien.

— Je relis tout ce bordel.

— Ah bon.

Elle a l'air un peu perplexe, passe une main sur ses cheveux comme pour s'assurer que sa coiffure est bien soignée. (Ce n'est pas le cas : ses cheveux brun-gris et touffus qui rebiquent dans tous les sens me font penser à une plante aux aiguilles épaisses qui pousse sur les rochers dépouillés de l'archipel de Stockholm.)

— J'ai réfléchi, commence-t-elle.

— Ah oui ?

— Nous devrions peut-être parler. Pour pouvoir travailler ensemble.

— D'accord. De quoi ?

Nos regards se croisent. Ces beaux yeux gris que je connais si bien se remplissent d'une tristesse infinie. Et je sais que je suis en train de recommencer : de la faire souffrir alors que je ne le veux pas.

— Pardon. Ce n'est pas ce que je voulais dire. Bien sûr qu'on peut parler.

Elle se détend, expire et pose ses mains délicates sur ses genoux.

— Tu es un vrai *salaud*, Peter. Tu le sais, ça ?

J'esquisse un signe de tête affirmatif.

— Jamais je n'ai voulu te faire de mal. Jamais, Hanne. Crois-moi. Tu es la dernière personne sur terre que je voudrais blesser.

— Pourtant, c'est ce que tu as fait. Et tu continues en faisant comme s'il ne s'était rien passé. Tu comprends ?

Je baisse les yeux. J'essaie en vain d'ordonner les pensées et les mots qui tournoient dans ma tête. Je cherche en vain une façon de lui expliquer. Or les mots ne m'ont jamais obéi. Ils se déforment entre mon cerveau et ma bouche, sortent dans le désordre, formant des énoncés très différents de ceux que j'avais imaginés.

— C'est difficile… à expliquer, c'est tout ce que je peux dire. Je croyais que je faisais ce qui était le mieux pour toi.

J'ai immédiatement honte de moi. Quelle raison bidon ! Comment peut-on donner une aussi piètre excuse à la femme qu'on a abandonnée sur le seuil de sa nouvelle vie ? Hanne, elle, ne semble pas réagir. Elle regarde par la fenêtre, contemple le crépuscule qui descend sur la ville, l'épaisse neige mêlée de pluie qui coule le long de la vitre.

Je me surprends à vouloir effleurer son visage, à caresser sa joue et à plonger la main dans ses cheveux touffus et indisciplinés. C'est si tentant que je suis presque obligé de me retenir, de me forcer à rester là, sur cette chaise inconfortable.

— Est-ce qu'il t'arrive de regretter ? fait-elle d'une voix si faible que je l'entends à peine.

— Tous les jours, dis-je sans réfléchir – et je prends conscience au même moment que c'est vrai.

Lorsque Hanne est partie, je reste encore quelques instants dans la salle. Je me demande quand tout a commencé, quand j'ai trahi quelqu'un pour la première fois, même si je connais déjà la réponse.

Annika. Ma sœur. Cet été-là, à Rönnskär.

L'été qui avait commencé comme tous les autres étés, mais qui s'est achevé par une tragédie qui changea à jamais ma vie et celle de ma famille.

Je descendais les marches vers le ponton à deux pas de notre maison de campagne, en face de l'île Dalarö. Je crois que je cherchais des objets sur les rochers, des petits trésors. Je tenais à la main un badge aux couleurs du Parti communiste suédois que j'avais trouvé près de chez nous. J'espérais peut-être que les enfants des voisins seraient là, près de la mer, et que nous pourrions traîner sur le ponton ou jouer à la Bande à Baader.

Les vagues frappaient les récifs, la brise marine me dégageait les cheveux du visage, fouettait mes bras maigres et me donnait la chair de poule. Je me souviens d'avoir senti une odeur de cigarette, ce qui m'étonna :

mon père était en haut, près de la maison. C'est là que je la vis : Annika, ma sœur, qui avait trois ans de plus que moi, était assise en bikini sur un rocher, à droite du ponton, et fumait.

*Elle fumait.*

Elle avait une jambe paresseusement étendue devant elle. Sur l'autre, repliée, elle appuyait le bras qui tenait la cigarette. Sa peau bronzée, légèrement rougie, brillait et ses cheveux blonds étaient rassemblés en un chignon sur sa tête. Ses seins pointus étaient dissimulés par un minuscule bikini triangle.

Au moment où elle tourna son visage vers moi et me vit, elle laissa échapper un petit bruit. Ce n'était pas un mot, plutôt un gémissement.

Je restai immobile. C'était de la dynamite : Annika qui fumait en cachette sur les rochers ! Il s'agissait d'une information sensationnelle et, comme toutes les informations, elle avait de la valeur. Elle pouvait s'échanger contre des faveurs ou des confidences, être dévoilée comme vengeance ou peut-être insinuée petit à petit à certaines occasions sensibles.

Je me souviens de l'avoir vue dans ses yeux malgré la distance : la peur.

— *Tu ne vas pas cafter, hein ?*

Sa voix était basse, contrôlée en surface, mais je décelais la panique sous-jacente.

Quel privilège que d'être en position de supériorité ! C'était si rare.

Elle se leva, enroula sa serviette autour de ses épaules. J'étais plus près d'elle à présent. Elle avait la chair de poule et ses tétons pointaient sous son maillot de bain minimaliste.

— Tu ne vas pas cafter, répéta-t-elle. C'est notre secret, d'accord ? Un secret, c'est une responsabilité. Tu es capable de prendre cette *responsabilité* ?

Quant à moi, je ne pouvais m'empêcher de sourire. Plus je souriais, plus je me sentais fort. C'est comme si toute cette situation m'avait rendu présomptueux, m'avait rempli d'une sensation de pouvoir grisante. Et, bien que ce ne fût pas mon dessein au départ, je remontai l'escalier vers la maison au petit trot. D'abord lentement, puis de plus en plus vite.

Annika se précipita à ma poursuite, la cigarette toujours au coin des lèvres. J'entendais ses pas lourds sur les marches de bois branlantes.

— Espèce de petit con ! Sale gosse, *reviens tout de suite* !

Mais je continuai à courir. S'il y a bien quelque chose que je savais faire, c'était courir vite. Mes jambes bougeaient comme des baguettes de tambour sur les rochers et les marches. Sur la bruyère et les aiguilles qui perforaient la peau délicate entre mes orteils.

Annika était derrière moi, essoufflée. Elle n'avait aucune chance de me rattraper.

Je n'avais pas pensé raconter ce que j'avais vu, je crois, mais, lorsque j'arrivai, ma mère était sur la terrasse. Elle appuyait ses larges hanches contre la rambarde et regardait la mer avec une expression indéchiffrable. Elle dégagea une mèche sombre, un peu grasse, de son visage pour la coincer derrière son oreille.

— *Annikafumesurlesrochers.*

Ma mère me fixa, incrédule.

— Mais qu'est-ce que tu racontes ?

— Annika fume. Sur les rochers.

Ma sœur se jeta sur moi à ce moment-là. Ses bras noueux tentèrent d'atteindre ma tête, pour me faire taire. Ils appuyèrent mon visage contre la bruyère, contre la végétation sèche et rose.

— *La ferme, sale gosse !*

Elle était forte pour une fille. Elle me tenait fort, très fort. J'étais incapable de bouger. Elle était si près que je sentais l'odeur de sa transpiration.

— *Annika fume... Annika fume...*

— Ça suffit ! Arrêtez tout de suite ! cria ma mère d'une voix stridente.

En deux secondes, elle était près de nous. Elle saisit Annika violemment par le bras et la força à se relever, à me lâcher. Puis elle prit une profonde inspiration et lui décocha une claque sur la joue.

La réaction de ma mère me choqua. Elle, d'habitude si gentille et bienveillante, était capable de se mettre en colère au point de frapper quelqu'un ! C'était incroyable.

Annika resta comme paralysée, le visage renversé en avant, la main posée sur sa joue, là où ma mère l'avait giflée.

— Ne t'avise pas de recommencer ! siffla ma mère en croisant le regard d'Annika. Tu sais à quel point je souffre quand tu te comportes comme ça !

— Vous me *gâchez* la vie !

La voix d'Annika était fluette, presque fragile, et je voyais la rougeur laissée par la claque s'étendre sur sa joue.

— Arrête de faire ton intéressante, grogna ma mère.

Annika éclata en sanglots. Tout son corps était secoué de soubresauts et sa serviette était tombée de ses épaules sur le rocher.

— Fermez-la ! Fermez-la, tous ! hurla-t-elle. C'est votre faute. Tout est votre faute. Vous êtes fous ! *Je vous déteste.*

Soudain mon père apparut là-haut, le soleil dans le dos et les cheveux comme une auréole rougeoyante autour de lui.

— Annika, viens ici tout de suite. Tu entends ce que je dis ?

Sa voix était faussement calme, comme toujours lorsqu'il était en colère.

Ma mère posa une main sur son cœur, comme toujours lorsqu'*elle* était en colère.

Le corps d'Annika continuait de trembler. Elle poussa un petit hurlement puis se leva, se retourna et dévala les marches vers le ponton.

Mon père haussa les épaules.

— Ça lui passera, soupira-t-il, et il se remit à écouter la radio.

Je lui tins compagnie sur la terrasse tout en cherchant ma sœur du regard. Je finis par l'apercevoir. Elle marchait jusqu'au bout du ponton, se penchait en avant et... *quoi ?* Elle retirait son bikini ? *Mais pourquoi ?*

Elle jeta son maillot sur le bois pourri de la jetée et, sans se retourner, elle plongea.

C'était un beau plongeon. Le genre qui laisse à peine une ride sur la surface de l'eau. Même si, naturellement, j'étais trop loin pour le voir.

Elle réapparut un peu plus loin et se mit à nager avec détermination vers le large. De plus en plus loin du ponton. De plus en plus loin de Rönnskär. Tout à coup, j'ignore quand exactement, j'eus la sensation accablante que quelque chose n'allait pas. Peut-être parce qu'elle avait dépassé notre bateau, que ses brasses étaient puissantes, résolues. Peut-être parce que l'air était tout à coup devenu plus froid.

— Papa !

Mon père se contenta de lever une main dans ma direction en montant le volume de la radio.

— *Papa !*

Il me regarda avec une expression lasse et essuya de sa grande paume la sueur qui perlait sur son front ridé.

— *Quoi ?*

En guise de réponse, je pointai du doigt Annika qui nageait vers le large, vers le chenal.

Mon père se leva lentement, plaça la main en visière au-dessus de ses yeux.

— *Bordel de merde !*

En quelques instants, il avait jeté la radio sur le caillebotis de la terrasse et descendait les marches quatre à quatre. La construction fragile fléchissait sous son poids.

En un clin d'œil, il était sur le ponton.

Je l'entendis crier quelque chose à ma sœur, mais j'ignore si sa voix lui parvint, car elle ne réagit pas. Elle continua simplement à nager dans l'eau glacée, sa tête ballottée par les vagues, comme un flotteur.

En même temps, j'aperçus quelque chose du coin de l'œil : c'était le ferry *Solöga* qui venait de l'île d'Utö et se dirigeait vers Dalarö en passant par Ornö. Chaque jour, le même trajet. Mon père chantait souvent les louanges de ce nouveau navire, cet « inusable cheval de trait ». Il avait même une chambre froide pour apporter des produits frais aux commerçants de l'archipel.

À cet instant, je me demandai, je m'en souviens, si mon père avait conscience du danger. Il était toujours debout sur l'embarcadère à hurler. Soudain, il sembla se décider, détacha la barque et sauta dedans.

Tout se déroula comme au ralenti. Annika nageait lentement. Mon père semblait ramer plus lentement encore. *Solöga*, en revanche, traversait le chenal à grande vitesse. Je sentis une main serrer mon épaule et me retournai. C'était ma mère.

— Mon Dieu ! Qu'est-ce qu'elle a encore inventé, cette gamine ?

Mon père se rapprochait d'Annika, mais il était encore à une cinquantaine de mètres derrière elle. Et j'éprouvai à nouveau cette sensation accablante de danger imminent. Comme une légère nausée, un froid à l'intérieur de mon corps.

— Mais pourquoi elle fait ça ? demanda ma mère, comme si la chose la plus importante était de comprendre le lien de cause à effet, les raisons qui avaient poussé Annika à plonger gracieusement du ponton et à s'éloigner vers le chenal. *On ne nage jamais vers le large…*

À présent, mon père était debout dans la barque et faisait de grands gestes avec les rames, indiquant le danger au bateau approchant. Au bout de quelques instants, on entendit la corne de brume du navire, un mugissement qui ne semblait jamais s'arrêter.

Le ferry continua néanmoins sa route sans freiner et la scène, qui me paraissait tout à l'heure si lente, s'accéléra. Mon père qui était toujours debout dans la petite barque, la tête maintenant penchée, tenant mollement les rames à la main. Le bateau qui filait dans l'eau.

Puis le temps s'arrêta.

Les derniers détails sont à jamais restés gravés dans ma mémoire : le navire qui poussa un ultime hurlement, la tête de ma sœur qui disparut quelque part, derrière ou sous la coque blanche. Les silhouettes sombres des passagers qui s'étaient rassemblés sur le pont pour assister à la tragédie. Le soleil qui se cacha derrière un nuage. Ma mère qui fit tomber le verre Duralex sur le rocher. L'aiguille du badge du Parti communiste qui s'enfonçait plus profondément dans la paume de ma main.

Puis le silence. Parce que le temps lui-même s'était arrêté.

Et, au fond, je savais déjà.

Je savais qu'elle ne reviendrait pas.

# EMMA

*Un mois plus tôt*

Je suis dans mon lit, éveillée, à écouter la tempête qui fait rage dehors. Malgré toutes les couvertures entassées sur ma couette, je ne parviens pas à me réchauffer. Je crois que le froid a pris possession de moi. Comme un squatteur, il a emménagé dans mon corps et refuse de quitter les lieux.

J'ai cherché longtemps ; je me suis dit que Sigge était blessé et qu'il était peut-être parti se cacher quelque part. Les animaux font ça, non ? Mais il n'était nulle part. À croire qu'il s'est volatilisé, évaporé dans les airs, qu'il a été dévoré par la terre noire et grasse sous les buissons de la cour. Ou pire – qu'il s'est bêtement jeté entre les voitures dans l'avenue Valhallavägen, comme l'imbécile de chat d'appartement qu'il est.

Est-ce que Jesper est derrière tout ça ? Il a pris mon argent, mon tableau, et maintenant Sigge, la seule chose qui comptait encore pour moi. Je me dis qu'il ne lui reste plus rien à me prendre maintenant, plus rien dont il puisse me dessaisir.

Je tremble de froid. Mes doigts sont toujours engourdis. Mes mains sont couvertes de petites plaies, traces des buissons épineux qui m'ont éraflée quand je passais la cour au crible. J'ai un goût de fer dans la bouche, et les larmes me brûlent les yeux. Pourtant, un étrange sentiment d'indifférence s'est enraciné en moi. C'est donc ça qu'on ressent quand on n'a plus rien à perdre ? Au plus profond de ce sentiment, dans l'œil du cyclone, règne un calme inattendu. Une étrange confiance, née du fait que le pire a déjà eu lieu. Je me dis que je reconnais ce sentiment, que j'ai déjà eu l'occasion de l'éprouver auparavant – car les événements récents rappellent avec une insistance inconfortable ce qui est arrivé avec La Vis. Jesper a ouvert une brèche, me faisant replonger dans un passé que, pendant toutes ces années, je me suis battue pour étouffer.

Je finis par comprendre que je n'arriverai pas à dormir de la nuit. Je me lève, enfile un gros pull et des chaussettes en laine et m'installe à mon bureau. Je repousse doucement mes livres de cours dans un coin, sors le papier à lettres rangé dans le tiroir du haut et commence à écrire.

Je lui explique ce que je ressens, que je l'aime toujours, bien qu'il ait disparu sans explication, qu'il s'est passé quelque chose et que nous devons nous voir.

Je réfléchis un moment, puis je reprends. Je lui dis que j'attends un enfant, que je n'ai pas encore décidé si je vais ou non le garder. J'écris que je ne m'attends pas à ce qu'il endosse un quelconque rôle de père, mais que je ne peux vraiment pas garder ça pour moi, et qu'il a aussi sa responsabilité dans ce qui est arrivé.

J'adresse la lettre à son bureau, en prenant soin d'y indiquer son nom ainsi que la mention « privé ».

Puis je me remets au lit. Je tire la couverture sur mon visage et me laisse envahir par les souvenirs.

Dix jours s'étaient écoulés depuis la mort de mon père. Dix jours que j'avais passés seule avec ma mère dans notre petit appartement poussiéreux et surchargé de meubles, avant de retourner finalement à l'école. Je n'arrivais pas encore à savoir ce que j'éprouvais exactement. Comme si tous les sentiments se bousculaient encore en moi, ne s'étaient pas encore posés, tels des oiseaux en papier emportés par le vent de l'automne.

J'avais essayé d'y penser, essayé de concevoir que mon père n'allait plus jamais revenir, mais en vain. Cette pensée était bien trop énorme pour tenir dans ma tête. Évidemment, je comprenais qu'il n'était plus là, mais j'avais la sensation qu'il allait forcément revenir à un moment ou à un autre. D'ici l'hiver, peut-être. Ou pour mon anniversaire.

*Mort. Enterré. Disparu. Pour les siècles des siècles.*

Ces choses-là étaient inconcevables, et c'était peut-être aussi bien.

Ma mère restait le plus souvent allongée sur le sol de la salle de bains. J'allais la voir pour lui apporter de la nourriture et elle mangeait docilement, sans rien dire. Comme un animal dans un zoo.

Tante Agneta passait presque tous les jours. Elle me serrait très fort dans ses bras, et ma tête se retrouvait en plein dans son décolleté, entre ses deux énormes seins, quand elle me demandait si je tenais le coup. Je répondais toujours que oui, car tante Agneta avait tendance à s'inquiéter pour tout. Ma mère avait l'habitude de dire ça en tout cas. Ensuite, Agneta garnissait notre petit congélateur de plats faits maison qu'elle avait apportés, emballés en portions individuelles, et se glissait dans la salle de bains auprès de ma mère. Et puis elles restaient là, assises sur le carrelage froid, à fumer et à parler pendant des heures. J'ai entendu tante Agneta demander plusieurs fois à ma mère si je ne devrais pas venir vivre chez elle quelques semaines, jusqu'à ce que tout ça soit retombé, mais ma mère voulait absolument que je reste là ; elle pensait que ça risquait de me faire du mal de changer de milieu. Agneta savait bien, disait-elle, combien j'étais *sensible*.

Je n'avais jamais vraiment compris ce que ma mère voulait dire par là. J'avais toujours trouvé que c'était justement l'inverse. Je n'étais *pas* sensible, j'étais au contraire plutôt impassible. Ce que les autres pensaient de moi ne me touchait guère, et je ne ressentais pas non plus le besoin de fréquenter les autres filles de la classe – ni les garçons, d'ailleurs.

Insensible. Voire peut-être indifférente. Voilà comment je me serais décrite.

— Emma, tu peux venir avec moi à la remise ?

La question paraissait innocente, et personne dans la classe ne réagit. Steffe et Robin étaient profondément absorbés par un modèle réduit de guillotine – quelle idée tordue de construire ça en cours de menuiserie. Ils avaient à côté d'eux le tube de colle contact, que je les soupçonnais de vouloir subtiliser à la fin du cours. Les filles, debout autour de l'établi, étouffaient des petits rires. Seule Elin m'avait vue. Elle me lança un long regard insaisissable alors que je me levais.

— Bien sûr, lui répondis-je.

— Super.

La Vis effleura mon bras, et me précéda vers la porte de la remise. Je me levai d'un pied incertain et lui emboîtai le pas. Il avait une drôle de démarche, comme s'il se balançait sur ses jambes.

— Quoi ? fit Elin du bout des lèvres, mais je me contentai de hausser les épaules, comme si j'ignorais tout à fait pourquoi La Vis voulait que ce soit moi qui vienne l'aider dans la remise.

Le cliquetis du trousseau de clés s'entremêlait à ses sifflotements. Il semblait de bonne humeur aujourd'hui. La porte s'ouvrit en grinçant. Il tendit le bras et me fit signe de passer devant lui. Il y avait quelque chose d'impatient dans son geste, comme s'il était pressé de me faire entrer dans la remise. Comme si quelque chose d'important nous attendait à l'intérieur.

J'eus une seconde d'hésitation.

J'avais un vague pressentiment : si j'entrais dans l'étroite remise avec La Vis, rien ne serait plus comme avant. J'en sortirais différente, le monde serait transformé, l'ancienne Emma aurait disparu. Peut-être aurais-je dû m'en extirper, faire demi-tour pour me remettre à mon couteau à beurre qui rétrécissait à vue d'œil, mais la curiosité était trop forte. L'envie de découvrir cet autre lieu, cette nouvelle Emma, avait pris le dessus sur la crainte.

La porte claqua, La Vis tourna le verrou et s'avança lentement vers moi. Je restai debout, immobile, sans trop savoir quoi faire ; je balayai des yeux les planches et les outils consciencieusement pendus à des crochets sur les murs. Je humai l'odeur du bois vert. Je mis les bras en croix sur ma poitrine.

La Vis me fixa et, le temps d'un instant, une peur paralysante m'envahit. Pas à l'idée de ce qui allait arriver, mais à celle de ma propre incapacité à gérer la situation. J'aurais voulu être plus expérimentée. Plus à l'aise.

Il posa les mains sur mes épaules, m'attira doucement et très lentement vers lui.

Je ne protestai pas lorsqu'il m'embrassa et pressa son corps contre le mien. Je n'avais jamais rien fait de tel. Sa langue était glissante et rugueuse et s'agitait dans ma bouche comme un poisson hors de l'eau. Je n'avais aucune idée de ce que j'étais censée faire. Est-ce que je devais lui rendre son baiser, entamer un duel contre sa langue ? Est-ce que je devais me serrer contre lui aussi fort qu'il se serrait contre moi ?

— Emma, murmura-t-il.

Mais il ne dit rien d'autre. Il glissa les mains sous mon pull. Les passa le long de mon dos, puis sur mes seins, qu'il pressa sans ménagement comme s'il voulait les pétrir. Il releva ma jupe et aventura sa main dans ma culotte, comme s'il inspectait mon corps. Il tâtonna le long de mes cuisses. Il introduisit un doigt en moi, plus deux. Je me tortillai, sans savoir où je devais fixer la limite – si tant est qu'il fallait en fixer une. Or ma résistance était déjà rompue. Je savais que nous avions brisé tous les tabous depuis longtemps. Qu'il n'était plus possible de revenir en arrière.

Il me poussa devant lui. Je reculai, m'ajustant à ses mouvements, et le laissai me diriger jusqu'à ce que je heurte le petit établi tout au fond de la pièce. Saisissant mes fesses d'un geste assuré, il me souleva, m'assit sur l'établi et se mit à défaire sa ceinture, déboutonna son pantalon et se pressa contre moi.

— Si quelqu'un arrive…

— Chut, fit-il en pressant sa main sur mes lèvres.

Puis il m'embrassa à nouveau. Sa langue se faufila dans ma bouche, moulinant comme s'il y cherchait quelque chose.

J'eus un geste de recul.

— Je ne sais pas si…

— *Emma*, dit-il.

Et il entra de force en moi.

Jesper, La Vis, La Vis, Jesper. Les noms et les visages se fondent l'un dans l'autre. Des lieux, des corps, des mots et des promesses qui se mélangent comme dans un grand pot-pourri. Le visage de Jesper sur le corps de La Vis. Les copeaux de bois de la salle de menuiserie jonchant le sol du pied-à-terre de la rue Kapellgränd. Les regards de mes camarades de classe, que je sens encore aujourd'hui brûler dans mon dos.

Il est deux heures et demie et j'ai pris ma décision. Demain, je vais tâcher de découvrir où habite Jesper. Il faut que je le mette au pied du mur, je n'ai plus la force d'attendre. Je tends le bras vers mon portable posé sur la table de chevet, et retrouve le numéro d'Olga pour lui écrire un message : *Je peux t'emprunter ta voiture demain après le boulot ?*

Il y a un incident dans le métro ce matin-là. Il se traîne avec une lenteur infinie entre les stations et on sent monter l'irritation dans tout le wagon. Des voyageurs trempés par la pluie entrent et sortent d'un pas impatient, pianotent sur leur portable pour prévenir leurs collègues qu'ils seront en retard, qu'il y a un problème et que non, ils ne savent pas ce qui se passe.

Finalement, le conducteur nous informe que le retard est dû à un problème technique et que le train mettra un moment, un long moment, à atteindre le terminus.

Personnellement, j'ai eu de la chance. J'ai trouvé une place assise et, sans cette odeur de sueur et de laine mouillée, qui a fait renaître ma nausée, je n'aurais pas vu d'inconvénient à rester assise là un moment. Derrière la vitre, la paroi noire du tunnel se déplace lentement. Je devine les contours de la roche irrégulière derrière le reflet fatigué de mon propre visage. Des mèches de cheveux tombent sur des joues criblées de taches de rousseur, et les deux trous sombres que forment mes yeux me fixent en retour.

Deux adolescentes discutent à voix basse. Elles pouffent, chuchotent, puis pouffent de plus belle. Notre retard semble être le cadet de leurs soucis. Je sens émaner d'elles une forte odeur de cigarette, bien qu'elles se tiennent à plusieurs mètres de moi. Cela me frappe tout d'un coup : ma propre adolescence me semble infiniment lointaine. Même si j'avais leur âge il n'y a pas si longtemps, cela me paraît une éternité.

Le lycée… Avec sa hiérarchie impitoyable, la lutte que se livraient les filles de la classe, dont j'avais réussi on ne sait comment à me tenir à distance – probablement parce que tout le monde savait déjà à l'époque que j'étais différente, que j'avais renoncé à la compétition. Les longs couloirs aux murs tachés de tabac. Le coin fumeurs derrière le bâtiment. Les mobylettes alignées à l'extérieur.

La Vis.

Je n'avais jamais compris pourquoi il m'avait choisie plutôt qu'une autre. Il y avait tellement de filles plus mignonnes et plus populaires dans la classe, qui avaient assez confiance en elles pour se conduire avec lui de manière provocante. Qui jetaient leurs cheveux en arrière ou bombaient leur poitrine lorsqu'il venait les aider au tour à bois.

Moi, je restais le plus souvent muette dans un coin. Beaucoup – à commencer par mes professeurs – y voyaient de la mauvaise humeur et de la défiance. D'autres, comme ma mère, avaient décrété que c'était un problème de timidité.

Il m'a fallu un certain temps avant de comprendre que La Vis n'avait probablement jamais recherché une fille jolie et délurée qui montrait ses atouts pendant les cours. Qu'il m'avait peut-être choisie justement *parce que* j'étais différente, un peu cassée. Je crois qu'il m'avait reniflée avec l'efficacité d'un fauve dénichant une proie blessée. Ça n'était probablement pas non plus un hasard qu'il m'ait approchée juste après la mort de mon père. Il avait dû percevoir ma tristesse, ma vulnérabilité, et se décider à l'exploiter pour obtenir ce qu'il voulait.

*Jesper, La Vis, La Vis, Jesper.*

La nausée refait surface. Plus violente cette fois. Mon corps me rappelle ce qui est en train de se passer en moi. Jesper et moi n'avions jamais parlé d'enfants, mais, pour une raison ou une autre, j'avais présumé que ça faisait partie du lot. Que notre avenir commun, que nous avions tout de même envisagé, comprenait deux ou trois enfants et une maison dans une banlieue bien comme il faut.

Comme je me fourvoyais !

Je me remets à penser à ce soir d'août, où nous pique-niquions sur l'île de Djurgården. Jesper avait eu une journée éprouvante. Un journaliste particulièrement malveillant, travaillant pour un magazine économique, avait fait irruption à l'accueil du siège de l'entreprise en exigeant de l'interviewer sans tarder.

— Et tu as fait quoi ? lui avais-je demandé.

Il me regarda d'un air surpris, comme si la raison de ma question lui échappait complètement, et versa un peu plus de vin du cubi dans son gobelet en plastique. Malgré son bronzage, il semblait plus fatigué que d'habitude. Sa peau fine paraissait tendue entre les os des pommettes et du menton, et les rides autour de ses yeux ressemblaient à de profonds sillons gravés à la pointe d'un couteau.

— Je la lui ai donnée, sa putain d'interview.

— Mais pourquoi tu as accepté alors qu'il s'est comporté… comme ça ?

— On ne peut pas gagner contre ces types. On est totalement impuissant. Si j'avais refusé de lui parler, il en aurait fait tout un foin. Il me l'aurait fait payer. C'est à cause de tout ça que… tu sais. Que je ne veux pas qu'on nous voie ensemble. Ça leur ferait trop plaisir de m'étriller dans les médias parce que j'ai une relation avec une employée.

Il sortit un paquet de cigarettes, le secoua pour en extraire une, qu'il porta à sa bouche – signe certain qu'il était bien plus stressé et frustré que d'ordinaire.

Nous étions assis sur une couverture dans l'herbe sous un grand chêne, à l'écart du chemin qui mène au jardin de Rosendal. Malgré le beau temps, peu de gens étaient de sortie. On voyait de temps en temps passer un cycliste ou un promeneur avec son chien. Au-dessus des cimes vers l'ouest, le ciel commençait à s'assombrir.

Jesper alluma la cigarette, prit une longue bouffée et toussa.

— Tu ne devrais pas, murmurai-je.

— *Oh, je t'en prie !*

— Pardon. Seulement je ne veux pas…

Il leva la main.

– Non. C'est ma faute. Tu n'as rien fait de mal et je passe mes nerfs sur toi. Pardon, Emma.

Le silence se fit. On entendait des chants d'oiseaux au loin. L'humidité du sol s'infiltrait dans les fines fibres de la couverture, et je me sentis tout d'un coup frigorifiée.

— Ce n'est pas grave, fis-je.

Il prit ma main, la serra fort et me regarda avec intensité.

— C'est sûr ?

— Quoi ?

— Que tu me pardonnes.

Sa main se resserra autour de mon poignet, avec une légère torsion. La douleur était inattendue, arriva comme un coup de fouet et se diffusa vers l'épaule tandis que mes doigts s'engourdissaient.

— Lâche-moi. Tu me fais mal.

Il me lâcha immédiatement, puis sourit avec un air presque gêné.

— Oups, dit-il comme s'il venait de renverser un verre d'eau, et non de manquer de me déboîter le bras.

Je soupirai, massai la zone endolorie.

— Il faut toujours que tu sois aussi brutal ?

— Pardonne-moi. S'il te plaît.

— Je te pardonne. Pour tout.

Il sembla tout de suite soulagé, presque satisfait. Mais je n'en devinais pas moins quelque chose d'espiègle dans son regard. Il se redressa, accroupi, et épousseta son jean.

— Viens, murmura-t-il.

— Pourquoi ?

Il me fit un signe de la main, s'étira et regarda autour de lui.

— Je veux te montrer quelque chose.

Je me levai. Tout mon corps me faisait mal après que j'étais restée immobile sur la couverture froide. Il commençait à faire sombre ; le crépuscule du mois d'août s'était glissé jusqu'à nous à notre insu. Le parfum de terre humide était lourd dans l'air. Il me prit la main et m'attira dans la forêt, derrière le grand chêne.

— Qu'est-ce que… ?

Il ne répondit pas, se retourna seulement, prit mon visage entre ses mains et m'embrassa. Ses paumes étaient glaciales contre mes joues. Je lui rendis son baiser et lui passai les bras autour de la taille. Une branche se cassa alors que je me penchais vers lui, ce qui nous fit tous les deux sursauter et éclater d'un rire nerveux. Quelque part au loin, on entendait un bateau qui prenait le large en direction de l'archipel.

Alors ses mains gelées se glissèrent sous mon pull, caressant mon dos en cercles lents avant de descendre vers la ceinture de mon pantalon, de passer sous mon jean et de se poser sur mes fesses.

— Je veux te faire l'amour ici, dans la forêt.

— Les gens peuvent nous voir.

— Oh, ne fais pas ta prude.

Il semblait un peu irrité, comme souvent quand je ne montrais pas le même enthousiasme que lui pour ses petits jeux. Ses mains restaient posées sur mon derrière tels deux blocs réfrigérants. Puis il me lâcha, se mit à déboutonner mon jean tout en recommençant à m'embrasser. Sa langue était froide, elle aussi, et avait un goût de vin blanc et de cigarette. Je le repoussai légèrement.

— Fais attention. J'ai oublié plusieurs fois ma pilule cette semaine.

Il haussa les épaules.

— Ça pose un problème ?

— Évidemment ! Imagine si je tombe enceinte.

Il se pencha un peu en arrière, pour pouvoir me regarder dans les yeux. Ses traits se confondaient presque avec l'écorce du chêne centenaire, dans la lumière blafarde du crépuscule.

— C'est bien ce que je veux dire, Emma. Ça pose un problème ?

## HANNE

Il s'est passé deux choses ce matin, qui m'ont complètement fait perdre pied. Pour commencer, je me suis réveillée avec des sueurs froides et des palpitations, ce qui ne m'arrive d'habitude qu'après avoir trop forcé sur le vin au cours de l'un des dîners que nous organisions, Owe et moi. Et je ne savais pas où je me trouvais. Comme si la chambre d'amis de Gunilla m'était tout à coup devenue méconnaissable. Les murs blancs, les coussins colorés, les géraniums négligemment inclinés à la fenêtre – tout me paraissait étranger. Et l'espace d'un instant, j'ai eu la sensation d'être en chute libre ; la terreur m'a littéralement donné le vertige. Car je comprenais bien que la mémoire m'abandonnait.

Il m'a fallu une minute, peut-être deux, avant de me rappeler où j'étais. Mais au cours de cet instant, l'effroi avait déjà fait monter les larmes. Accourue depuis la cuisine, Gunilla a dû venir me consoler.

Je ne lui ai pas expliqué pourquoi je pleurais. Je ne voulais pas lui faire peur. Et puis, ce n'était peut-être pas la maladie, mais seulement le stress, qui se rappelait à moi. Et elle ne m'a pas non plus posé de questions, se disant sans doute que j'étais triste d'avoir quitté Owe.

Et puis, en sortant promener Frida, je me suis retrouvée face à Owe qui piétinait devant chez Gunilla. À peine avais-je passé le portail qu'il a bondi de derrière une voiture en stationnement et s'est mis à crier que je devais rentrer à la maison avec lui, que j'étais incapable de m'occuper de moi-même et qu'il allait faire en sorte que je sois prise en charge, conformément à la loi sur l'hospitalisation psychiatrique à la demande d'un tiers. (C'était du vent, évidemment, comme me l'a confirmé une recherche sur Google aussitôt rentrée.)

Cette fois encore, Gunilla est venue à ma rescousse. En sortant de chez elle pour aller travailler, elle nous a trouvés en train de nous disputer. Avec un haussement de sourcils accompagné de cet air d'étonnement factice dont elle seule est capable, elle s'est plantée sur ses deux jambes, les bras croisés, face à Owe.

La scène était presque comique. Malgré ses bottes à talons hauts, Gunilla faisait deux bonnes têtes de moins qu'Owe, mais respirait malgré tout une assurance et un sang-froid qui ont très manifestement réussi à l'irriter.

— Mais Owe, qu'est-ce que tu fais là ? lui a-t-elle demandé de son ton vaguement nonchalant.

— Je suis venu chercher Hanne. C'est pour son bien, mais ça, elle ne le comprend pas.

— Ah oui ?

Gunilla a croisé mon regard avant de poursuivre :

— Il dit que c'est pour ton bien, Hanne, mais tu sais mieux que lui ce qu'il te faut, non ?

Mon état de contrariété m'a empêchée de trouver les mots : je me suis contentée de hocher la tête.

— À la bonne heure, a-t-elle poursuivi. Dans ce cas, tu ferais peut-être mieux de rentrer chez toi, Owe.

— Je ne rentre *nulle part*.

Gunilla a soupiré avec ostentation.

— Bon, je vais devoir appeler la police alors.

— Reste en dehors de ça, a grogné Owe. C'est une question qui se règle en famille.

— Merde, Owe, ça suffit ! Elle ne *veut pas* vivre avec toi. Elle ne peut plus te sentir ! Au point qu'elle est prête à casser un meuble dès que je prononce ton nom. Laisse-la tranquille plutôt. Donne-lui un peu de temps : là, il y aura peut-être une chance qu'elle revienne.

— Comme je viens de te le dire, c'est une affaire de famille, a répété Owe.

Gunilla a sorti son portable de son sac puis nous a dévisagés tous les deux d'un air las.

— Bon, j'appelle la police.

Owe a fait deux pas vers moi, m'a arraché de la main la laisse de Frida avant de tourner les talons.

— Satanées bonnes femmes, a-t-il marmonné. Mais je ne te permettrai pas de maltraiter Frida, en tout cas. Elle vient avec moi.

Il a ensuite disparu dans la rue Brännkyrkagatan, traînant Frida derrière lui. La chienne jetait de petits coups d'œil inquiets dans ma direction pendant qu'ils descendaient la rue.

Et les larmes ont repris. Pour la deuxième fois dans la même matinée, Gunilla a maladroitement tenté de me consoler.

— Ça va s'arranger, tu sais. Estime-toi heureuse que vous n'ayez pas d'enfants ; là, ça aurait été vraiment compliqué.

Évidemment, je me suis alors mise à penser à ces enfants qui n'étaient jamais venus, ce qui m'a fait sangloter de plus belle.

Mais je ne pouvais pas parler de cela non plus à Gunilla. Aussi suis-je retournée à l'appartement sans un mot. Je me suis douchée et maquillée avec application. Mon visage était rouge et bouffi et la peau semblait plus distendue que d'habitude sous le menton, sur les bras, et partout où l'âge commence à prendre ses quartiers. Je l'ai constaté froidement : mon corps était devenu repoussant, franchement laid. Chez les femmes, la maturité (à défaut d'un meilleur terme – celui-ci m'évoque un fruit en train de pourrir) n'est pas attirante. Elle ne fait que nous enlaidir de manière désespérante ; le mieux qu'on puisse faire est de la dissimuler sous le maquillage et sous un maximum de couches de vêtements.

Voilà. J'en étais donc là, cinquante-neuf ans, un début de démence, fraîchement séparée, qui plus est avec un ventre mou et la peau des bras qui pend. Alors que ce constat commençait à faire son chemin, je me suis demandé si j'avais vraiment pris la bonne décision en faisant mes valises pour abandonner le confort relatif de la rue Skeppargatan. Dans le même temps, je savais avec une certitude écrasante que finir ma vie avec Owe n'était pas envisageable. Même si l'avenir s'annonçait imprévisible et menaçant, il me semblait impossible de retourner auprès de lui.

Dans une situation pareille, le plus simple aurait encore été de s'allonger dans le canapé et de se blottir sous les couvertures. Je m'en suis tout de même abstenue – avant tout pour ne pas donner raison à Owe. J'étais déterminée à prouver que je pouvais m'en sortir par moi-même, sans qu'il ait à me faire grâce de sa protection. Une fois de plus, je me suis répété les raisons pour lesquelles je ne le supportais plus :

*Vaniteux.*

*Égocentrique.*

*Narcissique.*

*Dominant.*

*Malodorant.*

Puis je suis allée travailler.

La première personne que j'aperçois en pénétrant dans les locaux lumineux du commissariat central est Peter. Il est assis devant son ordinateur. Son grand corps est courbé dans une posture d'allure inconfortable, et il semble scruter quelque chose sur l'écran. En me voyant, il bondit, vient vers moi et me saisit le bras comme si nous étions les meilleurs amis du monde, comme si notre petite conversation de la veille au soir avait fait disparaître d'un coup de baguette magique le fait qu'il ait gâché mon existence.

Sa main est chaude, sa peau un peu sèche. Et étrangement, cela me fait du bien de la sentir posée là, sur mon avant-bras.

Comme si c'était la chose la plus naturelle au monde.

— Viens, me dit-il. Je dois interroger l'une des collaboratrices de Jesper Orre. Celle qui l'a accusé de harcèlement sexuel. Je t'emmène !

— D'accord, lui réponds-je – après tout, je n'avais rien de particulier de prévu.

Denise Sjöholm, vingt-huit ans, est économiste de formation. Elle n'a même pas l'air d'avoir l'âge d'acheter de l'alcool. Mais c'est sans doute le signe que je suis moi-même devenue vieille – encore un exemple de la manière dont nos cadres de référence se modifient lentement avec les années sans même qu'on s'en aperçoive. Owe et moi étions déjà mariés depuis plusieurs années lorsque j'avais son âge.

Loin d'être une enfant, donc.

Elle semble un peu perdue dans la salle d'interrogatoire – comme vulnérable. Elle est vêtue d'un pull en laine informe et d'un jean déchiré, et ne porte pas de maquillage. La peur se lit dans ses grands yeux bruns, ce qui n'a sans doute rien de surprenant. Cela a dû lui causer une foule de complications d'accuser le directeur général de harcèlement sexuel.

Peter semble aussi avoir perçu sa peur, car il lui explique avec pédagogie qu'elle n'est accusée de rien, et que nous ne souhaitons l'entendre qu'en lien avec le meurtre commis chez Orre et la disparition de celui-ci.

Elle hoche la tête en silence, en triturant un fil décousu qui pend de son jean.

— Depuis combien de temps travaillez-vous chez Clothes&More ? demande Peter.

— Un an.

— Et en quoi consiste votre poste ?

— J'étais… *je suis*… chef de projet au service marketing. Je gère diverses campagnes de pub. C'est moi qui suis responsable par exemple de la campagne de Noël, qui passe à la télé en ce moment. Enfin, avant mon arrêt maladie, en tout cas.

Son regard oscille entre Peter et moi, comme un oiseau inquiet qui n'ose pas se poser.

— Et quand est-ce que vous avez rencontré Jesper Orre ?

— Peu après mon embauche. On n'était pas très nombreux à travailler au siège. Et il passait souvent dans notre service pour voir notre travail. Je me souviens que je le trouvais sympa. Décontracté, quoi. Mais il y avait beaucoup de bruits de couloir. Apparemment, c'était une vraie peau de vache. Il virait des gens à tout bout de champ.

— Et qu'est-ce qui s'est passé ensuite ?

Denise baisse les yeux au sol, et ses fins cheveux bruns lui tombent devant le visage.

— Il m'a demandé si je voulais l'accompagner à une soirée. C'était au printemps.

— D'accord. Quel genre de soirée ?

— En fait… il ne me l'a pas précisé, mais on s'est mis d'accord pour qu'il vienne me chercher à Stureplan le samedi soir. Et c'est ce qu'il a fait. Mais au lieu d'aller à cette soirée, il m'a conduite chez lui… Et là, il n'y avait personne d'autre. Seulement lui et moi. Bref, on a mangé un morceau, il avait préparé un plateau de fruits de mer et du champagne. J'étais quand même plutôt impressionnée, qu'il veuille dîner avec moi comme ça en tête à tête. Je veux dire, Jesper Orre peut avoir un rencard avec n'importe qui…

Sa voix s'éteint et elle secoue lentement la tête.

— J'étais tellement naïve, reprend-elle. Une fois le repas terminé, il a voulu qu'on couche ensemble, évidemment.

— Et comment avez-vous réagi ?

Denise semble un peu décontenancée, comme si elle ne comprenait pas bien la question.

— On a couché ensemble. Et puis on a continué à se voir de temps en temps. J'ai compris assez vite qu'il ne voulait pas d'une vraie relation, alors après deux mois peut-être, j'ai rompu – si on peut appeler ça comme ça, puisqu'on n'était pas vraiment ensemble.

— Comment a-t-il réagi ?

— Il était furieux. Il m'a dit que c'était lui qui décidait si on arrêtait ou pas. Et que j'allais le regretter si je refusais de me plier à sa volonté.

Denise tire sur le fil de son jean avec une telle force qu'il se casse avec un petit bruit sec.

— Et qu'avez-vous fait ensuite ?

Elle secoue la tête et rit doucement.

— J'aurais dû me douter que je ne pouvais pas gagner contre lui. J'aurais dû jouer le jeu, mais au lieu de ça je me suis mise en colère, je lui ai dit qu'il pouvait aller se faire foutre et que c'était moi qui décidais avec qui je couchais et quand. Il est simplement parti sans rien dire. Et c'est après ça qu'il a commencé à me faire des crasses au boulot. Il me posait des questions ultra-difficiles en réunion, en sachant bien que je ne pourrais pas y répondre. Il rejetait toutes mes propositions. Il s'est arrangé pour m'évincer de tous les projets les plus intéressants. Il m'a punie, quoi. C'est à ce moment-là que je suis allée me plaindre auprès de la DRH, et que le cirque a vraiment commencé. J'ai été interrogée par les RH, mais en sa présence. Ce n'était vraiment pas simple de raconter notre… relation alors qu'il écoutait. Finalement j'étais tellement mal que je me suis mise en arrêt.

— Quand était-ce ?

— Je suis arrêtée depuis…

Denise compte sur ses doigts.

— Huit semaines. Non, ça fera neuf demain.

Peter hoche la tête et note quelque chose dans son carnet.

— Dites-moi, la question peut paraître saugrenue, mais est-ce qu'il était brutal au lit ?

Denise a l'air embarrassée, croise les bras sur sa poitrine.

— Non. Pas spécialement.

— Est-ce qu'il lui est arrivé de vous voler des sous-vêtements ?

— *Voler mes sous-vêtements ?*

— Oui, est-ce qu'il vous a pris l'un de vos dessous ?

— Pas à ma connaissance.

— Vous a-t-il recontactée depuis que vous êtes arrêtée ?

Elle secoue la tête.

— Silence radio.

— Savez-vous s'il a pu faire la même chose avec une autre collaboratrice ?

— Non. Mais ça ne m'étonnerait pas. Il est taré.

— Savez-vous s'il voyait d'autres femmes durant cette période ?

— Non. Mais je vous dis, il est taré.

Alors que nous escortons Denise jusqu'à l'entrée, je ne peux me retenir de poser une main sur son bras, et je croise son regard.

— Vous le savez, j'espère : *vous*, vous n'avez rien à vous reprocher, lui dis-je. Il a abusé de vous parce qu'il en avait les moyens, parce que sa position le lui permettait.

Elle me regarde longuement avant de hausser les épaules.

— Peut-être bien. Mais je regrette quand même d'être allée voir les RH. Il aurait fini par se lasser, de toute manière.

Elle sort à grands pas, la tête basse.

— Mais quel salaud ! lancé-je à Peter alors qu'elle vient de disparaître dans la brume.

Peter hausse les épaules, me regarde, et je ne peux m'empêcher de songer : *Comme toi, Peter. Un bon gros salaud, comme toi.*

On dirait presque qu'il a deviné mes pensées, parce qu'il a tout de suite l'air embarrassé. Il détourne le regard en se dirigeant vers les ascenseurs et marmonne :

— Aux dernières nouvelles, ça n'est pas illégal.

Quand je rentre à pied en direction de l'appartement de Gunilla, trois heures plus tard, la nuit a déjà eu le temps de tomber. Un vent froid fouette mes vêtements et la température a chuté. La chaussée mouillée s'est couverte d'une couche de glace dure et glissante, et je suis obligée de ralentir pour ne pas déraper.

Frida me manque déjà, mais je ne sais pas comment faire pour la récupérer. Je peux difficilement dénoncer Owe à la police pour vol. Frida est aussi son chien après tout, et on ne peut pas voler quelque chose dont on est déjà propriétaire, si ?

Owe n'a jamais porté Frida dans son cœur. Il trouvait qu'elle aboyait trop et qu'elle sentait mauvais. (Comme si on ne pouvait pas en dire autant de lui !) S'il a repris Frida, ça n'est pas pour la protéger de moi, c'est pour me faire du mal. Exactement comme Jesper, qui a fait vivre un calvaire à cette pauvre fille parce qu'elle refusait d'être son esclave sexuelle.

Le pouvoir, me dis-je. C'est toujours une question de pouvoir.

Chaque fois que je passe devant un kiosque à journaux, je m'arrête pour observer les unes. Le portrait de la femme assassinée chez Orre est en première page de toutes les publications de la ville, et les gros titres affichent en boucle : « Qui était la femme assassinée chez l'empereur de la mode ? »

Si cela ne nous permet pas de l'identifier, je me demande bien ce qu'on pourra faire de plus.

Quand j'arrive à Slussen, il se remet à neiger. De petits flocons durs, qui me fouettent les joues jusqu'à les brûler. Mon portable sonne et je me mets instinctivement dos au vent avant de décrocher.

C'est Peter.

— Écoute ça, dit-il. Je viens juste de parler avec le labo. La machette utilisée pour le meurtre chez Orre est la même que celle qui a servi à tuer Calderón. Ils ont trouvé des marques concordantes sur les vertèbres cervicales des deux victimes. Les marques de coups correspondent exactement à la lame. Tu comprends ce que ça veut dire ?

## EMMA

*Un mois plus tôt*

— Mais pourquoi vouloir tuer ton chat ? Je comprends pas.

Olga fronce les sourcils en jouant avec ses gros bracelets décorés de strass. Je promène mon regard dans la boutique vide et prends un instant pour réfléchir. Les haut-parleurs déversent leur flot de musique. Je ne vois pas Mahnoor ; elle est probablement absorbée par l'une de ses nouvelles et incontournables fonctions administratives.

— Si c'est un psychopathe comme tu disais, il cherche peut-être seulement à me faire du mal. Peut-être que ça le fait tout simplement jouir de me pourrir la vie.

Olga semble dubitative. Sans grande surprise, elle trouve plus crédible qu'il soit motivé par l'argent ou le sexe plutôt qu'un sadique patenté. Et en un sens, je peux la comprendre. J'ai moi-même du mal à imaginer que détruire ma vie puisse lui apporter grand-chose – mais je ne saurais m'expliquer autrement son comportement.

— Mais quel rapport avec ton chat ?

— Eh bien, Sigge compte beaucoup pour moi. En s'attaquant à lui, il s'attaque à moi.

— Si c'est vraiment ça, reprend Olga, en me tendant un nouveau rouleau de papier que je dois placer dans la caisse enregistreuse, alors c'est complètement grave.

— C'est bien ce que je te dis !

— Tu as cherché des infos sur lui ? Peut-être il a déjà fait ça ? Peut-être il a été en prison ou à l'hôpital psychiatrique.

En entendant cette hypothèse, des images absurdes me viennent aussitôt en tête. Jesper Orre, P-DG de la boîte qui nous emploie toutes les deux, se débattant dans une camisole de force au sein d'une unité fermée. Jesper Orre, vêtu d'une combinaison rayée, comme l'un des frères Dalton, agrippé à d'épais barreaux de fer.

— Peut-être il a tué quelqu'un, murmure Olga, comme si elle avait peur d'être entendue, bien que la boutique soit vide.

Je croise son regard sans dire un mot, et le remords se lit aussitôt sur son visage.

— Pardon, ma puce. Bien sûr il a pas *tué* quelqu'un. Tout ce que je dis, c'est, des fois on croit on connaît les gens, mais on les connaît pas.

— C'est sans doute ça, lui dis-je.

Elle ne sait pas à quel point elle a raison.

— Tu vas faire quoi maintenant ? Le dénoncer à la police ?

Je me tortille sur place, referme le couvercle la caisse enregistreuse et fais sortir une langue de papier.

— Je veux lui parler d'abord.

— Tu vas essayer de le retrouver ?

Je hoche la tête et promène mon regard dans la boutique. Dans le coin où sont disposés les jeans, un petit groupe d'ados fait le pied de grue ; ils me dévisagent longuement et j'ai le pressentiment qu'ils vont voler des articles. Cela se remarque le plus souvent, en tout cas chez les petits jeunes qui ne savent pas encore garder leur sang-froid, et volent presque systématiquement en groupe, comme si le vol à l'étalage était un sport collectif.

— Je sais ce que tu dois faire, dit Olga en prenant un air enthousiaste et un peu vicieux. Tu dois te venger. Reprendre le pouvoir. Je suis forte pour ça – pour pas me laisser marcher sur les pieds, je veux dire. Je veux pas me raconter, mais c'est vrai.

— Te la raconter, tu veux dire.

Olga semble un peu déroutée.

— On dit se *la* raconter.

— Oui, on s'en fout. On fera l'orthographe un autre jour. Bouge-toi plutôt, et venge-toi de cette grosse ordure. Trouve où il habite et exige une réponse. Faut pas qu'il s'en tire. Montre-lui qui c'est qui décide !

Les garçons près du présentoir à jeans se dirigent vers la sortie. L'un d'entre eux porte un sac de sport d'un volume suspect. Olga les a bien vus elle aussi, mais ne semble pas avoir la motivation d'aller les appréhender.

— Donc tu penses que je dois me venger ?

Elle hoche la tête. Au même moment, un homme passe la porte et se dirige vers la caisse. Il semble déterminé, comme s'il savait exactement ce qu'il était venu chercher. C'est souvent le cas avec les hommes, passé un certain âge. Ils ne sont pas du genre à flâner dans la boutique pour examiner les nouveaux arrivages : ils viennent directement nous demander où sont les chaussettes, les chemises ou les caleçons. Ils en prennent ensuite cinq paquets de chaque, avant de passer à la caisse et de repartir illico.

— Bonjour ! Je peux vous aider ? demande Olga, fidèle au règlement, et elle lui lance un sourire mécanique tout en faisant faire un tour de plus à ses bracelets à paillettes.

— Je cherche Emma Bohman, dit l'homme, sans lui rendre son sourire.

— On peut s'asseoir ici ?

Son visage est inexpressif. Il a des cheveux d'un blond tirant sur le roux, coupés très court, et des joues rebondies malgré son corps fin, presque maigre. Il soulève sa sacoche, une serviette en cuir mouchetée de taches de gras, et en sort une liasse de papiers.

L'homme se présente comme Sven Ohlsson, directeur des ressources humaines de Clothes&More pour l'est de la Suède. À l'instant même où il prononce son nom, je comprends sans le moindre doute de quoi il est question.

— Cela fait trois ans que vous travaillez chez nous, Emma.

J'opine du chef, ne sachant pas s'il attend une réponse ou s'il fait un simple constat en lisant ses papiers à voix haute. Il sort une paire de lunettes à monture en corne, puis un petit mouchoir bleu avec lequel il nettoie consciencieusement ses verres, le tout dans un silence complet.

— Vous voulez un café ? lui demandé-je – surtout parce que je ne sais pas quoi dire d'autre.

— Volontiers, merci, répond-il sans lever les yeux.

Le tic-tac de l'horloge au coin de la pièce me semble soudain assourdissant, et l'odeur du café me prend irrépressiblement à la gorge. Je pose une tasse devant lui et me laisse choir sur la chaise qui lui fait face, submergée par un profond sentiment d'impuissance.

Je n'avais jamais sérieusement cru que ça pourrait se produire un jour : ces choses-là arrivent aux autres, pas à moi. J'ai toujours été irréprochable – sauf peut-être ces derniers temps, où les points rouges se sont accumulés comme de petites grappes de groseilles sur la fiche d'absence.

— Nous sommes confrontés à de sérieuses difficultés économiques, explique-t-il en chaussant ses lunettes.

Il croise mon regard pour la première fois. Ses yeux gris clair ne laissent transparaître aucune émotion. Il n'est qu'un brave bureaucrate, envoyé en mission de mise à mort par le dirigeant de l'entreprise. Lentement, il range son tissu bleu dans sa serviette avant de poursuivre :

— Les affaires vont mal. Nous allons devoir fermer deux de nos boutiques dans les mois à venir.

Je ne sais toujours pas quoi dire ; je me contente de hocher la tête. Il se tait. Je lui trouve tout d'un coup l'air fatigué – peut-être qu'il l'est vraiment. D'ailleurs, il est peut-être sympathique dans la vraie vie.

— Ah oui, les affaires vont mal ? hasardé-je, comme pour le relancer.

Il croise à nouveau mon regard, une fois encore sans la moindre trace d'émotion.

— Les affaires vont mal, oui. Je vous remercie, Emma, vous avez fait du bon travail chez nous, Björne Franzén me l'a assuré. Mais malheureusement, la direction a jugé indispensable de diminuer la masse salariale pour garantir notre survie à long terme.

— Je comprends.

— Ça n'est pas vous qui êtes en cause, Emma, ce sont les réalités économiques. Nous sommes contraints de les prendre en considération.

— D'accord, dis-je.

— C'est un enjeu économique.

— Je comprends. Ça n'a rien à voir avec…

Je fais un geste vers la fiche d'absence accrochée au mur. Les points d'un rouge criard ressortent avec insistance, comme autant de boutons d'acné sur une peau laiteuse.

Il sourit, pour la première fois depuis le début de notre entrevue. Son sourire est pâle, presque triste.

— Il n'est pas interdit d'être malade, ou de rester chez soi pour soigner ses enfants. Ce n'est pas un motif de licenciement : ça, ce ne sont que rumeurs et médisances. Vous savez bien ce que les médias peuvent colporter à notre sujet…

Il prend une petite gorgée de café, et je me surprends à souhaiter qu'il se brûle la langue. Mais ce souhait n'a aucune chance de se réaliser : le distributeur ne produit, au mieux, qu'un café tiède, depuis que Björne lui a mis un coup de pied un jour où il a perdu son calme.

L'homme fait lentement glisser la liasse de papiers vers moi du bout de l'index.

— Il nous faut maintenant évoquer les détails pratiques, Emma.

— C'était qui ? demande Mahnoor en voyant partir ce drôle de type aux cheveux roux et aux lunettes en corne, une espèce de Tintin vieillissant qui se serait échappé des pages de son album.

— Quelqu'un des RH. Où est Olga, d'ailleurs ?

Je n'ai aucune envie de m'étendre sur la conversation que je viens d'avoir, sur la liasse de papiers qui détaille les conditions de mon licenciement : rupture immédiate du contrat, versement de deux mois de salaire et renvoi de mon badge d'accès au siège de l'entreprise dans une enveloppe préaffranchie.

— Olga ? répète Mahnoor d'un air détaché.

— Oui, elle est où ?

Elle hausse les épaules.

— Aucune idée. Elle doit être en train de rechercher du maquillage ou des soutiens-gorge sur Google, comme une bonne petite esclave du patriarcat.

— Esclave du quoi ?

Mahnoor balaie ma question d'un geste de la main.

— Laisse tomber.

— La dernière fois que je l'ai vue, elle lisait un livre, figure-toi, répliqué-je.

Je venais effectivement de l'apercevoir à la table de la kitchenette avec un livre de poche à la main, juste après le départ du monsieur des ressources humaines.

Mahnoor hausse un sourcil parfaitement épilé.

— Sûrement un roman de gare qu'elle a dégoté au supermarché.

Son mépris à peine dissimulé me met mal à l'aise.

— Tu n'en sais rien, c'était peut-être un bon roman.

— Tu rigoles ? Elle serait incapable de reconnaître de la bonne littérature, même si on lui collait le livre sous le nez.

Mahnoor remet en place les barrettes et les bracelets suspendus à côté de la caisse. Elle ajuste quelques articles posés de travers avant de demander d'un ton neutre :

— Il voulait quoi, du coup, ce mec des RH ?

— Rien de spécial. Juste savoir comment ça se passait pour nous, depuis que Björne est en arrêt maladie.

— Et tu lui as dit quoi ?

— La vérité : qu'on s'en sort parfaitement bien sans lui.

Je suis assise dans la voiture d'Olga. La pluie crépite sur le toit et l'humidité s'infiltre jusque dans le petit habitacle. Je suis contrainte d'essuyer régulièrement la vitre pour voir ce qui se passe dehors.

Il est six heures et quelques ; ça fait un peu plus d'une heure que j'attends ici. Si je n'ai pas de chance, il ne viendra pas ce soir. Après tout, il est peut-être en voyage d'affaires, ou bien en réunion quelque part.

J'avale une gorgée d'eau minérale au vague goût de produit vaisselle, en repensant à l'homme roux de tout à l'heure. À ses lunettes ringardes et à sa serviette râpée. Personne ne pourrait deviner qu'il travaille pour une marque de prêt-à-porter.

Est-ce que ça aussi, c'était l'œuvre de Jesper ? Un rouage supplémentaire de son plan diabolique ? Il faut dire que ce serait un coup plutôt habile ; il aurait effectivement réussi à m'arracher une chose de plus qui comptait pour moi : mon travail. Je n'y avais pas songé jusqu'alors. Pourtant, je me lamentais sur mon sort, estimant qu'il m'avait déjà ravi tout ce qui m'était cher. Mais il pourrait me rester bien d'autres choses à perdre, des choses qui ne m'étaient jamais venues à l'esprit, des choses qui pour moi allaient de soi. Mon appartement ? Ma santé ?

*Ma vie ?*

L'idée me fait frémir.

Je songe à l'appartement de la rue Kapellgränd. Au tapis tissé dans l'entrée et aux chaises à barreaux rouges élégamment alignées le long du mur comme une armée au garde-à-vous. Et puis une image surgit dans mon esprit : Jesper, nu, étendu sur l'épais tapis de la chambre à coucher. Le tapis est décoré de fleurs jaunes qui encadrent sa silhouette ; on le croirait presque allongé dans un champ de tournesols. Son corps est détendu, son visage a la douceur d'un visage d'enfant. Sa bouche est entrouverte et sa poitrine se soulève doucement au rythme de sa respiration. Assise dans la voiture sous la pluie, je me retrouve propulsée dans l'appartement de la rue Kapellgränd, à contempler Jesper. À tenter de comprendre pourquoi l'homme, le garçon, *l'être humain* allongé là, avec son air si innocent, pourrait me vouloir autant de mal.

J'aperçois un homme qui traverse la rue en hâte, à quelques mètres de la voiture. Pour mieux le voir, j'essuie la buée sur la vitre d'un revers de main. Ça n'est pas Jesper. L'homme est trop petit, et blond de surcroît. Au pas de course, il disparaît dans l'obscurité en direction du centre commercial.

Si j'avais pu me voir de l'extérieur, comme je venais de voir Jesper en esprit devant moi, qu'aurais-je vu, alors ? Une cinglée qui épie son amant dans la nuit, jusque devant son bureau ? Est-ce que je suis en train de devenir complètement folle ?

Est-ce ce qu'il cherche, me faire perdre la raison ? L'offense suprême : pousser sa victime à la folie…

La nausée se fait à nouveau sentir, et je reprends une gorgée de cette eau minérale écœurante.

Si tout cela n'est qu'une mascarade, une pièce de théâtre qu'il a lui-même écrite et mise en scène, il doit savoir que je me trouve ici. Peut-être même a-t-il déjà préparé la prochaine étape. En me lançant à sa poursuite, est-ce que je découvrirai la vérité, ou seulement la portion de réalité qu'il veut bien m'autoriser à entrevoir ?

Les questions n'en finissent pas. Chaque conclusion en amène mille autres, comme si j'étais devant un miroir qui en reflète un autre et puis encore un autre, à l'infini. Je ne sais plus que penser, tout cela me donne le tournis. Et je n'ai pas encore commencé à songer aux autres problèmes qu'il me faudra régler : l'enfant, les factures, et puis mon boulot, que le roux des RH a fait disparaître d'un coup de baguette magique.

Peut-être qu'Olga a raison : je devrais me venger.

*Mais si c'était précisément ce qu'il attendait de moi ?*

Une sensation d'irréalité me submerge. J'ai l'impression d'être au beau milieu d'un film, persuadée d'être maîtresse de mes propres actes, alors même que c'est un autre qui, depuis longtemps, pilote mes moindres faits et gestes. Comme si j'étais en chute libre, dans une totale perte de contrôle de ma propre vie. Et puis je regarde la bague qui brille à mon doigt. Elle au moins est authentique : elle est là pour me rappeler que non, je ne suis pas folle.

C'est alors que je l'aperçois.

Il avance sous la pluie, voûté, son manteau flottant derrière lui telle une voile déchirée, comme la dernière fois. Ses pas respirent la vigueur et la détermination. J'ai l'envie instinctive de sortir d'un bond de la voiture, de courir le rattraper pour lui dire ses quatre vérités, lui demander à quoi il joue, mais quelque chose m'arrête. Je veux savoir ce qu'il cache, découvrir où il vit.

Je veux en savoir plus avant de me dévoiler à lui.

Quelques minutes plus tard, le grand SUV noir sort du parking. Je démarre la voiture et le suis, en prenant soin de ne pas le coller de trop près. Peu habituée à conduire avec une boîte manuelle, je cale à un feu rouge sur deux. En jurant, je remets les gaz en catastrophe, terrifiée à l'idée de le perdre de vue maintenant que je l'ai enfin dans le collimateur.

Vers Roslagstull, la circulation s'est sensiblement densifiée. Je me place juste derrière Jesper, au milieu d'une marée de véhicules qui rentrent du travail. Jesper emprunte l'E18 en direction du nord, puis prend la sortie vers Djursholm avant de ralentir. Je l'imite, et laisse grandir la distance entre nos véhicules. Pas d'autre voiture à l'horizon, ni devant ni derrière. Nous passons devant des pavillons cossus flanqués de jardins éclairés aux allures de parcs. Un petit centre-ville défile sur notre gauche. Un supermarché Coop, une librairie, une placette plantée de quelques arbres dénudés. Et cette étrange sensation me revient : celle d'être dans un film, à évoluer au milieu de décors en carton-pâte, vers une forme de résolution. Mais le genre de ce film, je l'ignore encore. Un drame, un polar ? Une tragédie ?

Nous débouchons près du rivage. L'eau s'étend devant moi dans la nuit, noire et lisse comme une pièce de soie. Jesper bifurque vers la droite, je le suis. Ma curiosité se réveille, et l'impression de m'approcher de la conclusion va croissant. Nous longeons la rive pendant un moment. Ici, les pavillons sont encore plus grands, ils ont l'air de petits châteaux : je me demande s'il y vit vraiment des gens normaux, ou si ces bâtisses n'abritent pas plutôt des entreprises ou des ambassades.

Je ne me rends pas compte que Jesper a ralenti son allure, et je manque d'entrer en collision avec sa grosse cylindrée. Il tourne à droite dans une petite rue, et j'attends quelques secondes avant de l'imiter. La rue est bordée de haies au feuillage persistant, de buis, d'ifs et de thuyas. Des amas de feuilles mouillées s'accumulent sur l'étroit trottoir. Ici, les habitations sont plus modestes, elles pourraient tout à fait figurer dans un magazine déco et art de vivre comme *Vi i Villa*. J'éteins les phares et continue à rouler au pas derrière lui. Je ne le lâche pas d'une semelle alors qu'il tourne à nouveau. Notre petit jeu commencerait presque à m'amuser. C'est la première fois que je prends quelqu'un en chasse.

Il s'arrête devant une maison blanche au style épuré. Une lumière chaude se déverse par les fenêtres, peignant en teintes dorées la pelouse tapissée de feuilles d'automne encore humides. Je coupe le moteur. J'attends. Je le regarde saisir sa serviette noire, marcher jusqu'au portail en fer forgé et lever le bras pour en tourner la poignée. Mais il se ravise, recule d'un pas et fait quelques mètres vers moi, sur le trottoir.

Jc suis d'abord affolée à l'idée qu'il me découvre, mais je comprends bien vite où il va.

Près de la barrière sont entreposées des piles humides de bois de construction. L'une d'entre elles est recouverte d'une bâche verte. Enjambant quelques planches, Jesper se dirige vers une construction presque terminée, un garage peut-être, à droite du portail. Le lambris extérieur reste encore à peindre, et une bâche en plastique flotte au vent dans l'encadrement de la future porte. Il s'accroupit, inspecte quelque chose sur la façade. Puis il se lève, fait demi-tour et repart vers la maison.

Devant ce petit bâtiment qui se dessine dans la pénombre, une pensée s'impose à moi : suis-je en train de contempler mes économies envolées ? Tout l'argent que j'avais de côté se serait-il métamorphosé en un garage destiné à abriter sa grosse voiture noire ?

Il est désormais à la porte d'entrée. Quand je le vois sonner au lieu d'ouvrir simplement la porte, je suis prise d'un doute : habite-t-il réellement ici, ou y serait-il simplement invité ? Je le vois alors sortir une clé et l'insérer dans la serrure – et au même moment, la porte s'ouvre de l'intérieur, et une femme apparaît dans l'embrasure de la porte. Elle est brune, grande, belle, je le vois clairement malgré la distance. Elle a ce rayonnement, cette confiance en elle propres aux belles femmes – comme si sa valeur même se manifestait à travers la posture de son corps.

Elle se penche en avant et Jesper lui donne un baiser. Pas une petite bise sur la joue, qu'on réserve aux amis ou aux membres de la famille, mais un long baiser intime.

Et puis je ne vois plus rien. La maison s'efface et disparaît, la pluie qui tambourinait sur le toit de la voiture se tait. Tout est plongé dans une obscurité et un silence miséricordieux.

Je cours à perdre haleine dans la nuit noire. J'entends quelqu'un crier – un hurlement déchirant, interminable. Il me faut plusieurs secondes pour m'apercevoir que la personne qui crie n'est autre que moi. Les branches me fouettent le visage, de l'eau glacée coule le long de ma nuque. Surgie de nulle part, une chaise de jardin se dresse soudain devant moi. Je fais un bond de côté, mais heurte tout de même la chaise qui tombe avec fracas. J'accélère, je me sens comme un animal traqué. Je ne me rappelle plus ce que je fais là dans le noir – tout ce que je sais, c'est que je dois sauver ma peau. M'enfuir, échapper à quelque chose d'atroce qui menace mon existence entière.

Mes bottines s'enfoncent dans la boue, je glisse puis retrouve l'équilibre et reprends ma course, les bras tendus devant moi comme une aveugle.

Une barrière surgit dans l'ombre – elle n'est pas très haute, à peine plus d'un mètre. Sans réfléchir, je l'escalade en m'agrippant au rebord. Mais je sens immédiatement que mon manteau s'y est accroché. Je chute la tête la première et heurte violemment le sol sur le flanc. La douleur est indescriptible, j'ai le souffle coupé, ma pensée s'obscurcit et un voile noir me tombe devant les yeux.

Quelque chose m'effleure la joue. J'ouvre les yeux et tente de réfléchir. Me souvenir.

Il fait sombre. Je suis allongée sur le sol dans un jardin, devant un pavillon. À quelques mètres de moi, un bac à sable. Seaux, pelles et petits camions jaunes sont répandus sur le sable et sur l'herbe, comme autant de girolles tapissant un sous-bois.

Combien de temps suis-je restée dans cette position ? Je tente de me relever, mais m'arrête à mi-chemin. Mon ventre se contacte en une crampe violente. Je me plie en deux, me roule en boule, mais la douleur refuse de se dissiper. Je jette un rapide coup d'œil à mon poignet gauche – ma montre indique un peu plus de neuf heures ; j'ai dû rester inconsciente pendant une heure.

Je me relève en tremblant. Accroupie, je me passe les mains sur le visage à tâtons, j'essuie la boue et les brindilles qui recouvraient mes joues. J'essaie de comprendre.

Lentement, mais implacablement, les souvenirs me reviennent. Je suis à Djursholm, près de la maison de Jesper Orre – qu'il partage, semble-t-il, avec une belle femme brune. Sa trahison dépasse de loin tout ce que j'aurais pu imaginer. J'ai été roulée, abusée, et plutôt deux fois qu'une. Spoliée de mon argent comme de mon amour. Et comble de l'ignominie, par l'homme que j'idolâtrais.

Jesper voit donc une autre femme – et c'était certainement déjà le cas quand nous nous fréquentions. Voilà pourquoi, évidemment, il refusait d'officialiser notre relation. Pourquoi il était si important que nos rendez-vous n'aient lieu que dans le petit appartement de Kapellgränd ou chez moi.

Mais ça ne colle toujours pas… S'il n'avait voulu qu'une aventure, une histoire de cul, il n'aurait pas souhaité se fiancer ! Pourquoi s'en être pris à mon chat, à mon argent, à mon tableau ? Et pourquoi m'avoir fait renvoyer ?

Il y a autre chose qui me taraude. Les paroles d'Olga me reviennent :

*Ton mec, il est psychopathe.*

Veut-il m'humilier ? M'anéantir ? Est-ce que cela faisait aussi partie du plan, que je le voie filer le parfait amour avec sa compagne ?

Je découvre une ouverture dans la barrière et m'y faufile. C'est une chance, car je ne sais pas si j'aurais réussi à l'escalader une nouvelle fois. La douleur au ventre me force à m'accroupir et à traverser le terrain suivant pliée en deux. Dans l'obscurité devant moi, je vois la chaise de jardin renversée, et comprends que je suis sur la bonne voie.

Au moment où je vais déboucher sur la rue, je passe devant une maison un peu décatie en bois jaune. À travers un pan de fenêtre, j'aperçois une femme et deux enfants qui regardent la télévision, installés sur un canapé. Ils mangent du pop-corn, ont l'air heureux. Heureux et épanouis.

Contrairement à moi.

La portière de la voiture est ouverte, et les clés sont toujours sur le contact. Je m'effondre sur le siège conducteur et claque la portière derrière moi. Le reflet de mon visage crasseux, boursouflé, me terrifie. J'ai l'air d'une folle. Une folle dangereuse. Je m'essuie le visage avec mon écharpe, ce qui ne fait qu'étaler la boue un peu plus.

Je démarre et retourne lentement vers la ville. J'évite les coups de frein ou les accélérations trop brusques, de peur de faire empirer mes douleurs abdominales. Une fois la voiture garée, alors que je marche vers mon entrée, sous la pluie, je prie le ciel de ne pas croiser un voisin : je n'ai pas la force d'inventer une explication à mon apparence épouvantable. Par chance, il ne vient personne. L'odeur poussiéreuse et renfermée qui règne dans l'immeuble n'a pas changé. La cage d'escalier est baignée dans l'obscurité et le silence. L'immeuble aurait aussi bien pu être inhabité – une maison hantée.

L'ascenseur s'arrête en grinçant au cinquième étage et je sors sur le palier. J'ouvre ma porte et entre dans la chaleur de mon appartement. Je tâtonne pour défaire les boutons de mon manteau, je l'ôte non sans mal et le laisse tomber au sol. Par habitude, je cherche Sigge du regard avant de me souvenir qu'il n'est plus là. J'enlève mes bottines et me précipite dans la salle de bains. Mon jean est trempé et boueux, mais autre chose retient mon regard lorsque je l'enlève. Une large tache à l'entre-jambe. Je me penche pour mieux voir, mais j'ai déjà compris ce qui s'est passé.

C'est du sang.

Je viens de perdre l'enfant.

## PETER

L'enquête a pris un tournant radical, changeant de perspective du jour au lendemain, comme cela arrive parfois dans notre travail. Le rapport du labo confirmant un lien entre la machette et le meurtre chez Jesper Orre comme celui de Miguel Calderón a fait l'effet d'une bombe au commissariat central. Si l'activité n'a rien perdu de sa frénésie, le harassement généralisé s'est quelque peu estompé pour laisser place à l'attente. Le grand panneau d'affichage qui trône dans la pièce où nous nous réunissons, tapissé de photographies prises chez Orre, de plans et d'images de ses collègues et fréquentations, s'est vu compléter d'un second panneau, recouvert de documents similaires en rapport avec l'ancienne affaire.

Sanchez a manifestement passé la moitié de la nuit à potasser l'affaire Calderón, et est déjà en train de traquer des points de convergence entre Calderón et Orre. Je présume que la tâche sera difficile : en apparence, les deux hommes menaient des vies radicalement différentes, et semblent ne s'être jamais rencontrés.

Calderón avait vingt-cinq ans lorsqu'on a découvert son corps, en septembre, dix ans auparavant, dans le studio qu'il sous-louait dans le quartier de Södermalm, à Stockholm. Il avait exercé toutes sortes de boulots – cuisinier, assistant personnel, livreur de journaux ou aide-soignant remplaçant. Durant son temps libre, il pratiquait le karaté et jouait de la basse dans un groupe de jazz. Il n'avait pas de petite amie, et sa sœur avait laissé entendre qu'il était vraisemblablement homosexuel. Cinq ans avant son meurtre, il avait été jugé pour agression et pour vol, mais, selon l'enquête préliminaire, il n'était lié à aucune activité criminelle au moment de sa mort. Aucun signe non plus qu'il ait pu fréquenter les mêmes lieux huppés qu'Orre – l'île de Sandhamn, Verbier, Marbella ou les boîtes de nuit autour de Stureplan.

Orre étant toujours porté disparu, tout semble le désigner comme le meurtrier de cette femme – et, par conséquent, comme celui de Calderón. Mais quelques culottes volées et une conduite répréhensible sur son lieu de travail sont loin de constituer un faisceau de preuves suffisantes. Il nous faut trouver un lien entre les deux hommes. Et s'il y en a un, nous le trouverons – dussions-nous cartographier chaque centimètre carré de leurs malheureuses vies.

Je sens alors un sentiment familier de tristesse et d'abattement m'envahir. Ce genre d'enquêtes criminelles qui patinent ne m'amuse plus. Si quelqu'un m'avait posé la question dix ans plus tôt, j'aurais peut-être répondu qu'il n'y avait pas plus motivant et passionnant à se mettre sous la dent pour un enquêteur de talent. Aujourd'hui, je ne ressens qu'une lassitude anesthésiante. J'ai surtout envie de m'acheter un pack de bières, de rentrer chez moi et de me poser dans le canapé devant un match. Je crois que personne, en dehors de la profession, ne se représente la somme de travail à abattre pour tout savoir de la vie d'une personne. Les centaines d'heures à faire passer des interrogatoires, à se plonger dans d'innombrables registres et à décortiquer de la paperasse, avant de voir l'image s'éclaircir et les éléments essentiels commencer à apparaître.

Et puis il y a Hanne.

Dans un sens, c'est sans doute une bonne chose que nous ayons pu nous expliquer – même si, à vrai dire, je n'ai pas beaucoup parlé. Mais à la suite de cette conversation, quelque chose a changé entre nous. Je le ressens clairement, même si je ne saurais pas mettre exactement le doigt dessus. Comme une note profonde, vibrante, qui résonne en permanence lorsqu'elle est avec moi – comme un acouphène. Et je serais bien incapable de m'en débarrasser.

Je me surprends parfois à l'observer, assise à son bureau, avec son pull qui bouloche et ses cheveux grisonnants attachés en une queue-de-cheval désordonnée. Peut-être mes pensées s'envolent-elles aussi vers ce lieu défendu où nous serions à nouveau ensemble. Hier, en posant la main sur son avant-bras, je n'ai pu m'empêcher de penser qu'elle était la plus belle femme que j'aie jamais rencontrée. Et peut-être la seulc à qui je mc sois réellement confié.

Je ne saurais dire pourquoi il m'est si difficile de parler de choses qui comptent avec les autres, à plus forte raison avec les femmes. Peut-être est-ce parce que je n'ose pas m'ouvrir – comme Janet ne cessait de me le reprocher. Ou bien est-ce simplement que je n'ai pas grand-chose à dire – que tout bien considéré, je suis un type plutôt inintéressant.

Avec Hanne pourtant, nous avions toujours des sujets de conversation – à l'époque où nous étions ensemble, j'entends. Nous pouvions rester des heures au lit à parler de politique ou d'amour, ou à disserter sur de petites choses sans importance – pourquoi la trancheuse à fromage n'existe qu'en Suède, ou d'où vient l'expression « mi-figue mi-raisin »… Parfois, elle me parlait du Groenland, des Inuits qui y avaient vécu des milliers d'années durant, en parfaite harmonie avec la nature. De son rêve d'y aller un jour, de faire du kayak entre les icebergs et de chasser le phoque.

Apparemment, il n'existait pas chez les Inuits de cérémonie de mariage officielle : on mettait en commun ses baluchons, et c'était réglé. Nous disions souvent pour plaisanter que d'un point de vue inuit, nous pouvions nous considérer comme mariés.

Je me souviens que je la trouvais pleine d'une joie de vivre contagieuse, et même étonnamment facétieuse pour une femme de son âge.

Dix ans de plus que moi.

Cela ne m'avait jamais dérangé, même si elle n'avait pas l'air de me croire quand je le lui disais. Elle répétait que je devais bien réfléchir, que nous ne pourrions jamais avoir d'enfants ensemble et qu'elle serait âgée bien avant moi. Est-ce que je souhaitais vraiment avoir une vieille bique pour compagne ?

Oui, je le souhaitais. Je le lui avais dit.

Et malgré cela, je n'ai pas pu joindre l'acte à la parole. Malgré cela, je l'ai laissée attendre en vain sur le trottoir, ce soir-là. J'étais assis sur mon lit, comme paralysé, les clés de voiture à la main et une bouteille de vodka coincée entre les genoux. Paniqué, baigné de sueurs froides et incapable de faire le moindre geste. Et quand elle m'a appelé je n'ai pas pu répondre. Je n'ai pas eu le courage de décrocher ce foutu téléphone et de lui dire la vérité. Que je n'étais pas prêt à m'engager.

*Pas prêt à s'engager.*

Quelle expression à la con, quand on y pense. Une excuse absolument pathétique qui m'évitait de parler de ça, de cette chose qui bouillonnait en moi, me brûlait, me déchirait les entrailles. De ce monstre, cette terreur innommable.

La peur. J'avais tout simplement *peur*.

Si seulement j'avais su le dire. Avec des mots simples, sans fioritures : expliquer ce qui me rongeait.

Ma vie aurait peut-être eu un tout autre visage aujourd'hui.

Manfred s'approche de mon bureau et fait une grimace.

— T'as vraiment une sale gueule aujourd'hui, Lindgren.

— Merci du compliment. Et toi, tu es prêt pour la chasse à courre, à ce que je vois ?

Il ricane en ajustant son veston à carreaux. Comme à son habitude, il est impeccablement vêtu. Dans son costume trois pièces en tweed à la pochette agrémentée d'un mouchoir en soie, c'est un anachronisme vivant qui se promène au troisième étage du commissariat central.

— On fait de son mieux.

— Du nouveau ?

— On a eu pas mal d'appels à la suite de la diffusion du portrait-robot de la femme. Le groupe de Bergdahl nous aide à passer toutes ces pistes-là en revue. Mais toujours aucune trace d'Orre. Ah si, autre chose. Un type a appelé, un vitrier qui travaille dans le centre de Mörby. Il nous a dit avoir changé une vitre dans la cave d'Orre il n'y a pas très longtemps. Orre lui avait expliqué qu'il y avait eu une effraction chez lui, mais que rien n'avait été volé. Ce qui expliquerait qu'il ne nous l'ait pas signalé.

— Essayons d'en savoir un peu plus là-dessus. Dis à Sanchez d'aller interroger ce type.

— Ah, mais bon sang, qu'est-ce qu'on ferait sans Sanchez ?

Manfred finit sa phrase en chantant le nom de notre collègue avec un puissant vibrato de ténor, tout en levant le bras droit d'un air théâtral.

Depuis son bureau, Sanchez lance un regard caustique dans notre direction, mais s'abstient de rétorquer.

Je quitte le commissariat vers vingt heures. Il y a des limites aux heures supplémentaires que je suis prêt à faire, même si nous sommes sur une enquête cruciale. De toute manière, personne ne donne de lauriers à un flic qui met sa vie privée entre parenthèses.

En me garant devant mon immeuble, j'ai la sensation étrange que quelque chose cloche. Les lumières sont allumées dans la cage d'escalier et la porte d'entrée est entrouverte, signe que quelqu'un l'a mal refermée derrière lui. Je récupère la pizza que j'ai achetée en chemin, entre dans le hall et commence à gravir les marches.

C'est un immeuble des années cinquante, aux murs d'un vert pistache criard et aux sols mouchetés – on dirait que de petites pierres noires et blanches ont été semées au hasard sur le ciment. Chaque palier compte quatre portes en bois plaqué et le vide-ordures réglementaire. Mon appartement est au dernier étage, ce qui me paraissait un avantage jusqu'au jour où je me suis cassé le pied, il y a trois ans, m'obligeant à monter les marches une par une en sautillant sur mes béquilles.

En arrivant en haut de l'escalier, je découvre Albin, assis devant ma porte, son skate-board à la main. Il porte un sweat à capuche beaucoup trop fin pour la saison et un jean qui pend sur ses hanches, et traîne avec lui un vieux sac en plastique de chez Coop. Ses fins cheveux blonds lui tombent dans les yeux et ses oreilles légèrement décollées – héritées de Janet – dépassent entre les mèches.

— Salut, fait-il.

— Salut ! Qu'est-ce que tu fais là ?

— Me suis engueulé avec maman. Je peux crécher chez toi ?

Sa question me désarçonne. Albin n'a jamais dormi chez moi de sa vie.

— Je ne sais pas… C'est peut-être mieux qu'on appelle ta mère, réponds-je en sortant les clés de ma poche.

J'entrouvre la porte et aperçois le tas de vêtements sales qui jonche le sol de l'entrée, des caleçons et des tee-shirts que j'avais prévu de laver ce soir. Je referme la porte aussi sec.

— Tu me laisses pas entrer ?

Albin se lève et croise mon regard. Il semble troublé et un peu inquiet. Il n'est pas sûr de pouvoir faire confiance à son propre père – sans doute à raison.

— Si, bien sûr ! C'est juste que… c'est un peu le bazar.

— Qu'est-ce que ça peut me faire ?

— C'est vrai, tu as raison.

Je rouvre la porte et nous entrons tous les deux. La silhouette fluette d'Albin glisse devant moi comme une ombre jusqu'au salon, et il s'affale dans le canapé.

— Tu sais, lui dis-je, je suis content de te voir, mais… je ne sais pas si c'est une très bonne idée que tu dormes ici.

— Pourquoi pas ?

— Parce que…

— Oui, quoi ?

— Je n'ai pas de lit pour toi.

— Je peux dormir ici, répond Albin en tapotant le dossier du canapé.

Joignant le geste à la parole, il s'y allonge, se débarrasse de ses baskets et pose les pieds sur l'accoudoir. Je constate qu'il est particulièrement maigre, et hésite à lui demander s'il mange bien comme il faut. C'est bien ce qu'on est censé dire à ses enfants, n'est-ce pas ?

— Je dois me lever tôt demain matin, ça ne m'arrange pas trop, lui dis-je à la place.

— Ça fait rien, tu pourras me laisser dormir. Maman, elle tape sa crise, ça me saoule de rentrer.

— Et puis je dois travailler ce soir.

— Je te dérangerai pas.

Je fais les cent pas dans la pièce, sans savoir où me mettre. Je finis par poser la pizza sur la table basse.

— Et Janet ? Elle sait que tu es là ?

Albin se passe la main sur les yeux, comme si toutes ces questions l'épuisaient.

— Non.

— Attends, elle doit être morte d'inquiétude. Je vais l'appeler.

Janet débarque une heure plus tard. Elle est particulièrement loquace, il y a longtemps que je ne l'avais vue d'aussi bonne humeur. Elle ne tarit pas d'éloges sur la nouvelle formation de styliste ongulaire qu'elle est en train de suivre, et me montre ses nouveaux ongles, interminables et rose pétant. Je lui dis qu'ils sont magnifiques, même si je n'en pense pas un mot.

Janet et Albin parlent un moment à voix basse. Elle le serre ensuite fort dans ses bras : j'en déduis qu'ils se sont réconciliés.

Ça n'était pas difficile de la convaincre de venir ici. Tout ce que j'ai eu à faire était de lui expliquer que je n'avais pas de place pour Albin, pas ce soir. Elle n'a eu l'air ni étonnée ni agacée au téléphone. Pourquoi l'aurait-elle été, d'ailleurs ? Je n'ai jamais eu de place pour Albin dans ma vie.

Debout à la fenêtre, je les regarde s'éloigner vers la petite Golf rouge de Janet. Juste avant de s'y installer, Albin s'interrompt dans son mouvement, se retourne et me regarde. Sans vraiment comprendre pourquoi, je recule d'un pas pour me placer derrière le rideau. Je ferme fort les yeux, jusqu'à ce que j'entende la voiture démarrer et partir.

Parfois, quand Albin était plus petit, je caressais l'ambition de faire des choses avec lui. L'amener au parc d'attractions de Gröna Lund, ou, mieux, à un match de foot. Mais dès que j'essayais de nous imaginer tous les deux, ma gorge se serrait. Comment devais-je me comporter en sa présence ? Je n'en avais aucune idée.

Je m'étais convaincu qu'il valait mieux attendre qu'il ait grandi, qu'il comprenne un peu plus de choses. Les adultes, au moins, je sais comment leur parler.

Mais plus les années passaient et plus cela devenait compliqué. Comment fait-on pour fréquenter sur le tard un fils qu'on ne connaît absolument pas ? Qu'est-ce que je pouvais bien raconter à un étranger qui était pourtant le fruit de mes entrailles, et qui me détestait peut-être de n'avoir jamais été là pour lui ? Même le foot ne paraissait plus une option sérieuse. Est-ce qu'on se poserait devant le match avec une bière, dans une espèce de camaraderie forcée, à faire semblant d'être potes ? Est-ce que j'étais censé fondre en larmes, lui expliquer entre deux sanglots pourquoi je n'avais jamais voulu lui faire une place dans ma vie ?

Et ce match de foot, je ne le lui ai jamais proposé, bien entendu.

Le lendemain matin, je me rends avec Manfred chez Jesper Orre. Le cordon de sécurité est toujours en place. Les rubans volettent et bruissent au rythme des bourrasques, tandis que nous parcourons la courte distance qui sépare le portail de la porte d'entrée. Manfred farfouille parmi les clés fournies par la police scientifique, ouvre la porte et allume la lumière.

Tout le sang a disparu, et la pièce a désormais l'air d'une entrée ordinaire. Ce n'est qu'en l'inspectant avec minutie qu'on devine de légères traces brun rouille sur les joints du sol reliant les dalles en pierre, ou entre les plinthes et le mur. La mort a tendance à se cramponner, me dis-je. Comme si elle refusait d'abandonner les lieux qu'elle a visités. Elle s'infiltre dans le sol et dans les murs, et laisse derrière elle une odeur distincte de déclin qu'aucun nettoyage ne saurait faire partir. Après un drame de ce genre, la plupart des gens préfèrent repeindre ou même rénover entièrement leur maison.

— Qu'est-ce qu'on cherche ? demandé-je.

— J'en sais rien. Tout ce qui aurait pu échapper à la police scientifique.

Méthodiquement, nous commençons à passer la maison au crible. Nous allons de pièce en pièce, prenons des photos, fouillons parmi les vêtements, la vaisselle, les vieux médicaments. Les clichés que nous prenons serviront surtout à nous rafraîchir la mémoire – les photos officielles de la scène de crime ont déjà été réalisées par la police scientifique.

La maison est bien agencée, parfaitement propre, à la limite de la stérilité, et ne contient que peu d'effets personnels. La seule photographie que nous trouvons – Orre entouré de femmes sur une plage – est posée sur une étagère du salon.

Manfred fait un signe de tête vers la photo.

— Elle est déjà dans leur rapport. Pas besoin de la photographier.

— Pourquoi le verre est-il cassé ? demandé-je en passant un doigt sur un gros fragment coupant encore fiché dans le cadre.

Manfred hausse les épaules.

— J'en sais trop rien.

— Peut-être que l'une des femmes de la photo est la victime.

— Peut-être. Impossible de le savoir de toute manière, la photo est trop floue.

Comme toujours lors des perquisitions, je me sens étrangement mal à l'aise – comme un intrus. Fouiller dans les vieux sous-vêtements, les tiroirs ou le frigidaire d'un autre a quelque chose qui me rebute, me donne l'impression d'être un vautour, bien que je sache pertinemment que c'est une étape indispensable.

Manfred passe en revue la bibliothèque ; elle contient peu de livres, mais quelques bibelots et une grande quantité de magazines économiques. En soulevant un tas de livres, quelque chose attire son attention.

— Lindgren, regarde ce que j'ai trouvé derrière les bouquins !

Je le rejoins. Il a un DVD à la main. Sur la jaquette, la photo d'une femme allongée sur le dos dans un parking, nue et ligotée, les jambes écartées. À côté d'elle, dos au photographe, se tient un homme armé d'un fouet.

— Merde alors…

— J'avais bien dit qu'il était pas net, marmonne Manfred.

— Tu comptes rapporter ça chez toi ?

Il me regarde avec un sourire en coin.

— Non, sérieusement. Afsaneh m'arracherait les couilles si elle trouvait ça dans mes affaires. Tu ne peux pas le prendre, toi ? Tu as l'air d'avoir besoin d'un peu de distraction.

— Mais bien sûr. Du porno sadomaso, rien de mieux pour me remonter le moral.

Nous reposons le DVD et passons à la cuisine. Les placards noirs laqués et les plans de travail en inox me font penser aux salles d'autopsie de l'Institut médico-légal.

Même l'évier, avec son mitigeur à douchette réglable, respire l'hôpital.

— Pas très cosy, commente Manfred en fronçant le nez.

J'acquiesce, tout en me félicitant qu'il n'ait jamais mis les pieds dans mon appartement, malgré nos longues années de travail en commun : il trouverait probablement mon intérieur plus qu'indigent. Manfred et Afsaneh vivent dans un appartement 1900, avec des poêles en faïence et des tableaux aux murs. Il y a des rideaux, des coussins, des tapis colorés, des livres, et toutes ces babioles dont je n'ai jamais pris la peine de me préoccuper. Plats à tarte, biberons, sorbetières ou extracteurs de jus s'entassent dans les placards de leur cuisine. Et les invitations à divers événements qui trônent sur le miroir de l'entrée affichent avec ostentation à quel point ils sont appréciés.

— On descend dans la cave ? lance Manfred, en retournant vers l'entrée avant même d'attendre ma réponse.

Je lui emboîte le pas dans l'escalier, qui grince sous notre poids.

Un léger parfum de moisissure et de lessive, le bourdonnement de la chaudière… Je suis tout d'un coup pris d'un vertige, et ressens le besoin de m'asseoir. Mais je me force à le surmonter, et suis sagement Manfred dans la buanderie. Il allume la lumière, ouvre les placards. À côté de draps et de serviettes soigneusement pliés se trouve le panier de sous-vêtements féminins que la police scientifique a trouvé au fond d'un placard. Manfred en vide consciencieusement le contenu sur le banc qui jouxte la machine à laver. Un amas de dentelle noire, de soie rouge, de roses et de strass. Tous les trophées de chasse d'Orre.

— Vise un peu ça, lance Manfred en exhibant une minuscule culotte ornée de perles cousues à l'entrejambe. Ça a l'air vachement inconfortable. Elles sont censées se mettre ce… collier de perles… *dans le cul* ? Entre les fesses, quoi ?

Je ne réponds pas. La seule chose qui me vient à l'esprit, c'est que je n'ai jamais vu Hanne dans ce genre de dessous – et ça ne risque pas d'arriver, d'ailleurs.

Nous rangeons les sous-vêtements et poursuivons avec les paniers en osier contenant le linge sale de Jesper. Des chemises et des caleçons blancs, tous identiques, se mêlent à des serviettes et à des vêtements de sport. Je pêche un jean usé et le lève devant moi. Il semble être à la taille d'Orre et ne présente aucune tache ou déchirure qui aurait pu trahir une activité suspecte. Alors que je m'apprête à le reposer, je sens quelque chose dans la poche arrière. Une légère protubérance, comme si on y avait oublié un billet de banque ou un ticket de caisse.

J'en sors un papier manuscrit, que je déplie. C'est une demi-feuille A4, où se trouve un mot à l'écriture ronde, légèrement inclinée – presque enfantine.

*Jesper,*

*Je t'écris car j'estime que tu me dois des explications. Je sais qu'on peut arrêter d'aimer quelqu'un, je le comprends tout à fait. Mais me laisser tomber le soir de nos fiançailles, sans la moindre explication, tu ne peux pas me faire ça. Et faire ensuite comme si je n'existais pas chaque fois que j'essaie de te joindre, comment tu crois que je le vis ? Si ton intention était de me faire souffrir, tu as vraiment réussi ton coup.*

*Mais ce que tu ne sais pas, c'est que j'attends un enfant de toi. Et quels que soient tes sentiments pour moi, il faut qu'on parle de cet enfant. Je n'attends pas de toi que tu assumes un rôle de père, je veux seulement qu'on puisse discuter de la situation. Je trouve que tu me dois au moins ça.*

*Emma*

## EMMA

*Un mois plus tôt*

Je suis dans mon lit, le bas-ventre endolori, et je pense à La Vis. Au jour où Elin nous a surpris.

Nous étions dans la remise attenante à la salle de menuiserie.

— Est-ce que tu as déjà eu la sensation que rien n'est vraiment réel ? Comme si ta vie était un film ? demandai-je à La Vis.

— C'est bizarre, comme question. Qu'est-ce que tu veux dire ?

Il replaça le marteau à son crochet sur le mur. La salle était vide. Il était onze heures et demie ; tous les élèves de la classe devaient être à la cantine ou dans la cour.

— Je veux dire que des fois, la vie paraît comme… irréelle. Ça ne te fait jamais ça ?

— Non.

Il me lança un long regard scrutateur.

— C'est peut-être parce que tu viens de perdre ton père, reprit-il sur un ton plus doux.

Je ne répondis pas. Je ne voulais pas penser à mon père. Ni à cet homme qui était venu le chercher ni à ma mère qui dormait dans la salle de bains depuis que c'était arrivé.

La Vis prit le balai et se mit à déblayer le sol en silence. Son trousseau de clés tintait légèrement chaque fois qu'il se penchait. Je fis un pas en arrière pour me placer dos au mur, en essayant de prendre le moins de place possible. Je sentais le béton froid contre mes omoplates. Puis il reposa le balai contre le mur, s'adossa à l'établi, me regarda et haussa légèrement les épaules.

— Ça va aller mieux.

— Comment tu le sais ? Tout le monde dit ça, mais comment ils peuvent savoir ?

La Vis épousseta la sciure de bois de son jean.

— Moi, je le sais. Mon père est mort quand j'avais ton âge. Dans son pays, il avait survécu à la dictature, mais c'est quand on est arrivés en Suède qu'il a fait une crise cardiaque. C'est con, hein ?

Je ne savais pas quoi répondre.

— Je croyais que j'étais fort, poursuivit-il. Que je serais capable de gérer tout ça. Mais j'ai complètement merdé. J'aurais bien aimé avoir quelqu'un à qui parler à ce moment-là. Quelqu'un qui m'écoute et me comprenne.

— Qu'est-ce qui s'est passé ?

La Vis regarda ses mains, qu'il tenait tendues devant lui comme s'il voulait vérifier leur propreté. Sur un pouce, il s'était fait une vilaine coupure qui commençait à cicatriser. Un pansement sale était enroulé autour de l'auriculaire de son autre main.

— J'ai fait des conneries.

— Comment ça ?

— Je traînais avec les mauvaises personnes. Et ça a failli foutre tout mon avenir en l'air. Ça a pris du temps avant que j'arrive à… guérir les blessures que j'ai causées à l'époque.

— Tu as blessé quelqu'un ?

Il eut un petit rire, comme si j'avais dit une bêtise. Puis passa la main dans ses cheveux noirs.

— Oui, une seule personne : moi. Mais toi, ça ne t'arrivera pas, Emma. Tu es… une fille bien. Tu comprends ? Tu vis dans un bon quartier, tu as une famille et des amis pour qui tu comptes. Tu t'en sortiras sans problème.

Une vague de déception me submergea. Je ne voulais pas être une fille bien. Je voulais être autre chose – plus signifiante, plus importante, plus dangereuse que ça peut-être. Je voulais compter, tout simplement. Que ce soit comme la première fois, dans la remise. Mon nom dans sa bouche, ses mains sur ma peau nue…

Lentement, je fis un pas dans sa direction.

— Emma ?

Il semblait confus.

Je fis un second pas vers lui, l'entourai de mes bras et me serrai fort contre son corps brûlant. Il sentait le tabac et la sueur, et était raide comme un piquet – mais il posa une main sur mon épaule, et la tapota comme on flatte un chien fidèle.

— Ça va s'arranger, Emma. Je te le promets.

Ses mots étaient une provocation. Qui avait dit que je voulais que ça s'arrange ? Je me reculai un peu, pour pouvoir le voir, croiser son regard. Sans que j'en sois tout à fait sûre, il me semblait presque effrayé, et je voyais briller dans ses yeux une interrogation, une légère inquiétude.

Puis je me mis sur la pointe des pieds, me penchai vers lui et l'embrassai. Ses lèvres étaient dures, fines ;

la sensation n'était plus du tout comme celle de l'autre fois. Il resta immobile puis eut un grand sursaut ; tout son corps se mit à trembler et il me repoussa avec force.

— Emma ! Qu'est-ce que… ?

Depuis la salle de menuiserie, on entendit un bruit de meuble que l'on racle, puis un claquement. En me retournant, j'aperçus une ombre dans l'embrasure de la porte.

C'était Elin. Elle était inclinée vers l'avant, comme en équilibre au bord d'un bassin, prête à plonger. La bouche entrouverte, elle tenait à la main une canette de soda.

— Elin ! lança La Vis. Viens, je veux te parler.

Elin resta figée sur place, si ce n'était la canette qui se mit à glisser lentement de sa main. Elle prit une éternité, me sembla-t-il, avant de heurter le sol, faisant jaillir le liquide sur le revêtement en lino.

— Elin, fit-il à nouveau – mais elle s'était déjà précipitée hors de la salle.

Sa veste en cuir usée et son bonnet rouge disparurent dans le couloir, et le bruit de ses talons s'estompa et mourut.

Vers trois heures, je prends un antalgique. J'ai mal au bas-ventre et je saigne toujours. Je finis par sombrer dans une sorte de semi-léthargie. Je ne sais pas si je rêve ou si je reste dans cet état d'entre-deux jusqu'à la sonnerie du réveil.

Mon ventre va mieux : à vrai dire, je ne sens presque plus rien du tout. Je suis peut-être en train de devenir insensible. J'ai l'impression de me transformer en pierre, me dis-je – froide, dure et indifférente au traitement que me réserve le monde autour de moi. Les fenêtres sont noires et il fait froid dans la chambre. Il serait tentant de rester au lit, mais je sais qu'il faut que je me lève, qu'il est temps de prendre un peu ma situation en main. Je ne peux plus rester ce pion que Jesper déplacerait à sa guise.

Je me décide enfin à aller au boulot, bien que ma présence n'y soit plus requise. Je tâche de me persuader que je le fais pour rendre sa voiture à Olga.

— Salut.

Elle a parlé sans lever les yeux de son journal people. Je me glisse sur la chaise en face d'elle.

— Salut.

Olga tourne lentement les pages, aplanit le journal d'une main. De l'autre, elle tient une cigarette éteinte. Je sors les clés de sa voiture et les pose sur le journal.

— Merci de me l'avoir prêtée.

— C'est dingue, cette histoire d'Eurovision.

Je ne réponds rien.

— Tu viens ?

Elle lève sa cigarette.

Je hausse les épaules.

— D'accord.

Nous passons dans le couloir derrière la cuisine, qui mène au local de tri des déchets. Bien qu'il soit strictement interdit d'y fumer, tout le monde le fait quand même. Des amas de cartons compressés s'entassent le long du mur. Un diable est posé contre la porte menant vers l'extérieur.

— Tu veux ?

Olga sort un paquet de cigarettes de sa poche. Je secoue la tête.

— Non merci.

En allumant sa cigarette, elle me regarde avec des yeux ronds comme des soucoupes. Elle se penche vers moi et fait courir son doigt sur ma joue.

— Merde ! Emma, tu as fait quoi ?

— Je suis tombée dans un buisson.

Elle prend un air dubitatif.

— C'est lui encore, ton mec ? Il t'a tapée ? Si oui, il faut que tu portes plainte.

— *Personne* ne m'a tapée. Mais je l'ai suivi hier. Je sais où il habite, maintenant. Je…

Je balbutie et les larmes me montent aux yeux. Olga me serre doucement le bras, je sens la pression de ses grands ongles à travers mon gilet.

— Il s'est passé quoi, Emma ? Raconte. Quand on parle, ça va toujours mieux.

— Il… il habite dans une grande maison à Djursholm. Mais il y avait une autre fille là-bas. Il s'est foutu de moi dès le départ. Il m'a dit qu'on ne pouvait parler de notre relation à personne à cause de son travail, qu'on ne pouvait pas être vus ensemble. Mais c'étaient des conneries. Il avait déjà une copine ! Tu comprends ? C'est tellement… pervers. Et puis j'ai pensé à ce que tu m'avais dit, qu'il cherchait peut-être à me faire du mal. Que c'est peut-être un psychopathe… Je… je suis complètement perdue. Il a foutu ma vie en l'air, je ne sais pas quoi faire.

Olga soupire et se penche contre le mur en béton, en regardant l'ampoule nue au plafond. Un fracas sourd résonne au moment où passe le métro, loin sous nos pieds. L'odeur de béton humide et de moisissure pique les narines.

— Emma, dit-elle en soufflant lentement la fumée de sa cigarette.

Une longue volute s'élève vers le plafond avant de se dissoudre dans l'air.

— Franchement, lâche-le. Tu es vraiment devenue… obsédée par lui. Si c'est ça qu'il voulait, il a réussi.

— Le lâcher ?

— Oui. Oublie-le, passe à autre chose. T'as l'air au bout du bouleau.

— Au bout du rouleau.

Olga ignore mon commentaire.

— Laisse-le tomber. Sors avec autre mec. Il te mérite pas, faut arrêter penser à lui.

— Je ne peux pas.

Ma voix est fluette et sans force. J'entends quelque chose claquer, et un courant d'air froid passe tout d'un coup sur mes chevilles. Quelqu'un arrive. Olga écrase d'un geste machinal sa cigarette contre le mur, ajoutant une nouvelle tache noire à celles qui le criblent déjà par centaines.

— Pourquoi tu peux pas ?

Son ton est accusateur.

— Parce que… Il ne m'a pas seulement larguée. Il a pris mon argent, mon chat, et…

— Tu es sûre, il a pris ton chat ?

— Non, mais…

— Et quand il a emprunté ton argent, vous avez signé un contrat ?

— Non, évidemment. On ne signe pas des contrats avec son propre mec.

— Alors tu pourras *jamais* le prouver. C'est tant pis pour toi.

Olga commence à m'énerver. Elle fait parfois preuve d'une franchise à la limite de la brutalité et d'une absence totale de compassion. Elle n'a manifestement pas remarqué mon irritation, et prend un air songeur. Dans le couloir devant nous, on entend des pas se rapprocher. Soudain, son visage s'illumine.

— Peut-être tu peux le signer en justice ?

— Le signer en justice ?

— Oui, au tribunal, quoi.

— Ah, l'assigner en justice ? Pour quel motif ?

— Oh, tu trouveras bien quelque chose.

La porte s'ouvre et Mahnoor y passe la tête. Ses cheveux noirs sont attachés en un chignon sur le haut de son crâne et elle a souligné ses yeux d'épais traits de khôl, qui lui donnent un air de geisha.

— Vous savez que c'est interdit de fumer ici, les filles ?

— Tu peux parler, marmonne Olga.

— Allez, rentrez. Vous ne pouvez pas prendre votre pause en même temps et me laisser gérer la boutique toute seule !

Elle se retourne sans attendre de réponse, et la lourde porte en fer se referme avec un soupir.

— On dirait Björne, marmonne Olga.

— Qu'est-ce qui est arrivé à ton père, exactement ?

Jesper et moi marchions le long de l'eau en contrebas du parc de Tantolunden. C'était l'une des rares fois où nous étions sortis ensemble en public. La chaleur était si oppressante et le soleil si radieux, cet après-midi-là, qu'il était impossible de rester dans le petit pied-à-terre de la rue Kapellgränd.

— Il est mort.

— J'avais compris. Mais qu'est-ce qui s'est passé ? Tu avais quel âge, d'ailleurs ?

— Quinze ans.

— Âge difficile…

Je devins songeuse. Est-ce que c'était vraiment plus difficile d'avoir quinze ans que douze, ou dix-huit ? Ou le disait-il seulement par politesse, pour faire preuve d'empathie ?

— Peut-être.

— Il était malade ?

Jesper s'arrêta près d'une maisonnette du parc. La petite parcelle de jardin familial était tapissée de géraniums multicolores et d'animaux en porcelaine. Un petit chien déboula tout à coup et se mit à courir vers nous en aboyant avec force.

— Il s'est pendu.

— *Bon sang*, Emma. Pourquoi tu ne me l'as jamais dit ?

— Tu ne m'as jamais posé la question.

— Tu aurais dû m'en parler.

Il m'attira contre lui, me serra de toutes ses forces.

— Ça aurait changé quelque chose ?

— Non, évidemment. Mais j'aurais pu t'aider. Être un soutien.

— Un *soutien* ?

Je n'en avais pas eu l'intention, mais ma voix était teintée d'ironie. L'idée que Jesper – qui ne souhaitait même pas être vu avec moi en ville – soit soudain si empressé de me soutenir me paraissait absurde. Mais Jesper n'eut pas l'air de percevoir l'ironie de ma remarque. Il se contenta de m'embrasser doucement et me tendit la main.

— Viens.

Nous marchâmes le long de l'eau, en silence. Partout autour de nous, des Stockholmois en habits d'été, à pied, à vélo, en canoë, profitaient de cette belle journée. Un peu plus loin, deux Asiatiques pêchaient. Les bouchons qui flottaient tranquillement dans l'eau calme auprès du quai témoignaient du peu d'intérêt que leur accordaient les poissons – eux aussi étaient peut-être en vacances.

Jesper entrelaça ses doigts aux miens. Il serra ma main si fort que mes articulations commencèrent à me lancer, mais je ne dis rien – je pensais à ma famille qui partait en lambeaux. À mon père, à ma mère, à l'appartement et à toutes les babioles qui s'y étaient entassées : meubles cassés, serviettes et tapis usés jusqu'à la corde, bouteilles vides, bocaux en verre dépareillés, avec ou sans couvercle. Pourquoi avions-nous amassé autant d'objets, d'ailleurs ? Qui collectionnait tout ça ? Probablement ma mère, car ça ne s'était pas vraiment amélioré après la mort de mon père. Je pensais aussi à toutes les vétilles pour lesquelles nous nous disputions : qui devait faire la vaisselle, si j'avais le droit ou non de sortir jusqu'à onze heures, comment il fallait trancher le fromage pour ne pas former une pente semblable à une piste de ski, et pourquoi ma mère avait invariablement besoin de quelques bières pour se détendre et redevenir une personne normale.

De tout cela, il ne restait plus rien. Rien que les souvenirs fragmentaires d'une époque révolue depuis longtemps, de gens qui étaient morts ou s'étaient désagrégés. De lieux et d'objets. De rêves et de promesses, de projets, d'amour et de chagrin.

— Pourquoi il s'est suicidé ?

— À vrai dire, je ne sais pas. Il buvait pas mal – ma mère aussi d'ailleurs –, mais je ne sais pas si c'est lié. C'est vraiment bizarre. J'ai l'impression que je n'arrive pas à me souvenir, comme si j'avais des trous de mémoire. Plusieurs années qui sont quasiment parties en fumée.

— Mais c'est normal, non ? On oublie.

— Tu crois ?

Il ne répondit pas. Nous étions arrivés à un petit ponton. Comme guidés par un accord muet, nous le suivîmes jusqu'à son extrémité avant de nous asseoir sur les vieilles planches de bois d'où émanait une légère odeur de goudron. Quelques dizaines de centimètres sous nos pieds, le soleil jouait sur la surface de l'eau, agitée par une légère brise. Sur la rive opposée, on devinait les édifices du quartier d'Årsta, dissimulés derrière l'épaisse verdure, comme des enfants jouant à cache-cache.

— Tu n'es pas obligée de répondre si tu ne veux pas, mais… qui est-ce qui l'a trouvé ?

Je me penchai en arrière pour poser mes coudes sur le bois rugueux du ponton, puis m'allongeai sur le dos, face au ciel. De petits nuages blancs de carte postale glissaient lentement au-dessus de nous. Des mouettes survolaient l'eau, en faisant de larges cercles, et lançaient leurs grands cris d'oiseaux de mer.

— Ma mère. Il s'était pendu dans le salon. Elle a pris un couteau de cuisine et l'a décroché elle-même. Quand je suis rentrée à la maison, il était toujours allongé dans le salon, sur le tapis, avec la corde autour du cou.

— Tu l'as *vu* ?

— Oui.

— *Putain de merde*. Tu aurais dû m'en parler, Emma.

Je ne répondis pas, mais, en fermant les yeux, je le vis devant moi – allongé sur le flanc, sur l'épais tapis à tournesols jaunes, que l'une de mes tantes avait tissé elle-même. La corde en plastique bleu était serrée à fond, comme une laisse autour de son cou. Le visage de mon père avait une drôle de couleur, et sa langue se frayait un passage hors de la bouche entrouverte. Et puis, accroupie à côté de lui, ma mère se balançait d'avant en arrière en marmonnant des paroles incohérentes.

Jesper s'allongea près de moi, ferma les yeux face au soleil et posa sa main sur mon sein.

— Pauvre petite Emma, murmura-t-il. Je vais prendre soin de toi.

Et à ce moment précis, avec le soleil dans les yeux, au beau milieu de Stockholm et de sa beauté parfaite, je le crus.

Je le croyais toujours, inconditionnellement.

— N'oublie pas les bonnets et les écharpes.

Mahnoor fait un geste en direction du présentoir près de la caisse. Je hoche la tête sans répondre. J'ai passé toute la journée à attendre qu'Olga ou Mahnoor me dise de rentrer chez moi, qu'on me fasse remarquer que j'ai tout de même été licenciée.

Mais ni l'une ni l'autre ne me dit rien. Je me rends peu à peu à l'évidence : elles ignorent que j'ai été virée.

Malgré son nom, le service des ressources humaines semble avoir quelques soucis de communication avec les humains en question. J'ai l'impression étrange que je pourrais rester ici dans ma bulle aussi longtemps que je le souhaite, comme si moi seule décidais de la fin effective de mon contrat.

Lentement, je vais chercher le présentoir de bonnets et de gants près de la caisse pour le traîner jusqu'à l'entrée. Ce déplacement constant de vêtements et de meubles est vraiment éreintant. Je sais bien que ça permet de booster les ventes, mais tout de même – peu de choses paraissent aussi vides de sens que de déplacer une montagne de jeans d'un bout à l'autre d'une boutique.

Olga me donne un coup de main. Elle va chercher les écharpes pour les pendre près des bonnets et des gants. Je jette un coup d'œil aux instructions que nous a transmises la direction, puis au présentoir.

— Je crois que c'est bon comme ça.

Olga tend le bras pour attraper le papier.

— Fais voir.

Elle regarde tour à tour le schéma et les articles devant elle, puis hoche la tête.

— Ceux-là, il faut les mettre comme ça, dit-elle en déplaçant légèrement les bonnets.

Nous recevons parfois des inspections inopinées de la direction. Ils regardent tout, depuis les affiches jusqu'à la propreté de la kitchenette et des toilettes du personnel. S'ils ne sont pas satisfaits, la boutique reçoit un avertissement qui compromet le bonus des employés. Et les employés, c'est nous, évidemment. Quoi qu'on dise de ceux qui nous dirigent, il faut avouer que leur système de contrôle est d'une efficacité diabolique.

— Dis, Olga, tu me conseillais de me venger… Je devrais faire quoi, à ton avis ?

Olga croise les bras sur sa poitrine et fronce les sourcils.

— Je sais pas trop. Le rencontrer. Lui dire ses quarante vérités ?

— Et s'il ne m'écoute pas ?

Olga se baisse pour ramasser une paire de gants qui a glissé du présentoir, puis me dévisage, et l'irritation se lit sur son visage.

— Mais qu'est-ce que j'en sais, moi ?

La pointe d'amertume dans sa voix me surprend.

— Oui, c'est vrai. Mais c'est toi qui me l'avais suggéré… Je me disais seulement que tu avais peut-être une idée.

Elle ne répond pas, fait semblant d'être absorbée par une paire de gants en cuir rouge qu'elle accroche au présentoir. Depuis la caisse, j'entends le rire délicat de Mahnoor qui discute avec un client. J'hésite une seconde avant de reprendre :

— Il me doit 100 000 couronnes. Est-ce que ça veut dire que je peux me permettre de… lui voler la même somme ?

Olga se retourne sans croiser mon regard.

— Pourquoi pas ?

Je bloque les roues du présentoir et ajuste la position des bonnets, en vérifiant qu'ils sont bien alignés sur leurs petites tiges métalliques.

— Imaginons qu'il ait un chien, lui dis-je. Tu crois que je pourrais le lui prendre, et le relâcher dans la forêt dix kilomètres plus loin ?

Olga s'interrompt en plein mouvement, et me décoche enfin un regard. Ses yeux sont pleins de dégoût.

— Pourquoi tu veux prendre son chien ? C'est *malade*, sérieux.

— Il a bien pris mon chat !

— Tu sais pas si c'était lui. Peut-être ton chat s'est juste enfui tout seul.

*Si, je sais parfaitement que c'est lui*, pensé-je. Mais je n'ai pas le courage de polémiquer là-dessus avec Olga. Elle peut bien croire ce qu'elle veut.

Une légère odeur de parfum me chatouille les narines, et Mahnoor apparaît à côté de moi. Elle pose la main sur mon épaule.

— Vous parlez de quoi ?

— Oh, rien de spécial, rétorque Olga, qui lui tend le schéma fourni par la direction. On a bien mis ?

Mahnoor examine en silence le schéma et les présentoirs.

— Très bien, fait-elle, sur quoi Olga retourne vers la kitchenette en trottinant sur ses immenses talons.

Quelle que soit la vengeance la plus adéquate, il faut que je fasse quelque chose. Je sais que je vais sombrer si je n'agis pas. Tout mon corps le sait.

Mais que puis-je faire contre quelqu'un comme Jesper Orre ? Un homme qui a tout : du succès, de l'argent, des femmes… Le plus logique serait bien sûr de lui rendre la monnaie de sa pièce : œil pour œil, dent pour dent. Il s'est infiltré dans mon appartement, a volé des biens de valeur et un animal. Il m'a pris mon boulot, mon argent, mon enfant. Mais Olga a peut-être raison – je ne devrais pas lui imposer la même chose…

*N'est-ce pas ?*

Alors que j'ajuste un bonnet pendu un peu en biais, je vois scintiller la bague à mon doigt. Soudain, je sais exactement ce que j'ai à faire.

Montres, bijoux et pièces d'argenterie s'entassent dans la boutique du sol au plafond. Le mauvais éclairage de la pièce est compensé par plusieurs lampes puissantes posées sur le comptoir qui me fait face. Dans mon dos trône un canapé déchiré, en cuir bordeaux, où est assise une femme brune vêtue d'un manteau rouge, un sac en plastique sur les genoux. Elle regarde ailleurs quand je me tourne vers elle.

Je refais face à la femme derrière le comptoir. Elle a la soixantaine, les cheveux coupés court et teints en blond, et porte un cardigan et une discrète jupe plissée en laine. Elle l'air de sortir des actualités cinématographiques des années cinquante, une Doris Day vieillissante qui aurait dégoté un job d'appoint au mont-de-piété. Elle soupèse la bague et l'examine à travers un drôle d'instrument, qui ressemble à un minuscule télescope.

— Très belle pierre, déclare-t-elle. C'est une très, très belle pierre !

— On a rompu, lui dis-je en guise d'explication.

Elle détache les yeux de son minitélescope et lève une main vers moi, presque imperceptiblement, comme si elle voulait me faire ravaler mes mots, me signifier que je n'ai aucun besoin de préciser ce qui m'amène ici. Que cette information n'a pas sa place en ces lieux.

— On nous apporte beaucoup de bagues de fiançailles, murmure-t-elle, avant de retourner à sa loupe.

Penchée vers l'avant, sa tête est si près de moi que je peux apercevoir les racines de ses cheveux gris qui prolifèrent comme des mauvaises herbes parmi la repousse brune. Sans lâcher la bague des yeux, elle poursuit :

— Je vous en donne vingt mille.

— C'est tout ? Elle a été achetée beaucoup plus cher !

Elle semble tout d'un coup fatiguée. Elle pose son instrument sur le comptoir en verre puis place la bague sur un petit coussin bleu marine.

— Je suis navrée, mais on ne peut pas vous prêter plus que ça.

Elle se tait. Je balaie à nouveau la boutique du regard. Sur l'un des murs est pendue une guitare électrique, une Gibson. Je me demande si elle est à vendre. Sur une étagère à ma droite s'amassent des bagues en or, sans doute de fiançailles. Des centaines de rêves brisés, mis en vitrine sur un lit de parade. La femme assise dans le canapé en cuir est toujours là. Elle détourne à nouveau les yeux.

— Bon, d'accord, réponds-je.

Doris Day hoche la tête et ajuste sa coiffure d'une main.

— Je vais vous faire un contrat. Il me faudra deux ou trois informations sur vous.

Elle produit un formulaire qu'elle pose devant moi, et trace des petites croix devant plusieurs cases. Vous remplirez ici, là, et là. Et il nous faut une pièce d'identité.

Je lui tends ma carte en me disant que non, je n'ai pas à rougir d'être ici. Ce n'est pas ma faute si je me suis retrouvée dans cette situation, et je ne compte pas avoir honte d'enfin m'en dépêtrer. Il me semble soudain capital de l'assumer, justement – je n'ai aucune raison d'avoir honte.

— C'est parfait, ça me permettra de régler toutes mes factures. Ils vont me rouvrir ma ligne téléphonique. Et la télé, évidemment. Et puis le loyer, j'allais presque l'oublier. Heureusement, je ne vais pas être expulsée ! Là, ça aurait été l'horreur.

Doris Day ne répond pas, elle ne fait que hocher la tête, qu'elle tient baissée. À travailler ici, elle a déjà tout entendu, j'imagine. La femme dans le canapé a maintenant les joues rouges, et semble à deux doigts de s'enfuir en emportant son sac en plastique.

— Au revoir, lui dis-je. J'espère que ça vous rapportera beaucoup.

Elle serre le sac sur ses genoux sans me répondre.

## HANNE

Gunilla me conduit vers la rue Skeppargatan. Il fait déjà nuit, bien qu'il soit à peine seize heures, et la route est méchamment verglacée. Elle se gare dans la rue Kaptensgatan, coupe le moteur et se tourne vers moi. À la lueur du réverbère, ses cheveux blonds étincellent comme une auréole autour de son visage.

— Tu veux que je vienne avec toi ?

Je réfléchis un instant.

— Oui, j'aimerais bien, si ça ne te dérange pas. Il n'est jamais là à cette heure-ci d'habitude, mais on ne sait jamais…

— Pas de problème. Allez, on va récupérer Frida.

Nous faisons les quelques mètres qui nous séparent de la porte d'entrée.

C'est étrange. J'étais là il y a quelques jours seulement, mais l'immeuble me semble déjà transformé. Plus sombre, moins accueillant, comme s'il ne souhaitait plus que je m'y sente chez moi. Comme s'il avait résilié le bail et m'avait expulsée. Mais le contraire est probablement plus vrai, me dis-je. C'est moi qui ai quitté l'appartement de la rue Skeppargatan, pour de bon.

Je tape le code et la porte de l'immeuble s'ouvre avec un petit bourdonnement.

Dans l'ascenseur, je fouille au fond de mon sac pour retrouver mon trousseau de clés ; mes doigts tremblent dangereusement quand je les saisis enfin. Au moment où s'ouvre la porte de l'ascenseur, les clés m'échappent des doigts. Gunilla les ramasse et pose la main sur ma joue, comme pour sentir si j'ai de la fièvre.

— Mais ma puce, tu trembles !

— C'est seulement…

Elle a un petit hochement de tête, agrippe mon bras et m'amène jusqu'à la porte, avant de me prendre les clés des mains et d'ouvrir. Dans la même seconde, Frida sort en courant et commence à me faire la fête. Je m'accroupis, fourre mon visage dans son pelage noir et bouclé, et laisse venir les larmes. Frida me lèche le visage et pousse un petit glapissement.

Tout cet amour inconditionnel que vous prodiguent les chiens. Qu'est-ce que j'ai fait, au juste, pour le mériter ? Et pourquoi l'amour humain s'accompagne-t-il immanquablement d'exigences de sujétion et de compromis ? Pourquoi sommes-nous incapables de nous aimer, tout simplement, sans avoir à nous posséder les uns les autres ?

Nous pénétrons dans l'entrée et allumons la lumière. Tout est comme d'habitude. Mes vêtements et mes chaussures sont pendus avec soin aux patères sous l'étagère à chapeaux. Le courrier est posé en une petite pile sous le miroir de la commode. Gunilla s'avance, feuillette lentement le tas de lettres pour en sélectionner quelques-unes, que je suppose m'être adressées.

Je jette un coup d'œil dans la cuisine. Mes petits Post-it jaunes sont toujours à leur place sur les portes des placards. Ils volettent légèrement dans le courant d'air qui émane de la fenêtre.

*Les aide-mémoire.*

Le tic-tac de l'horloge de la cuisine semble tout d'un coup assourdissant, m'attaque les tympans. Je me retourne vers le salon, et parcours des yeux les étagères de livres. Après quelques secondes de réflexion, je choisis les mémoires de Halvorsen, qui relatent son expédition au Groenland au début du siècle, et la collection d'essais sur les Inuits que mon père m'avait offerte à mon entrée à l'université. Puis j'observe les objets qui décorent le salon – masques, statuettes et autres pièces de musée. Mais je ne ressens rien d'autre que de la répulsion, un dégoût presque nauséeux, en repensant à la manière dont ils m'ont été offerts. Je ne peux me résoudre à emporter l'un de ces objets chez Gunilla.

— Les livres qui sont chez moi ne te suffisent pas ? Tu ne veux pas plutôt emporter des vêtements ?

Je secoue la tête.

— Il faut que je m'en rachète, de toute façon.

Le silence retombe, et le bruit de l'horloge de la cuisine s'infiltre à nouveau jusque dans mon crâne. Il bondit entre mes tympans, perforant ma conscience à petits coups nets et douloureux. Tout d'un coup, la pièce me paraît bancale, se met à se balancer ; je me sens mal. Je fais quelques pas vers Gunilla et lui saisis la main.

Elle semble inquiète. Un profond sillon s'est creusé entre ses sourcils, et sa main serre très fort la mienne.

— Des affaires de toilette, alors ? Tu as besoin de quelque chose ?

Je secoue à nouveau la tête.

— Rien, soufflé-je. Je n'ai besoin de rien ici.

Une fois rentrées chez Gunilla, elle me fait un thé tout en préparant sa valise. Elle s'offre une croisière de deux jours avec son nouveau compagnon – l'homme avec qui elle vit une seconde jeunesse.

*Qui l'excite.* Un effet que son ex-mari ne lui faisait plus depuis des années.

Frida s'est endormie sur la couverture du canapé, dans une inconscience béate de tous les problèmes des hommes. Gunilla chantonne doucement – une chanson que je ne reconnais pas, mais qui est accueillante et me rappelle des choses anciennes. Une époque que j'ai oubliée, ou enterrée peut-être, parce que son souvenir est trop douloureux.

Quand je pense qu'on peut connaître une nouvelle fois ce bonheur un peu niais ! Être amoureuse, excitée, passionnée, alors qu'on approche de l'âge de la retraite, qu'on a des enfants adultes. Partir en croisière, bien manger, faire l'amour avec quelqu'un dont on a réellement envie. Par désir, et non par habitude, par loyauté ou, pire, par pure soumission.

Est-ce qu'on avait connu ça, Owe et moi ? À l'époque, quand nous étions jeunes ?

Bien qu'à vrai dire, il n'y avait que moi qui l'étais, jeune, à notre rencontre. Dix-neuf ans. Lui en avait bientôt trente, avait déjà été marié une fois et venait de terminer son internat. Difficile de se défaire de l'idée que je suis passée pour ainsi dire d'un père à un autre, d'une sujétion à la suivante.

Mais y a-t-il bien eu de la passion entre nous ?

Je tente de m'en souvenir, mais, comme chaque fois que je pense à Owe et moi, il y a tant de choses que j'ai oubliées, tant de trous dans ce fragile tissu mémoriel que je n'arrive plus vraiment à me remémorer la sensation de cette époque. C'est peut-être lié à toutes ces choses venues s'y intercaler : la honte dans les yeux d'Owe lorsqu'il voit mes Post-it sur les placards de la cuisine, l'odeur légère mais persistante de chou bouilli qui émane de son corps, et ses affreux pull-overs – qu'il s'obstine à porter même quand nous avons des gens à dîner. Et sa manière de rabattre le caquet des autres invités avec ses laïus arrogants sur le théâtre ou la philosophie – alors même que, la plupart du temps, il ne sait pas de quoi il parle.

— Ça va aller, alors ? demande Gunilla, en posant son petit sac de voyage dans l'entrée et en enfilant son manteau en fourrure.

— Absolument.

— Si tu as le moindre souci, tu m'appelles !

Je la rejoins dans l'entrée et la serre longuement contre moi. J'inspire son parfum, et laisse reposer ma joue une seconde contre la douceur de la fourrure.

— Amuse-toi bien alors ! lui dis-je, en espérant paraître sincère.

Elle desserre son étreinte, l'air dubitatif. Elle esquisse un au revoir de la main et un petit sourire, prend son sac et s'en va.

Je remplis un verre d'eau et avale mes médicaments : deux pilules blanches et une jaune. Voilà, me dis-je, je suis là, comme si mon existence était en sursis. Seule dans la cuisine de Gunilla, loin d'Owe et du quartier d'Östermalm.

La vie est étrange. Et elle n'en devient pas moins étrange à mesure qu'on prend de l'âge. On s'habitue aux bizarreries, on apprend à les accepter – l'astuce étant d'admettre une bonne fois pour toutes que la vie ne tourne jamais vraiment comme on avait pensé.

Il est vingt et une heures vingt et la tempête de neige s'abat contre la fenêtre de la cuisine, enveloppe l'immeuble en mugissant. Mais ici, il fait chaud et douillet. Coussins à fleurs, rideaux à volants bariolés – tout ce que détestait le mari de Gunilla – se bousculent dans la pièce. Jörn était ouvrier dans le bâtiment, mais préférait se décrire comme une sorte d'architecte. Leur intérieur se déclinait en blanc et nuances de gris, et était aussi minimaliste et aseptisé qu'un laboratoire médical. Et toutes les tentatives qu'avait faites Gunilla pour égayer leur austère domicile, avec des taies de couleur ou de la porcelaine peinte, avaient été étouffées dans l'œuf de façon aussi immédiate qu'impitoyable.

Je regarde par la fenêtre dans la nuit noire, et me demande comment va Gunilla, prise dans la tempête au large d'Åland.

Owe m'a envoyé trois SMS aujourd'hui. Dans le premier, il s'excusait de son comportement d'hier devant chez Gunilla, m'expliquait qu'il m'aimait et que Frida allait bien. Que je leur manquais à tous les deux. Les autres messages étaient plus insistants. Après avoir constaté la disparition de Frida, il m'a écrit que j'aurais « au moins pu le prévenir ». Entre les lignes de ce court message, je pouvais lire sa frustration de ne plus pouvoir me contrôler – comme un bourdon sourd et menaçant traversant une partition.

Le troisième message est arrivé il y a une heure et transpire la fureur réprimée :

*Je propose qu'on se retrouve à 20 heures au Konstnärsbaren pour discuter de nos options. Je pars du principe que tu viendras. Owe*

J'arrive presque à le visualiser devant moi, attablé au restaurant, un verre de chablis à la main. Furibond de ne pas me voir arriver, ses cheveux gris dressés sur la tête.

Mon téléphone se manifeste à nouveau. Je l'attrape, et une immense lassitude m'envahit en lisant le nouveau message :

*NE COMPTE PLUS sur mon soutien. C'est le DERNIER effort que j'ai fait pour toi. Ta conduite est IRRESPONSABLE. Tu n'as qu'à te débrouiller toute seule.*

Je baisse les yeux sur la table de la cuisine couverte de papiers, et feuillette machinalement les rapports sur le meurtre de Calderón. Je regarde à nouveau l'image de la tête coupée, les yeux écarquillés de force. Et je relis mes propres mots :

*La tête semble avoir été intentionnellement placée bien en vue depuis la porte d'entrée, les paupières retenues par du ruban adhésif. Probablement afin que les éventuels visiteurs la voient de face et soient contraints de croiser le regard de la victime. Quant aux raisons hypothétiques de cet acte…*

Quelque part, tout au fond de ma conscience, une pensée se formule, si vague qu'elle manque de m'échapper. Je tends le bras vers le rapport sur la maison d'Orre, et commence à le feuilleter. Mes yeux s'arrêtent sur la liste des objets retrouvés sur le sol dans l'entrée. Oui, c'est bien cela : deux allumettes brisées gisaient près de la tête de la victime.

Je vais chercher mon portable et tape le numéro de Peter. Il répond presque immédiatement, comme s'il attendait mon appel dans la tempête.

— Hanne ?

— J'ai trouvé quelque chose.

— Comment ça, trouvé ?

— Dans le rapport de la police scientifique, chez Orre.

Une pause. J'entends de la musique en fond sonore.

— Ah ! On voit ça demain matin ? Je suis en train de rentrer chez moi.

— Je crois que c'est important.

Nouvelle pause.

— Tu es où, là ?

Un quart d'heure plus tard, on sonne à la porte. Peter a de la neige dans les cheveux et sur son nez aquilin, et je suis prise d'une envie de me pencher vers lui pour l'épousseter, avant de me raviser in extremis.

— Entre.

Il se débarrasse de ses chaussures et suspend son manteau au crochet à côté du mien, puis promène le regard dans l'entrée lumineuse. Ses joues maigres sont rougies par le froid et des gouttes d'eau scintillent dans ses sourcils blonds.

— Bel appartement. Il est à toi ?

Je secoue la tête.

— Non. J'habite chez une amie en ce moment.

Je le précède dans la cuisine et fais un signe vers les chaises.

— Assieds-toi ! Tu veux un thé ?

Il secoue la tête.

— Non merci, c'est gentil.

Je m'assieds à côté de lui et reprends le rapport.

— La voisine avait-elle touché la victime ? demandé-je.

Peter semble interdit.

— La dame qui l'a retrouvée ?

— Oui.

Peter passe les mains dans ses cheveux et lève les yeux au plafond.

— Oui, elle l'a touchée. Si je me souviens bien, elle a dit qu'elle voulait vérifier qu'elle était vraiment morte. Comme s'il pouvait y avoir le moindre doute là-dessus…

— Donc elle a touché à la tête ?

— C'est possible, oui.

— Elle l'a déplacée ?

Il croise mon regard. Ses yeux verts sont rougis, comme s'il avait pleuré, ou manquait de sommeil – je pencherais plutôt pour la seconde option.

— Si elle l'a *déplacée* ? Non, je ne crois pas. Mais elle a pu y toucher, oui.

— Donc quelque chose a pu être… dérangé sur la scène de crime.

— C'est tout à fait possible. Rien qu'à voir les empreintes de pas qu'elle a laissées.

— Car c'est écrit ici…

Je passe la main sur le texte, en cherchant le passage qui avait attiré mon attention, avant de reprendre :

— C'est écrit ici que deux allumettes brisées ont été retrouvées sur le sol, près de la tête.

Peter se penche en avant, examine le rapport.

— Oui. Deux allumettes, une pièce d'une couronne, un briquet et un gloss de la marque Chanel. Probablement des objets que la victime avait dans les poches, et qui sont tombés au sol lorsqu'elle s'est débattue.

— Et si les allumettes n'étaient pas là par hasard, justement ?

— Qu'est-ce que tu veux dire ?

— Si le meurtrier les avait placées dans les yeux de la victime pour les maintenir ouverts ?

Peter examine l'esquisse de la police scientifique.

— Les allumettes ont été trouvées ici, dis-je en pointant l'esquisse. Juste à côté de la tête. Si le tueur les avait placées dans les yeux de la victime, elles ont pu tomber au sol quand cette femme a touché à la tête.

Peter soupire et passe la main sur son front.

— Donc, ce que tu veux dire, c'est que le tueur a peut-être voulu s'assurer que les yeux de sa victime restent ouverts, comme dans l'affaire Calderón ?

— Exactement.

— Pour que celui qui entre croise son regard.

— Justement, ça aussi, ça m'a fait réfléchir. Et si ce n'était pas ça, mais l'inverse ?

— *L'inverse ?*

— Oui, si c'était la victime qu'on avait forcée à regarder ?

— Mais la victime est morte.

— Oui, évidemment. Mais pense en termes symboliques. Le tueur assassine et mutile sa victime. Mais ça n'est pas tout. Après l'avoir tuée, il maintient ses yeux ouverts pour qu'elle soit obligée de le voir partir. Le dernier des outrages : je te prends ta vie, je pars ensuite comme si de rien n'était – et je te force à me voir partir.

Peter semble dubitatif.

— Qu'est-ce que ça change ? finit-il par demander.

— Mais voyons, ça change tout ! Ouvrir les yeux de la victime pour s'assurer que le prochain visiteur croisera son regard, c'est un acte d'agression dirigé vers le monde extérieur, vers le *visiteur*. Ouvrir les yeux de la victime pour qu'elle soit contrainte de voir partir son meurtrier, c'est un acte dirigé vers la *victime*. La vengeance ultime. Pour une raison ou une autre, il était important pour le tueur que la victime le voie s'en aller. Penses-y comme une façon de se libérer de sa victime.

— Et ça veut dire quoi, en termes concrets ?

— Vraisemblablement que la victime et son tueur avaient une relation proche.

— De quel genre ?

— Je ne sais pas. Une relation amoureuse, peut-être.

Nous restons une bonne heure de plus à parler du dossier dans la cuisine de Gunilla. Peter n'est pas tout à fait convaincu que ma théorie tienne la route. Il veut bien croire qu'on ait placé les allumettes dans les yeux de la victime, mais, malgré mes explications répétées, il ne semble pas comprendre en quoi il est si important que ce soit la victime, et non quelqu'un d'autre, qu'on ait forcée à regarder.

Peu à peu, nous nous mettons à parler d'autre chose, de façon un peu maladroite : de la météo, des collègues du commissariat. De politique, et des changements qu'a connus la ville ces dix dernières années. Nous posons des questions circonspectes sur la vie – aucun de nous ne se hasarde à évoquer l'étrangeté de ce tête-à-tête dans une cuisine, à cette heure tardive. Le fait qu'après tant d'années, nous sommes bel et bien en train de nous adresser la parole à nouveau.

Je m'autorise à éprouver un léger sentiment de tristesse, en pensant à ce qui n'a jamais eu lieu, à la vie que nous aurions pu avoir ensemble.

Vers vingt-deux heures trente, il me dit qu'il doit partir. Qu'il doit se lever tôt pour passer en revue les appels reçus à propos de la femme inconnue. Son corps efflanqué exprime une forme d'agitation lorsqu'il se lève, retourne dans l'entrée et enfile maladroitement sa veste. Il se penche pour mettre ses baskets, vraiment trop fines pour être portées en plein hiver.

*Il ne se couvrait jamais assez*, me dis-je, en me remémorant la vieille veste en cuir noir qu'il portait par tous les temps. À la fin, elle était tellement râpée qu'elle était littéralement partie en lambeaux. J'aurais peut-être dû lui acheter une veste plus chaude, mais ce n'est pas quelque chose qu'on fait, pas à son amant. C'est une attention que l'on réserve à un époux officiel.

— Bon, fait-il. On se voit demain, alors ?

— Oui, à demain, lui dis-je.

Et nous voilà debout, l'un en face de l'autre, dans l'entrée de Gunilla. Nous sommes beaucoup trop près. Si près que je sens son odeur de sueur et de cigarette, que je vois clairement ses rides qui disent la marche du temps sur son visage, comme les cercles concentriques sur les troncs d'arbres.

Pendant une seconde, j'ai l'impression qu'il va m'embrasser, car il se penche légèrement vers mon visage

– mais il finit par me tendre la main. Je la serre rapidement, et sens alors refluer d'un coup ce sentiment de profonde tristesse d'avoir été abandonnée. Et de fureur. La fureur de constater que ce simple contact ravive dans mon corps le souvenir de cette époque.

Puis le voilà parti. Et je ne pense plus qu'à une chose : il m'a serré la main. Quelle manière incongrue de me dire au revoir, alors que nous avons été si proches… Ne pouvait-il pas me faire une simple accolade, comme une personne normale ?

*Il m'a serré la main.*

## EMMA

*Un mois plus tôt*

Je repense au soir où ma mère a tué le papillon.

La soirée s'annonçait particulière : plusieurs choses en témoignaient. D'abord, le boucan qu'elle faisait avec la vaisselle, dans la cuisine, où s'entrechoquaient les assiettes, les verres et les couverts. Des verres à vin, je l'entendais clairement. Ils avaient un son tout à fait différent des verres à eau, plus profond et plus rond, de plus sinistre augure.

Et par ailleurs, un parfum de fricassée de poulet et d'herbes fraîches flottait dans l'appartement.

Tout cela pris ensemble, c'était très mauvais signe. Si les soirées ordinaires s'annonçaient généralement monotones et sans surprise, on ne savait jamais comment se termineraient les dîners raffinés arrosés de vin. Dans le meilleur des cas, mon père et ma mère s'endormaient dans le canapé devant la télé ; il était plus probable cependant que les discussions animées dégénèrent en disputes, et qu'une bonne partie de la vaisselle finisse fracassée par terre et contre les murs.

Une fois, la police avait frappé à la porte à la suite d'une plainte des voisins. J'avais eu tellement honte ce jour-là que j'étais allée me réfugier sous mon lit. Mais ceux qui auraient vraiment dû avoir honte, mes parents, étaient restés parfaitement placides. Ils avaient pris sur eux au point d'avoir l'air presque sobres et, d'une voix douce et pleine de remords, avaient expliqué qu'ils allaient se calmer et baisser d'un ton. Oui, ils s'étaient disputés et avaient un peu crié, mais ça ne se reproduirait pas. Et non, ils n'avaient pas bu, ou du moins sans excès – quelques verres de vin tout au plus.

— Allez, viens manger, Emma ! lança ma mère depuis la cuisine.

Je pris mon papillon dans son bocal et entrai dans le salon. Mon père était déjà installé à table, un verre de vin à la main et une bière à ses côtés. Ma mère était devant la cuisinière, affublée d'un tablier, et remuait le contenu de la grande cocotte rouge. Elle avait l'air d'une vraie maman, de celles qu'on voit à la télé. Cela me rendit nerveuse, car ses tentatives de mimer le bonheur domestique tournaient généralement au drame.

— Assieds-toi, marmonna ma mère, en désignant la chaise à barreaux.

Je m'y installai, constatant avec soulagement qu'elle semblait de mauvaise humeur. Peut-être que tout était comme d'habitude, après tout ? Je plaçai soigneusement le bocal sur la table, près de moi, pour pouvoir le regarder en mangeant. Cela faisait un peu plus de vingt-quatre heures que l'éclosion avait eu lieu, et le grand papillon ne faisait rien d'autre que rester sur son bâton et remuer doucement ses ailes bleu nuit à la forme parfaite.

— Alors, tu as décidé de ce que tu allais en faire ? demanda mon père.

Je fis non de la tête. Le relâcher était la meilleure option, mes deux parents en convenaient. Il pourrait alors retourner dans la nature, en liberté – et je comprenais leur raisonnement. Pourtant, à l'idée de ne plus jamais pouvoir contempler son petit corps noir et ses ailes en papier de soie, ma gorge se nouait. Comme un enfant qui doit se séparer de sa poupée favorite. Et c'était bien le problème – je n'étais plus une enfant. Il fallait que je surmonte le désir de posséder ce papillon, en prenant la décision la plus juste – car l'autre choix était de le tuer, ou bien d'attendre qu'il meure de lui-même. Nous pourrions alors l'épingler au mur, me permettant de le garder aussi longtemps que je le voudrais. Mais l'idée de plonger une longue épingle à travers ce petit corps me paraissait barbare ; j'en avais la nausée.

— Non.

Mon père vida d'un trait son verre de bière.

— Il faudra te décider rapidement. Il ne survivra pas longtemps là-dedans.

Je me penchai pour l'examiner de plus près. Ma respiration embua la paroi, transformant le papillon en un nuage bleu et trouble, qui semblait planer dans son bocal.

— Tu es obligée de le mettre sur la table ? lança ma mère du ton cassant qui annonçait qu'elle allait se mettre en colère.

Elle posa violemment la cocotte de poulet juste à côté. Un peu de sauce brûlante gicla par-dessus bord.

— Qu'est-ce que ça peut bien faire ?

Mon père soupira et vida cette fois son verre de vin. Ma mère ouvrit une nouvelle bouteille. Même le bruit du bouchon semblait contrarié et amer.

— C'est un *insecte*.

— Mais il est dans un bocal, fit mon père.

— Je ne veux pas d'insecte à table.

— Tu peux le laisser là, ton bocal, contra mon père.

Ma mère empila des saladiers et des couteaux pour les emporter dans l'évier, et on entendit un vacarme de vaisselle qui s'entrechoque. Dehors, le crépuscule bleu du mois d'août commençait à tomber sur Stockholm. À travers la fenêtre entrouverte, un air tiède s'engouffrait dans la chambre – et avec lui, une odeur de terre humide et de crotte de chien.

— Emma, s'il te plaît. Rapporte ce bocal dans ta chambre.

Je regardai mon père pour tenter de déceler s'il fallait ou non obéir.

— Laisse ce bocal sur la table, fit-il d'une voix sourde et peu amène.

Même s'il me regardait, ses mots semblaient s'adresser directement à ma mère.

Elle se rassit à table. Sa bouche n'était plus qu'un trait, et elle se massait la tempe d'une main. Sa peau se plissait sous ses doigts, comme du papier crépon. Mon père mangeait sans dire un mot. Et moi, je retenais mon souffle en comptant les secondes. Si j'inspirais assez d'air, je pouvais aller jusqu'à cinquante. Dragan, lui, pouvait rester en apnée pendant une minute et demie, et Marie de la classe pour enfants « spéciaux » était capable de retenir sa respiration jusqu'à s'évanouir – mais Elin disait que c'était à cause de son infirmité motrice.

— Mais qu'est-ce que tu fais ? demanda ma mère, en posant sa fourchette avec un regard réprobateur.

— Rien. Je…

— Arrête ça tout de suite. On dirait que tu as… des TOC.

Je ne savais pas ce qu'étaient des TOC, et n'osai pas poser la question.

Elle se retourna vers mon père, ses joues étaient cramoisies et je pouvais voir que sa main gauche, qu'elle tenait sur ses genoux, était serrée, comme si elle y renfermait un petit objet précieux.

— Tu as payé le loyer aujourd'hui ?

Mon père tritura sa viande avec sa fourchette sans répondre.

— Tu me l'avais *promis*, murmura ma mère. Je me demande vraiment pourquoi je t'ai fait confiance. Tu es aussi coupé du monde réel que… *la gamine*.

Je plantai les yeux dans mon assiette, où quelques morceaux de poulet solitaires nageaient dans un bouillon clair. Si je le voulais, j'avais la possibilité de profondément contrarier ma mère. Il me suffisait de lui rappeler qu'elle pouvait parfaitement payer elle-même ses factures, même si elle ne savait pas vraiment lire. Mais évidemment, je restai sans rien dire.

— Ne mêle pas Emma à cette histoire, marmonna mon père.

— Vous êtes *exactement* pareils. Aussi désespérants l'un que l'autre !

— Oh, lâche-moi la grappe. Quelle grognasse, celle-là !

Mon père semblait à la fois triomphant et soulagé, comme s'il venait enfin de surmonter l'autocensure pour livrer une vérité longtemps réprimée.

— Gro-gnasse ! lança-t-il à nouveau, en appuyant bien sur les deux syllabes.

— Fais gaffe, hein ! J'vais pas accepter ça longtemps ! Et tu le sais. Il y a beaucoup d'hommes qui seraient bien contents de m'avoir. Je suis sûre qu'il y a des candidats…

— Des candidats ? *Tu rêves !* Qui est-ce qui voudrait d'une grosse vache alcoolique avec des seins jusqu'aux genoux, qui ne fait que gueuler du matin au soir ?

— Tu vas la fermer, oui ou merde ! Si tu n'es pas content, je me casse ! Et je ne plaisante pas !

— Tu dis ça *chaque fois*.

— Emma, file dans ta chambre ! hurla ma mère.

Je me levai et sortis au pas de course de la pièce.

— Et tiens, prends ton *insecte* à la con !

Je me retournai au moment même où ma mère lançait le bocal en verre à travers la pièce. Je tentai de le saisir au vol mais je n'avais aucune chance. Il décrivit un arc de cercle au-dessus de ma tête et vint se fracasser contre le mur de la cuisine.

Je m'accroupis aussitôt.

Le sol était jonché de morceaux de verre. La pelote de brindilles sèches reposait contre le mur, et le papillon gisait près d'elle. Une de ses ailes avait été sectionnée, et le bas de son corps semblait étrangement aplati. Doucement, je tendis le doigt pour l'effleurer.

Le papillon bleu était mort.

Il pleut lorsque je rentre chez moi. Les arbres de l'allée Karlaväg étirent leurs branches nues vers le ciel, comme s'ils voulaient le toucher. Sur le sol s'amassent d'épais monceaux de feuilles détrempées. Sigge pourrait-il être dans les parages ? La seule chose certaine, c'est qu'il n'était pas dans la cour. J'y suis retournée à plusieurs reprises : pas la moindre trace de chat. Et il était tout aussi introuvable dans l'avenue Valhallavägen. Est-ce qu'il a disparu dans le dédale humide de rues et d'allées qui composent Stockholm ? Est-il recroquevillé quelque part, blessé et incapable de rentrer à la maison ? Quelqu'un a-t-il pu le secourir ?

Je ne crois pas.

Je crois que Jesper l'a tué. Je m'arrête un instant, ferme les yeux et lève la tête vers la pluie qui tombe. J'essaie de me représenter la scène : Jesper enserrant de ses grandes mains le cou de mon chat, avant de le jeter par la fenêtre.

Mais je n'y arrive pas.

Je suis incapable de convoquer de pareilles images. Tout ce que je vois, c'est Jesper qui dort paisiblement sur l'épais tapis coloré. Le champ de tournesols. Sa poitrine qui se soulève et s'abaisse au rythme de son souffle. Sa bouche entrouverte.

Je poursuis ma marche jusqu'à mon appartement. Devant moi, la place Karlaplan se dessine dans la pénombre, et les rues sont désertes. Les feuilles s'amassent au fond de la fontaine vide. Une partie de moi a envie d'aller s'allonger sur le rebord, de poser ma joue contre les feuilles mouillées. Mais une autre partie s'y refuse. Quelque chose d'effronté, de déterminé, d'implacable s'est éveillé en moi. Peut-être parce que j'ai déposé la bague pour m'acheter un peu de temps. Peut-être parce que ma douleur au ventre a disparu.

Peut-être, tout simplement, parce que je n'en peux plus de subir.

Alors que j'ai dépassé la bouche de métro, j'entends quelque chose derrière moi. Un petit bruit sourd, comme si quelqu'un avait fait tomber un livre ou un sac par terre. Je me retourne, mais rien ne se distingue parmi les ombres profondes projetées par les arbres. Étrangement, ça ne m'effraie pas ; ça me met seulement en colère. J'en ai l'intime conviction, c'est lui qui est tapi dans le noir, il m'attend. Et ça me rend furieuse.

— Ohé ?

Mais il ne se passe rien. Tout ce que j'entends, c'est le bruit de la pluie qui tombe sans discontinuer, et d'une voiture qui disparaît au loin. Une fenêtre est ouverte dans l'un des immeubles de l'allée Erik-Dahlberg, d'où émanent de la musique et des éclats de voix qui se diffusent dans l'obscurité.

Je me retourne et marche en direction des ombres. L'éclat d'un réverbère m'aveugle, et je dois baisser les yeux vers l'asphalte trempé par la pluie.

— Viens, espèce de lâche ! Je sais que tu es là, connard !

Une ombre se détache de l'obscurité et glisse le long de l'allée Erik-Dahlberg, en direction de l'avenue Valhallavägen. Des bruits de pas, puis de course, résonnent entre les murs des immeubles avant de s'estomper.

J'ai soudain la sensation de n'avoir plus aucune force dans les jambes. Je regarde mes bottes à talons hauts, et réalise que je ne peux rien contre cette ombre qui a déjà disparu.

— Espèce de lâche, sale merde ! Je me vengerai, tu vas voir ce que tu vas voir ! me mets-je à hurler.

Au moment même où je décide d'abandonner l'affaire, quelque chose me frôle. Une main sur mon épaule. Je me retourne, et découvre une vieille dame vêtue d'un ciré qui me dévisage d'un air inquiet. Ses deux teckels m'observent eux aussi, de leur insondable regard de chiens.

— Ça va aller, mademoiselle ? On ne vous a pas agressée tout de même ?

— Non, c'est juste que…

— Voulez-vous que j'appelle la police ?

Ses yeux sont écarquillés ; je présume que c'est la chose la plus excitante qui lui soit arrivée depuis un moment, depuis des années peut-être. L'un des teckels grogne doucement.

— Non, rétorqué-je. Tout va bien. Je vais régler ça moi-même.

## PETER

En redescendant la rue Brännkyrkagatan, je brûle de honte. Pourquoi diable lui ai-je serré la main, comme si on se connaissait à peine ? Je dois avouer qu'il y a quelque chose chez Hanne qui me fait perdre mes moyens. Je me demande si elle arrive à le ressentir, et si elle en profite pour l'exploiter, comme le faisait toujours Janet.

On ne peut pas faire confiance aux femmes.

Non pas parce qu'elles seraient moins intelligentes que nous, mais plutôt parce que nous, les hommes, n'avons ni le courage ni l'énergie de démêler ce qu'elles ont derrière la tête. Nous nous retrouvons par conséquent dans une position constante d'infériorité vis-à-vis d'elles – dont nous avons l'entière responsabilité.

Ma voiture est en stationnement interdit dans la rue Hornsgatan ; quand je mets la clé dans la serrure, je ne suis brusquement plus sûr de moi : je devrais peut-être y retourner et m'excuser. Mais de quoi devrais-je m'excuser, au juste ? De lui avoir serré la main alors que j'aurais voulu faire tout autre chose ? De n'être jamais venu ce soir-là, dix ans plus tôt, ou de n'avoir donné aucune nouvelle pendant tout ce temps ?

Tant de choses à se faire pardonner !

Je m'installe dans la voiture, allume le moteur puis m'arrête pour réfléchir un instant. Je sors mon portable et tape le numéro de Manfred sans prendre le temps de me raviser.

Sept sonneries se succèdent avant qu'il décroche.

— Bordel de Dieu, Lindgren. Il est bientôt onze heures et demie. J'espère que c'est important.

— Bonsoir à toi aussi.

Manfred ne semble pas réellement fâché. Mais on ne sait jamais avec les pères de jeunes enfants. Ils défendent leurs heures de sommeil avec la frénésie que d'autres mettent à se protéger les parties intimes. Et puis, après tout, qui suis-je pour le railler, moi qui n'ai jamais changé une couche de toute ma vie ?

— Tu as le rapport d'autopsie à portée de main ?

— Lequel ?

— Celui de la femme tuée chez Orre.

Il soupire bruyamment.

— Oui, sur mon ordi. Ne quitte pas, je vais le chercher.

Une minute plus tard, il est de retour. J'entends derrière lui les pleurs d'un enfant. Un cri strident qui s'élève puis s'atténue, comme une alarme incendie un peu grippée.

— Désolé si je vous ai réveillés, m'excusé-je.

— Ça, il aurait fallu y penser avant d'appeler, marmonne-t-il. Qu'est-ce que tu veux savoir ?

— Est-ce que la victime avait des marques ou des blessures dans les yeux, ou autour ? Sur les paupières, par exemple.

Silence au bout du fil ; j'observe la rue Hornsgatan en attendant sa réponse. Quelques promeneurs tardifs disparaissent dans le vent vers la place Södermalmstorg. Sur la place Mariatorget, un homme lutte contre le vent, traînant derrière lui un chien en laisse. Une voiture solitaire passe en direction de Hornstull.

— Les yeux, tu disais… Mais oui, figure-toi. Tu as de la chance ! Tu peux remercier ta bonne étoile que ce soit Fatima Ali qui ait fait l'autopsie, et pas l'autre abruti de tire-au-flanc qu'on nous a envoyé de Borås. Elle a trouvé… deux petites plaies perforantes sur l'intérieur de chacune des paupières supérieures, et une autre à dix-huit millimètres sous l'œil droit. Les plaies faisaient un à deux millimètres de diamètre, et n'avaient pas pénétré l'hypoderme. Plaies superficielles, quoi. Elle n'a pas d'hypothèse quant à leur origine. Pourquoi ? De quoi s'agit-il exactement ?

Hanne met un moment avant d'ouvrir la porte. Elle porte un pantalon de survêtement et un tee-shirt délavé, et tient une brosse à dents à la main. Son regard est interrogateur, peut-être aussi un peu effrayé – ce qui n'a rien d'étonnant : il faut toujours se méfier des inconnus qui frappent à votre porte au milieu de la nuit.

Et à plus forte raison quand ce ne sont pas des inconnus.

— Tu avais raison, lui dis-je.

Sans répondre, elle recule d'un pas, et me fait entrer dans la chaleur de l'appartement.

Je me réveille vers sept heures. Tout ce que j'entends, dans le noir, est la respiration régulière de Hanne et le bourdonnement du radiateur près du lit. Avec une précaution infinie, je me blottis au plus près d'elle, jusqu'à ce que mon corps effleure sa peau et que je sente sa chaleur irradier la mienne. Je pose la main sur sa hanche saillante et inspire son parfum de cannelle mêlée de sueur. Cet instant est si parfait, si précieux. Pur comme de l'eau de source, ou comme l'air froid des falaises du bord de mer après une grosse averse. Un instant lumineux à conserver jalousement, pour qu'il tienne compagnie à toutes les merdes qui se bousculent dans les méandres de ma mémoire. Mais je me connais par cœur : j'ai désespérément peur de le gâcher, de le salir. Comme je salis et détruis systématiquement tout ce qui est beau et précieux.

L'amour et la beauté sont passagers.

La merde, elle, est éternelle. Parfois, on y voit poindre de petits instants de bonheur lumineux – et la meilleure chose à faire lorsqu'on tombe sur l'un d'eux, c'est justement de ne rien faire.

Je reste donc allongé sans bouger sous la chaleur de la couette, en respirant aussi silencieusement que possible. Je laisse les bouts de mes doigts effleurer la peau douce de son aine, puis ses poils bouclés un peu plus bas.

À l'époque où elle était vraiment mienne, quand j'avais à la fois son corps et sa confiance, je n'étais jamais aussi prudent. C'est l'une des leçons de la vie, j'imagine – on ne se rend compte de la valeur de ce qu'on possède qu'une fois qu'on l'a perdu. C'est un cliché, je sais – mais c'est la vérité. Le sentiment de manque est une excellente mesure de la valeur des choses perdues ; c'est une monnaie aussi fiable qu'une autre.

Vers sept heures et demie, je me faufile hors du lit, écris un petit mot que je pose sur la table de la cuisine. J'explique que je dois être au commissariat central à huit heures, et lui dis à bientôt. Je me demande un instant si je dois lui écrire « je t'embrasse », ou peut-être la remercier pour hier soir, mais, sans vraiment savoir pourquoi, je décide de m'en abstenir.

Sanchez et Manfred sont déjà sur place. Ils sont debout devant les grands panneaux, une tasse de café à la main. Manfred a l'air épuisé ; je me demande s'il a réussi à se rendormir après notre conversation. Une minute après, on voit arriver Bergdahl – l'enquêteur qui nous a aidés à prendre les appels concernant l'identité de la femme assassinée. Il a une liasse de papiers dans une main et une boîte de tabac à priser dans l'autre.

Manfred se lève de sa chaise en soufflant.

— C'est peut-être mieux que tu commences, dit-il en faisant un geste dans ma direction. Tu as découvert quelque chose hier soir, tu peux nous en parler ?

Je hoche la tête et évoque les allumettes, les petites plaies autour des yeux de la victime, puis la théorie de Hanne selon laquelle le meurtrier aurait voulu forcer la victime à voir, et non l'inverse.

— Intéressant, fait Sanchez, l'air sincère.

Son ironie habituelle s'est comme envolée.

— Je vous disais bien qu'elle était vachement calée, la sorcière, marmonne Manfred.

— Si je comprends bien ce qu'elle veut dire, le motif serait donc une forme de vengeance ? interroge Sanchez.

— C'est aussi comme ça que je l'interpréterais, rétorqué-je. Mais je pense que le mieux serait qu'elle nous explique elle-même son raisonnement.

— Tu sais quand elle arrive ? demande Sanchez.

Je hausse les épaules.

— Aucune idée.

— D'accord, reprend Bergdahl. (Il a la cinquantaine et semble avoir honte de sa calvitie, car il s'obstine toujours à porter un bonnet ou une casquette à l'intérieur – aujourd'hui, c'est un grand bonnet noir tricoté. Il poursuit :) Je vais vous en dire un peu plus sur les informations que nous avons reçues à la suite de la publication du portrait de la victime dans tous les canards et sur la plupart des chaînes de télé. Nous avons reçu une centaine d'appels, dont nous avons pu exclure la majorité – environ quatre-vingts – en retrouvant et en contactant directement les femmes présumées disparues. Ce qui nous laisse avec dix-huit personnes, que nous avons réparties en deux groupes : intéressantes et moins intéressantes, avant tout du point de vue de leur ressemblance physique avec la victime. Nous allons continuer de les examiner au cours de la journée.

On entend des pas dans le couloir. Hanne entre, enlève son manteau et s'assied sur une chaise à côté de Sanchez, sans croiser mon regard. Mais je ne peux m'empêcher de l'observer. Son visage aux traits finement dessinés, ses cheveux humides qui lui tombent sur les épaules comme si elle sortait tout juste de la douche, son pull fatigué, beaucoup trop grand pour elle. Je sens mon ventre se nouer.

— Alors, on a combien de candidates intéressantes ? demande Sanchez.

— Trois, répond Bergdahl, avant de coller autant de photographies mal définies sur le panneau et de pointer du doigt la première. Wilhelmina Andrén, vingt-trois ans, habite Stockholm. Elle a quitté le service psychiatrique de l'hôpital de Danderyd à l'occasion d'une autorisation de sortie temporaire, il y a deux semaines, et on est sans nouvelles d'elle depuis. Elle souffre de schizophrénie, et est prise en charge au titre de la loi sur l'hospitalisation psychiatrique à la demande d'un tiers. Mais, d'après ses proches, elle n'a jamais été violente. Elle a des hallucinations. Elle est apparemment persuadée qu'elle communique avec les oiseaux. Elle a déjà disparu par le passé, et on l'a alors généralement retrouvée dans un parc, où elle traînait avec ses potes.

— Les oiseaux ?

— C'est ça. Le problème, c'est qu'elle est un peu petite pour correspondre à la victime, mais nous continuons à examiner son cas. Ensuite, nous avons Angelica Wennerlind, vingt-six ans, institutrice en maternelle originaire de Bromma. Elle devait partir en vacances avec sa fille de cinq ans le jour du meurtre, et n'a pas donné de nouvelles depuis. Ses parents nous ont dit qu'elle avait loué un chalet quelque part, mais ils ne savaient pas où. Il est possible qu'elle n'ait pas de réseau là où elle est, et qu'elle n'ait simplement pas donné de nouvelles. Mais elle ressemble pas mal à la victime. Malheureusement, le corps est en trop mauvais état pour le montrer aux parents, il faudra attendre l'expertise en odontologie médico-légale.

— Et la troisième ?

Bergdahl ajuste son bonnet ridicule et pointe la dernière photo.

— Emma Bohman, vingt-cinq ans. Jusqu'à la semaine dernière, elle était employée comme vendeuse dans une boutique Clothes&More. C'est-à-dire qu'elle travaillait dans l'entreprise de Jesper Orre. Comme plusieurs milliers de personnes, cela dit, donc ça n'est pas *nécessairement* suspect. Elle vit seule dans l'avenue Värtavägen, dans le centre de Stockholm. Sa mère et son père sont décédés. Sa tante a signalé sa disparition il y a trois jours, et a repris contact avec nous lorsqu'elle a vu le dessin en une des journaux. Elle l'a cherchée pendant une semaine sans résultat. Mais elle a précisé qu'en soi, elle ne ressemble pas tant que ça à la femme du dessin. Elle a notamment les cheveux beaucoup plus longs. Mais elle aurait pu les couper, donc on continue aussi sur cette piste. On a demandé les fiches dentaires des trois femmes, qu'on devrait recevoir dans la journée si tout va bien. À partir de ça, l'odontologue devrait pouvoir déterminer assez rapidement si l'une d'entre elles correspond à notre victime.

— *Emma*, répète Manfred.

— Comme celle qui a signé la lettre, poursuis-je en posant le regard sur le billet manuscrit, désormais épinglé sur le panneau avec les autres documents.

— Quoi ? demande Bergdahl, l'air confus.

— Nous avons trouvé une lettre chez Orre, dis-je. D'une certaine Emma, qui avait apparemment eu une relation avec Orre, et était enceinte de lui.

Bergdahl hoche lentement la tête.

— D'accord. Elle est récente ?

— On ne sait pas. On n'a pas vu d'enveloppe, seulement la lettre elle-même. Elle était dans la poche de son jean.

— On peut comparer l'écriture avec celle de la femme disparue, Emma Bohman ? demande Manfred.

— Bien sûr, dis-je. Mais il est possible que l'odontologue soit plus rapide.

Sanchez pose son bloc-notes sur la table et lance :

— Fatima Ali, la médecin légiste, nous a dit que la victime avait eu un enfant ou été enceinte. Angelica Wennerlind avait un enfant, mais qu'est-ce qu'il en est des deux autres femmes ?

— Il n'y a qu'Angelica qui était maman, dit Manfred. Mais nous ne savons pas, évidemment, si l'une des deux autres a pu être enceinte. Si Emma Bohman est la même Emma que l'auteure de la lettre, elle attendait elle aussi un enfant.

Après un moment de silence, Manfred reprend :

— Quoi qu'il en soit, j'ai reparlé avec ce vitrier. Il a changé la vitre d'une des fenêtres de la cave, sur le côté ouest de la villa de Jesper Orre, deux semaines plus tôt. Orre lui a raconté qu'il y avait eu effraction, mais que rien n'avait été volé chez lui. À part ça, le vitrier n'avait rien de très intéressant à dire. Si ce n'est qu'Orre était assez prétentieux et semblait stressé – rien d'illégal là-dedans.

Du coin de l'œil, je vois Hanne écrire dans le bloc qu'elle a toujours sur elle. Elle a l'air d'être devenue plus consciencieuse avec les années, car elle prend des notes en permanence, à présent, comme si elle ne voulait pas manquer un seul mot de ce qui se dit. Cela m'étonne un peu : à l'époque où nous nous fréquentions, je la percevais comme quelqu'un d'assez brouillon et désordonné. Presque bohème. Elle n'écrivait jamais rien, et semblait tout de même se souvenir de tout.

Sanchez se lève, et tire légèrement sur son chemisier en soie.

— Nous avons aussi reçu un appel de la police du département. Comme vous le savez, ils enquêtent sur l'incendie du garage d'Orre. Ils l'ont classé comme incendie criminel, puisque le bâtiment incendié est à proximité d'habitations. Ils ont confirmé les informations de l'assurance, comme quoi l'incendie était volontaire. Le labo a retrouvé des traces d'essence sur les lieux, et il y a par ailleurs plusieurs bidons d'essence carbonisés dans le garage. Apparemment, Orre était en déplacement le soir où c'est arrivé. Il était à Riga pour rencontrer les directeurs de magasin des pays Baltes. Il n'a donc pas pu provoquer l'incendie personnellement, si c'était vraiment l'argent de l'assurance qui l'intéressait.

— Il aurait pu engager quelqu'un, suggéré-je.

Sanchez hoche la tête et se redresse, ce qui fait remonter son chemisier, dévoilant un ventre plat et tatoué.

— Oui, bien sûr. Mais rien n'indique qu'Orre ait eu besoin d'argent. Par ailleurs, on a un nouveau témoignage d'une voisine, qui affirme avoir vu une femme regarder le garage brûler depuis la rue. Elle n'a pas su la décrire, mais elle est certaine que c'était une femme, et qu'elle a quitté les lieux pendant l'incendie.

— Une passante ? demande Manfred.

— C'est possible. Ou celle qui a mis le feu au garage. On ne peut pas le déterminer pour le moment. La seule chose que l'on sait, c'est qu'elle était là, et qu'elle est restée un moment à regarder l'incendie. Comme si c'était un « putain de feu de joie ». Je cite la voisine.

## EMMA

*Trois semaines plus tôt*

— J'ai un rendez-vous chez le médecin. Je dois partir vers seize heures. Désolée, mais je suis obligée, dis-je en m'efforçant de prendre un air préoccupé.

Mahnoor hausse un sourcil parfaitement dessiné et opine lentement du chef, comme si elle méditait sur ce que je venais de dire.

— Vas-y. Mais tu auras un point rouge, répond-elle en montrant de la tête le calendrier.

— Je sais, mais je dois quand même y aller.

Olga, installée à table avec une tasse de thé à la main, lève les yeux au ciel. En un éclair, Mahnoor se retourne vers elle.

— Je t'ai vue.

— Quoi ? rétorque Olga en prenant un air innocent.

Elle écarquille ses yeux clairs et penche la tête sur le côté, faisant tomber ses cheveux décolorés sur son épaule.

— Arrête, je ne suis pas idiote. Si j'étais toi, je serais un peu plus coopérative. Tu as…, commence Mahnoor en se dirigeant vers le calendrier.

Elle passe le doigt lentement sur la ligne d'Olga et compte.

— Cinq points ce mois-ci, poursuit Mahnoor, satisfaite, avant de tourner les talons pour sortir de la salle du personnel.

Ses pas s'estompent, se mêlent à la musique familière qui sort des haut-parleurs.

— Qu'est-ce qu'elle a bouffé ce matin ? marmonne Olga en rongeant l'ongle de son index.

— Fais gaffe, ce n'est peut-être pas le meilleur boulot du monde, mais ça reste un boulot.

Elle hausse les épaules.

— Et alors ? Je peux bosser dans l'entreprise nettoyable d'Alexej si je veux. Là, il y a toujours travail.

— Tu voudrais faire le ménage sur les ferrys ?

Olga se tortille sur sa chaise.

— Plutôt ça qu'être traitée comme une merde tous les jours.

— Arrête, Olga. Ce boulot, ce n'est quand même pas la mort. Tu as fait des études, peut-être ? Tu as de l'expérience à part ici ? Tu crois vraiment que tu peux trouver un autre job demain si tu te fais virer ?

Olga s'affaisse sur son siège et paraît tout à coup plus âgée qu'elle ne l'est.

— Putain, quelle rabat-joie, toi.

— Je suis pas rabat-joie. J'essaie juste de t'aider. Je ne veux pas que tu perdes ton boulot juste parce que Mahnoor est passée dans l'autre camp, du côté des chefs. Ça n'en vaut pas la peine. Tâche de la jouer tactique. Ne fais pas attention à elle, oublie ce qu'elle t'a dit et tourne la page. T'es vraiment trop fière.

— C’est *toi* qui dis ça ?

Sa voix n’est qu’un murmure, mais n’en est pas moins tranchante.

— Quel rapport avec *moi* ?

— Toi et ton mec. T’arrêtes pas me parler de lui. Tu sais ce que je pense. Parfois, tourner la page, c’est pas si facile. Tu sais quoi ? J’en ai marre d’entendre parler de ce type. Ça ne m’amuse plus. Va emmerder quelqu’un d’autre avec ta vie privée déprimante.

Je suis sans voix. Jesper m’a volé ma vie. Il y a à peine quelques jours, j’ai perdu mon enfant et maintenant, cette petite garce de l’Est maquillée comme un pot de peinture vient me dire que ça ne l’*amuse* plus ! Comment croit-elle que je me sens ?

— Ce n’est pas la même chose.

— Tu es complètement obsédée par lui. Arrête de te plaindre. L’amour ne dure pas toujours, il faut accepter. Trouve un hobby, vois tes amis. *Get a life*.

Olga se lève, s’étire comme un chat.

— J’ai besoin d’une clope.

Elle disparaît dans le couloir vers le local de tri des déchets sans se retourner.

Il est quatre heures lorsque j’entre dans l’agence de location de voitures. Les employés, uniquement des hommes, semblent tous avoir moins de dix-huit ans et être membres de la même équipe de basket. Grands, dégingandés et imberbes.

Je m’adresse à Sean – c’est le nom inscrit sur son badge :

— Je voudrais louer une voiture pour vingt-quatre heures. Pas forcément grande, mais avec un coffre spacieux.

— Un break, peut-être ? suggère-t-il en caressant son menton boutonneux.

Je lui tends ma carte de crédit et mon permis de conduire pendant qu'il énumère les conditions : le véhicule doit être retourné au plus tard à dix-huit heures demain, le plein doit être fait et les clés doivent être déposées dans la boîte aux lettres. Ai-je des questions ?

Je secoue la tête.

— Alors je vous souhaite un bon voyage.

— Qui a dit que je partais en voyage ?

— Bon, alors soyez prudente !

— Oui, merci, dis-je en forçant un sourire. Numéro six, c'est ça ?

Il acquiesce et lorsque je sors de la boutique il a déjà commencé à s'occuper du client suivant.

Le magasin de peinture est plein à craquer. Les Stockholmois frigorifiés font la queue pour acheter du bois, de la paraffine et des étoiles de Noël. La pluie crépite contre la vitre et l'atmosphère est presque exubérante, comme si nous étions dans une file à l'aéroport pour partir en vacances plutôt que dans un magasin.

— Quel temps de chien ! dit une femme obèse en loden, tenant un teckel au bout d'une laisse.

Elle ressemble à la femme que j'ai croisée l'autre soir, lorsque Jesper m'a surprise entre les ombres près de la place Karlaplan. Ou peut-être que toutes les dames du quartier ont des teckels. Manteaux matelassés, petits toutous et chapeaux en tweed. Si ça se trouve, elles possèdent même un château quelque part.

Je pose les bidons sur le comptoir. Mes paumes me brûlent et mes muscles tremblent après l'effort. L'homme à la caisse regarde les jerricans avec scepticisme en calant du tabac à chiquer sous sa lèvre. Puis il me dévisage pour s'assurer que je ne suis pas folle.

— Ça existe en plus petit. Nous avons des bouteilles d'un litre.

— Ça va aller, merci.

Il hausse les épaules, semble se dire que c'est mon problème, après tout, si j'achète en trop grande quantité. La porte de la boutique s'ouvre à nouveau et le teckel se met à aboyer.

— Bon, d'accord.

Le vendeur incline le bidon pour lire le code-barres et me fait un signe de tête.

— Combien vous en avez?

Je baisse les yeux sur le sol. J'ai encore deux bidons à mes pieds.

— Quatre au total.

Je conduis prudemment. La température a chuté, il fait près de zéro et je crains que la chaussée noire et luisante ne soit traîtreusement glissante. Étrangement, je n'ai aucune difficulté à trouver mon chemin. C'est comme si mon corps se souvenait de toutes les bifurcations, comme si les virages et les méandres de cette banlieue résidentielle chic s'étaient imprimés quelque part dans ma moelle épinière. Je n'ai même pas besoin de réfléchir: mon corps décide et je me mets au diapason.

De grosses berlines sont garées dans les allées soignées. Des demeures aux allures de palais s'élèvent au milieu de jardins bien entretenus. Puis les maisons deviennent plus petites et je sais que je suis bientôt arrivée.

J'aperçois sa villa dans le noir. Il n'y a pas de voiture devant. Les tas de bois, recouverts de bâches, sont encore là sur le trottoir, près du nouveau garage.

Je me gare un peu plus loin, soucieuse de ne pas laisser la voiture trop près de la maison. Les bidons sont lourds et je les porte maladroitement. Je suis obligée de faire deux allers-retours pour les apporter. En avançant vers la clôture de Jesper, je regarde autour de moi, mais je ne vois pas âme qui vive. Les demeures contiguës sont éclairées, mais semblent vides.

J'inspecte le nouveau bâtiment près de l'entrée. Le trou béant dans la façade, qui était comblé par une bâche en plastique lors de ma dernière visite, a été fermé par une vraie porte de garage, mais la petite fenêtre à gauche de l'entrée n'a toujours pas de vitre. Je me lève sur la pointe des pieds, me penche en avant et regarde par l'ouverture. Mes yeux s'habituent à la pénombre en quelques secondes. Il y a deux voitures dans le garage : une petite sportive et un vieux modèle de Porsche. *Alors comme ça monsieur aime les vieilles bagnoles... Encore un secret que tu t'es bien gardé de partager avec moi.*

Je m'éloigne de la fenêtre, ouvre le bouchon du premier bidon et verse le liquide le long de la façade. Le jerrican s'allège et devient plus maniable. J'asperge le mur aussi haut que possible. Puis je répète l'opération avec les trois autres réservoirs. Combien d'essence faut-il ? Je pouvais difficilement demander conseil au vendeur.

La tâche est ardue et je sens la sueur perler sous mon gros manteau. Une pluie fine s'est mise à tomber, de petites gouttes silencieuses que je remarque à peine, mais qui mouillent mon visage et mes mains.

Lorsque j'ai terminé, je passe les bidons par la fenêtre. Je les entends heurter le sol du garage avec un bruit sourd. Je m'écarte un peu, vérifie que j'ai bien les clés de voiture. Je ne voudrais surtout pas avoir à fuir en abandonnant le véhicule.

Je sors alors les allumettes, me penche en avant pour les protéger de la pluie et du vent, en frotte une.

L'essence s'embrase dans la nuit.

Voilà pour l'argent que tu m'as volé, connard.

Cette nuit-là, je dors bien – cela fait longtemps que je n'ai pas passé une aussi bonne nuit –, même si l'odeur de la fumée imprègne toujours ma peau et mes cheveux malgré deux douches. Lorsque je me réveille, l'image des flammes est imprimée sur ma rétine. Ces flammes qui éclairaient la nuit d'automne et brûlaient ma peau, bien que je me sois éloignée. Je me suis sentie purifiée. J'ignore si c'était grâce au feu ou parce que j'avais récupéré quelque chose qui m'appartenait, une chose dont il m'avait dépossédée.

Je me lève, reprends une douche, m'habille et mange un bol de céréales avec du lait fermenté tout en me démêlant les cheveux et en me maquillant. Ce n'est peut-être qu'une impression, mais je trouve que j'ai l'air plus en forme. Plus forte. Et c'est peut-être vrai, peut-être que la femme qui me dévisage est quelqu'un d'autre. Peut-être que la journée d'hier m'a transformée.

Avant de sortir, je cherche dans le tas de factures pour retrouver la petite carte de visite du journaliste et la fourre dans ma poche. Il est temps de l'appeler.

En marchant vers le métro, j'ai l'impression qu'autre chose a changé. Mais quoi ? Soudain, je comprends : le soleil brille pour la première fois depuis plusieurs semaines. Je m'arrête, ferme les yeux et tourne mon visage vers le ciel. J'absorbe la chaleur et la lumière. Je reste ainsi jusqu'à ce que ma peau soit chaude et mes yeux brillants. Je me dis que la vie n'est pas si terrible, après tout.

Pour une raison inexpliquée, l'image de mon père m'apparaît et je pense à lui, tel qu'il était la veille de sa mort. Étendu sur son lit, immobile dans sa chambre obscure. Ma mère se faisait un sang d'encre, marchait en long et en large devant sa porte. Je ne comprenais pas pourquoi elle, qui semblait détester à ce point mon père, était si préoccupée par sa maladie. C'était comme si elle n'avait que deux émotions à disposition : la colère ou l'inquiétude. Et ce jour-là, elle était très inquiète.

Elle avait passé la moitié de la matinée à discuter avec plusieurs de ses sœurs. J'avais fait mes devoirs de physique en l'écoutant murmurer ses longues diatribes sur la santé de mon père. Des mots comme « complètement passif » et « a perdu l'envie de vivre » se mêlaient à des reniflements théâtraux et à ses plaintes habituelles concernant ses problèmes d'argent, son travail ennuyeux et son chef égocentrique. Elle en concluait toujours qu'elle méritait mieux que cela, et ses sœurs semblaient d'accord, car cette affirmation n'était jamais suivie d'une discussion.

Je réfléchis quelques instants à ce que signifiait « mériter mieux ». Ma mère n'était-elle pas satisfaite de sa vie ? Voulait-elle autre chose ? Un appartement différent, un mari différent ? Un enfant différent, peut-être ? Dans ce cas, était-ce quelque chose que l'on pouvait mériter, y avait-on droit si l'on était une meilleure personne ? Ma mère était-elle meilleure que moi et mon père ? Et si moi, j'étais si mauvaise, qu'est-ce que je méritais ?

Je m'assis délicatement à côté de mon père sur son lit. Dans la chambre plongée dans la pénombre flottait une odeur de transpiration, de fumée de cigarette et de quelque chose d'autre, un effluve nauséabond, qui rappelait le cuir chevelu sale, et je me dis qu'il ne remarquerait pas que j'avais fumé en cachette avec Elin juste avant – je n'avais pas à m'inquiéter.

Je ne comprenais pas pourquoi il insistait pour garder les persiennes fermées, pourquoi il voulait rester allongé dans le noir toute la journée. Le lit se balança lorsque je m'y installai, bien que j'eusse essayé d'être aussi prudente et légère que possible.

— Ma petite Emma, marmonna-t-il en se tournant vers moi.

Il prit ma main dans la sienne. C'est tout. Il ne dit rien de plus, demeura immobile. Il respirait lourdement, comme si chaque inspiration lui répugnait. Qu'est-ce qui pouvait égayer mon père ? D'habitude, je lui proposais de faire une activité ensemble, par exemple se promener ou cuisiner. Mais j'avais la sensation que ça ne marcherait pas cette fois-ci.

— Ça va mieux maintenant, papa ?

— Oui, répondit-il, après une pause longue et inquiétante.

Même sa voix avait un timbre différent. Elle sonnait creux, semblait sourde. Comme si elle venait des profondeurs d'une boîte.

— *Ma petite Emma*, répéta-t-il en serrant ma main plus fort. Je veux que tu saches à quel point je t'aime. Tu es une fille formidable.

J'ignorais que répondre. La situation me mettait mal à l'aise. Je n'avais pas l'habitude de voir mon père si faible. Il pouvait être fatigué et indifférent ou fâché et irascible, voire ivre et irrationnel. Mais faible, non. L'homme qui était mon idole depuis que je savais marcher ne pouvait pas être faible. C'était aussi simple que cela.

— S'il te plaît, papa…

— Emma, m'interrompit-il, tu te souviens de la chenille que tu gardais dans un bocal quand tu étais petite ?

— Oui ?

Je me demandais où il voulait en venir.

— Je suis vraiment désolé d'avoir laissé maman casser le pot. Je savais comment cette soirée allait finir et je n'ai rien fait pour l'en empêcher.

— Arrête, papa, c'était juste un insecte débile. En plus, ça remonte à un siècle.

— Un *insecte*, oui, c'est ce qu'elle disait. Mais ce n'était pas seulement un papillon. C'était *ton* projet. Tu t'en étais occupée tout l'été. C'était la seule chose qui te tenait à cœur et malgré ça, peut-être *à cause* de ça, elle l'a détruit. Et moi, je l'ai laissée faire. Je suis aussi responsable qu'elle.

Je crus entendre un sanglot dans le noir, mais je ne suis pas sûre.

— Tu te souviens comme il était beau ? poursuivit-il. Cette chrysalide insignifiante s'est transformée en papillon magnifique. Cette couleur bleue presque phosphorescente ! Tu te rappelles ?

J'acquiesçai, bien qu'il ne pût pas me voir dans le noir. J'avais une boule dans la gorge et j'ignorais si ma voix portait encore.

— Je veux seulement que tu saches… que tu es exactement comme cette chrysalide, Emma. Un jour, toi aussi tu deviendras un magnifique papillon. Ne l'oublie jamais. Quoi que disent les gens, tu dois me le promettre.

— Mais papa !

Je laissai échapper un gloussement, car la situation me sembla tout à coup absurde. Comme si je me retrouvais dans une sorte de mélodrame.

— Arrête de parler comme ça, continuai-je. Tu me fais peur, OK ?

Il ne répondit pas tout de suite. Seules ses lourdes respirations résonnaient dans la pièce.

— Si quelqu'un te dit que tu es différente, je veux que tu penses à ce papillon. Différent ne veut pas dire moins bien. Différent peut vouloir dire meilleur. Promets-moi de ne jamais l'oublier.

— Bien sûr, mais…

La boule dans ma gorge ne cessait de grossir. Je n'avais jamais entendu mon père parler ainsi. C'était une chose que je ne pouvais maîtriser. Aucun bon dîner, aucune balade improvisée au bord de l'eau ne pourrait faire disparaître ce problème.

— Je veux que tu… redeviennes comme avant, murmurai-je, car je voulais éviter le mot « guérir » qui impliquait qu'il était malade.

Ce n'était pas quelque chose que nous disions à mon père, ni ma mère ni moi. Nous disions cela *de* lui, mais pas *devant* lui.

— Je ne suis qu'une merde, dit-il d'une voix guillerette tout à fait inattendue, comme s'il venait de faire une plaisanterie. Juste une merde.

Ce sont les derniers mots que mon père prononça avant que ma mère ne le retrouve pendu dans l'appartement, le lendemain.

## HANNE

Bien avant de m'intéresser à la science comportementale, j'étudiais l'anthropologie sociale. J'avalais du Franz Boas et du Bronislaw Malinowski et rêvais d'aller au nord du Groenland, à la rencontre des Inuits, pour un travail de terrain d'un an – peut-être parce que j'avais vu le vieux documentaire *Nanouk l'Esquimau* étant enfant. Or nous étions dans les années soixante-dix et, dans le sillage des voix qui s'élevaient pour une anthropologie militante, l'intérêt pour les peuples primitifs pittoresques mais sans poids politique visible avait commencé à décliner.

Les Esquimaux n'étaient plus à la mode, tout simplement.

Ce qui ne m'a pas empêchée de garder mon engouement pour l'anthropologie. Peut-être était-ce pour cette raison qu'Owe me rapportait parfois de petits cadeaux des peuples primitifs lorsqu'il partait en voyage.

C'est en tout cas ce que je me disais.

Dans les années quatre-vingt, de retour d'un congrès médical à Miami, il m'a offert un masque serti de perles, fabriqué par le peuple Huichol à l'ouest du Mexique. Une autre fois, alors qu'il avait participé à une conférence de psychiatrie en Afrique du Sud, j'ai reçu une blague à tabac ancienne venant de l'ethnie Xhosa. Et cela a continué. Finalement, presque toute la bibliothèque était pleine des petits souvenirs de voyage d'Owe.

Il m'a bien fallu dix ans pour comprendre que ces cadeaux servaient en vérité à compenser quelque chose. Je ne me souviens plus exactement comment je l'ai découvert. Peut-être parce que le téléphone sonnait parfois au milieu de la nuit et que personne ne parlait quand je répondais. Peut-être parce que nous recevions des lettres marquées de la mention « privé ». Mais c'était surtout à cause d'Evelyn.

Evelyn, une Américaine d'une quarantaine d'années, était la psychanalyste d'Owe, ce qui en soi n'était pas spécialement digne d'intérêt. Dans nos cercles, tout le monde avait un psy. *Au moins* un. En outre, voir son psy plusieurs fois par semaine était considéré comme quelque chose de normal. Oui, je crois même que c'était un marqueur social. Ainsi Owe passait-il le plus clair de son temps libre à ressasser son enfance sur le divan d'Evelyn place Odenplan.

Je me souviens qu'il était parfois épuisé en rentrant. En sueur, distrait, le regard vitreux, il s'affalait dans le canapé et me demandait de le laisser tranquille. À ces occasions, j'étais particulièrement tendre avec lui, car je supposais qu'ils avaient abordé des sujets très douloureux. La maladie de son père, peut-être, ou le faible de sa mère Gunvor pour les antalgiques et les calmants. Or, un soir de la mi-décembre, nous étions mariés depuis dix ans, je l'ai surpris. Je m'étais réveillée parce que j'avais froid, je m'en souviens. Le radiateur fonctionnait mal dans notre appartement à l'époque et la couverture avait glissé. Owe n'était pas à côté de moi et je me suis levée pour savoir ce qu'il faisait. Des murmures me parvenaient depuis la cuisine et, pour une raison ou pour une autre, je n'ai rien dit, mais me suis approchée discrètement.

Il parlait anglais. Et ce n'était pas une conversation professionnelle. Il ne m'a fallu que quelques minutes pour comprendre qu'il discutait avec Evelyn et que leur relation était loin d'être celle que j'imaginais.

J'ai d'abord envisagé de me précipiter dans la cuisine pour lui arracher le combiné, lui décocher une gifle ou jeter quelque chose à terre, mais au lieu de cela j'ai fait volte-face, suis retournée dans la chambre et ai plongé la tête sous la couverture, pleine d'un mépris si profond que j'étais incapable de mettre des mots dessus. Car c'était du mépris que je ressentais – ni tristesse, ni colère, ni jalousie. Je ne pouvais pas respecter cette foutue hypocrisie : jamais il ne m'avait parlé d'Evelyn ni de ses autres conquêtes, alors qu'il me reprochait constamment mes infidélités.

Car évidemment, moi aussi je l'avais trompé. Plusieurs fois, même. Surtout au début de notre relation. Mais c'était une autre époque. Les gens n'avaient pas de relations « ouvertes », ou « polyamoureuses » ou je ne sais quoi, et j'étais obligée de mentir et de faire des cachotteries pour dissimuler mes liaisons. Il arrivait que je me retrouve au lit avec un autre homme, après une fête un peu arrosée, et la réaction d'Owe était toujours la même : il me ramenait à la maison – *me portait* si nécessaire – et essayait de me faire entendre raison. Il me traitait comme un enfant qui aurait violé son interdiction de sortie ou commis un vol à l'étalage. Cela le plaçait en situation de supériorité morale par rapport à moi – une position dont il profitait pour aller coucher avec Evelyn trois fois par semaine sur le divan place Odenplan.

Je crois que j'ai commencé à le haïr à ce moment-là.

Quand j'ai rencontré Peter, j'ai senti que je n'avais aucune raison de me priver du grand amour. Pourquoi le devrais-je ? Après tout, Owe s'était autorisé à tomber amoureux de cette garce américaine.

D'une certaine manière, je crois aussi que débuter une relation avec quelqu'un comme Peter était une façon de me révolter. Il n'était pas du tout intellectuel, vivait dans un petit appartement de banlieue et se trouvait parfaitement à son aise devant un match de foot. Une personne dont les rêves n'allaient pas plus loin que les prochaines vacances et qui croyait que Tchekhov était une marque de vodka.

D'ailleurs, le récit de son enfance m'avait fascinée. Il m'avait confié que sa mère était militante et avait fait partie du mouvement contre la guerre du Vietnam ; qu'il l'accompagnait souvent aux réunions et aux manifestations lorsqu'il était petit. Je me disais alors qu'il aurait pu grandir avec mes amis. Or, en dépit de son éducation, la politique ne semblait pas l'intéresser le moins du monde. J'imagine que c'est souvent comme cela – nous choisissons sciemment une vie différente de celle que nos parents ont vécue.

Quoi qu'il en soit, l'homme imbu de lui-même qu'était Owe a été sacrément ébranlé lorsqu'il a compris que j'avais songé à le quitter – même si Peter a disparu au bon moment, m'abandonnant à mon sort sur le trottoir de la rue Skeppargatan ce soir-là.

Toute la frustration et toute la haine que je ressentais pour Owe, qui ont culminé ce jour-là, se sont peu à peu changées en résignation, en une sorte de passivité. Retomber amoureuse, rebâtir cette confiance en un autre homme comme je l'avais fait avec Peter – pour ensuite être trahie une nouvelle fois – me semblait inconcevable.

Alors je suis restée, en l'absence de meilleure option.

N'est-ce pas ainsi que va la vie ?

Et à présent, il s'est à nouveau faufilé dans mon existence.

*Peter.*

Le seul homme qui a vraiment compté pour moi depuis quinze ans. Un policier fatigué avec une estime de soi en miettes et une peur pathologique de l'engagement. Quelques heures plus tôt à peine, il était dans le lit à côté de moi. Sur moi. En moi. Et je ne pense qu'à une seule chose : le revoir.

*Peut-être suis-je en train de devenir comme Gunilla*, me dis-je en me rappelant ses mots.

« On a tellement… de désir l'un pour l'autre. Excités, comme on dit familièrement. C'est autorisé à notre âge ? »

Reprendre une relation sérieuse est bien entendu impensable. Pas seulement parce que je crains d'être abandonnée à nouveau, mais aussi parce que je suis en train de m'enliser dans une maladie incurable. Un obscur tunnel de déchéance et d'oubli. Je me sens comme une spéléologue s'apprêtant à pénétrer par une faille au cœur d'une montagne, tout en sachant que cette faille ne va faire que rétrécir. À la fin, je resterai prisonnière de la roche primitive, incapable de sortir.

Et même Peter ne pourra pas m'aider.

Lorsque j'arrive au commissariat central, les collègues sont en train d'analyser les informations qu'ils ont reçues depuis la publication du portrait de la femme décédée. J'observe des photographies de jeunes femmes, espérant qu'aucune d'entre elles n'est identique à la victime chez Orre. Mais c'est forcément quelqu'un. C'est inévitable. Quelqu'un repose dans l'une des chambres froides de l'Institut médico-légal de Solna en attendant qu'on lui rende son nom et son histoire. Même de manière posthume.

J'évite de regarder Peter. Non pas que je regrette ce qui s'est passé la nuit dernière, mais j'ignore que dire et que faire. Cela fait tellement longtemps que je n'ai pas été dans cette situation. Comme une adolescente : « Bah, on a couché ensemble hier soir, mais je ne sais pas vraiment ce qu'il pense de moi et s'il veut me revoir. »

C'est franchement risible. Peut-être la chose la plus comique qui me soit arrivée depuis des années.

Depuis combien de temps n'avais-je pas fait l'amour ? Je n'en sais rien, mais je tablerais sur cinq ans. Je me souviens que je disais à Owe que j'avais mal à la tête. Non pas parce que l'excuse était bonne, mais parce qu'elle était minable, tellement bidon qu'elle devait lui faire comprendre que je n'avais plus *aucune envie* de coucher avec lui.

Il l'a bien saisi, d'ailleurs.

Petit à petit, il a arrêté de me toucher. Il se mettait au lit en silence et éteignait la lumière sans même me donner un baiser. C'était une punition, je le comprenais bien, moi aussi. Mais cela me convenait parfaitement. J'en avais déjà assez de cet homme, même si je n'avais jamais envisagé de le quitter à nouveau.

Puis la maladie est arrivée. J'ai commencé par oublier les noms. Il pouvait s'agir de noms d'amis que nous fréquentions depuis des années. Ou bien – c'était plus fréquent – des noms de lieux.

*Sundsvall, Söderhamn, Sollefteå.*

*Örebro, Örkelljunga, Örgryte.*

*Arboga, Abisko, Arvika.*

Mais cela arrive à tout le monde, non ? Si ça s'était arrêté là, je crois qu'Owe n'aurait rien remarqué. Puis j'ai commencé à manquer des rendez-vous, à omettre de rappeler nos amis comme je l'avais promis et à égarer mes cartes de crédit et mon téléphone portable.

Une fois, j'ai même oublié Frida devant le supermarché. En arrivant chez moi, je ne me souvenais pas où je l'avais laissée. Prise de panique, j'ai appelé Owe qui m'a forcée à aller voir mon médecin traitant la semaine suivante. Ce dernier m'a orientée vers une « consultation mémoire ».

*Consultation mémoire.*

Quelle drôle d'expression ! À la fois poétique et absurde. Comme une pièce de Kristina Lugn ou un livre de Vonnegut.

En réalité, cette consultation n'avait rien de poétique – ni d'absurde. Il s'agissait d'un tas de tests et de questions et, au bout de quelques mois, les médecins ont conclu que j'avais une forme de démence. Ils n'en savaient pas plus, étaient incapables de me dire si mon état allait se dégrader rapidement ou si les médicaments allaient m'aider.

J'observe les collègues assis à leurs bureaux. Je me demande quelle serait leur réaction s'ils apprenaient qu'ils collaboraient avec une personne souffrant de « déficience cognitive légère ». Que la consultante spécialisée en science comportementale payée 900 couronnes de l'heure est en train de perdre la mémoire. Que je serai peut-être incapable de distinguer une banane d'une matraque dans quelques mois.

Je pense qu'ils ne me demanderaient pas de retrouver un assassin parmi des innocents.

Manfred s'approche de moi. Il est aussi élégant que d'habitude – on dirait un paon. Il s'accroupit près de ma chaise.

— Bravo pour ton analyse de l'utilisation des allumettes, fait-il en insérant du tabac à chiquer sous sa lèvre.

— Merci.

— Alors tu crois que l'assassin et les victimes se connaissaient ?

— Vu la manière dont s'est passé le meurtre, oui. Je pense qu'ils avaient une sorte de relation et que le tueur s'est vengé sur ses victimes pour une quelconque raison. Pour les punir.

— Quel genre de relation, à ton avis ?

— L'assassin éprouvait des sentiments forts. En contrepartie de cette haine immense, il devait y avoir autre chose. Quelque chose d'au moins aussi fort. La haine ne naît pas du vide.

— Quels genres de sentiments ?

Je médite un instant.

— L'amour, par exemple.

À l'heure du déjeuner, je reçois un SMS d'Owe. Il écrit qu'il s'excuse pour son comportement et ses menaces. Il va bien, il m'aime et croit qu'il ne peut pas vivre sans moi.

C'est sans doute vrai. Mais je ne réponds pas. J'achète une salade et m'installe dans la salle de conférences avec Sanchez et Manfred. Ils s'apprêtent à briefer les enquêteurs qui les aident à trier les informations reçues du public. Au fond, je n'ai pas besoin d'être là. Je pourrais retourner chez Gunilla et m'asseoir dans le canapé avec un livre. Mais je n'en ai pas envie.

Simone, une jeune enquêtrice avec des dreadlocks jusqu'à la taille, incline la tête sur le côté et prend la parole.

— En tout cas, nous pouvons exclure Wilhelmina Andrén. Celle qui s'est échappée du service psychiatrique de l'hôpital de Danderyd. Un homme qui promenait son chien l'a retrouvée ce matin, près de la baie de Brunsviken à Solna. Elle était morte de froid.

— Pauvre fille, marmonne Manfred en caressant son menton couvert d'une ombre rousse.

Simone acquiesce et poursuit :

— Il nous reste donc Angelica Wennerlind et Emma Bohman. Les dossiers dentaires ont été envoyés à Solna et nous devrions avoir une réponse au plus tard demain.

— Je croyais qu'on aurait ça ce soir, dit Manfred.

— L'expert en odontologie légale est à Skövde. Il lui faut quelques heures pour venir jusqu'ici, rétorque Simone.

Au même moment, la porte s’ouvre, laissant passer Peter. Il a les joues rouges et de la neige sur sa veste en cuir. Sans prendre la peine d’ôter son manteau ou de s’asseoir, il pointe le doigt vers Manfred et moi.

— Écoutez ça. Une collègue dit qu’elle a rencontré Emma Bohman il y a deux semaines. Visiblement, elle avait une relation avec Jesper Orre.

## EMMA

*Deux semaines plus tôt*

— J'ai quelques factures à payer. Je peux emprunter l'ordinateur du bureau deux minutes ?

Mahnoor hausse les épaules et applique un peu de gloss sur ses lèvres. Elle porte un jean baggy aujourd'hui. Il tombe dangereusement bas sur ses hanches, laissant entrevoir le liseré de sa culotte en dentelle.

— Bien sûr.

Je suis étonnée qu'elle ne s'y oppose pas. J'avais préparé plusieurs arguments pour la convaincre que je devais absolument faire cela maintenant, alors que nous nous apprêtons à ouvrir. Mais Mahnoor se contente de sourire gentiment et disparaît dans la boutique. Je l'entends parler avec Olga au loin. On dirait qu'elles rient et je suis obligée de faire une pause pour réfléchir.

J'ai l'impression que les choses ont changé. Que tout a changé. Le magasin semble plus lumineux, Olga et Mahnoor de meilleure humeur. Dehors, il y a même du soleil. En réalité, rien ne s'est transformé. C'est juste que j'ai pris le contrôle de ma propre vie.

C'est peut-être ce dont j'avais besoin.

Je trouve plus facilement que prévu ce que je cherchais sur Internet, même s'il me faut un certain temps pour me familiariser avec les produits : j'ignore quel est le meilleur modèle ou le voltage nécessaire. Au bout de vingt minutes, à force de cliquer, je parviens à commander le petit appareil qui ressemble à un téléphone portable. Le site promet une livraison en vingt-quatre heures, mais un envoi sous trois jours me suffit amplement. Lorsque j'ai fini, j'extrais la carte de visite de la poche de mon jean.

*Anders Svensson, journaliste free-lance.*

Avant de l'appeler, je m'approche de la porte, l'entrouvre et jette un coup d'œil dans la boutique. Olga s'occupe d'un client en caisse et Mahnoor est en train de plier des jeans en se déhanchant au rythme de la musique.

Anders Svensson répond au bout de trois sonneries. Il semble d'abord ne pas se souvenir de moi, alors je lui rafraîchis la mémoire : il est venu me voir dans la boutique, je ne voulais pas lui parler à ce moment-là, mais je peux le faire à présent. Il reste silencieux quelques instants, puis déclare avec enthousiasme qu'il serait ravi de me rencontrer. Le plus tôt sera le mieux. Dès aujourd'hui peut-être ?

C'est facile, me dis-je. Si facile.

La palette de verts de la végétation estivale défilait devant les fenêtres tandis que nous marchions dans le couloir. L'écho de nos pas bondissait comme des balles de ping-pong entre les murs de béton. Je faisais de mon mieux pour tenir la cadence, mais il marchait trop vite. Il accéléra le pas vers le hall d'entrée où le soleil pénétrait par les grandes baies vitrées, faisant rougeoyer le sol brun sale.

— On ne peut pas se voir, Emma. Tu le sais aussi bien que moi.

Il se tourna vers moi et nous restâmes immobiles, devant la salle de physique. Les murs d'un gris crasseux semblaient se rapprocher, j'avais presque l'impression que le corridor se resserrait et j'eus soudain du mal à respirer. Le plafond penchait de façon alarmante. Il était blanc avec des taches noires de tabac à chiquer çà et là. Je me demandai comment le tabac s'était retrouvé au plafond.

La Vis posa la main sur mon bras, le tapota doucement, et j'eus à nouveau l'impression d'être une enfant. Ne comprenait-il pas ce que je ressentais ? À quel point ce simple petit geste était humiliant et destructeur ?

Mes joues étaient en feu. De honte, mais aussi d'autre chose. De rage. Il avait joué avec moi, m'avait exploitée. Sucée, léchée, pénétrée, embrassée, caressée, et tout le reste. Puis l'envie lui était passée. Je n'étais plus assez bien. Il avait pris ce qu'il voulait et cela lui suffisait.

Et moi je restais là, abandonnée.

— Comment ça, on ne *peut* pas se voir ? dis-je, et je le regrettai immédiatement.

S'il y a bien une chose que je ne voulais pas, c'était passer pour un pot de colle, pour une gamine importune.

Il me dévisagea sans comprendre, fit un pas en arrière comme s'il se dégageait de moi une odeur nauséabonde.

— Ça ne te posait pas de problèmes avant.

— Je ne comprends pas, répondit-il au moment où la sonnerie retentit.

Il avait l'air authentiquement préoccupé, c'est vrai.

Les portes des salles de cours s'ouvrirent et les élèves affluèrent, flottant autour de nous tel un fleuve de chair adolescente et veule. Mais il garda les yeux rivés sur moi.

— Je veux t'aider, Emma, mais pas de cette manière.

Et, à cet instant, je me brisai.

Le corridor s'effondra autour de moi et le plafond tacheté de noir se fissura. J'étais morte, j'avais cessé d'exister dans un nuage de poussière. Mon corps fut écrasé. La douleur griffait et martelait chacune de mes cellules. Toutes les particules de mon organisme furent déchiquetées, anéanties. Elles disparurent. Il ne resta en moi que la douleur lancinante et la honte.

Dans la rue Lützengatan, j'avance avec peine à travers les tas de feuilles d'érable. J'ai l'impression de m'aventurer dans une couche de neige profonde. L'odeur de la végétation en décomposition me pique le nez. Une rafale de vent attrape quelques feuilles, les fait tournoyer en l'air comme des hirondelles autour de moi. Je m'arrête au milieu de la chaussée, fixant ce spectacle, comme hypnotisée.

J'avais oublié que la vie pouvait être si belle. Si parfaite.

Je l'attends devant la boulangerie de l'avenue Valhallavägen, comme je le lui ai promis. Je le reconnais immédiatement. Il porte la même parka râpée et le vent ébouriffe ses fins cheveux blonds qui volettent autour de sa tête. C'est presque comique et je m'efforce de ne pas le dévisager ostensiblement. Nous nous saluons et entrons dans la chaleur du local. Il fait sombre et l'endroit est bondé, comme d'habitude. Nous trouvons des places le long du mur et nous installons avec un café et un petit pain à la cardamome.

— Alors, comment ça va au travail ?

Il réussit à faire passer cela pour une question innocente. Comme si nous étions deux vieux amis qui papotaient autour d'un verre.

— Ça peut aller.

— Sérieusement ?

Il hausse ses sourcils clairs, l'air surpris. Mais j'ai décidé de ne pas lui dire que je me suis fait virer. Cela sentirait beaucoup trop les représailles – c'est d'ailleurs de cela qu'il s'agit.

*Ton boulot contre le mien, Jesper.*

— Enfin, vous savez comment c'est…

Il opine du chef, engloutit la moitié de sa viennoiserie en une bouchée.

— É-pou-van-table ? dit-il en insistant sur chaque syllabe comme pour souligner à quel point il trouve ma situation terrible.

— Ouais.

— Comment supportez-vous ça ?

— C'est mieux que rien. Et j'ai besoin d'argent.

— Longue vie au capitalisme, marmonne-t-il, l'air soudain aigri.

— J'ai pas le choix, tout simplement.

Il fait un mouvement de tête affirmatif.

— Je comprends. Et je trouve ça très courageux de votre part d'accepter de me rencontrer aujourd'hui. Qu'est-ce que vous vouliez me raconter ?

Tout à coup, il semble curieux. Son expression soucieuse s'est évaporée. Je baisse les yeux et me penche par-dessus la petite table pour que la femme derrière le comptoir ne m'entende pas.

— Jesper Orre… J'ai appris des choses sur lui.

— Je vous écoute.

Il s'approche encore plus de moi, si près que je vois les grains de sucre à la commissure de ses lèvres et que je sens l'odeur du café dans son haleine.

Je tente de prendre un air inquiet, m'affaisse un peu sur mon siège.

— Pourtant… Je ne sais pas… J'ai l'impression que je ne devrais pas vous en parler.

Il me fixe de ses yeux clairs, frôle mon avant-bras.

— Votre loyauté est admirable, mais pensez à vos collègues. Pensez à vos conditions de travail. Parce que ce n'est pas lui qui va le faire. Lui, il s'en fout. Tout ce qui l'intéresse, c'est le fric. Ne l'oubliez pas. Jesper Orre s'en moque, de vous, Emma.

Je soupire, hoche lentement la tête. S'il savait à quel point il a raison !

— D'accord. Je vais tout vous raconter. Tout le monde en parle, de toute façon. Hier soir, sa maison a brûlé, ou peut-être son garage. Et la police pense visiblement qu'il y a mis le feu lui-même.

Le coin de sa paupière frémit lorsqu'il se penche vers moi. Quelque chose semble prendre vie dans son regard. Il paraît tout à coup inspiré, a l'air d'avoir oublié son petit pain. Il l'a reposé sur son assiette, qu'il a repoussée. Il a toujours la main sur mon avant-bras et je me dégage doucement.

— Excusez-moi, fait-il lorsqu'il se rend compte qu'il me retenait. Savez-vous pourquoi il a fait ça ?

Je hausse les épaules et le regarde d'un air que j'espère innocent.

— Aucune idée. Mais son garage était apparemment plein de belles voitures.

— Une fraude à l'assurance, alors ?

Je secoue lentement la tête.

— Aucune idée. C'est étrange de se dire qu'il aurait incendié son propre garage. Surtout s'il y a ses voitures dedans.

Il me décoche un sourire indulgent : je vois qu'il gobe sans difficulté ma naïveté affectée.

— Savez-vous si quelqu'un peut confirmer vos dires ?

— Non, mais la police est au courant de l'incendie, non ?

Il acquiesce.

— Emma, c'est important. Si vous savez autre chose sur Jesper, c'est le moment de me le raconter.

— C'est-à-dire ?

— Est-ce qu'il a d'autres problèmes ?

Je prends un air de profonde réflexion, fais mine de chercher dans les moindres recoins de ma mémoire. Puis je fais oui de la tête.

— Il y a cette enquête, c'est vrai.

— Une enquête ?

— Oui, le service financier a ouvert une enquête interne.

— Vous savez pourquoi ?

J'incline la tête sur le côté, écarquille les yeux et tripote une mèche de cheveux entre deux doigts.

— Il paraît que la boîte a financé sa soirée d'anniversaire. Mais ça doit être des ragots. Il doit bien avoir les moyens de payer, non ?

Le soir, j'achète du vin et une pizza à emporter. Un petit plaisir que je m'accorde. J'allume des bougies – les mêmes que le soir des fiançailles –, je mets de la musique et soudain tout semble plus facile. Plus gérable, peut-être. Comme si j'avais un objectif précis maintenant : rendre la justice. Peut-être me suis-je transformée en une sorte d'instrument. Ce qui a quelque chose de libérateur. Se soumettre à quelque chose de plus grand, de plus important, permet de se libérer. Vivre pour cette chose, c'est être dispensé de prendre un tas de décisions – le chemin est déjà tout tracé.

J'évite de trop boire. Je ne peux pas risquer d'avoir la gueule de bois demain, d'être lente et gauche. Ce n'est pas le moment. Chaque heure, chaque minute, chaque seconde compte si je veux réussir ma mission.

Discipline. Maîtrise. Contrôle.

*Justice.*

Je rebouche la bouteille de vin après le deuxième verre. J'incline la tête sous le robinet de la cuisine et bois de l'eau froide. Mes cheveux tombent sur l'égouttoir. Ils brillent dans la lumière du plafonnier. J'ai vraiment de beaux cheveux, me dis-je.

J'entre dans la salle de bains, croise mon reflet dans le miroir et reste bouche bée. Ma chevelure semble s'embraser, ma peau pâle scintiller. Et je le vois : je suis belle. Vraiment belle. Pourquoi ai-je toujours trouvé mon visage tristounet, joufflu et poupin lorsque je me regardais dans la glace ? Pourquoi ne me suis-je jamais vraiment vue ? Jesper avait beau me le répéter, je ne le croyais jamais. À présent, je le constate.

Je suis forte. Belle. Et je n'ai besoin de personne. Pas même de Jesper.

Surtout pas de Jesper.

Le métro tarde à arriver, mais je le remarque à peine. Je suis assise sur le quai, le nez plongé dans mon journal. Je suis les lignes avec le doigt, comme si j'avais peur de rater le moindre mot. « Un directeur controversé soupçonné d'incendie volontaire et d'abus de confiance. » Le titre est suivi d'un texte qui décrit plusieurs problèmes que le journaliste aurait découverts dans l'entreprise. « Le tissu de mensonges s'épaissit autour du roi de la mode », affirme-t-il avant de conclure en se demandant combien de temps les actionnaires et le conseil d'administration pourront laisser Jesper Orre en place. Un graphique montre l'effondrement du cours des actions ces derniers mois. Tout en bas, je vois la photographie de l'homme que j'ai rencontré hier. Le journaliste avec les miettes autour de la bouche qui a gobé chacune de mes paroles.

C'était presque trop simple. Il a immédiatement mordu à l'hameçon, voulait désespérément croire le moindre mot que je prononçais.

*L'équilibre cosmique.*

Peut-être existe-t-il une sorte de puissance supérieure…

Ma démarche est légère lorsque je traverse la place. Une brise presque tiède caresse mes cheveux. Les nuages défilent au-dessus de ma tête et, entre eux, je devine des traits bleus. Devant le magasin d'alcool, les ivrognes sont déjà installés, en train de partager la première bouteille de la journée. Je les regarde et je vois des gens qui n'ont pas été capables de prendre le contrôle de leur vie, des gens qui se sont soumis à leur destin au lieu de se lever et de se battre. Si je ne m'étais pas vengée de Jesper, je serais peut-être devenue comme eux : asservie, brisée. Une épave humaine qui n'a ni objectif ni signification et qui voltige sans but comme les feuilles au gré du vent.

En arrivant à la boutique, j'aperçois Olga qui fume devant la porte. Je remarque quelque chose d'étrange dans sa position, la manière dont elle porte sa cigarette à la bouche. Avec des gestes brusques et raides. Elle paraît nerveuse. En outre, elle ne fume jamais devant l'entrée, toujours dans le local de tri des déchets. D'après le manuel rédigé par le siège, les employés ne sont pas autorisés à fumer devant la boutique. Apparemment, ça fait mauvais genre.

Dès qu'elle m'aperçoit, elle se met à faire de grands gestes au-dessus de la tête. Elle jette sa cigarette qui est aussitôt emportée par le vent, roule devant les hommes en manteaux élimés en train de picoler de la vodka et s'éloigne vers la fontaine délabrée au milieu de la place.

— Salut Olga.

— Y a des flics à l'intérieur, fait-elle avec un chuchotement théâtral en écarquillant ses yeux bleu clair.

Un coup de vent s'engouffre dans ses cheveux fins, laissant apparaître ses racines plus foncées.

— Des flics ?

— Ils veulent te parler.

— À *moi* ?

— Oui, toi.

— De quoi ?

— Aucune idée. Je croyais tu savais.

Je hausse les épaules, prends un air indifférent, mais en entrant dans le magasin mon pouls s'accélère et une goutte de sueur glisse entre mes omoplates. Je sens le regard d'Olga me brûler le dos. Ce n'est pas la nervosité qui la faisait attendre devant la boutique, mais la curiosité, une curiosité impatiente, je le comprends à présent.

Ils sont à la caisse avec Mahnoor. Un homme et une femme d'une quarantaine d'années, en civil. Ils pourraient être des clients tant ils ont l'air ordinaires. L'homme est plutôt petit, large d'épaules avec les cheveux blonds coupés en brosse. Il est beau, malgré son visage abîmé. Comme un bandit dans un film d'action. La femme est grande, maigre et a le dos voûté. Elle a de longs cheveux fins d'un blond cendré. Elle se tourne vers moi et me dévisage d'un œil critique.

— Emma Bohman ? dit-elle en tendant une main osseuse.

Elle serre la mienne avec une force inattendue.

— Je suis Helena Berg, de la police. Nous voudrions vous parler.

Son collègue est passé sur mon côté gauche sans que je m'en aperçoive.

— Johnny Lappalainen.

Il ne dit rien de plus. Ne donne ni titre ni autre précision.

Derrière l'épaule de Johnny, je distingue Mahnoor. Ses yeux sont grands et noirs, elle doit se demander ce qu'ils me veulent. Je secoue lentement la tête dans sa direction : non, je n'en sais pas plus qu'elle.

— Nous aimerions que vous nous accompagniez au commissariat pour un interrogatoire, reprend la femme filiforme avec un regard dénué d'expression.

J'ai déjà oublié son nom. Il n'y a pas de place pour son nom dans mon esprit en ce moment. Le moindre recoin est occupé. Consternée, j'essaie de me remémorer les événements de la dernière semaine. De passer en revue tous les instants critiques. Est-ce que quelqu'un m'a vue devant chez Jesper ce soir-là ? L'homme du magasin de peinture a-t-il été intrigué par mes achats au point de prévenir la police ? Olga aurait-elle dit quelque chose ? Mais elle ne sait pas ce que j'ai fait. Elle sait seulement ce que Jesper m'a fait. Et encore, pas tout.

— J'y suis obligée ?

— Oui, rétorque l'homme, mais ça ne sera pas long.

Je regarde à nouveau Mahnoor. Elle reste coite, mais me fait un signe de la tête, comme si elle tenait à ce que je fasse ce qu'ils demandent.

La policière aux cheveux filasse s'installe en face de moi dans une petite pièce aux murs immaculés et aux meubles en bois blanc. Entre nous, sur la table, se trouve un ordinateur portable. Rien de plus. De près, la femme a l'air plus âgée. De profondes rides descendent des commissures de ses lèvres jusqu'à son menton et l'on devine des mèches grises dans ses cheveux blond foncé.

L'homme est assis à côté de la femme, silencieux. Il se caresse le crâne, comme s'il voulait s'assurer que ses cheveux clairsemés n'avaient pas disparu, et regarde par la fenêtre. Je suis son regard. Un pâle soleil automnal brille au-dessus de la place et de la fontaine sans eau. Des feuilles mortes virevoltent, formant de petits tourbillons qui balaient les pavés.

— Reconnaissez-vous ceci ? demande la policière en décachetant une enveloppe marron.

Quelque chose tombe sur la table blanche avec un bruit sec. C'est un sachet en plastique contenant un petit objet qui fait penser à un bouton métallique. Je saisis le sachet, le soupèse et l'ouvre.

C'est la bague.

*Ma bague de fiançailles.*

— Oui, c'est ma bague de fiançailles.

— Vous en êtes sûre ? s'enquiert l'homme.

J'acquiesce.

— Plutôt, oui. Nous ne l'avons pas fait graver. Mais ça ressemble à ma bague.

— Quand l'avez-vous vue pour la dernière fois ?

L'homme se penche en arrière et la chaise émet un grincement, comme si elle protestait contre son poids.

— Quand je l'ai laissée au prêt sur gages dans la rue Storgatan. J'avais besoin d'argent.

Les deux policiers échangent un bref regard de connivence.

— Et quand l'avez-vous achetée ? demande la femme en se penchant sur la table.

— Je viens de vous dire que c'est une bague de fiançailles. Je ne l'ai pas achetée, on me l'a offerte.

— Alors, pour que ce soit bien clair : quand et où l'avez-vous eue ? Et qui vous l'a donnée ?

Je soupire. Je ne comprends pas où ils veulent en venir. Je jette un coup d'œil par la fenêtre, j'aimerais tout à coup être assise sur ce banc dehors, dans le parc, en manteau sale, une bouteille à la main. Comme ces poivrots devant la boutique ce matin.

— C'est mon copain qui me l'a offerte. Mon fiancé, plutôt. Il y a deux semaines. Mais il a rompu. J'avais vraiment besoin d'argent donc je l'ai laissée au prêt sur gages. Ce n'est pas illégal.

L'homme secoue la tête.

— Bien sûr que non. Mais le fait est que cette bague a été volée dans une bijouterie de la rue Linnégatan il y a environ deux semaines. Vous en savez quelque chose ?

— *Volée ?*

— Oui, dérobée dans le magasin. Tous les bureaux de prêt sur gages vérifient que les objets déposés ne figurent pas aux registres des objets volés de la police. La bague a été retrouvée assez vite. Et vous aviez donné vos coordonnées au mont-de-piété. C'est pourquoi vous êtes ici.

Un grand froid se propage en moi. Cela commence dans les pieds, remonte vers ma poitrine, puis vers ma tête. Jusqu'à ce que mon corps tout entier soit pris dans un étau glacé. Jesper aurait *volé* la bague ? Pourquoi ? Peut-être qu'il ne voulait pas dépenser de l'argent pour moi, tout simplement. Ou bien est-ce encore une pièce de puzzle supplémentaire dans un plan sordide que je ne parviens pas à saisir ?

La femme se penche vers moi, me fixe, l'air encore plus renfrogné que tout à l'heure. J'aperçois un petit duvet sur sa lèvre supérieure. Je voudrais lui dire de reculer, de ne pas s'approcher de moi. Chaque fois qu'elle s'avance d'un centimètre, la boule dans ma gorge grossit. Comme si j'étais enfermée, emmurée. Je dois prendre mes distances. M'éloigner. Je ne supporte plus cette proximité importune.

— Nous pensons que vous avez volé la bague dans la bijouterie, Emma.

Je suis incapable de répondre. Ma bouche est desséchée, j'ai l'impression qu'elle est pleine de sable. Ma langue est râpeuse contre mon palais. Je secoue la tête, c'est tout ce que j'arrive à faire. L'homme au nom de famille finlandais soupire. J'imagine qu'il a entendu toutes les excuses du monde au cours de sa vie professionnelle. *Il ne me croit pas*, me dis-je. *Aucun d'eux ne me croit.*

— Emma, regardez ceci.

Il tourne l'ordinateur posé sur la table entre nous et je vois une image granuleuse en noir et blanc. Je ne comprends d'abord pas ce qu'elle représente, puis je reconnais l'intérieur de la bijouterie. Un petit texte en haut à droite indique la date et l'heure. La policière clique sur le bouton « play » et l'image prend vie. Une vendeuse parle avec une personne qui se trouve dos à la caméra. Ses mouvements sont saccadés. Elle gesticule avec les mains et soulève une petite boîte. Puis elle montre du doigt une table et deux chaises, avant de s'asseoir, dos à la caméra. L'autre personne, la cliente, la suit, s'installe sur l'autre chaise et retire son bonnet et ses gants.

*C'est moi.*

Cette femme, qui n'est autre que moi, enfile les bagues, les passe au doigt les unes après les autres. On dirait que je souris. Que je profite du moment.

— J'essaie la bague. Jesper et moi essayons la bague.

— Oui, effectivement. Mais je ne vois personne d'autre que vous dans la boutique.

Je ne comprends pas. Ce n'est pas possible.

— Attendez, arrêtez la vidéo !

Il hausse les épaules, met la vidéo sur pause.

— Nous l'avons déjà regardée plusieurs fois.

— Revenez en arrière. Quelques secondes seulement.

Il obtempère et fait à nouveau défiler le film.

— Là, dis-je. Arrêtez.

En biais derrière moi, je distingue une ombre granuleuse qui se déplace vers le centre de l'image.

— C'est lui, dis-je. *C'est lui.*

Les policiers échangent un long regard impénétrable. Lorsque la femme prend la parole, j'entends la lassitude dans sa voix.

— Vous prétendez qu'il y avait quelqu'un d'autre avec vous dans la boutique.

— Oui, évidemment. On n'essaie pas des bagues de fiançailles tout seul.

— Et cette autre personne était... ?

— Jesper Orre, mon fiancé.

— *Jesper Orre ?* Celui auquel je pense ?

— Oui, celui-là.

## PETER

Hanne et Manfred entrent après moi dans la petite salle de conférences et saluent Helena Berg. Elle se présente et explique qu'elle travaille au commissariat d'Östermalm. Son corps maigre, ses traits bien dessinés et ses fins cheveux clairs me rappellent vaguement quelque chose. Mais si nous nous sommes déjà rencontrés, elle ne semble pas me reconnaître.

Je me demande parfois s'il n'y a pas quelque chose dans mon apparence qui fait que les gens ne me remarquent pas. Peut-être suis-je trop ordinaire pour laisser une quelconque trace dans l'esprit des gens que je croise. Le genre de type en face de qui on peut prendre le bus tous les jours sans s'en souvenir. Pas comme Manfred qui est connu de tout le commissariat. J'imagine que c'est exactement ce qu'il recherche avec son style vestimentaire raffiné.

Hanne et Manfred s'asseyent à côté d'Helena tandis que je m'installe en face. Je lorgne Hanne. Elle est exactement comme d'habitude : calme, le carnet sur les genoux. Elle arbore une expression d'indifférence. Il ne reste pas une seule trace de l'intimité d'hier soir – elle aurait pu être une passagère du métro, l'une de celles qui ne me remarquent pas.

Janet faisait cela parfois. Elle m'ignorait. Faisait comme si je n'existais pas. Le plus souvent pour me punir de quelque chose – comme d'avoir oublié son anniversaire ou refusé de passer le week-end à visiter des appartements.

Mais Hanne n'est pas Janet.

Pour tout dire, Hanne et Janet sont comme le jour et la nuit. Il est donc impossible d'analyser le comportement de Hanne à l'aune de celui de Janet. En tout cas, si je veux vraiment comprendre le mode de pensée de Hanne.

Je me tourne vers Helena Berg de la police de proximité, qui est ici pour nous parler de son entretien avec Emma Bohman.

— Merci d'être venue.

Elle hausse les épaules et esquisse un sourire en coin.

— C'est normal. Je regrette de ne pas avoir percuté plus vite. Mais vous savez ce que c'est… On rencontre tellement de gens. Tellement de tarés…

J'opine du chef. Tout le monde autour de cette table sait ce que c'est, d'être policier de proximité – nous l'avons tous été. Sauf Hanne, bien sûr.

— Alors nous t'écoutons, dis-je. Hanne et Manfred participent à l'enquête et je leur ai dit que tu avais entendu Emma Bohman, rien de plus.

— Bien, commence Helena et incline la tête d'un air pensif. Il y a environ deux semaines, un bureau de prêt sur gages d'Östermalm nous a contactés. On leur avait apporté une bague sertie d'un diamant assez précieux. Une alliance. En examinant nos registres des objets volés, nous avons découvert que la bague avait été dérobée chez un bijoutier de la rue Linnégatan quelques semaines plus tôt. L'anneau a été déposé au mont-de-piété par une certaine Emma Bohman, qui réside avenue Värtavägen. C'est à côté de la place Karlaplan, non loin de la bijouterie. Mon collègue Johnny Lappalainen et moi-même avons donc interrogé Emma Bohman. Nous lui avons montré une vidéo de surveillance où elle apparaît dans la bijouterie au moment du vol.

— Comment a-t-elle réagi ? demandé-je.

— Elle a dit qu'elle était effectivement allée dans cette boutique, mais qu'elle n'était pas seule. Selon elle, elle était accompagnée de son petit ami, Jesper Orre. Ils regardaient des bagues de fiançailles. Elle a ensuite affirmé n'avoir ni acheté ni volé la bague. Apparemment, Orre la lui aurait offerte plus tard.

— A-t-elle pu le prouver ?

Helena esquisse un petit geste d'épaule.

— Pas vraiment. Elle nous a montré une ombre sur la vidéo en disant que c'était Orre. Impossible à vérifier : la qualité de la bande est trop mauvaise et la personne qu'elle a désignée n'est visible qu'au bord de l'image. Quand nous avons contacté Jesper Orre par téléphone pour vérifier les informations, il nous a dit qu'il n'avait jamais entendu parler d'Emma Bohman et qu'il ne lui avait certainement pas acheté une bague. Il a ajouté qu'il y avait toujours des fous qui l'accusaient de tout et n'importe quoi, et qu'il en avait par-dessus la tête d'être un personnage public. Et… c'est tout. Nous avons pas mal de boulot, donc l'enquête est restée au point mort. Mais quand j'ai vu le portrait de la fille assassinée à la télé et su qu'Orre avait disparu, je me suis dit qu'il valait mieux vous contacter. Je vous ai envoyé le compte-rendu d'interrogatoire par e-mail et la vidéo aussi, au cas où vous voudriez y jeter un coup d'œil.

Je sors le dessin de la femme décédée, le pose sur la table et passe la main dessus.

— Tu as vu cette image, alors ?

— Oui, fait-elle en plissant le front. Difficile d'y échapper. C'est vrai qu'elle a été décapitée ?

J'acquiesce.

— Merde alors, il y a vraiment des cinglés sur terre. Oui, j'ai vu le dessin et je ne trouve pas la ressemblance frappante. Si je me souviens bien, Emma Bohman avait les cheveux plus longs. Mais des cheveux, ça se coupe.

Une fois Helena Berg partie, nous restons autour de la table. Sanchez est enjouée comme elle l'est toujours quand une enquête progresse. Elle tambourine des doigts sur la table et demande :

— Alors, qu'en pensez-vous ?

Manfred se racle la gorge et retire ses lunettes.

— La conclusion logique est que Jesper Orre avait une relation avec Emma Bohman, ce qu'il ne voulait pas reconnaître. Il est possible qu'elle se soit rendue chez lui, peut-être pour le braver, et qu'il l'ait tuée avant de s'enfuir.

Hanne se penche en avant et croise le regard de Manfred.

— Mais cet autre type, alors ?

— Quel autre type ?

Hanne a soudain l'air perdu et ses joues s'empourprent manifestement.

— Celui qui a été tué il y a… dix ans. C'est bien ça ? Je ne me souviens plus… comment il s'appelait, déjà ? Le Chinois.

— *Le Chinois ?* répète Sanchez.

— Oui, vous savez. L'autre à qui on a coupé la tête.

— Vous voulez dire Calderón ? suggère Sanchez.

Hanne semble respirer à nouveau, mais a l'air curieusement gênée. Elle se tire les cheveux d'une main et cligne des yeux, comme si elle allait se mettre à pleurer.

— C'est ça. Calderón.

— Il n'était pas chinois, mais chilien.

— Désolée, ma langue a fourché. Mais pourquoi Jesper Orre l'aurait-il tué et décapité ?

— Nous ne le savons pas, répond Manfred. Pas encore. Mais en fouillant dans le passé d'Orre, nous trouverons bien un lien entre eux.

Je me tourne vers Sanchez et me décide à exploiter toute l'énergie immature dont elle déborde. Je la reconnais, cette énergie, j'en étais plein lorsque j'ai fait mes débuts dans la police. Mais cela fait des années que je ne l'ai plus ressentie.

— Les deux parents d'Emma Bohman sont décédés, mais sa tante a signalé sa disparition. Tu peux l'appeler pour savoir si elle était au courant de la relation d'Emma avec Orre ? Parle avec ses collègues à Clothes&More aussi. On ne sait pas si elle était proche de sa tante.

Sanchez opine du chef et sort de la pièce. Manfred lui emboîte le pas, me laissant seul avec Hanne.

— Si on allait se promener ? lui proposé-je.

Nous déambulons sous la neige le long de la place Kungsholmstorg vers le quai Norr Mälarstrand. Le vent s'engouffre sous ma veste fine et la neige fraîche se glisse le long de mes chevilles, comme pour me rappeler que je n'ai toujours pas acheté ces fichues chaussures d'hiver. Hanne marche à côté de moi, une ombre silencieuse en manteau informe et grosses bottes. Arrivés à Norr Mälarstrand, nous bifurquons vers la gauche, en direction de l'hôtel de ville. Les flocons virevoltent au-dessus de la baie Riddarfjärden, enveloppant l'eau dans une brume blanche, effaçant les contours des maisons du quartier de Södermalm.

— Ça va ?

Hanne tourne la tête et pose sur moi un regard impénétrable.

— Pourquoi ça n'irait pas ?

Sa voix a quelque chose de réservé, comme si elle voulait marquer une distance entre nous.

— Je repense à… ce qui s'est passé hier.

Elle s'arrête, se place dos au vent et remonte sa capuche. Elle me regarde d'un air triste. Les flocons de neige fondent sur sa joue et j'aimerais tendre la main, essuyer les gouttes, mais je sais que je n'en ai pas le droit. Elle ne m'en a pas donné la permission.

— Ce qui s'est passé hier… c'était beau. Ça m'a plu. Mais je veux être honnête avec toi, Peter. Il ne pourra jamais rien y avoir entre nous. Pas pour de vrai. On peut se revoir, si tu veux, mais on ne pourra jamais être *ensemble*. Tu comprends ?

Ses mots me déçoivent, m'affligent, bien que je n'en comprenne pas la raison. À quoi m'attendais-je, au juste ? Que nous nous mettions en couple après une nuit ensemble ? Que ce que j'ai fait dix ans auparavant soit oublié et pardonné ?

— Je peux te demander pourquoi ?

Elle se met à marcher vers le quai, s'arrête pour regarder la mer. Je lui emboîte le pas et me poste à côté d'elle. De grands oiseaux dessinent des cercles au-dessus de l'eau. Peut-être des choucas ou des corneilles.

— Tu crois qu'ils ont froid ?

— Oui, je crois qu'ils se les gèlent.

— Je suis malade, annonce-t-elle en pivotant vers moi. Très malade. Et je ne veux pas que ça devienne ton problème. Ce serait injuste.

Lorsqu'elle dit qu'elle est malade, l'image de ma mère m'apparaît. En train de fumer, assise sur l'une des vieilles chaises de jardin sur la terrasse. Emmitouflée dans un gros pull, en dépit de la chaleur, et la tête enveloppée dans un foulard en soie.

Je m'adoucis en pensant à la femme fragile qu'était ma mère – ou du moins ce qu'il en restait. Et les odeurs me reviennent : le savon, la fumée de cigarette et tout le reste. La maladie : le désinfectant et les plaies suppurantes. Des odeurs que je connais si bien. Les couloirs d'hôpitaux, les draps imbibés d'urine, les patates bouillies et les sandwichs au fromage suant dans un emballage en plastique.

Tous les effluves de l'institution.

— Tu as un cancer ? dis-je sans savoir pourquoi – la phrase sort toute seule.

Hanne émet un petit rire.

— Non. Pourquoi tu penses à un cancer ?

— Je ne sais pas. Ça touche… beaucoup de gens.

Elle ne commente pas ma curieuse remarque. Elle me regarde d'un air interrogateur avec un petit sourire au coin des lèvres.

Je repense à Janet. Il y a un peu plus d'un an, elle était persuadée d'avoir une tumeur au sein. Elle m'a appelé en pleurs, a insisté pour que je m'occupe d'Albin si jamais elle mourait. Je ne me suis même pas inquiété cette fois-là. L'idée que la mère de mon enfant pouvait avoir une maladie mortelle ne me touchait pas le moins du monde.

Je me demande ce que cela dit de moi.

— Alors qu'est-ce que c'est ?

— Je ne veux pas en parler.

Elle fait volte-face et disparaît dans la tempête de neige vers le commissariat d'un pas si décidé que je n'ose pas la suivre.

Juste au moment où je vais rebrousser chemin, mon portable retentit. C'est Janet. Sa voix est encore plus hystérique que d'habitude et j'entends immédiatement qu'il s'est passé quelque chose.

— Il faut que tu parles à Albin, dit-elle sur une inspiration.

Je me dirige vers un porche pour m'abriter de la neige et du vent.

— De quoi ?

— De… Il a commencé à sécher les cours. Et il a de mauvaises fréquentations… La bande de Skogås, tu sais, je t'en ai déjà parlé.

Je monte quelques marches pour me mettre à couvert sous un toit. Je me réchauffe une main dans le cou. Mes doigts sont comme des glaçons.

— Ah bon, il traîne à Skogås. Et pourquoi c'est à *moi* de lui en parler ?

J'entends mon ton désagréable et le regrette aussitôt. Je ne cherchais pas à la rabrouer, mais c'est toujours la même chose. Janet m'appelle chaque fois qu'il y a un problème avec Albin. Bien que nous ayons décidé avant sa naissance qu'elle l'éduquerait toute seule. Bien qu'elle l'ait gardé contre ma volonté.

— Parce que tu es *flic* et tu sais des choses. Sur les drogues et autres. Tu sais ce que deviennent les garçons qui sortent du droit chemin. Et parce que… tu es son père, ajoute-t-elle rapidement, presque à voix basse, comme si elle prononçait un mot interdit.

Je regarde la neige tomber en me demandant comment je peux lui faire comprendre les choses sans avoir l'air déplaisant. Quels arguments peuvent avoir prise sur son rabâchage.

— Il n'y a sans doute pas à s'inquiéter pour lui, réponds-je, peut-être un peu trop faiblement.

— Si, il y a à s'inquiéter ! hurle-t-elle. C'est *toujours* la même chose ! Tu ne veux prendre aucune responsabilité lorsqu'il s'agit d'Albin. Tu ne m'aides jamais. Même quand je te supplie. Tu te rends compte à quel point c'est difficile pour moi de t'appeler pour te demander ça ? Tu sais le temps que j'ai passé à hésiter avant de prendre mon portable et de taper ton putain de numéro ? Tu comprends, ça ?

Je me tortille, décide que ce n'est sans doute pas le moment de lui rappeler l'accord que nous avons conclu un peu plus de quinze ans auparavant.

— Bon, d'accord, dis-je en réchauffant mon autre main contre mon cou.

— Bien. Quand ?

— Comment ça, quand ? Pas aujourd'hui en tout cas. Je suis en plein dans une enquête sur un homicide.

— Demain, alors ?

— Demain… non. Je n'ai pas le temps. Peut-être la semaine prochaine ?

— Tu sais quoi, Peter ? C'est typique de ta part. Je ne sais même pas pourquoi j'ai téléphoné. Tu peux prendre ton satané boulot et aller te faire foutre. Albin et moi, on ne veut plus jamais te revoir ! Tu m'entends ? Va te faire foutre !

Je reste un long moment sous le porche à observer la neige. Je regarde les oiseaux noirs qui flottent au-dessus de moi dans la tempête. Je repense à ma mère et à ma sœur qui dorment dans le cimetière des bois et je me demande si elles ont froid sous leurs deux mètres de terre. Ensuite je me dis que c'est tellement injuste de perdre Hanne alors que je viens de la récupérer. Certes, je ne l'ai pas vraiment récupérée, je sais, mais j'ai tout de même cette sensation.

L'instant suivant, je songe à toutes les personnes que j'ai perdues, alors même qu'elles ne sont pas mortes, comme Albin et Janet. Toutes celles que j'ai repoussées, auxquelles j'ai menti, que j'ai fuies. En méditant sur la question, je me dis que je l'ai bien mérité – c'est une sanction juste que Hanne ne puisse jamais être à moi.

## EMMA

*Deux semaines plus tôt*

Au fond, c'est assez invraisemblable. Moi qui n'ai jamais volé ne serait-ce que des bonbons suis soupçonnée d'avoir dérobé un bijou de grande valeur. Je m'assieds dans l'un de mes fauteuils verts et pose les pieds sur la table. Tout à coup, je me rends compte à quel point Sigge me manque. Certes, ce n'était qu'un chat, mais il me tenait compagnie et sa présence faisait de l'appartement un vrai foyer. Sans lui, il semble très vide, nu et froid. Peut-être devrais-je acheter un nouveau chat ? Cela paraît injuste. J'ai l'impression que je devrais porter le deuil de Sigge avant de laisser entrer chez moi un nouvel animal.

Les livres de physique prennent la poussière. Je ne les ai toujours pas touchés. J'ai perdu plusieurs semaines à cause de Jesper. Lui qui tenait absolument à ce que je rattrape les cours du lycée. Et que je fasse des études supérieures si je le voulais. Je ferme les yeux, me penche en arrière.

J'essaie de me souvenir.

— Mais pourquoi tu n'as pas terminé le lycée ?

— Mon Dieu, on est obligés de parler de ça maintenant ?

Jesper sortit de moi, roula sur le flanc et s'allongea à mes côtés dans le lit. Puis il plia un oreiller en deux pour en faire un appuie-tête. Il affichait une expression amusée, presque moqueuse. Lorsque je n'eus plus le poids de son corps sur le mien, ma respiration se fit immédiatement plus facile. J'avalai une profonde bouffée d'air et le fixai droit dans les yeux.

— Tu n'aimes pas en parler, c'est ça ?

— Honnêtement, ça ne me pose pas de problème. Mais ce n'est pas très romantique, si ?

— Mais moi je veux savoir. Je t'aime et je veux comprendre pourquoi tu as agi comme tu l'as fait.

— Et on est obligés de tout savoir l'un sur l'autre ?

— Non, pas du tout.

L'espace d'un instant, il prit un air très grave qui me fit presque peur. Comme s'il avait tourné son regard vers l'intérieur, vers un sombre secret qu'il couvait. L'instant d'après, il avait retrouvé son expression normale. Je poussai un soupir, consciente que je ne parviendrais pas à me tirer de ce mauvais pas sans explication.

— Pourquoi as-tu arrêté le lycée ? s'enquit-il à nouveau, en appuyant sur chaque mot.

— Je n'ai pas *arrêté* le lycée… Je n'ai jamais commencé. Quand mon père est mort…

Pause.

— Oui ?

Il se pencha vers moi, posa délicatement sa main gauche sur mon sein et m'embrassa. Je sentais la chaleur humide qui émanait de son corps.

— C'était le bordel dans ma vie, tout simplement. D'abord, la mort de mon père et après, l'histoire avec La Vis, le prof de menuiserie. C'était au printemps, j'étais en troisième. Je n'avais plus le courage d'aller à l'école. J'ai terminé le collège et après les grandes vacances je n'ai rien fait pendant six mois. Puis j'ai commencé à travailler.

— Alors c'était à cause de ce connard de prof ?

— Je ne sais pas. C'est notre faute à tous les deux.

Il éclata d'un rire sec.

— Arrête. Tu n'étais qu'une enfant, lui était adulte. Ce qu'il t'a fait, c'est infect et dégueulasse… tout simplement immonde. Putain ! Saleté de pédophile.

— Mais j'étais d'accord.

Jesper se dressa sur son séant, l'air tout à coup fâché. Il enroula la couverture autour de ses hanches.

— Tu ne vas pas me dire qu'après toutes ces années tu te sens encore coupable de ce qui s'est passé ?

— Je ne veux plus en parler.

Il soupira.

— Pardon. C'est juste que ça me rend fou de penser qu'il t'a exploitée. Tu étais mineure, il a abusé de son autorité et t'a agressée sexuellement.

— Tu exagères, ce n'était pas vraiment une agression.

— Appelle ça comme tu veux. En tout cas, il n'aurait jamais dû faire ça, et il aurait dû le savoir.

— Et comment tu appelles *ça*, alors ? Nous.

Il se raidit.

— Je ne te suis plus, là.

— Tu as de l'autorité sur moi aussi, non ? Tu diriges la boîte pour laquelle je bosse. Mais ça ne te pose pas de problème de me baiser.

— C'est quand même pas la même chose ! On est tous les deux adultes, on s'aime. Aucun de nous n'*utilise* l'autre. On peut dire que c'est… peut-être… pas très professionnel de ma part.

Il prend un ton convaincant, mais je vois bien que j'appuie là où ça fait mal. Il s'éloigne de quelques centimètres, tâtonne pour trouver son paquet de cigarettes posé sur la table de chevet.

— Sois sincère avec moi, Jesper. Tu trouves que c'est une relation tout à fait normale entre deux égaux ?

Je suis allongée sur le dos dans mon lit, tout habillée, et regarde le plafond. Dans un coin, une toile d'araignée volette dans le courant d'air venant de la fenêtre. Une grande lézarde barre le plafond en diagonale. Un jour, il faudra rénover l'appartement, j'en prends conscience, mais comment pourrais-je avoir les moyens ?

Tout ça à cause de Jesper.

Tout est sa faute. Je me sens à nouveau épuisée. La gaieté et l'énergie que j'éprouvais après avoir brûlé son garage se sont évaporées. J'ai l'impression, encore une fois, d'être tombée dans un profond trou noir. Dehors, la pluie s'abat sur Stockholm. Même le ciel pleure.

Soudain, je suis prise d'une envie de prendre Jesper entre quatre z'yeux. Le mettre au pied du mur, lui demander pourquoi il m'a fait ça et le forcer à répondre. Si j'arrive à le faire, si je suis forte et que j'ose l'affronter d'égale à égal, je pourrais peut-être reprendre le contrôle de ma vie et récupérer ma dignité.

*Ça doit marcher*, me dis-je. Ça a bien fonctionné avec La Vis.

Le bureau de la principale était séparé de la petite salle d'attente meublée de deux fauteuils en velours élimé par une porte en verre dépoli. J'étais assise dans l'un des sièges et ma mère dans l'autre. Devant nous, sur une table basse en bouleau, s'entassaient des magazines. J'y jetai un coup d'œil : *L'École aujourd'hui, Revue pédagogique*. Rien d'intéressant. De l'autre côté de la porte en verre, je devinais des mouvements, mais il était impossible de distinguer qui se trouvait dans la pièce.

Ma mère tripotait son nouveau sac à main bleu vif. Elle émit une sorte de sifflement qui, je le savais, exprimait une profonde irritation.

— Ils auraient pu nous expliquer pourquoi on est là ! J'ai un boulot, moi ! Je ne peux pas passer la journée ici, sauf en cas d'extrême urgence. C'est ce que je lui ai dit, à la principale, quand elle m'a téléphoné : j'espère que c'est *vraiment* important, parce que je dois travailler et m'occuper de l'enterrement de mon mari. Et en plus…

— Maman, chut, s'il te plaît. Ils peuvent t'entendre.

Elle me fusilla du regard.

— J'espère *vraiment* que tu n'as pas fait de connerie… Tu as fait une connerie ?

— Je n'en sais rien, maman. Je ne sais pas non plus pourquoi on est là.

Je jetai un coup d'œil à l'horloge murale. La fine trotteuse noire glissait sur le cadran, semblable à une patte d'araignée. Lorsqu'elle atteignait douze, l'aiguille des minutes faisait un petit bond tremblant en avant.

— Tu as chapardé quelque chose ?

— Mais maman, arrête, je n'ai rien chapardé.

— Tu as séché les cours alors ?

— Non plus.

— Alors tu peux m'expliquer ce que je fous ici alors que je devrais être au boulot ?

Ma mère prenait toujours soin de souligner qu'elle avait un travail. Elle avait été au chômage pendant plusieurs années après avoir eu des problèmes de dos. Cet emploi était très important pour elle.

Elle lorgna l'horloge qui indiquait onze heures dix.

— J'ai une demi-heure. Pas plus.

Elle joignit ses deux mains grasses. Le silence se fit. Je ne savais que dire. De l'autre côté du verre dépoli, j'entendis des raclements de chaise.

— Emma ? reprit ma mère.

— Oui ?

— Tu ne fumes quand même pas du *hachisch* ?

Au même moment, la porte s'ouvrit et Britt Henriksson, la principale de l'établissement, passa son visage bronzé dans l'embrasure. Sa fine robe d'été en tissu Marimekko pendait comme un sac sur son corps décharné.

— Je suis contente que vous ayez pu venir, entrez, je vous en prie.

Elle fit un pas en arrière et ouvrit la porte. Ma mère s'avança, la salua et je lui emboîtai le pas, hésitante. La principale me serra la main avec un sourire forcé.

Sigmund, parfois appelé docteur Freud, le psychologue scolaire, était assis sur une chaise pivotante. Avec ses cheveux sombres coupés en brosse, sa barbe touffue et sa bedaine, il ressemblait davantage au père de Fifi Brindacier qu'au sévère psychologue viennois. À côté de Sigmund se trouvait Elin. Ses joues étaient écarlates et elle fixait le sol.

— Merci, Elin. Tu peux y aller. Nous te tiendrons au courant s'il y a autre chose, déclara Britt, la principale.

Elin se mit debout, sans quitter des yeux le sol en linoléum, et sortit de la pièce.

— Qu'est-ce qu'il fait chaud ! s'exclama Britt. Sigmund, pourrais-tu ouvrir la fenêtre s'il te plaît ?

La principale avait raison. On étouffait dans cette pièce et ça sentait la vieille chaussette. Sigmund se leva de sa chaise avec difficulté puis se dandina jusqu'à la fenêtre. Il l'ouvrit, laissant entrer l'été dans le petit bureau.

— Voilà qui est mieux, gazouilla Britt. Je vous sers un peu de jus de fruits ?

J'acquiesçai d'un signe de tête, mais ma mère leva une main.

— Non merci, pas pour moi. Je suis pressée, je dois retourner travailler.

Britt opina du chef, versa du jus de fruits dans un gobelet et me le tendit. Je remarquai que c'étaient les mêmes gobelets en plastique qu'à la cantine. Étrange. Moi qui pensais que les professeurs et la principale mangeaient dans de la porcelaine et buvaient dans du verre, que tout était plus beau et plus adulte dans la salle des professeurs et les bureaux de l'administration.

Britt lissa le sac qui lui tenait lieu de robe et s'assit doucement au bord de la chaise, comme si elle avait peur de la casser si elle n'y prenait pas garde.

— Emma. Tu sais peut-être pourquoi nous vous avons convoquées ?

Je secouai la tête. Comment pourrais-je le savoir ?

La principale toussota et baissa les yeux. Elle était clairement mal à l'aise. Sigmund garda le silence. Il se caressait la barbe en regardant par la fenêtre avec nostalgie.

— Qu'est-ce qu'elle a fait, ma fille ? s'enquit ma mère.

— Non, non, commença Britt. Emma n'a rien fait de mal. Nous avons appris que l'un de nos professeurs… *un certain professeur*, a fait des avances à Emma.

— Comment ça ? fit ma mère en lâchant son sac à main bleu vif qui tomba bruyamment par terre.

— Il s'agit de l'un de nos remplaçants, il s'occupe de l'atelier de menuiserie. C'est un excellent professeur, mais… selon nos informations, il aurait… Emma, tu peux nous raconter ce qui s'est passé ? Est-ce que c'est vrai ? Il t'a fait des avances ?

J'étais incapable de répondre. J'avais la bouche pleine de sable et une boule rugueuse dans la gorge.

— Emma, dit Sigmund avec son accent allemand nasal. C'est très important pour nous de savoir ce qui s'est passé. À la fois pour toi et pour les autres adolescents de l'école. Est-ce qu'il t'a fait des avances ?

J'hésitai un instant, puis fis oui de la tête. Ma mère émit un sifflement et ramassa son sac.

— Qu'est-ce qu'il a fait ? demanda Britt d'une voix plus douce en posant sa main squelettique sur la mienne.

Je retirai ma main sans répondre. À côté de mon verre de jus, je vis une petite coccinelle avec deux taches noires. Est-ce qu'on peut faire un vœu dans ce cas ? Ou faut-il plus de taches ?

— Je suis désolée, Emma, mais nous devons absolument savoir. Est-ce qu'il t'a embrassée ?

La coccinelle s'approcha du bord de la table. Elle était si proche que je pouvais la toucher. J'avançai ma main : peut-être voulait-elle grimper sur mon doigt ?

— Emma ?

La voix de Britt me rappela à l'ordre.

— Est-ce qu'il t'a embrassée ? Touchée ?

J'opinai du chef sans lâcher l'insecte du regard. Le silence se fit dans la pièce. Si profond qu'on entendait les voitures sur la grande route et les rires des enfants dans la cour de récréation.

— Est-ce que vous…

Britt hésita.

— Vous avez eu un *rapport sexuel* ?

« Rapport sexuel. » Je frissonnai. L'expression faisait penser à une maladie contagieuse. J'effleurai le petit insecte orange du bout du doigt.

— Oui. *Oui.*

La coccinelle fit demi-tour et se dirigea vers le verre de jus de fruits.

La porte en verre dépoli se referma derrière nous et ma mère enfila sa veste. Chacune de ses inspirations était suivie d'un sifflement aigu. Son visage était cramoisi et elle serrait son sac à main contre elle lorsqu'elle se tourna vers moi.

J'ignore à quoi je m'attendais. À un laïus sur les tracas que je lui causais, peut-être ? Ou à une crise de colère parce que je lui avais fait perdre un temps précieux ?

La gifle arriva sans prévenir et manqua de me faire perdre l'équilibre. L'espace d'un instant, la pièce tourna autour de moi, puis une douleur cuisante se propagea sur ma joue.

— Sale traînée ! dit ma mère avant de sortir d'un pas lourd.

## HANNE

Je m'égare en retournant au commissariat central. J'ignore si c'est parce que je suis troublée après ma discussion avec Peter ou si c'est réellement à cause de la maladie.

Peut-être est-ce le temps. La neige empêche de voir à plus de quelques mètres devant soi et les bâtiments sont enveloppés d'une épaisse brume. Certes, les noms de rue sont soigneusement indiqués sur les bâtiments, mais c'est comme si l'organisation du quartier m'était devenue étrangère, comme si tout le réseau routier de Kungsholmen avait été effacé de ma mémoire.

La neige se glisse dans mon cou, fond et coule sur mes seins. Mes mains sont glacées et la panique est à l'affût auprès de mes côtes, comme un poing serré dans ma cage thoracique. Il serait si facile de demander mon chemin à un passant : la femme à la poussette, l'homme à la raquette de tennis sur l'épaule ou peut-être le couple en train de se peloter sans gêne sous un porche. Pourtant j'en suis incapable. Je refuse de reconnaître, ne serait-ce qu'à moi-même, que je ne retrouve pas mon chemin.

Le vent tire sur ma capuche et de petits flocons durs me fouettent la joue. Tout est blanc. Tout n'est que neige et glace. Le froid est si vif que j'ai l'impression d'être chez les Inuits au Groenland.

Je pense aux hommes qui ont tenté de conquérir les régions polaires, souvent avec des résultats catastrophiques : Amundsen, Andrée, Strindberg et Nansen. Mais peut-être surtout Claus Paarss, l'officier suédo-danois qui s'est rendu au Groenland en 1728 afin de retrouver les colons norvégiens avec qui personne n'avait été en contact depuis deux cents ans.

Au moment de la préparation de l'expédition, tout le monde s'accordait à dire que, pour peu qu'ils sachent skier, de jeunes Norvégiens pourraient sans difficulté explorer tous les recoins du continent. Cette unanimité était presque émouvante.

Paarss traversa l'Atlantique Nord avec une vingtaine de soldats, douze bagnards, un groupe de prostituées et douze chevaux. Une fois l'équipée arrivée commença la lutte inévitable contre les éléments – et contre les hommes eux-mêmes. Les hommes de Paarss se mutinèrent et à peine l'officier eut-il le temps de mater la révolte que son équipage commença à mourir du scorbut et de la petite vérole. Les chevaux périrent, eux aussi. Par deux fois, Paarss échoua dans sa tentative de traverser le continent à pied, sur ces blocs de glace acérés. Finalement, même les autochtones groenlandais abandonnèrent la colonic et le rêve de Paarss de peupler le continent avec des aristocrates danois et leur famille s'évanouit.

Pourquoi l'homme a-t-il ce désir de domestiquer la nature ? Et si ce n'était que la nature… mais nous, les hommes, voudrions dominer les autres aussi. Tant dans nos sociétés que dans nos relations intimes.

Je songe à Owe. Toute sa vie, il a essayé de me dompter. Mais il n'y parviendra pas. Car je ferai comme la glace polaire : je lui opposerai une froideur opiniâtre jusqu'à ce qu'il se lasse, qu'il abandonne et qu'il trouve quelqu'un d'autre à dominer.

Je cligne des yeux sous les flocons. Je cherche un point de repère, un endroit où fixer mon regard dans cette blancheur. En un sens, c'est presque tentant d'appeler Owe, car je sais qu'il laisserait immédiatement tomber ce qui l'occupe et se jetterait dans la voiture pour venir me chercher. Il me sauverait comme il l'a toujours fait, chaque fois que je me suis retrouvée dans une situation délicate.

Quelques secondes plus tard, la neige se calme et la silhouette familière de la clinique ophtalmologique de St Erik apparaît. Je pousse un soupir de soulagement : à présent, je sais exactement où je me trouve et comment retourner dans la chaleur du commissariat. Pourtant, ce sentiment terrible et paralysant d'impuissance ne s'en va pas ; il refuse de me lâcher même lorsque j'ai retrouvé mon bureau et regarde par la fenêtre qui donne sur la rue Kungsholmsgatan. En outre, j'ai beau avaler coup sur coup trois tasses de thé brûlant, je continue à trembler de froid.

Je regarde Peter à la dérobée. Il est assis à quelques mètres de moi, le dos tourné et les yeux braqués sur son écran. Ses cheveux blond-gris sont humides et de petites flaques se sont formées sous lui, autour de ses baskets ridiculement fines.

Si seulement j'avais eu un cancer ! J'aurais au moins pu lui en parler. Mais on ne peut pas raconter que l'on a un début de démence. Surtout pas à une personne avec qui on vient de passer la nuit. C'est mille fois pire qu'une maladie sexuellement transmissible. Plus honteux, en quelque sorte. Perdre la raison, se perdre en soi-même, c'est dégoûtant. Répugnant, même. Lentement, je vais me transformer en légume – et de ça, personne ne veut.

Hormis Owe, bien sûr.

Après tout, c'est peut-être cela l'amour. Être là pour l'autre quoi qu'il arrive. Je repense à l'Épitre aux Corinthiens : *Il supporte tout, il fait confiance en tout, il espère tout, il endure tout.*

Mais je ne veux pas qu'Owe me *supporte* et m'*endure*. Je veux juste qu'on me fiche la paix.

Peut-être devrais-je aller au Groenland. Entreprendre ce voyage que je n'ai jamais fait. Maintenant, tant que j'en suis encore capable. Plutôt que d'être ici, au commissariat central, là où tout a commencé et où tout finira peut-être.

Gunilla me dit souvent de ne pas perdre espoir.

« Perdre espoir » : encore une bassesse à laquelle on pourrait se livrer. Aucun patient gravement malade n'a le *droit* de perdre espoir. C'est impardonnable. Ce serait trahir proches et médecins. Et même la société entière qui est bâtie sur l'idée que tous les problèmes peuvent être réglés et toutes les maladies soignées.

Tant qu'il y a de la vie, il y a de l'espoir. C'est ce que pense Gunilla. Car, qui sait, peut-être que demain les chercheurs découvriront un remède à mon mal.

Et que fait-on si l'on n'a pas la force d'espérer ?

L'espoir est une bouée de sauvetage jouissant d'une réputation surfaite à laquelle les malades sont censés s'agripper avec un sourire vaillant et reconnaissant aux lèvres. Visiblement, lâcher n'est pas seulement téméraire, mais également déloyal.

J'en ai par-dessus la tête de cette loyauté !

Après le déjeuner, je relis le compte-rendu d'interrogatoire d'Emma Bohman. Je n'arrive pas à mettre le doigt dessus, mais quelque chose me chiffonne, qui ne concorde pas vraiment avec notre théorie. Imaginons que la femme retrouvée chez Jesper Orre soit bien Emma Bohman ; reste à savoir *pourquoi* Orre l'aurait tuée. S'ils avaient bel et bien une liaison et qu'il voulait se débarrasser d'elle, son engagement émotionnel ne devait pas être si fort. Alors pourquoi l'assassiner de cette manière ? Le modus operandi du meurtrier, la disposition de la tête, les paupières ouvertes – tout porte à croire que le tueur éprouvait une haine viscérale pour sa victime. Et je ne parviens pas à comprendre pourquoi Orre détesterait tant Emma Bohman. En tout cas, au vu des connaissances très limitées dont je dispose sur ces deux individus.

De surcroît, si Orre voulait vraiment tuer Emma Bohman, pourquoi le faire chez lui, sans chercher à dissimuler le corps ? Il devait bien comprendre qu'il serait démasqué dès la découverte du cadavre.

Enfin, s'il l'avait tout de même fait – dans un accès de colère ou une crise psychotique passagère –, pourquoi avoir quitté son domicile sans son portefeuille et son portable ? Où va-t-on sans argent et sans téléphone ?

Dehors, la nuit commence à tomber et la lumière jaune des chandeliers se reflète dans les fenêtres. Un grand calme règne à présent dans le bureau. On n'entend que quelques bribes de conversations étouffées ainsi que les doigts de Sanchez qui pianote sur son clavier.

Je passe en revue les documents de l'enquête, lis les témoignages des collègues et amis de Jesper. Aucune indication de troubles psychiatriques. Ni de violence. C'est un autre hic. Une personne saine d'esprit avec un passé normal ne commettrait pas ce type de meurtre. Les criminels violents font aussi carrière, si l'on peut dire. Le plus souvent, on voit de nombreux signes avant-coureurs, dès le plus jeune âge – des comportements déviants, une délinquance précoce ou peut-être une cruauté envers des animaux ou de plus jeunes enfants. Jesper Orre a beau aimer les relations sexuelles un peu brutales et voler des sous-vêtements féminins, cela ne fait pas de lui quelqu'un d'anormal. La plupart des gens ont de petits secrets inavouables dont ils ne parlent pas volontiers, mais très rares sont ceux qui tuent et décapitent leurs congénères.

Ce sont là des actes tellement déviants qu'il faut d'autres schémas explicatifs.

Par ailleurs, il y a Calderón. Celui qui *n'est pas* chinois. Qu'est-ce qui m'a pris de dire cela ? Encore l'une de ces choses aberrantes que je suis capable de proférer. Peut-être que, pour la première fois de ma vie, je deviendrai drôle quand la maladie sera suffisamment avancée. Je serai l'une de ces patientes qui font glousser les soignants et mourir de rire les autres malades qui s'étouffent avec leur purée.

Revenons à nos moutons. Bien que Sanchez ait épluché l'enquête Calderón et interrogé à nouveau ses proches, elle n'a pas découvert le moindre lien entre lui et Orre…

Je suis tirée de mes réflexions par un tumulte à la table de Sanchez. Manfred parle à voix haute, agite les bras et, quelques instants plus tard, Peter les a rejoints. Manfred enfile son manteau, Sanchez l'imite, empoche son portable et éteint sa lampe de bureau d'un geste vif.

Peter se retourne et s'approche de moi. De son corps dégingandé émane une sorte d'impatience et je comprends immédiatement qu'il y a du nouveau.

— Un autre corps a été découvert près de la maison de Jesper Orre. Tu viens, Hanne ?

Nous nous trouvons dans un parc, à une centaine de mètres à l'ouest de la villa de Jesper Orre. La neige s'est calmée et les gyrophares de la police balaient le paysage blanc, le faisant bleuir dans le crépuscule. Les branches des arbres ploient sous le poids de la neige fraîchement tombée et le manteau blanc crisse sous nos pas. Manfred soulève le ruban bleu et blanc et me fait signe de passer. Sanchez et Peter ont déjà rejoint le petit groupe qui s'est constitué à une dizaine de mètres de là. À l'extérieur de la zone délimitée par le cordon se pressent des curieux. L'un tente de se réchauffer en se frottant les bras, un autre prend des photographies avec son téléphone portable. Des agents en uniforme les maintiennent à distance, leur expliquent qu'il n'y a rien à voir et leur enjoignent de rentrer chez eux.

En approchant du groupe de policiers et de techniciens debout sous un arbre, j'aperçois un grand conteneur en plastique vert portant l'inscription « SABLE » qui dépasse de la neige.

— Ce sont des gamins qui l'ont trouvé, explique Manfred en croisant mon regard. Pourquoi il faut toujours que ce soit des gosses qui tombent sur les macchabées ? Ils voulaient entrer pour se cacher quand ils ont vu le corps. Congelé comme une putain de crème glacée.

J'arrive au niveau des policiers réunis près du conteneur, salue de la tête quelques visages connus et tente de voir ce qui se cache à l'intérieur. Au fond, j'aperçois la silhouette d'un homme. Il gît en position fœtale, vêtu d'un jean et d'un pull fin. Son visage, couvert de sang noirci et de givre, m'est étrangement familier.

C'est Jesper Orre.

## EMMA

*Deux semaines plus tôt*

Je fouille dans ma boîte à outils sans savoir ce que je cherche. Je décide de prendre le marteau et le burin. Je les fourre dans le sac. La température est proche de zéro. J'enfile mon épais manteau et mes bottes d'hiver, sors de l'appartement et rejoins l'avenue Valhallavägen pour trouver un taxi.

Malgré mon bonnet et mes gants, je suis frigorifiée. Seuls quelques promeneurs avec leur chien, affublés de fourrure ou de doudoune, déambulent dans la rue. Si j'avais pu, j'aurais réservé un taxi – mais je ne voulais pas laisser de traces.

Au bout de dix minutes, j'aperçois une voiture libre et lui fais signe de s'arrêter. La vitre est tapissée de petits cristaux de glace. Je donne une adresse à quelques pâtés de maisons de chez Jesper. Mieux vaut être prudente. Le chauffeur, Jorge, est manifestement très bavard, mais je réponds de façon laconique à ses questions en espérant qu'il va comprendre le message, ce qui est le cas. Le silence finit par s'installer. Je n'entends plus que le bruit du moteur et la radio qui diffuse de la musique classique.

Comment est-ce possible ? Comment peut-on vivre une double vie pendant des mois, des années ? Comment Jesper a-t-il pu sortir avec moi tout en fréquentant une autre femme ? Était-ce un jeu ? Un sport, dont l'objectif était de tromper son entourage – ou moi – le plus longtemps possible ? Voulait-il me faire du mal pour de vrai ? Gâcher ma vie ?

Je n'ai toujours pas de réponse, mais les questions se multiplient.

D'ailleurs, qui dit que je suis la seule ? Peut-être plusieurs filles se sont-elles fait avoir. Je laisse reposer ma joue contre la vitre froide, et ferme les yeux. J'essaie de me représenter d'autres femmes comme moi, seules dans leur appartement de Stockholm, mais je n'y parviens pas. Je ne peux ni ne *veux* le croire. Comment aurait-il le temps ?

Le taxi s'arrête devant une villa en bois rouge. Je sors mon portefeuille, paie en liquide et descends de la voiture, dans le froid. Jorge disparaît dans la nuit et tout devient calme et silencieux. J'entends un chien aboyer au loin.

Je me mets à remonter la rue. Au bout de quelques mètres, je marche dans une flaque d'eau. Une mince pellicule de glace se brise avec un léger craquement. À droite comme à gauche se dressent d'imposantes villas, sans doute construites au début du vingtième siècle pour la plupart. Les fenêtres sont éclairées et je me dis que dans chaque maison vit une famille avec son histoire unique. Je me surprends à penser que les habitants de ces grandes et belles demeures doivent être heureux, mais c'est évidemment idiot. Car l'argent et le pouvoir ne sont pas des garanties de bonheur, si ?

La ruelle adjacente est si étroite que je manque de la rater. Ici, les maisons sont plus récentes, années cinquante peut-être, et de taille plus modeste. Des feuilles s'amoncellent sur les trottoirs, formant un patchwork extrêmement glissant. Au-dessus des toits, à droite, est suspendue la pleine lune, parfaitement ronde, dorée et brillante, comme un fruit mûr.

Je reconnais la maison immédiatement. Des moignons de bois noircis jaillissent du sol à l'endroit où se trouvait le garage, et une légère odeur de brûlé témoigne de ce qui s'est passé. Un ruban bleu et blanc portant l'inscription « Police » entoure les ruines de la bâtisse, comme un bolduc autour d'un gigantesque paquet-cadeau. Il volette doucement au gré du vent. Mon cœur bondit dans ma poitrine. Au moins, j'ai influencé sa vie, je l'ai atteint, même si ce n'est pas de la manière escomptée.

*C'est toi qui l'as voulu*, me dis-je. *Les choses auraient pu se dérouler autrement.*

Hormis les vitres de la porte d'entrée légèrement éclairées, la maison dressée sur le coteau boisé est plongée dans la pénombre. J'hésite à peine une seconde avant de pousser la grille. Des fleurs d'été fanées et transies de froid bordent la petite allée de gravier. Une pelouse s'étend de part et d'autre. Quelques pins et genévriers viennent rompre la monotonie du jardin qui s'apparente à un rocher dénudé. Le jardinage ne doit pas être la passion de Jesper. Mais que sais-je, après tout, de ses passions ? Au fond, je ne sais pas qui il est.

Le laiton de la sonnette est glacé sous mon doigt. L'espace d'un instant, j'ai l'impression qu'une chose d'une importance cruciale est en train de se jouer, comme si, en appuyant sur ce bouton, je prenais une décision irrévocable. Je rejette cette pensée absurde. Tout cela a commencé il y a bien longtemps. Ma présence ici aujourd'hui est la suite logique de ce que Jesper m'a fait subir.

*Mais c'est peut-être exactement ce qu'il cherche ?*

L'idée m'obsède et je fais mon possible pour qu'elle ne m'accompagne pas jusqu'à cette conclusion inévitable. Je préfère presser la sonnette. Aussitôt, j'entends un vrombissement irrité à l'intérieur de la maison. Mon cœur bat à tout rompre, mon estomac se serre. J'ignore ce que je ferais s'il ouvrait la porte et que nous nous retrouvions face à face. J'aurais peut-être dû me préparer davantage, prendre des notes, car je ne suis pas certaine de me souvenir de toutes les choses importantes que j'ai à lui dire.

Je reste un instant figée sur le perron, le doigt sur la sonnette, observant mon haleine se transformer en petits nuages blancs que le vent emporte, mais rien ne se passe. J'appuie à nouveau. La sonnerie retentit, perforant crûment le silence.

Je regarde autour de moi.

De l'autre côté de la rue, une maison est plongée dans l'obscurité. Un peu plus loin, vers la baie, d'autres ont leurs fenêtres éclairées, et de la fumée s'échappe des cheminées, mais tout est calme. Pas un passant, pas une voiture.

Au bout de quelques minutes, je descends les marches de pierres et longe la façade en crépi blanc, contourne la maison et me retrouve sur le petit côté. Il y a deux soupiraux qui donnent sur la cave. Je m'accroupis et hasarde un coup d'œil à l'intérieur. La lumière est éteinte, mais une pâle lueur pénètre par une porte ouverte un peu plus loin dans la pièce. Au bout d'un moment, les contours d'un lave-linge se dessinent dans la pénombre. Je continue mon tour de la maison, inspectant toutes les fenêtres. La villa semble vide. Je réfléchis aux risques, pèse le pour et le contre. Il peut bien sûr y avoir une alarme, mais je l'entendrais si elle se met en marche, non ? En outre, je n'ai pas vu d'affichette ou d'autocollant pour dissuader les cambrioleurs.

Revenue près du soupirail, je constate que je suis à l'abri des regards. Le pignon est dissimulé par une petite butte hérissée de pins. Entre les branches brille la pleine lune. Sa lueur me suffit pour bien voir. Je colle à nouveau mon visage contre la vitre. Le lave-linge est placé de façon opportune, juste sous la fenêtre. Cela devrait marcher. J'extrais doucement le burin et le marteau de mon sac. Mais comment pénètre-t-on par effraction dans une maison ? Je n'en ai pas la moindre idée. À l'aide de mes outils, je heurte le cadre au hasard pour tenter de le percer.

En vain. Je ne parviens qu'à creuser de vilaines entailles dans le bois.

J'essuie la sueur qui perle sur mon front, brandis le marteau et frappe avec une certaine hésitation au beau milieu de la vitre. Les éclats de verre tourbillonnent et s'échouent sur le sol de la cave. Je lève à nouveau l'outil, la heurte encore et encore jusqu'à éliminer le moindre morceau de carreau. Puis je me baisse, retiens mon souffle et tends l'oreille. Je m'attends à entendre des pas qui s'approchent ou des voix indignées.

Rien ne se passe.

Tout est aussi calme et silencieux qu'avant. La pleine lune se reflète dans les éclats de verre éparpillés par terre, comme si le ciel s'était brisé en mille morceaux et s'était effondré à mes pieds.

Je m'accroupis près de la fenêtre et scrute la pièce sombre. Je n'ai qu'à entrer et à me laisser tomber sur la machine à laver. Après quelques instants d'hésitation, je range le marteau et le burin dans mon sac que je jette dans la cave. Il atterrit avec un bruit sourd. Puis je me faufile par l'ouverture, m'assieds sur le rebord de la fenêtre et me glisse à l'intérieur.

C'est beaucoup plus facile que je ne le pensais. Maintenant que je suis là, dans la cave de Jesper, je regrette de ne pas être venue plus tôt. Une odeur de lessive mêlée de moisissure flotte dans l'air. Une armoire séchante est installée en face du lave-linge et un tas de vêtements sales gît dans un coin.

Pas très glamour.

Lorsque j'ouvre la porte, je m'aperçois que j'ai la main qui saigne. J'ai dû me couper sans m'en rendre compte en passant par la fenêtre. Le sang ne goutte pas, il ruisselle et, entre le pouce et l'index, je distingue une profonde entaille.

Je m'approche de l'armoire à côté du lave-linge, l'ouvre et découvre un panier. Il semble rempli de sous-vêtements. J'en choisis un en tissu blanc. Ce n'est que lorsque je l'enroule autour de ma main blessée que je comprends ce que c'est : une culotte. C'est dégoûtant, mais tant pis. Je suis prête pour explorer le reste de la maison.

Je dois dire que je suis assez surprise : l'intérieur a l'air usé. Les murs blancs sont défraîchis et le parquet rayé. Çà et là, il manque une latte. En revanche, les meubles sont typiques de Jesper : design danois sobre, lampes que j'ai vues dans des magazines de décoration intérieure. Des surfaces chromées et laquées reflètent les rayons de lune. De grandes photographies en noir et blanc d'animaux et de femmes nues à contre-jour ornent les murs. J'ai un pincement au cœur. Cela aurait pu être chez nous.

Je suis soudain assaillie par les sanglots qui étaient tapis au fond de ma gorge depuis mon entrée dans la maison. Je m'affale dans un canapé en cuir noir et laisse libre cours à mes larmes. La douce lueur de la lune coule sur le sol. Il règne une odeur moite de fumée de cigarette. Après tout, ce n'était peut-être pas une bonne idée de venir. Ici, dans sa demeure, tout devient si manifeste. Sa trahison semble plus cruelle et tellement plus difficile à comprendre.

Je jette un coup d'œil circulaire. Une photographie est posée sur une étagère de la bibliothèque : Jesper entouré de femmes sur une plage. Les femmes, en bikini, sont minces et belles, avec de petits seins bien formés – rien à voir avec mes mamelles. Une jolie brune se tient près de Jesper. Trop près. Si près que je comprends qu'elle doit être plus qu'une amie.

Je détourne la tête. Mon estomac est à nouveau noué.

Sait-elle, la belle brune, qu'il la trompe ? Ou bien vit-elle également avec l'illusion d'être la seule ? Devrais-je lui révéler la vérité ? Tout à coup, je me dis qu'elle connaît peut-être mon existence, que Jesper m'a quittée pour elle, au lieu de nous duper toutes les deux. Elle savait peut-être ce qu'elle faisait en se mettant en couple avec Jesper. Peut-être même s'est-elle débarrassée de moi sciemment, par une magouille.

*Une autre femme.*

Cela pourrait aussi justifier la disparition inopinée de Jesper et son absence d'explication. Oui, c'est forcément ça : la belle brune a dû me piquer Jesper et, qu'elle connaisse ou non mon existence, c'est à cause d'elle que je l'ai perdu. Je sens une colère subite contre elle. Je balaie de la main le cadre à photo qui bascule et s'échoue sur le sol. Le bruit du verre qui se brise emplit la pièce lorsque j'en sors sans me retourner.

Dans la cuisine, tout est neuf et rutilant. Les meubles sont noirs sans poignée et il me faut quelques instants pour comprendre qu'il faut exercer une légère pression sur les portes pour les ouvrir. La porcelaine est également noire et de minces verres à vin jouxtent les assiettes et les plats. Deux plateaux noirs décorés de petits éléphants blancs sont adossés au mur derrière le robinet chromé qui fait penser à un tuyau de douche.

Je caresse de la paume le plan de travail en inox. Pas une miette. Pas un grain de poussière. La seule chose qui distingue cette cuisine d'une salle d'autopsie est la table à manger d'un noir mat et le dessin accroché au mur. Cela représente sans doute un bonhomme de neige, mais je n'en suis pas sûre, car c'est assez mal fait. Il n'y a que les parents pour aimer ce genre de gribouillis. Au-dessus du bonhomme, les mots « Pour Jesper » sont écrits en lettres bleues informes.

Évidemment ! Tout s'éclaire ! La femme brune a un enfant, mais Jesper n'est pas le père. Ils ont dû se rencontrer plus tard, lorsque Jesper et moi étions ensemble. Ensuite, il m'a quittée pour elle.

*Pour eux.*

Derrière l'une des portes rutilantes se cache un réfrigérateur. J'examine son contenu : du lait, du jus de fruits, des œufs et une bouteille de vin entamée, le bouchon à demi enfoncé. Rien de très excitant. Tout en bas se trouve une boîte en plastique renfermant les reliefs d'un repas. Je la sors doucement et ouvre le couvercle. Des boulettes de viande et des coquillettes avec un peu de ketchup séché dans un coin.

Je pose la boîte sur la table, retourne au réfrigérateur pour prendre le vin, place la bouteille à côté des restes et réfléchis un instant. Devant la fenêtre, près d'un lierre en train de faner fixé à un tuteur, j'aperçois une petite enceinte avec un iPod. Je l'allume, passe en revue les listes de musique, choisis un morceau au hasard et appuie sur « play ». Puis je m'installe à table.

Frank Sinatra entonne des chants de Noël tandis que je mange des boulettes de viande froides en buvant le chardonnay de Jesper. Lorsque commence *The Happy Season*, je sens la colère s'éveiller en moi. Je n'avais jamais vu si clairement à quel point sa vie brillante et épanouie diffère de mon existence quasi monacale dans mon petit appartement. Ce n'est pas juste et quelqu'un doit lui faire comprendre. Et cette personne ne peut être que moi.

Son lit est confortable, luxueux et très large. Je l'essaie et, effectivement, je peux m'allonger en longueur et en largeur. Une vague odeur de savon ou de parfum émane des draps. Sur la table de chevet se trouvent un roman policier en format poche et quelques magazines économiques. J'ouvre doucement le tiroir. Il renferme un chargeur de téléphone portable, de la pommade pour les lèvres et un tube de lubrifiant.

Je sens une nouvelle crampe à l'estomac. Mon ventre se resserre et la boule familière s'installe dans ma gorge. Je me suis trop approchée de la vérité et je paie à présent le prix de ma curiosité. *Savoir* fait plus mal que je ne le pensais. Certes, j'ai cherché à comprendre où était Jesper et pourquoi il ne donnait pas signe de vie. Mais je ne voulais pas voir une photographie de lui avec la femme brune, humer l'odeur de leurs draps et fouiller dans leur linge sale.

Les larmes s'accumulent derrière mes paupières et je les autorise à couler. Je plonge la tête dans l'oreiller en plumes et pleure haut et fort. Je me laisse aller au désespoir que je porte en moi depuis si longtemps.

Lorsque je me réveille, il fait jour. J'ignore d'abord où je suis, puis je vois ma main. La culotte blanche enroulée autour de ma plaie est presque entièrement imbibée de sang séché.

Je me lève sur mon séant, retire délicatement le bandage improvisé. Au moins, je ne saigne plus. Je planque le sous-vêtement sale derrière la tête de lit avec un vague sentiment de dégoût mais aussi de mélancolie car il me rappelle l'enfant que j'ai perdu.

En me levant, je m'aperçois que mon corps est tout engourdi. J'ai l'impression qu'il refuse de m'obéir lorsque je me dirige vers la fenêtre. Quelle heure est-il ? Combien de temps ai-je dormi ? Je l'ignore, mais dehors il fait jour et tout est blanc étincelant. Une couche de neige fine, très fine, repose sur le sol et les arbres. Au loin, j'aperçois une voiture qui approche.

Je reste figée quelques instants avant de comprendre ce qui est sur le point de se produire. La voiture, qui n'est maintenant qu'à une vingtaine de mètres, est un SUV noir – celui de Jesper. La panique me gagne, je regarde autour de moi dans la chambre, m'empare de mon sac et de mon manteau et dévale l'escalier vers la cave. Je ne sais pas combien de temps il me reste. Une minute ? Trente secondes ? Sans me retourner, je jette mon sac par l'ouverture et grimpe sur le lave-linge pour sortir. C'est peut-être une vue de l'esprit, mais, au moment où je me relève, j'ai l'impression d'entendre la porte d'entrée claquer.

Je pivote sur mes talons puis m'élance entre les pins et les maisons en direction de la baie. J'aperçois bientôt un cabanon solitaire perché sur une petite butte, avec une vue dégagée sur la villa de Jesper. Je regarde par les vitres crasseuses. Des meubles de jardin sont empilés les uns sur les autres. Un barbecue cassé gît dans un coin. Un vieux canapé élimé trône au milieu de la pièce. Je me retourne et aperçois la maison à laquelle ce cagibi doit être rattaché. Elle semble abandonnée. Les fenêtres du rez-de-chaussée sont fermées à l'aide de panneaux d'isorel et, sous la mince couche neigeuse, je devine les contours d'une gouttière qui s'est détachée de la façade et repose dans l'herbe haute.

Je m'éloigne de la villa de Jesper avec l'impression d'avoir fait une découverte importante.

J'ai reçu de nouvelles factures. Je suis assise à la table de la cuisine et je fixe le tas qui a presque doublé en quelques jours. Je ne sais que faire. Je n'ai plus ni bijoux ni objets de valeur à vendre. Le tableau qui était accroché au-dessus de mon lit et qui, pour une raison incompréhensible, était si précieux a disparu. Je songe à ces joueurs de football couleur pastel, peints dans un style infantile, qui se pressaient autour du ballon. Si les informations qu'on m'a données lorsque j'en ai hérité sont exactes, il vaut au moins 300 000 couronnes. Mais cela n'a plus d'importance à présent, puisque c'est Jesper qui l'a pris. D'ailleurs, j'aurais dû le chercher chez lui, lorsque j'y étais, au lieu de me goinfrer de pâtes farineuses pour combler mon manque affectif et de m'endormir en pleurnichant dans son lit.

Devant la fenêtre, la neige tombe et c'est bientôt Noël. Ce sera le premier Noël sans ma mère, et j'ignore où je vais le célébrer. Au fond, ce n'est pas une fête importante pour moi. Une soirée pizza et DVD me convient aussi bien qu'un dîner traditionnel. Peut-être mieux, d'ailleurs, car Noël a la capacité à faire naître en moi une angoisse sourde, mais clairement perceptible. Je crois que, petite, je la sentais déjà, mais alors l'anxiété avait d'autres causes : il s'agissait de bien apprécier ses cadeaux pour ne pas blesser mes parents et, surtout, de devenir invisible après le réveillon chez Karl-Bertil Jonsson, où, comme d'habitude, l'alcool les avait rendus braillards et lunatiques.

Je soupèse les factures dans une main, réfléchis un instant et les replace ensuite dans la boîte. Le couvercle se ferme avec un grincement qui ressemble à un sanglot.

J'entre dans la salle de bains, passe la brosse dans mes cheveux longs en me disant que je ne reconnais pas la femme qui me dévisage dans la glace. Elle semble plus âgée que moi. Aigrie. Vulnérable, un peu servile. Comme l'héroïne d'un obscur film en costumes qui doit être sauvée et protégée. Cela me met hors de moi : s'il y a bien une chose que je ne veux pas, c'est avoir l'air fragile ! Je ferme les yeux et me remémore la sensation de puissance, de contrôle, que m'avait procurée l'incendie du garage. Je comprends immédiatement que je dois me ressaisir, redevenir forte, concentrée, téméraire. Je dois changer, à l'intérieur, mais peut-être également à l'extérieur.

Il y a de petits ciseaux sous le miroir. Ils sont vieux, tordus et coupent si mal que les ongles se plient quand on tente de l'utiliser. Je les saisis malgré tout et les soulève au niveau de mon oreille gauche. J'empoigne ma crinière et commence à tailler. Les cheveux s'échouent sur le sol, comme les flocons de neige devant ma fenêtre. Je continue à couper mèche par mèche. Le carrelage se couvre lentement de cheveux et la femme dans le miroir se transforme devant mes yeux.

D'abord je suis déçue : avec cette espèce de carré qui m'arrive au menton, je ressemble à une institutrice ringarde ou une bibliothécaire d'antan. Il faut que ce soit plus court. Je manie soigneusement les petits ciseaux tout autour de ma tête. Lorsque j'ai terminé, j'ai le pouce et l'index qui me brûlent, mais je suis satisfaite.

Je suis enfin devenue quelqu'un d'autre.

## PETER

La nuit tombe vite sur Stockholm et la circulation devient plus dense tandis que je roule de Djursholm à Kungsholmen. Je pense au corps congelé de Jesper Orre dans le bac à sable vert, à son visage couvert de givre. Alors, comme chaque fois que je rencontre la Mort, une image de ma sœur Annika apparaît sur ma rétine : elle, en train de bronzer sur ce rocher cet été-là, il y a tant d'années. Son corps maigre qui commençait tout juste à prendre des formes féminines, l'odeur de cigarette qui planait au-dessus de la bruyère sèche et les aiguilles pointues sous mes pieds d'enfant à la peau fine.

Que serait-il advenu si je n'avais pas raconté à ma mère qu'Annika fumait en cachette sur les rochers ? Serait-elle en vie aujourd'hui ?

Je crois que ma mère se doutait que je me sentais coupable du décès d'Annika, car elle ne cessait de rabâcher que c'était un accident et que personne n'en était responsable. Elle le répétait à l'envi, presque comme un mantra. Peut-être parce qu'il était trop douloureux d'accepter qu'Annika ait volontairement nagé vers la mort.

Annika est la première à m'avoir enseigné que la vie n'est pas éternelle. D'autres ont suivi : Petter, le roux de 5e B qui a foncé dans un arbre à moto, en face du kiosque à hot dogs, et qui est resté en état de mort cérébrale pendant un mois avant que son père n'éteigne le respirateur artificiel, fasse ses valises et s'envole à jamais pour la Thaïlande. Et Marie, étudiante comme moi à l'école supérieure de la police, qui a eu un cancer. Elle n'avait que vingt-cinq ans. Elle avait promis qu'elle reviendrait bientôt en cours, alors même qu'elle recevait des soins palliatifs.

*Et puis ma mère, bien sûr.*

Après ma mère, j'ai cessé de compter. J'avais l'impression que tout le monde autour de moi mourait. Une sensation sacrément désagréable, qui faisait naître en moi la peur d'être le prochain sur la liste. Et que tout ce que je faisais de mes journées – les enquêtes pour homicides, les pizzas à emporter devant la télé, le porno sur Internet que je regardais avec ennui – était inutile. Que je pouvais aussi bien me jeter du pont Västerbron puisque, de toute manière, je ne manquerais à personne. Aussitôt disparues les rides sur la surface de l'eau, je serais oublié.

Car c'est vrai : il n'y a pas une seule personne sur cette terre qui dépend de moi. Qui a réellement besoin de moi. Ni mes collègues ni Janet. Ni Albin.

*Pas vraiment.*

Et pourtant… On peut aller se suicider, mais on peut aussi aller prendre une bière. Et moi, entre le pont Västerbron et le bar, je choisis toujours le bar.

Sanchez se tient devant le tableau d'affichage. Elle rassemble ses cheveux humides en une petite queue-de-cheval et prend la parole :

— La police a été contactée un peu après quinze heures par une certaine Amelie Hökberg, qui réside rue Strandvägen à Djursholm. C'est la mère d'Alexander Hökberg, dix ans, qui, avec son copain Pontus Gerloff, a trouvé le corps d'Orre dans le bac à sable. Visiblement, les garçons jouaient dehors et Alexander voulait se cacher dans le conteneur lorsqu'il est tombé sur le cadavre. Le bac à sable se trouve à quatre cents mètres à l'ouest de la maison d'Orre, dans un parc. Il faut environ sept minutes pour s'y rendre depuis chez lui.

Sanchez pointe du doigt la carte épinglée sur le tableau d'affichage.

— Depuis combien de temps est-il là ? s'enquiert Manfred.

— La médecin légiste ne peut pas encore le dire. Il faut attendre que le corps dégèle pour pouvoir l'autopsier. Ça prend environ vingt-quatre heures.

— Que peut-elle nous dire, alors ? demandé-je.

— Qu'il avait des blessures à la tête et au front. Il a reçu un coup ou a subi une autre forme de traumatisme. Il est probablement mort de froid.

Je contemple Hanne. Elle semble étonnamment calme, presque sereine, assise à côté de la petite fenêtre années soixante-dix avec son chandelier de l'avent. Elle n'a pas l'air malade du tout, me dis-je en repensant au corps amaigri de ma mère, rongé par le cancer.

— Reprenons, dit Manfred en étirant son corps imposant – son gilet se tend dangereusement sur son ventre. Orre tue Emma Bohman. Vous pouvez m'expliquer comment il s'est retrouvé dans le bac à sable ?

Il y a un instant de silence.

— Il a peut-être voulu se cacher ? suggère Sanchez. Il fuyait une scène de crime, blessé et déstabilisé. Peut-être qu'il est tombé sur quelqu'un et qu'il s'est planqué dans le bac à sable. Et après…

Elle se tait. On n'entend plus que le murmure de la ventilation. Il est vingt heures et beaucoup de collègues sont déjà rentrés chez eux. Un enquêteur solitaire est assis devant son ordinateur au fond de la pièce, visiblement absorbé par quelque chose. Dehors, les lumières de Kungsholmen scintillent dans le ciel noir hivernal.

— Alors, Orre tue Emma Bohman, en tout cas d'après notre théorie, poursuit Manfred. Il la décapite. Place les allumettes dans ses yeux et quitte les lieux sans portefeuille, portable ou manteau. Il n'emporte même pas une culotte usagée comme doudou. Ensuite, il va s'allonger dans un bac à sable et se laisse mourir. Super. On a reconstitué le déroulement des faits. Qui appelle le procureur ?

Sanchez pousse un gros soupir.

— Tu es obligé de toujours tout critiquer ? Je ne dis pas que ça s'est passé comme ça. J'essaie simplement de trouver une explication qui concorde avec nos preuves…

— Le problème, c'est qu'on n'en a pas, des preuves. On n'a même pas déterminé l'identité de la femme assassinée. Comment pourrait-on s'exprimer sur ce qui s'est passé ? Hein ?

Sanchez croise les bras et pince les lèvres. Lève les yeux au ciel, cligne des paupières. L'espace d'un instant, on dirait qu'elle va se mettre à pleurer. Je sais que nous sommes tous sous pression et elle me fait de la peine. Elle fait de son mieux. Elle fait toujours de son mieux, elle est comme ça. Un chien ne sera jamais rien d'autre qu'un chien. Et Sanchez ne peut être que Sanchez. Un jour, elle sera une excellente enquêtrice, c'est peut-être cela qui irrite Manfred.

— Tu sais quoi ? Tu n'as aucun droit de me traiter comme ça, Manfred. Je descends à l'Institut médico-légal de Solna pour échanger deux mots avec l'odontologue. Appelez-moi si vous trouvez quelque chose.

Elle fait volte-face et disparaît dans le couloir. Le claquement de ses talons aiguilles s'estompe progressivement.

— C'était vraiment utile ? dis-je en croisant le regard de Manfred.

— Mais putain, Lindgren ! Tu vas pas me dire que tu gobes son histoire ?

— Elle fait de son mieux.

Manfred secoue lentement la tête.

— Je suis désolé, mais ça ne suffit pas.

Il se lève et décroche son pardessus du dossier de la chaise.

— Faut que je rentre un peu pour libérer Afsaneh. Passez-moi un coup de fil s'il y a du nouveau. De toute façon, je reviens dans deux ou trois heures.

Il quitte la pièce d'un pas lourd, me laissant en tête à tête avec Hanne. Son regard gris et insistant est posé sur moi.

— Quoi ?

— Rien. Je me demandais juste… Vous êtes toujours aussi… désagréables les uns envers les autres ? me dit-elle.

Je hausse les épaules.

— On n'est pas dans un cours de développement personnel, ici.

Je devine un petit sourire sur son visage fin.

Nous restons un instant sans rien dire. Le néon tremblote et Hanne ferme les yeux, comme si elle voulait en chasser la lumière froide. Elle semble tout à coup plus âgée. Pas moins belle, non, simplement plus âgée et plus fatiguée, comme usée par les années.

— Comment ça va ?

Elle ouvre les paupières, se met à glousser. Et soudain elle ressemble à une adolescente – il y a quelque chose d'enfantin dans son rire espiègle, ou dans sa manière de lever les yeux au ciel.

— Tu es drôle, toi. Je vais bien.

— J'ai pensé à ce que tu m'as dit et…

— Ne t'en fais pas. Je devrais aussi survivre à cette enquête.

Tout à coup je ne parviens plus à me contrôler. C'est comme si je prenais soudain conscience de ce qu'elle représente pour moi. Elle est la première et la seule personne avec qui j'ai voulu faire ma vie et cela fait d'elle l'être le plus important au monde. Je ne l'avais simplement pas compris. Peut-être est-ce parce qu'elle m'a dit qu'elle était malade, mais je me rends compte que le temps n'est plus éternel. Il s'est réduit à quelques brefs instants, formant des jours et des semaines qui peuvent s'écouler bien trop vite.

— Je t'aime, Hanne.

Au moment où je prononce ces mots, je me rends compte que je les pense vraiment, peut-être pour la première fois de ma vie.

Les yeux de Hanne deviennent brillants.

— Mais enfin, Peter, comment tu peux le savoir ? On ne s'est pas vus depuis dix ans.

— Je le sais, c'est tout. Et je t'aimais déjà à l'époque. J'étais simplement trop bête pour le comprendre.

Quelques larmes glissent le long de ses joues, mais elle les ignore.

— Ça n'a plus d'importance maintenant, murmure-t-elle en fixant ses mains sur ses genoux. Je suis malade et on ne peut pas être ensemble.

— Je me fiche que tu sois malade. Je peux m'occuper de toi. Je *veux* m'occuper de toi.

Nos yeux se rencontrent.

— Crois-moi, tu ne le veux pas.

À l'autre bout de la pièce, l'enquêteur a cessé de taper à l'ordinateur. Il se lève, enfile sa veste en cuir, éteint sa lampe et sort.

— *Si*. Je le veux.

Hanne soupire et son regard se dirige à nouveau vers le néon au plafond. Dans la lumière crue, la peau sous ses yeux semble fine, bleutée et brillante comme de la nacre. Comme les écailles d'un poisson.

— Bon sang, Peter, ce que tu peux être têtu ! On dirait un gosse. Je suis en train de… perdre la mémoire. Bientôt, je ne saurai peut-être plus comment je m'appelle. Tu ne peux pas t'occuper de moi, tu le comprends bien.

— Perdre la mémoire ? Comment ça ? Comme Alzheimer ?

Hanne cache son visage dans ses paumes.

— Il faut que j'y aille, dit-elle en se levant sans me regarder.

— Attends ! Je peux t'accompagner ?

Elle se retourne. Pose les mains sur ses hanches et secoue lentement la tête.

— Non. Laisse tomber ! Je t'ai dit que ce n'était pas possible.

J'ignore si elle est fâchée ou si elle me trouve tout simplement collant.

En sortant, elle s'arrête devant le tableau d'affichage, observe attentivement le visage d'Emma Bohman avant de se retourner vers moi pour me saluer de la main.

Dehors, l'obscurité semble tout à coup plus noire et dense. Je reste longtemps à la fenêtre à chercher du regard la silhouette de Hanne, mais je ne vois qu'un chasse-neige qui s'approche au loin dans la rue déserte.

Je me demande si elle a dit vrai, si elle est véritablement en train de perdre la mémoire. Pourquoi mentirait-elle sur une chose pareille ?

Une immense tristesse s'empare subitement de moi. Je repense à son corps frêle dans le lit, à ses taches de rousseur sur les épaules qui rougeoyaient dans la lumière de l'aube. À son désir avide lorsque nous avons fait l'amour et à son rire incontrôlable après, lorsque nous sommes restés à discuter l'un à côté de l'autre, dans le lit étroit. Oui, j'arrive même à entendre ses doux ronflements – ils me rappelaient les craquements d'un bateau amarré sur une mer calme.

Un bruit dont émane un sentiment de sécurité.

Mais je repense surtout à la manière dont je me sens quand je suis avec elle. Incroyablement ouvert, vulnérable et léger.

Comme une plume.

Qui dit que cela ne peut pas se reproduire ? Qui a décidé que c'est impossible ?

La vie est une histoire de perte, disait souvent ma mère en fumant sous la bouche d'aération. La perte de cette innocence infantile avec laquelle nous naissons tous, la perte des gens que nous aimons, de notre santé, de nos capacités physiques, et enfin – évidemment – la perte de notre propre vie.

Comme d'habitude, ma mère avait raison.

Vers vingt et une heures, Manfred téléphone. Sa voix transpire l'excitation, mais aussi quelque chose d'autre : une détermination que je reconnais bien.

— Tu es encore au bureau ?

— Oui, pourquoi ? Je comptais rentrer.

— Bergdahl a parlé avec l'une des amies d'Angelica Wennerlind.

Je jette un coup d'œil vers le tableau d'affichage. La photographie d'Angelica Wennerlind est accrochée à côté de celle d'Emma Bohman.

— Ah oui ?

— Tu ne devineras jamais ce qu'elle lui a raconté. Elle est en route vers le commissariat avec un collègue. On peut lui parler dans vingt minutes.

Annie Bertrand est petite, blonde et porte une tenue de sport, comme si elle venait directement de la salle de gym. Nous la retrouvons dans une pièce exiguë du rez-de-chaussée qui sent la moisissure et les produits d'entretien. Manfred a acheté des cafés et apporté des brioches au safran de la supérette du coin. Annie décline aimablement les pâtisseries, arguant qu'elle ne mange pas de pain.

J'ai l'impression que c'est une nouvelle mode, de s'interdire gluten, sucre et lait. Sanchez a aussi arrêté tout cela. Apparemment, il suffit qu'elle reluque un gâteau pour que son ventre gonfle comme un ballon.

— Merci de votre disponibilité. Nous n'avons pas l'habitude de convoquer les gens à cette heure-ci, mais l'enquête autour du meurtre chez Jesper Orre est à un stade critique et nous ne voulons pas perdre de temps. Pouvez-vous nous dire comment vous avez connu Angelica Wennerlind ?

— On s'est rencontrées au lycée, à Bromma, on est amies depuis. On traînait beaucoup ensemble à l'époque, mais aujourd'hui on se voit à peu près une fois par mois. Elle habite toujours là-bas, travaille dans une école maternelle à Ålsten et moi j'ai déménagé dans le centre-ville. En plus, elle a Wilma maintenant. Elle n'a plus beaucoup de temps…

Sa voix s'éteint.

— Wilma, c'est sa fille, n'est-ce pas ? s'enquiert Manfred.

— Oui. Trop mignonne. Et pleine d'énergie, bien sûr. Elle n'a que cinq ans.

— Et Angelica ne vit pas avec le père de Wilma ?

— Non. Il est américain, il habite à New York. Wilma était un « petit accident », pour ainsi dire. Angelica a rencontré Chris en vacances et ils n'ont jamais vraiment été en couple. Mais quand elle est tombée enceinte, elle a décidé de garder le bébé. Elle adore les enfants.

Manfred prend quelques notes dans son carnet.

— Pouvez-vous nous parler du nouveau petit ami d'Angelica Wennerlind ?

Annie Bertrand opine du chef et avale une gorgée de café.

— C'était un grand secret, bien sûr. Je crois que j'étais la seule au courant. Elle sortait avec Jesper Orre et, si j'ai bien compris, c'était assez sérieux. Il avait même rencontré Wilma. Mais ils voulaient être discrets – vous savez comme les médias harcelaient Jesper. Je crois qu'Angelica n'avait même pas parlé de lui à ses parents. Il était présenté comme un vrai coureur de jupons. Ça ne devait pas être drôle pour elle de lire les articles le concernant dans les journaux people. Mais j'ai l'impression qu'ils étaient heureux. C'est ce qu'elle disait, en tout cas, que c'était sérieux et que Jesper lui avait dit qu'il était vraiment amoureux pour la première fois de sa vie. Il voulait emménager avec elle, faire sa vie avec elle. Recommencer. Il réfléchissait même à démissionner. Il en avait par-dessus la tête d'être stressé et surveillé en permanence. Ils devaient partir en voyage cette semaine. Ils avaient loué une maison quelque part, je crois, mais elle ne m'a pas dit où. Ils voulaient être loin de tout. Tranquilles.

Manfred croise mon regard en silence et referme son carnet avec un petit bruit sec.

## EMMA

*Huit jours plus tôt*

Je balaie les cheveux qui jonchent le sol en pleurant. Non pas parce que j'ai tout coupé, mais parce que la transformation s'est enfin opérée. Au fond, je n'en avais jamais douté. Et ce destin à la fois grandiose et mélancolique me fait penser à la chrysalide que je transportais partout dans son bocal et qui s'est finalement muée en papillon.

J'avais demandé à mon père pourquoi la chenille ne pouvait pas rester chenille et il m'avait répondu qu'elle n'avait pas le choix : elle devait se métamorphoser ou mourir – c'était la loi de la nature. Et me voici comme elle : transformée, née à nouveau. Je ne suis plus Emma, je suis quelqu'un d'autre, quelqu'un de plus fort, qui se refuse à être une victime. Quelqu'un qui reprend le contrôle de son existence et se venge de ceux qui l'ont trahie.

Les cheveux finissent dans un sac-poubelle. Puis je saisis le tas de factures et le pose dans l'évier. Je trouve des allumettes dans le tiroir du bas. J'hésite un court instant avant de mettre le feu aux documents.

Ils s'embrasent immédiatement et, en l'espace de quelques secondes, les flammes atteignent une hauteur inquiétante avant de s'éteindre. Ne demeurent que les vestiges carbonisés de mes créances. Ces fragments de papier légers comme des papillons me font penser à des pétales de fleurs noires.

Dans la salle de bains, il fait chaud et humide. Je dessine d'épais traits noirs au khôl autour de mes yeux et contemple mon nouveau visage dans le miroir. Emma n'est plus. Elle est morte ou disparue, ou en a eu assez d'être une ratée. La fille dans la glace est quelqu'un d'autre. Tout à coup, je songe au côté comique de la situation : d'un certain point de vue, c'est Jesper qui a créé celle que je suis devenue. C'est sa trahison qui m'a obligée à me transformer. Il était la nature et j'étais la chenille.

Et à présent, je suis là.

Je me prépare. Je ne range dans mon sac à dos que le strict nécessaire : un sous-pull en laine, les chaussettes chaudes qu'Agneta m'a offertes le dernier Noël où elle vivait, les jumelles qui appartenaient à mon père et le grand couteau au manche sculpté dont lui a fait cadeau son père qui était marin. J'écoute ensuite mon répondeur. Je n'ai qu'un seul message. La police. Ils souhaitent me revoir pour discuter de la bague de fiançailles. Le terme « discuter » m'énerve. On dirait qu'il s'agit de papoter de choses agréables. De nos dernières vacances, par exemple, ou du prix de l'immobilier dans le centre-ville. S'ils veulent m'interroger, qu'ils le disent !

*Se transformer ou mourir.*

Je m'approche de la fenêtre de la cuisine, l'ouvre et regarde vers le bas. Un air froid chargé de cristaux de glace étincelants entre en tourbillonnant. La neige se pose comme une membrane sur ma peau et fond immédiatement. Quelque part en contrebas, Sigge a disparu. Je sais que c'est ainsi, bien que je n'aie jamais retrouvé son corps. Je saisis mon portable et tends la main par la fenêtre. Je lâche l'objet, le laisse tomber dans le vide. Au bout de quelques secondes, j'entends un fracas.

Je n'ai plus besoin de téléphone.

— Quel type de sac de couchage ? Quelle température extrême doit-il supporter ?

Je ne sais que répondre. Je ne peux pas vraiment lui expliquer quelles sont mes intentions. L'espace d'un instant, j'ai l'impression qu'elle me regarde de travers, peut-être à cause de ma coupe de cheveux maison ou de mon maquillage outrancier. Mais bon sang, je dois me faire des idées, la moitié de la population suédoise ressemble à ça, non ? Pourquoi me regarderait-elle différemment ? Elle fait son travail, tout simplement.

— Je dois pouvoir l'utiliser à l'extérieur à cette période de l'année, dis-je, dans un élan de lucidité, en touchant l'entaille que je me suis faite en passant par la fenêtre de la cave de Jesper.

— Voyons voir, fait la fille blonde à la queue-de-cheval en se dirigeant vers l'étagère près de la vitre.

À côté des sacs à dos et des piolets se trouve une longue rangée de duvets.

— Je vous recommanderais celui-ci, reprend-elle. Il est en synthétique donc particulièrement adapté à un climat humide. Il descend à moins dix degrés, mais il vous faut un tapis de sol et un bonnet.

J'opine du chef, comme si je voyais tout à fait de quoi elle voulait parler.

— Je le prends.

— Autre chose ?

— Oui, deux secondes, je vais regarder.

J'extrais la liste de ma poche et lui en fais lecture. Dix minutes plus tard, après avoir dépensé plusieurs milliers de couronnes, je sors dans la rue. Il ne me reste que quelques centaines de couronnes pour louer une voiture et acheter à manger.

La neige qui tombe n'est plus la même. De gros flocons duveteux s'échouent sur le sol, remplaçant les petits cristaux acérés. Le jour a commencé à décliner, une brume grise bleutée enveloppe la ville et les lampadaires sont allumés.

Les sacs sont lourds, mais je me sens forte et légère. Je sais exactement ce que j'ai à faire et c'est une telle libération ! J'entre dans un supermarché près de la place et achète tout ce dont j'ai besoin. Je dois ressembler à une clocharde avec mes deux gros cabas et mes cheveux hirsutes – mais personne ne semble me remarquer. Peut-être suis-je devenue vraiment invisible.

Aujourd'hui, aucun des adolescents boutonneux de l'agence de location de voitures ne me salue. Ils ne doivent pas me reconnaître. Tant mieux. Sans porter un regard à mes gros sacs, Peter – c'est écrit sur son badge, comme si nous allions devenir amis pour ça – enregistre mes informations personnelles et mon adresse sur son ordinateur.

— C'est pour combien de temps ?

— Jusqu'à demain, dis-je, bien que je n'en sache rien.

Mais je n'ai plus beaucoup d'argent.

Il me tend les clés.

— Vous savez où elles sont garées ?

— Oui.

J'ai presque l'impression de rentrer chez moi. Chaque intersection, chaque bifurcation me semble familière. En dépit de l'obscurité, je sais exactement où je vais. Je me gare trois pâtés de maisons plus loin. Je ne veux pas être trop proche de la villa de Jesper – cela pourrait attirer l'attention.

D'ailleurs, ce n'est pas vers sa demeure que je me dirige. Non, je m'achemine vers la maison abandonnée située un peu plus haut sur la colline. Elle repose sur la neige, sombre et sinistre, comme une vieille épave de navire. Je marche à pas de loup sur le tapis de poudreuse. Je laisse des traces de pas derrière moi, mais la neige continue de tomber : dans quelques minutes, elles auront disparu. Comme si je n'étais jamais passée.

Il n'est pas difficile de s'introduire dans le cabanon. Même sans lampe de poche, il me faut moins d'une minute pour trouver la clé, cachée sous le géranium en plastique sur l'escalier de bois. C'est étrange de voir une plante en fleur couverte de neige – même si je sais que les pétales sont artificiels. La neige et la floraison ne vont pas ensemble. Mon cerveau ne veut pas l'accepter. L'image de ces fleurs roses éthérées et celle du manteau blanc de dix centimètres se contredisent.

Un peu comme quand Jesper a embrassé la femme brune.

Dans la masure, il fait sombre et ça sent le moisi. Je suis obligée de déplacer quelques chaises en tek pour caser toutes mes affaires. J'ai des courbatures aux bras après avoir porté mes bagages et je transpire bien que la température soit probablement descendue au-dessous de zéro.

Je déroule doucement mon duvet sur le vieux canapé éventré situé au milieu de la pièce. Je pose la nourriture dans un coin et le reste de mon arsenal sous le barbecue. Puis je m'assieds sur ma couche de fortune, jumelles à la main, et regarde par la fenêtre, mais le rideau de neige me bloque la vue.

Je me penche en arrière et ferme les yeux. Quelque chose est à l'affût sur le seuil de ma conscience, lutte pour entrer, se faire connaître. Quelque chose d'important.

Puis cela me revient.

Jesper se tenait près de moi dans le bus bondé. Nous ne nous regardions pas, mais, du coin de l'œil, je le voyais sourire. C'était une sorte de jeu. Nous faisions semblant de ne pas nous connaître, debout côte à côte, mais bientôt il baisserait la main et la laisserait glisser doucement le long de ma cuisse. Et moi, je n'avais pas le droit de réagir, c'était le plus important. Je devais faire comme si je ne sentais rien.

Ensuite, sa main s'introduirait dans mon pantalon, sous ma jupe ou mon pull, et effleurerait ma peau. Pas de pelotage brutal, juste une caresse légère, comme s'il ne l'avait pas fait exprès. Là, peut-être que je me grandirais un peu, j'écarterais les jambes pour le laisser me toucher plus facilement. Puis il s'appuierait contre moi pour que je sente son érection. Voilà le but : au milieu des cahots de ce bus comble, la seule chose qui nous lierait serait notre désir.

Et je jetterais peut-être un coup d'œil dans sa direction, en passant. Comme si je regardais simplement par la fenêtre pour vérifier où nous nous trouvons. Alors nos yeux se rencontreraient et son visage serait aussi inexpressif et désintéressé que le mien.

Cette fois-ci, les choses ne se passèrent pas comme prévu. Juste au moment où je sentais sa main sur ma fesse, j'entendis une voix à l'avant du bus.

— Jesper. Ça alors ! Ça fait un bail !

Il se figea derrière moi. Sa main disparut en un instant.

— Salut ! Comment ça va ?

À hauteur des portes, j'aperçus un homme d'une quarantaine d'années en costume qui jouait des coudes pour avancer. Il nagea vers nous dans la marée humaine jusqu'à arriver près de Jesper.

Je sentis mon amant s'écarter de moi et compris immédiatement que je ne devais pas parler, pas révéler que nous nous connaissions. C'était son autre vie, sa vraie vie. Celle qui incluait un travail, des amis. Dans laquelle il avait un passé, un avenir.

Pour moi et Jesper, il n'y avait que le présent.

— … du tonnerre. C'est vrai que c'est hors de prix par rapport à l'Autriche, mais honnêtement ça vaut le coup. Je ne sais pas ce que tu en penses, mais moi, les voyages en charter, ça me rend malade. On recherche la qualité, l'authenticité. Et ça, on ne le trouve pas à Sankt Anton. C'est comme ça. Et puis la gastronomie ! Il n'y a pas à dire, les Français savent y faire.

L'homme qui connaît Jesper continua à parler de domaines skiables, de restaurants étoilés et de soirées après-ski avec des masseuses qui passent entre les tables vêtues de minijupes en peau de lapin.

— Et vous alors ? *Vous* êtes partis en vacances ?

J'ai froid. Mes jambes tremblent de façon incontrôlée et je tends la main pour attraper le thermos d'un litre plein de café bouillant. Des rayons de lune poussiéreux filtrent par la fenêtre crasseuse, mais il fait tout de même si sombre dans l'étroite pièce que je renverse une brique de soupe aux baies d'églantier en essayant d'atteindre le café.

Il a dit *vous*.

La connaissance de Jesper ne lui a pas demandé ce qu'*il* avait fait pendant les vacances, mais ce qu'*ils* avaient fait. Pourquoi n'y ai-je pas pensé plus tôt ? Peut-être parce que je n'avais pas compris que c'était important. *Vous* aurait pu faire référence à Jesper et l'un de ses amis, ou peut-être un collègue. *Vous* aurait pu être n'importe qui. Sauf que ce n'était pas le cas.

*Vous* était la femme aux cheveux bruns.

*Vous* était la raison pour laquelle Jesper m'avait abandonnée et que tout le reste s'était délité.

Après quelques instants d'hésitation, je me lève, m'approche de la fenêtre et essuie le bas de la vitre à l'aide de la manche de mon manteau. Il ne neige plus, mais une couche blanche de dix centimètres couvre les buissons et les arbres. J'ai une vue plongeante sur la maison de Jesper. Les fenêtres sont éclairées, la demeure semble si confortable, si accueillante. Comme une publicité pour ces séjours aux sports d'hiver dont Jesper parlait avec l'homme dans le bus.

Je les vois immédiatement. Ils sont dans la cuisine en train de dîner et les jumelles me transportent si près de leur idylle familiale que j'en frissonne. Jesper me tourne le dos, la femme brune est assise en face de lui. Elle porte un tee-shirt et semble engagée dans une sorte de débat avec Jesper, car elle fait de grands gestes et se penche en avant en piquant quelque chose qui ressemble à un bout de viande avec sa fourchette.

Une fillette blonde qui doit avoir six ans est assise à côté de la femme. C'est sans doute son enfant, me dis-je.

Soudain j'ai un haut-le-cœur et ma poitrine se serre une nouvelle fois.

## HANNE

Gunilla m'enveloppe dans une couverture et prépare un thé. Elle me parle de la responsabilité que j'ai envers moi-même.

— S'il t'aime et que tu l'aimes, je ne comprends pas pourquoi tu t'obstines à le repousser.

— Mais je suis *malade*…

— Oh, je t'en prie, arrête. Peut-être que ton état ne va pas se dégrader d'ici plusieurs années. Tu vas rester seule jusque-là ? Avec Frida et moi ? Prends ta vie en main ! Sinon, autant retourner chez Owe.

En pensant à Owe et à l'appartement désolé dans la rue Sheppargatan, j'ai l'estomac qui se noue.

— Jamais je ne retournerai chez Owe.

Gunilla soupire et se laisse choir sur une chaise en face de moi. Elle masse son dos douloureux d'une main et allume une bougie en bâillant.

— C'est exactement ce qu'il cherche, Owe ! Tu t'apitoies sur ton sort, tu ne prends pas d'initiatives et tu agis comme si tu étais encore avec lui. Autorise-toi à profiter de la vie au lieu d'être si dure envers toi-même.

Ses mots me font réfléchir. Cette idée que je suis dure avec moi-même est tout à fait nouvelle. J'ai toujours été la révoltée du couple – du moins jusqu'à ce qu'Owe me réduise à l'obéissance. Owe est sévère, pas moi. Il est le père et je suis l'adolescente rétive. Mais peut-être que Gunilla a raison quand elle dit que je ne me permets rien ; que j'utilise la maladie comme excuse pour ne pas vivre pleinement ma vie – qui coule comme du sable dans un poing fermé sans que je puisse l'arrêter.

— Je ne veux pas être un fardeau pour lui, à cause de ma maladie, c'est tout ce que je veux dire. Je ne peux pas m'attendre à ce qu'il s'occupe de moi.

— Bon sang, Hanne, tu te rends compte de ce que tu dis ! Il est adulte, laisse-le décider s'il veut être avec toi ou pas. Tu as été honnête avec lui, tu lui as parlé de ta maladie.

Je trempe les lèvres dans mon thé brûlant sans répondre.

Peut-être a-t-elle raison.

— Alors… d'après toi, qu'est-ce que je devrais faire ?

— Tu n'as pas besoin de prendre une décision irrévocable aujourd'hui. Passe du temps avec lui. Tu verras bien ce que tu éprouves. Ne prends pas tout au sérieux, comme ça. Ce n'est pas comme si vous alliez vous marier et avoir des enfants ! Vous êtes deux personnes d'âge mûr qui s'apprécient et qui veulent se fréquenter, c'est tout.

— Justement, c'est un autre problème : je suis beaucoup trop vieille pour lui. Il devrait rencontrer une femme plus jeune, fonder une famille, et tout le tralala.

— J'ai bien l'impression qu'il ne veut pas de famille. Ce n'est peut-être pas son truc. En plus, il a déjà un fils, non ?

Je songe à Albin, le garçon qu'il ne voit jamais et dont il refuse de parler. Il y a tant de choses chez Peter que je ne comprends pas, tant de choses étranges. La vie est ainsi, peut-être. Les gens font des choix mystérieux et c'est impossible de pleinement comprendre une autre personne. Parfois, il faut se contenter de l'accepter. Au fond, c'est la même chose avec Owe – j'ignore pourquoi il est comme il est. Bien que nous ayons vécu ensemble pendant tant d'années. La seule chose dont je suis sûre, c'est que je ne le supporte plus. Que j'en ai par-dessus la tête.

— Peut-être, dis-je. On verra.

— *Peut-être*, c'est bien, répond Gunilla en bougeant lentement la tête d'avant en arrière.

Lorsque Gunilla a disparu dans la cave pour étendre le linge, je reste dans la cuisine. Je fixe la flamme vacillante de la bougie en songeant aux enfants que je n'ai jamais eus. Qui n'ont jamais grandi dans notre appartement spacieux, jamais commencé l'école, jamais fait les scouts ; qui ne sont jamais rentrés avec des égratignures sur les genoux, ne nous ont jamais tannés pour avoir des jeux vidéo ou davantage d'argent de poche ; qui n'ont pas passé leur bac, rencontré un petit ami ou une petite amie ; qui n'ont pas quitté le foyer.

Ne pas avoir d'enfants ne m'a jamais gênée avant que ce soit trop tard. Mais ensuite, lorsque je ne pouvais plus en avoir, j'ai senti la douleur de ce qui ne fut jamais. Parfois, j'avais presque l'impression que la douleur prenait forme, se matérialisait entre Owe et moi autour de la table du dîner, nous empêchant de communiquer.

J'attrape le carnet posé plus loin sur la table, arrache une page et saisis le stylo noir à côté. Je commence une liste intitulée « continuer à voir Peter ».

Dans la colonne « plus », j'écris :

*De la compagnie.*

*Compatibilité sexuelle (enfin !).*

*Vrai amour (?).*

*Quelque chose que j'ai choisi moi-même, pour moi.*

Je réfléchis quelques instants et poursuis avec ma colonne « moins » :

*Compliqué si (quand) ma santé se dégrade.*

*Atroce si (quand) il me trahit à nouveau.*

Je contemple l'énumération, mais ça ne m'aide pas beaucoup. Puis je l'approche de la flamme. Le papier s'embrase et une vague de chaleur me brûle le visage tandis que mes peurs et mes espoirs sont réduits en cendres.

Je m'apprête à souffler la bougie lorsque mon téléphone sonne. C'est Manfred. Il semble hors d'haleine comme s'il venait de monter un escalier en courant. Mais quand il m'explique la raison de son appel, je comprends qu'il y a autre chose : de l'excitation et peut-être une once de stress.

— Jesper Orre avait une relation amoureuse avec Angelica Wennerlind. On ne peut pas exclure qu'elle soit morte aussi. Les enquêteurs se retrouvent dans une demi-heure. Tu peux venir ?

En route vers le commissariat central, je pense à Peter. N'est-il pas étrange qu'il ne m'ait jamais expliqué pourquoi il n'est pas venu ce soir-là, il y a dix ans ? Je voudrais lui poser la question, un jour. Non pas que je sois encore en colère, mais je ressens un besoin de comprendre ce qui s'est passé. Ce qu'il a pensé. Comment il a réfléchi ce jour-là lorsqu'il m'a laissée sur le trottoir, seule avec ma honte et mes deux valises râpées couvertes d'autocollants de mes voyages avec Owe.

Cet événement a été si crucial pour moi, si déterminant. Pourtant, il ne m'a jamais donné d'explications. J'ai dû me contenter de cette stupide lettre où il avait écrit qu'il ne pouvait pas vivre avec moi, qu'il finirait par me faire du mal.

Me faire du mal, *comment* ? C'est ce que j'aimerais lui demander. Comme si sa trahison ne m'avait pas fait suffisamment souffrir, me dis-je en regardant par la fenêtre du taxi qui vient de s'arrêter devant l'entrée du commissariat central.

Je sors dans l'obscurité, si noire et compacte qu'elle est presque palpable. Je songe aux Inuits : ils n'ont pas peur de la nuit polaire. Ils s'allongent sur la glace, aux aguets, près des trous de respiration des phoques, jusqu'à ce que ces gros animaux ovoïdes remontent à la surface. Ils attendent le moment opportun pour actionner leur harpon.

Ou, plus exactement, c'est ce qu'ils faisaient avant l'arrivée des Danois. J'ai entendu dire que ce qui fait fureur maintenant, c'est la bière et les films, même dans les communautés les plus reculées du Groenland ; que la lumière tremblotante des téléviseurs se reflète dans la banquise, même dans les villages les plus petits.

Il y a sept ans, j'ai réussi à convaincre Owe d'aller là-bas. Le vol pour Nuuk était déjà réservé, ainsi que le transfert jusqu'à Ittoqqortoormiit, via Kulusuk. Nous avions trouvé quelqu'un pour garder notre chien Charlie pendant deux semaines, Owe s'était mis d'accord avec son chef pour prendre des vacances.

Puis il y a eu l'histoire d'Edith.

Edith était interne en psychiatrie et Owe était son médecin référent. Mais j'ai vite compris qu'elle était plus que ça. Il parlait d'elle à tout propos et prononçait son nom en traînant sur la première syllabe.

*Eedith.*

J'ai aussi compris qu'il se lasserait rapidement. C'était toujours le cas. Surtout avec les femmes jeunes, celles qui n'avaient pas assez de répondant. Car il avait beau aimer la chair fraîche, son besoin vaniteux de voir son intellect confirmé par des joutes verbales était plus fort – et souvent ces femmes n'étaient pas à la hauteur.

Tout s'est passé comme je l'avais prévu : au bout de quelques semaines, il a cessé de parler d'elle. Un soir, pourtant, deux jours avant notre départ, il est entré dans la chambre à coucher et s'est posté derrière moi. J'étais en train de faire mes bagages et je lui tournais le dos lorsqu'il a posé ses mains avec légèreté sur mes épaules.

— Je ne peux pas partir, Hanne.

J'ai soigneusement terminé de plier le sous-pull et l'ai rangé dans la valise posée sur le lit. J'ai fait volte-face et l'ai regardé dans les yeux.

Il m'a lâchée et s'est tourné vers la fenêtre.

— C'est Edith. Elle a fait une fausse couche.

Le plus exaspérant avec Edith, ce n'est pas qu'elle ait baisé mon mari – elle est loin d'être la seule. Non, ce qui m'a fait mal, c'est qu'elle soit tombée enceinte alors que je ne le pouvais pas. Que ce jeune corps soit disposé à héberger l'enfant d'Owe.

Or, au fond, Edith n'a rien changé entre Owe et moi. Notre relation était comme elle était. En revanche, nous ne sommes jamais partis au Groenland. Et après cette histoire, j'ai perdu l'envie de voyager avec lui, où que ce soit. À présent, je commence à me demander si mon obsession pour le Groenland ne renvoie pas à autre chose ; si le Groenland n'est pas une sorte de symbole de tout ce qui, dans ma vie, n'est jamais advenu. Ce pays incarne peut-être tous les espoirs et les souhaits que j'ai un jour nourris.

La salle de réunion brille comme un sapin de Noël au fond du couloir. Il y règne une atmosphère électrique et fébrile, comme si tout le monde savait que quelque chose de crucial venait de se passer. Manfred et Peter discutent et Bergdahl, l'enquêteur qui a filtré les informations du public, arpente circulairement la pièce, les mains enfoncées dans les poches.

Peter lève la main pour me saluer et je lui réponds d'un signe de tête. Je tâche de ne pas trop le regarder. Peut-être ai-je peur que mes sentiments pour lui ne soient trop visibles.

Owe affirmait toujours qu'il lui suffisait de m'observer pour deviner mes pensées et mes sentiments. À mesure que les années passaient, j'ai commencé à y croire, car il avait presque toujours raison. Avec le recul, je me dis que ce n'était sans doute qu'une manière pour lui d'exercer son pouvoir sur moi. Il avait une telle obsession de contrôle qu'il voulait me faire croire que la moindre de mes pensées devait être soumise à son autorisation.

— Angelica Wennerlind et Emma Bohman avaient toutes les deux une relation avec Jesper Orre, explique Manfred en servant du café frais dans des gobelets en carton. Nous ne pouvons pas exclure qu'il y ait une autre victime qui n'a pas encore été retrouvée. La zone autour de la maison d'Orre va être passée au peigne fin demain matin et le rayon de recherche va être élargi. Bergdahl s'en charge. Croisons les doigts pour ne pas tomber sur un nouveau cadavre dans le quartier, ce serait plus que gênant. Sanchez va approfondir la question du lien entre Orre et le meurtre de Calderón. Par ailleurs, nous attendons le rapport de l'odontologue sur la femme trouvée chez Orre. Il devrait nous parvenir dans les prochaines heures.

— Merde alors, il a l'air d'un *vrai* psychopathe, marmonne Bergdahl.

Manfred croise mon regard.

— Qu'en penses-tu, Hanne ? Orre était-il un psychopathe ?

Je hausse les épaules, à la fois flattée et inquiète que Manfred semble me croire capable de déterminer une chose pareille sans jamais avoir rencontré Jesper Orre. Les profanes font souvent cette erreur – celle de penser que les psychologues ou les comportementalistes peuvent diagnostiquer une personne en lisant un rapport les concernant. Comme si on pouvait apprendre à évaluer la santé mentale d'un patient grâce à des cours par correspondance.

— Psychopathe est un mot utilisé à tort et à travers. De nos jours, une personne sur deux est qualifiée de psychopathe.

— Laisse tomber les subtilités psychologiques pour le moment, rétorque Manfred.

— Mon métier *s'appuie* sur les subtilités psychologiques. Hors de question de mettre ça de côté parce que tu veux que je ponde un avis prématuré. Vu ce que nous savons de lui, rien ne dit que c'est un psychopathe. Qu'il ait plusieurs partenaires et qu'il soit fétichiste ne signifie pas que c'est un assassin. Qu'il soit un salopard au travail n'est pas une circonstance aggravante. Certes, il a pu tuer ces filles, mais il n'y a pas grand-chose dans son passé qui montre qu'il en est capable. C'est tout ce que je peux dire.

— Bon, fait Manfred. Alors quelle est ton analyse de la situation ?

Je réfléchis un instant, m'approche du tableau d'affichage et observe les informations sur Orre, Calderón et les femmes disparues. Il y a quelque chose qui ne va pas, une réponse dissimulée sous la surface, mais qui refuse de se faire connaître. Quelle frustration !

— Il y a un truc qui cloche, dis-je.

— Sans blague ! ironise Manfred.

Je l'ignore. Je laisse courir mon doigt sur les feuilles, m'arrête devant les documents qui détaillent l'enfance d'Emma Bohman. Elle a grandi rue Kapellgränd à Södermalm, a fréquenté l'école Katarina Norra, a commencé à travailler à Clothes&More il y a trois ans. Sa mère est décédée en septembre cette année, son père il y a dix ans exactement.

— *Voilà*, dis-je. J'ai trouvé !

Or, au moment où je vais formuler ma pensée, je suis interrompue par une sonnerie de téléphone.

Manfred me fait un signe de la main et prend l'appel.

— Oui. D'accord. Il en est sûr ? Merci, à tout de suite.

Il raccroche, pose le portable sur le bureau et croise les mains derrière la nuque.

— C'était Sanchez. La femme trouvée morte chez Orre a été identifiée : c'est Angelica Wennerlind.

## EMMA

*Une semaine plus tôt*

Première nuit dans le cabanon. Je ferme les yeux en espérant que le sac de couchage tiendra ses promesses. Pour le moment, le froid est supportable, mais je porte bonnet et manteau tandis que je repose, immobile, dans mon cocon de polyester jaune.

Je suis exactement comme le papillon, me dis-je. J'attends mon heure, j'attends que la transformation s'achève pour accomplir mon destin. Je touche mes mèches courtes et me demande comment vont Olga et Mahnoor lorsqu'elles marchent en long et en large dans la boutique en écoutant la même musique jour après jour. Soudain, j'ai pitié d'elles. Elles ne sont que des animaux en cage. Je me sens infiniment plus libre. Je suis fauchée, je me suis fait larguer, mais je suis libre. Et bientôt, très bientôt, je vais achever ce que j'ai commencé.

Mon plan est simple. J'attendrai que la brune et l'enfant sortent de la maison, puis je m'y introduirai pour pouvoir discuter avec Jesper en tête à tête. Je vais le forcer à m'écouter, même si je dois le menacer. Et cette fois-ci, il ne m'échappera pas. Je mérite de connaître la vérité.

J'ignore ce qui se passera ensuite. Mais je ne vais pas lui faire du mal, je ne suis pas un monstre.

Un monstre est une personne qui ment et qui trahit. Quelqu'un qui détruit, qui réduit à néant pour son bon plaisir. Qui laisse la vie d'une autre personne plus dévastée qu'un champ inondé, une ville bombardée ou une forêt brûlée.

Un monstre est quelqu'un qui fait tout cela et qui en jouit.

*Comme Jesper.*

Ma mère me disait sans cesse de me méfier des hommes, car ils ont toujours une idée derrière la tête. Pour moi, cela voulait dire qu'ils allaient me voler quelque chose : une partie de ma dignité ou mon indépendance, peut-être. J'aurais préféré qu'elle me dise la vérité : les hommes qu'on laisse s'approcher, on ne s'en débarrasse jamais. C'est comme s'ils étaient glués à vous pour la vie.

*Jesper. La Vis.*

Je les porte avec moi où que j'aille. Ils hantent mes pensées et mes rêves. Même mon corps se souvient d'eux : les odeurs, la sensation de leur peau chaude et douce contre la mienne, les gémissements étouffés et les halètements tout contre mon oreille.

J'aimerais qu'ils disparaissent lorsque je me douche, comme de la crasse, que le savon et l'eau aient du pouvoir sur ce que je ne parviens pas moi-même à éradiquer de ma conscience. J'aimerais pouvoir revenir comme par magie à un moment où je ne les avais pas encore rencontrés. À un moment où j'étais pleine d'espoir, où j'avais une image limpide – bien que naïve – de ma vie à venir.

Je suis réveillée par quelque chose qui me chatouille la joue. De la lumière grise filtre par les carreaux sales que le givre a recouverts pendant la nuit. Bien que la température soit sans doute négative, je n'ai pas froid, mais ma nuque et mon dos me font souffrir après la nuit sur ce canapé dur et bien trop petit.

Je me dresse péniblement sur mon séant, tends le bras pour attraper le thermos de café et verse le liquide brûlant dans le gobelet. Le sol est glacial. J'enfile immédiatement mon surpantalon et m'approche de la fenêtre, jumelles à la main. Je m'aperçois alors que le givre est à l'intérieur de la vitre. Je l'essuie avec ma manche pour mieux voir. Le ciel est gris acier, comme gorgé de neige. La pente vers la maison de Jesper est couverte d'une épaisse couche de neige vierge. Personne, pas même un chien ou un enfant avec une luge, ne s'est aventuré près de ma cachette.

La situation est presque comique.

Ils prennent leur petit déjeuner, assis à la table de la cuisine, exactement aux mêmes places que lorsque je les ai vus pour la dernière fois hier soir. C'est comme s'ils étaient restés là toute la nuit et avaient simplement remplacé la viande par du lait fermenté et des céréales. La fillette blonde est là, elle aussi, vêtue d'une sorte de pyjama rayé. La femme brune porte un épais peignoir blanc, le genre que l'on voit dans les publicités pour les spas. Jesper est toujours dos à moi, comme s'il savait où je me trouvais et que tout son corps voulait démontrer que je suis le cadet de ses soucis.

*Tu me tournes le dos, mais tu ne m'échapperas pas*, me dis-je. Je suis près de toi, maintenant. Je peux presque tendre la main et te toucher, effleurer ta vie parfaite. La frôler et la faire s'écrouler comme un château de cartes.

Cette réflexion me met de meilleure humeur. J'extrais le pain et le jambon du sac que j'ai rangé sous le barbecue rouillé. Puis nous prenons notre petit déjeuner ensemble – enfin, façon de parler. J'avale mon repas du matin en les regardant manger le leur. Quelques instants plus tard, Jesper sort de la cuisine. La femme et la fillette restent. Il revient au bout de cinq minutes, portant une tenue de sport. La brune, qui est toujours assise à la table, se penche en arrière. Sa robe de chambre bâille. Jesper s'incline en avant et l'embrasse, tout en passant une main sous son peignoir, vers ses seins.

Je pose les jumelles sur mes genoux, ferme les yeux le plus fort possible. Je triture ma plaie à la main. La croûte se détache et le sang coule sur le sol. Curieusement, c'est aussi douloureux chaque fois. Je *sais* qu'il me trompe. Ce n'est pas un scoop. Je suis allée chez eux, je les ai vus ensemble. Pourquoi cela fait-il toujours aussi mal ? Pourquoi cette souffrance insupportable ?

Je reprends les jumelles et j'ai le temps d'apercevoir Jesper qui se met à courir vers la rive. Puis il disparaît. La cuisine est vide, à présent. Il ne reste qu'une tasse solitaire posée sur la table.

Je balaie la façade du regard, les jumelles devant les yeux, et remonte vers la fenêtre à l'étage. Le rideau de la chambre de Jesper est tiré, mais je distingue la fillette par la fenêtre contiguë. Impossible de voir ce qu'elle fait, mais sa petite tête blonde remue de haut en bas dans la pièce, comme si elle sautait ou courait dans tous les sens. Puis elle disparaît elle aussi. La maison semble vide, abandonnée, mais je sais qu'elles sont là, à l'intérieur, parce qu'elles ne sont pas sorties.

Je décide de faire une pause. J'urine dans le vieux seau en plastique rouge posé dans un coin, me lave les dents et passe les doigts dans mes cheveux courts. Puis je m'installe à nouveau dans le canapé et j'attends, les yeux rivés sur la villa. Au bout d'environ une demi-heure, Jesper revient. Je le vois remonter la rue en courant avec précaution, comme s'il avait peur de glisser et de tomber. Il s'arrête, fait quelques étirements contre un arbre avant de se diriger vers l'entrée.

C'est dimanche. Que fait une famille parfaite dans une banlieue parfaite un dimanche ? Elle va au musée ? Fabrique des lanternes de neige ? Invite ses amis parfaits à manger un brunch avec omelette, smoothie et pain au levain tout juste sorti du four ?

*Cela aurait dû être moi.*

J'aurais dû être là, dans la maison, à la place de la femme brune.

Et à ce moment-là, je me rends compte à quel point je la hais.

La journée s'écoule sans que rien se passe. Je mange mes sandwichs et tente de me réchauffer comme je peux. N'ayant plus de café, je me suis rabattue sur le soda – qui n'a heureusement pas gelé pendant la nuit.

Soudain, ma mère apparaît dans ma conscience comme une marionnette dans un théâtre miniature. Je ne sais pas vraiment pourquoi – peut-être parce que, tout comme Jesper, elle vivait dans le mensonge…

L'hôpital m'appela un matin, juste au moment où je partais travailler. J'hésitai d'abord à répondre : j'étais déjà en retard et un retard signifiait un point rouge. En tout cas, si Björne s'était levé du pied gauche.

La femme au bout du fil me dit qu'elle était médecin et m'expliqua que ma mère était malade, qu'elle était venue aux urgences hier soir et avait été gardée en observation pour des examens complémentaires.

— Comment va-t-elle ? demandai-je, le portable calé entre l'épaule et l'oreille, tout en fermant la porte d'entrée avant de dévaler l'escalier en courant.

— Nous ne savons pas encore exactement ce qu'elle a, mais son état est stable. Ses jours ne sont pas en danger, ce n'est pas ça, mais elle est assez inquiète et a demandé à vous voir à plusieurs reprises.

— Elle a demandé à *me* voir ?

Cela faisait des mois que ma mère n'avait pas donné de nouvelles et j'avais du mal à croire que je lui manquais. Même seule et malade.

— Oui. Elle aimerait que vous veniez la voir.

Silence.

— Les visites se font entre quatorze et dix-huit heures, continua la médecin. Je lui dis que vous passez ?

— Oui. Je viendrai, m'entendis-je répondre tout en sortant dans la rue.

Je raccrochai et me dirigeai au pas de course vers le métro, les yeux plissés dans la lumière vive du printemps, zigzaguant entre les plaques de glace, humant l'odeur de la terre moite et des feuilles fanées de l'année passée.

« Elle est assez inquiète et a demandé à vous voir à plusieurs reprises. »

J'étais troublée. Je savais que je *devais* aller à l'hôpital dès que possible. Du moins pour comprendre pourquoi ma mère éprouvait tout à coup un besoin si pressant de me voir.

Elle était seule dans une pièce au bout d'un couloir lumineux. La chambre ressemblait à toutes les chambres d'hôpital : un lit, une petite table à roulettes avec un tabouret chromé, un téléviseur fixé au mur. Quelques casiers verrouillables et, à côté, un lavabo surmonté des incontournables flacons de savon et de gel hydroalcoolique.

Ma mère était assise dans le lit et feuilletait un magazine féminin. Je ne sais à quoi je m'attendais, mais je la croyais plus malade. Je ne pensais pas qu'elle serait en survêtement en train de lire les derniers potins.

— Emma, ma chérie !

Elle ôta ses lunettes de lecture, repoussa ses cheveux décolorés qui lui tombaient sur le front, mais ne tenta pas de se lever. Une odeur de nourriture nous parvenait du couloir. C'était l'heure du déjeuner.

— Salut maman. Comment ça va ?

Je retirai laborieusement mon sac et mon manteau avant de m'asseoir sur le tabouret auprès du lit. Ma mère posa son magazine sur la couverture jaune en grosses mailles qui lui enveloppait les jambes et me regarda de ses petits yeux enfoncés.

— C'est fou ce qu'on doit supporter dans ce trou.

Je remarquai qu'elle évitait de répondre à ma question.

— Ah bon ?

Elle toussa, mit la main sur son ventre, comme si elle avait mal.

— Ils nous réveillent à six heures du matin. *Six heures !* Tu te rends compte ? Après ils entrent et sortent toute la journée. Différentes personnes qu'on ne reconnaît pas. Et que des immigrés ! Je ne dis pas que c'est leur faute, mais leur suédois est si mauvais qu'on ne comprend rien à ce qu'ils disent. Comment on peut soigner quelqu'un si on ne peut pas communiquer avec lui ? Et la nuit dernière, il y avait une autre femme avec moi dans la chambre. Elle ronflait si fort que j'ai pas pu fermer l'œil. Je me suis plainte au personnel de nuit, mais apparemment il n'y avait pas d'autre chambre. J'ai fini par demander un somnifère, mais ils ont refusé. Ils m'ont traitée comme une toxico en manque d'héroïne. C'est délirant ! On bosse toute sa vie, on paie ses impôts… et on est traité comme ça le jour où on a besoin d'aide !

Je m'abstins de rappeler à ma mère que pendant la majeure partie de sa vie d'adulte elle n'avait pas travaillé, mais avait touché une pension d'invalidité. Elle leva sa main grasse pour essuyer une larme invisible.

— Eh non, ma petite Emma, c'est pas drôle de vieillir et de tomber malade. Je peux le confirmer.

Elle me lança un regard pressant, comme si elle cherchait mon soutien, mais je gardai le silence, ne sachant que dire. Une aide-soignante entra dans la chambre, un plateau à la main. Sa blouse était d'une blancheur aveuglante contre sa peau noire.

— Qu'est-ce que je te disais ? murmura ma mère avec un signe de tête vers la femme.

— Aujourd'hui, repas liquide pour vous, madame, dit l'aide-soignante avec un sourire.

Elle posa le plateau sur la table à côté du lit. Ma mère ne répondit pas, elle se contenta de regarder la soupe marron clair avec dégoût.

— Ils s'attendent à ce que je mange *ça* ? C'est de la bouffe pour chien !

Elle remua la soupe avec la cuillère avant de la reposer sur le plateau.

— Qu'est-ce qui s'est passé, maman ?

Ma mère agita la main, comme pour montrer que ce n'était pas important.

— Ils ne savent pas. Quelque chose dans le ventre. C'est incroyable qu'ils ne puissent pas me diagnostiquer plus vite, avec le nombre de personnes qui viennent m'enquiquiner !

Elle esquissa un sourire en biais.

— Mais… quand est-ce que tu pourras rentrer chez toi ?

Ma mère haussa les épaules.

— La seule chose positive dans tout ça, c'est qu'on est reconnaissant d'avoir ce qu'on a.

Elle me regarda. Ses yeux étaient si enfoncés sous l'os frontal qu'il était impossible d'en déterminer la couleur. Ses joues étaient rouges et semblaient gonflées, comme si elle avait la bouche pleine de coton.

— On est là l'une pour l'autre, Emma, dit-elle en me prenant tout à coup la main.

Si elle m'avait annoncé qu'elle partait sur la lune, je n'aurais pas été plus surprise. Au cours des cinq dernières années, nous nous sommes vues deux fois, peut-être. Comment pouvait-elle dire qu'on était là l'une pour l'autre ?

Ma mère poussa un profond soupir et essuya une autre larme invisible de sa main libre, tout en serrant mes doigts jusqu'à les engourdir.

— Tu te souviens, Emma ? On était si heureux. Papa, toi et moi. Et puis quand papa… a disparu, on s'est consolées. Je trouve qu'on était une petite famille forte. On se venait en aide comme on pouvait. Peut-être même que les difficultés nous ont renforcées. Il paraît que ce genre de choses, ça rapproche. Non ?

J'étais comme pétrifiée sur mon tabouret. Je n'en croyais pas mes oreilles. Quand avions-nous été une famille heureuse ? Et l'idée que le suicide de mon père nous aurait rapprochées était aberrante ! Les seules fois où je me suis sentie proche de ma mère – physiquement en tout cas –, c'est quand je la guidais vers son lit parce qu'elle s'était endormie à table ou sur les toilettes. Les seules fois où je l'aidais, c'était quand j'allais lui acheter des cigarettes ou du Samarin pour sa gueule de bois. Et je ne me souviens pas qu'elle m'ait jamais aidée en retour.

— Je ne regrette rien du tout…

Elle se mit alors à sangloter, de vraies larmes cette fois que je vis couler le long de ses grosses joues.

— Mais j'aurais aimé que ton père reste avec nous plus longtemps. C'était une personne formidable et nous nous aimions tant.

Elle prononça les derniers mots d'une voix presque inaudible.

Les disputes entre mes parents me sont réapparues, comme des ombres dans ma vision périphérique. À peine visibles, mais tout de même bien là, comme des fragments d'une vie qui n'existait plus. Des assiettes qui volaient à travers la cuisine. Des cris. La police qui frappait en pleine nuit parce que les voisins s'étaient plaints. Le papillon bleu aux ailes déchiquetées au milieu des éclats de verre sur le sol.

L'espace d'un instant, je me demandai si je devais protester, rappeler à ma mère ce qui se passait vraiment dans l'appartement exigu de Södermalm, mais je me dis que cela ne servirait à rien, que cette image de l'histoire qu'elle avait soigneusement construite ne pourrait pas être modifiée. Que sa vision du monde était là, dans la chambre, entre nous, comme un éléphant, nous empêchant de réellement nous retrouver.

Je me sentis soudain lasse. Je n'avais qu'une envie : rentrer chez moi et me coucher. Ne plus penser à cette femme obèse allongée dans ce lit d'hôpital qui me mentait, se mentait à elle-même, et sans doute à tous ceux qui voulaient bien l'écouter.

— Il faut que j'y aille.

Ma voix était réduite à un murmure.

— *Déjà ?*

Elle cessa immédiatement de renifler, presque comme si quelqu'un avait appuyé sur un bouton.

— On a une réunion au travail, mentis-je.

En sortant dans le couloir, une pensée me frappa : ma mère ne m'avait pas demandé une seule fois comment j'allais. Elle n'avait pas montré un quelconque intérêt pour moi. Comme si je n'existais pas.

Il fait si froid que je claque des dents. De temps en temps, j'aperçois Jesper, la femme ou l'enfant passer dans l'une des pièces. C'est plus difficile que je ne le pensais de surveiller une maison sans se déconcentrer. Et les jumelles sont lourdes. Au bout de quelques heures, j'ai des courbatures aux bras et mes doigts sont transis de froid. J'ai essayé de garder mes gants, mais, comme j'avais du mal à tenir l'instrument, je n'ai eu d'autre choix que de les remiser dans le sac.

Je suis à deux doigts de rater la femme et la fillette lorsqu'elles quittent la maison et se dirigent vers la rue. La nuit a commencé à tomber. Le ciel est toujours clair, mais le paysage est plus sombre et les fenêtres sont éclairées de l'intérieur. La femme et la fillette montent dans une Volvo rouge et roulent en direction du centre-ville.

Je me lève lentement. Mes jambes sont raides après des heures passées dans le froid. Elles sont parties. Jesper doit être seul à présent.

Je fais quelques pas vers la fenêtre et dirige les jumelles vers la villa. Tout à coup, je sens une vague de chaleur m'envahir. Mes mains se détendent et se revitalisent. Mes joues brûlent et mon cœur bat la chamade, comme s'il voulait s'échapper de ma poitrine.

Jesper est installé à table avec son ordinateur. À côté de lui, sur le banc, il y a un verre de vin. Et une assiette avec une tartine.

*Le moment est venu.*

Je me tiens sur le perron, le doigt sur la sonnette. C'est le moment. Il n'y a rien que je puisse faire pour arrêter l'inéluctable. Peut-être que tout a été décidé depuis bien longtemps, peut-être qu'il s'agit de la suite logique de la chaîne d'événements que Jesper a déclenchée le soir où il a disparu. Oui, c'est sans doute cela, j'essaie de m'en convaincre. C'est là que tout a commencé, lorsque j'étais dans la cuisine à préparer les toasts au chèvre pour notre dîner de fiançailles. C'est là que tout a commencé.

C'est *lui* qui a commencé.

Cette idée me donne des forces. Je presse la sonnette et j'entends un vrombissement de l'autre côté de la porte. Ce n'est pas un joli bruit. Pas un *ding dong* ou un tintement léger, mais un grondement agressif.

Je crois d'abord qu'il n'a pas entendu, car rien ne se passe. Puis il ouvre le battant et il est là. Le couronnement de la création. L'homme puissant qui a brisé ma vie, l'a foulée aux pieds sans montrer l'ombre d'un regret. Il ne ressemble pas à grand-chose aujourd'hui.

Ses cheveux sont plus gris que dans mon souvenir et son visage semble creusé et fatigué, comme s'il avait attrapé une maladie qui l'avait miné ou qu'il n'avait pas dormi depuis très longtemps.

— Bonjour, dis-je.

# PETER

Manfred est debout au milieu de la pièce, l'air imperturbable, comme un monolithe. Son regard se pose sur nous, l'un après l'autre. Son expression a quelque chose de rusé, de primitif, qui me fait penser à un prédateur qui vient de trouver la trace d'une proie.

— Ça alors, marmonne Bergdahl. Ce n'est pas Emma Bohman finalement. Il faut qu'on se focalise sur Angelica Wennerlind maintenant.

— *Non*, répond Manfred. Non. Quelque chose ne tourne pas rond. Deux femmes avaient une relation avec Orre. Les deux ont disparu, mais nous n'avons qu'*une seule* victime. Et Orre qui est en train de décongeler à Solna comme un sachet de crevettes surgelées.

Hanne se lève, avance vers le tableau d'affichage et pointe du doigt l'un des documents. Elle est minuscule à côté de Manfred, c'est presque comique, mais sa voix est grave et sonore lorsqu'elle prend la parole :

— La mère d'Emma Bohman est décédée trois mois avant le meurtre de la femme chez Orre. Et son père est mort en mai il y a dix ans, plus précisément quatre mois avant l'assassinat de Miguel Calderón.

Le silence se fait dans la pièce. Un policier en uniforme remonte le couloir, passe la tête par la porte et nous salue brièvement.

— Où veux-tu en venir ? s'enquiert Manfred.

— Chez une personne instable, mentalement fragile, la mort d'un proche peut déclencher des problèmes psychiques, voire des psychoses. Ce que je veux dire, c'est que c'est étrange que les parents soient décédés peu de temps avant les meurtres. Ce n'est peut-être pas un hasard.

Je suis frappé par la confiance qu'elle affiche, debout devant le tableau. Tout son être irradie sérénité et autorité, en dépit de son corps frêle. Si elle a réellement des problèmes de mémoire, ça ne se voit pas.

— Cette enquête est pleine de hasards étranges, fait remarquer Manfred en se laissant choir sur une chaise. Par exemple le fait qu'Emma Bohman et Angelica Wennerlind étaient en couple avec Orre.

— Ça, on ne peut pas le savoir, répond Hanne tranquillement. Elles *affirment* qu'elles étaient en couple avec Orre, mais aucun des témoins n'a confirmé ces allégations. L'amie d'Angelica Wennerlind dit qu'elle lui a *parlé* de sa relation avec Orre. Emma Bohman prétendait qu'Orre était son fiancé et qu'il lui avait acheté une bague. Mais la caméra de surveillance de la bijouterie ne montre qu'Emma. Personne d'autre. Orre lui-même a nié avoir une liaison avec elle lorsque vos collègues l'ont interrogé.

— Ce qui n'est pas vraiment surprenant, intervient Sanchez. Il était très discret concernant ses petites amies.

— On devrait reparler avec la tante d'Emma Bohman, la coupe Manfred. Celle qui a signalé sa disparition. Bergdahl, tu peux essayer de la joindre ? Et fais-la venir si elle ne dort pas.

Bergdahl esquisse un signe de tête affirmatif et sort de la pièce, portable à la main.

Manfred se tourne à nouveau vers Hanne.

— Emma Bohman pourrait-elle être impliquée dans les crimes ?

Hanne hausse les épaules.

— Je pense que c'est possible. Mais rien de spécifique ne l'indique, hormis le fait que ses parents sont décédés peu avant les crimes. Sait-on s'il y a un lien entre Emma et Calderón ? Outre la date du meurtre ?

Manfred croise les bras sur sa poitrine, ferme les yeux.

— Nous n'avons pas cherché de lien.

— Nous aurions peut-être dû.

— Il y a beaucoup de choses que nous aurions dû faire, répond Manfred à voix basse.

Des pas s'approchent depuis l'escalier et soudain Bergdahl réapparaît.

— La tante ne dormait pas. J'ai envoyé une voiture la chercher. Elle est là dans vingt minutes.

En attendant la tante d'Emma Bohman, je sors fumer avec Manfred. Il prie Hanne de nous accompagner. Elle pose son manteau sur ses épaules et apporte son petit calepin, comme si elle allait prendre des notes dehors.

Depuis l'entrée en vigueur de l'interdiction de fumer dans les locaux et la suppression de la salle fumeurs du commissariat central, les incorrigibles accros à la nicotine sont obligés de sortir sur l'un des balcons, ou de descendre dans la rue pour s'adonner à leur hobby nocif. Nous choisissons la petite terrasse du deuxième étage qui donne sur la cour intérieure. Deux pots en terre cuite couverts de neige contenant des plantes mortes depuis longtemps servent de cendriers, ce qui n'empêche pas les congères d'être criblées de mégots qui gisent comme des fruits tombés au pied d'un vieil arbre. Le ciel se déploie au-dessus de la ville, noir et sans étoiles, et le froid pince les joues.

— Ce que tu as dit sur Emma Bohman et Angelica Wennerlind, commence Manfred en s'adressant à Hanne. Qu'elles ont *affirmé* être en couple avec Jesper Orre. Qu'est-ce que tu entendais par là ?

Son regard se perd dans le lointain, au-dessus des silhouettes trapues des immeubles, vers le centre-ville.

— Rien de plus que ce que j'ai dit : on ne peut pas savoir si elles disent la vérité ou si elles mentent.

— Pourquoi raconteraient-elles des bobards ?

Hanne hausse les épaules, esquisse un petit rictus.

— Bonne question ! Pourquoi les gens mentent-ils ? Pour avoir l'air plus intéressants, peut-être ? Ou parce qu'ils y croient eux-mêmes…

— Je ne te suis pas vraiment, dit Manfred en allumant sa cigarette.

— Certains individus vivent dans l'illusion. Ce n'est pas rare chez les patients souffrant de psychoses. Certaines personnes sont convaincues d'avoir une relation avec quelqu'un qu'elles n'ont jamais rencontré de leur vie. Il existe même un terme médical pour définir ce phénomène : l'érotomanie. Souvent, les gens souffrant de cette pathologie tombent éperdument amoureux d'une célébrité ou d'une figure d'autorité et parfois ils sont persuadés d'avoir vécu avec elle pendant plusieurs années. Peut-être même d'être mariés et d'avoir des enfants avec elle.

— Une célébrité ou une *figure d'autorité*… comme le directeur de l'entreprise où l'on travaille ?

— Tout à fait, répond Hanne en me regardant dans les yeux. Et ils peuvent croire que l'amour est réciproque, bien que ce ne soit pas le cas.

À cet instant, j'ai l'impression que Hanne me parle directement, et quelque chose en moi se brise. Se rompt comme une branche sèche sous la semelle d'une chaussure. Pendant une seconde, je me demande si je n'ai pas inventé tout ce qui s'est passé au cours des derniers jours : nos discussions, la nuit chez elle et la promenade sous la neige le long de Söder Mälarstrand. La sensation de proximité si manifeste n'est peut-être qu'une émotion produite par mon cerveau, en l'absence d'autres relations intimes dans ma vie, ou peut-être pour alléger le fardeau de cette culpabilité que je traîne depuis si longtemps.

Manfred écrase sa cigarette contre le mur et jette un coup d'œil à sa montre.

— Il est et quart. La tante sera là d'un moment à l'autre. On devrait rentrer.

Lena Brogren a la soixantaine et elle est obèse. Elle porte une tunique à motif floral, grande comme une tente, qui lui arrive aux genoux, et un pantalon stretch plein de bouloches. Ses pieds sont enfoncés dans des bottes en fourrure – on dirait presque qu'elle est accompagnée de deux petits chiens qui se pressent autour de ses jambes. Lorsqu'elle nous salue, je suis frappé par son visage apeuré. Ses yeux balaient l'air entre nous et elle tripote le paquet de cigarettes qu'elle tient à la main.

— J'imagine qu'on ne peut pas fumer ici ?

Sa voix est étonnamment aiguë et claire – elle serait un atout pour n'importe quelle chorale – et contraste fortement avec sa corpulence et son visage blafard et fatigué.

— Désolé, répond Manfred.

La femme opine du chef et croise mon regard.

— Ma petite Emma… Qu'est-ce qu'elle a encore inventé ? demande-t-elle en secouant lentement la tête, ce qui fait tressaillir son double menton.

— Nous ne savons pas si elle a fait quoi que ce soit, répond Manfred.

Il lui explique pourquoi nous l'avons convoquée alors qu'il est déjà vingt-deux heures passées, que nous enquêtons sur le meurtre d'une jeune femme et que le nom d'Emma Bohman est apparu.

— Pouvez-vous nous parler d'Emma ?

— Emma est… gentille et soigneuse. Elle ne se fait pas remarquer. Elle a toujours été comme ça. Je la connais depuis qu'elle est gamine. Mais les relations sociales, ça n'a jamais été son fort, à notre petite Emma. Et, après la disparition de Gun – c'était sa mère, ma sœur –, elle s'est renfermée sur elle-même. J'ai eu de plus en plus de mal à la contacter. J'allais souvent lui rendre visite dans son appartement avenue Värtavägen, pour vérifier qu'elle prenait bien soin d'elle – je l'avais promis à Gun. Mais les deux dernières fois, elle ne m'a pas ouvert la porte. Et pourtant, *j'entendais* qu'il y avait quelqu'un. Quand j'ai vu l'image de la femme décédée, j'ai tout de suite téléphoné.

La femme prend une longue respiration avant de poursuivre :

— Elle n'est quand même pas *morte* ?

— Non, non, dis-je. La victime qu'on a retrouvée dans la maison de Jesper Orre a été identifiée et ce n'est pas Emma.

Le soulagement de Lena Brogren est manifeste. Elle s'enfonce plus profondément dans son siège et s'essuie le front.

— Pourquoi Emma a-t-elle arrêté le lycée ? s'enquiert Hanne.

La femme semble décontenancée.

— Non, elle n'a pas arrêté. Elle n'a jamais commencé. C'est à cause de ce que lui a fait son prof de menuiserie. Ça a dû la déstabiliser.

— Ce que lui a fait son prof de menuiserie ?

— Oui, le prof remplaçant. Qui a l'agressée sexuellement. Bien sûr, il s'est fait virer, mais qu'est-ce que ça a changé ? Le mal était déjà fait… S'attaquer à une fille de quinze ans, vous vous rendez compte ? Surtout quand on en est responsable ! Il faut être un monstre ! Mais certains sont immédiatement punis par Dieu, non ? Il a été retrouvé mort, cet homme. Assassiné apparemment. Une sale affaire, mais je ne pouvais pas avoir pitié de lui. On dorlote trop les criminels de nos jours, vous ne trouvez pas ? Vous qui travaillez avec ça toute la journée, vous ne pensez pas que…

Manfred l'interrompt prudemment.

— Ce prof remplaçant ? Comment s'appelait-il ?

Elle hésite un instant, semble chercher dans sa mémoire.

— Les élèves le surnommaient La Vis.

Hanne se penche en avant et pose délicatement la main sur le bras de Lena Brogren, un geste prévenant qui révèle également son intérêt et sa curiosité.

— *La Vis ?* Ça ressemble à un surnom, Lena. Vous souvenez-vous de son véritable nom ?

La femme cligne plusieurs fois des yeux et, l'espace d'un instant, j'ai l'impression qu'elle va se mettre à pleurer.

— Non. Un nom étranger, évidemment. Oui, c'était un immigré. Je ne vous l'ai pas dit ?

— Miguel Calderón ? suggère Hanne.

Le regard de la femme s'anime, elle frissonne et hoche lentement la tête, les mâchoires contractées.

— Calderón. Oui, c'est ça.

## EMMA

*Une semaine plus tôt*

Jesper pousse aussitôt la porte d'entrée, mais je suis plus rapide, je passe ma grosse chaussure – censée résister à l'eau et aux chutes de pierres – dans l'embrasure avant qu'il n'ait le temps de la refermer. Puis je sors le petit gadget en plastique que j'ai acheté sur Internet, celui qui ressemble à un téléphone portable. Je le pose contre sa main et j'appuie sur le bouton rouge.

Il pousse un cri strident, lâche la poignée et s'écroule sur le sol. Je jette un rapide coup d'œil autour de moi avant de me glisser dans la chaleur du hall d'entrée et de refermer la porte derrière moi.

Le taser n'est pas dangereux, c'est écrit très clairement sur la notice. Il met la victime hors d'état de nuire pendant quelques minutes. Oui, le choc est désagréable, mais nullement dangereux pour des personnes en bonne santé. Et Jesper est en bonne santé. Il est en bonne santé, a une vie réussie et, tout comme la plupart des gens en bonne santé avec une vie réussie, il ne se rend pas compte de la chance qu'il a et a peut-être besoin qu'on le lui rappelle.

Je range le taser dans ma poche et m'accroupis à côté de lui. Je sors le ruban adhésif et lui attache les poignets derrière le dos. Il s'ébroue, crache, se tortille un peu, mais ne résiste pas vraiment – c'est presque décevant. C'est trop facile, en un sens. J'avais préparé un nombre incalculable de scénarios, où Jesper et moi nous nous empoignions, roulions sur le sol dans une lutte à mort. Alors que là, il gît à terre, sans défense, comme un enfant.

Dans cette posture, il n'est plus ni beau ni sexy. Il n'est qu'un homme pâle, d'âge moyen, qui a été pris à son propre piège, victime de sa folie des grandeurs.

— Ce n'est pas dangereux. Mais j'étais obligée. Il faut qu'on parle : tu me dois des explications.

Ses jambes sont agitées de convulsions et il bave sur le sol, ce qui me met mal à l'aise : on dirait un vieux grabataire. Il toussote.

— Lâche-moi, bordel. Ça fait mal !

— Je suis désolée, mais tu dois te tenir tranquille et m'écouter. Après, tu pourras faire ce que tu veux.

Il ne répond pas. Il reste étendu sur le sol, l'air misérable. Sa cage thoracique se lève et s'abaisse au rythme de sa respiration et ses yeux sont fermés, comme s'il ne voulait pas avoir affaire à moi. J'ôte mon manteau, me penche en avant et le glisse sous sa tête. Puis je m'assieds par terre près de lui et lui caresse doucement les cheveux.

— Qu'est-ce que tu veux ?

Sa voix n'est qu'un murmure.

— Je veux savoir pourquoi.

— Pourquoi *quoi* ?

Il semble désarçonné : cela doit être à cause de la décharge électrique.

— Pourquoi tu m'as quittée ? Pourquoi tu as pris mon argent ? Et mon tableau. Pourquoi tu as fait en sorte que je sois virée ? Pourquoi tu as tué mon chat ? Pourquoi ? Pourquoi ? Pourquoi ? *Pourquoi ?*

— Je ne sais pas de quoi tu parles.

Sa voix est aussi froide et inhospitalière que le sol glacé au-dehors. Comme si j'étais un vulgaire cambrioleur qui venait de m'introduire chez lui et non sa petite amie. Je ressors le taser et lui envoie une décharge supplémentaire, surtout pour montrer qu'il n'a pas le droit de me parler ainsi. Son corps est secoué de soubresauts, comme si on venait de lui donner un coup de pied dans l'entrejambe, il gémit et s'effondre à nouveau par terre, immobile.

— Ne t'avise pas de te moquer de moi ! Tu as joué avec moi tant que tu voulais puis tu m'as jetée comme une vieille chaussette. Je veux seulement savoir pourquoi ! C'est trop demander, peut-être ?

Il ne répond pas, mais j'entends qu'il respire. Autour de ses hanches se forme une flaque qui s'étend sur le sol vers la porte d'entrée.

— Tu as tué notre enfant, dis-je à voix basse.

Il émet un petit bruit. On dirait qu'il tousse ou peut-être qu'il étouffe un malencontreux rire.

— Je ne sais pas de quoi tu parles, répète-t-il.

J'hésite à lui administrer encore une décharge, mais je décide que ce n'est pas une bonne idée. Je n'ai pas l'intention de lui faire de mal, juste de le mettre au pied du mur. Obtenir une explication.

— Pourquoi tu ne m'as pas donné de nouvelles ?

Jesper prend une profonde inspiration et me regarde pour la première fois depuis qu'il s'est écroulé sur le sol.

Ses yeux sont injectés de sang. Ils oscillent, inquiets, entre moi et le plafond.

— C'est toi qui as écrit la lettre ?

— Oui.

— Je… pensais qu'il valait mieux ne pas te contacter.

Il soupire et se recroqueville comme une crevette. Il marque une courte pause avant de reprendre la parole :

— Comment t'appelles-tu ?

— Mais… tu le sais bien. Emma.

— Je t'en prie, Emma…

Les larmes coulent le long de ses joues creuses lorsqu'il continue :

— Écoute-moi. Tu peux m'écouter ?

— Bien sûr.

Je m'appuie contre le mur et croise les bras sur ma poitrine, à la fois curieuse et gênée par sa soudaine prise d'initiative.

— Je sais que tu *penses* que nous nous connaissons. Que nous sommes… proches. Mais ce n'est pas le cas. Je ne t'ai jamais rencontrée, Emma. Ce dont tu te souviens… ça n'est jamais arrivé. Je ne t'ai pas trahie, pas trompée et je n'ai pas… tué ton chat, ou je ne sais quoi. Tout ça… c'est dans ta tête. Tu comprends ? C'est une illusion. Toi et moi… nous ne nous sommes jamais… rencontrés. Je ne sais pas comment te convaincre que c'est vrai, mais… je suis sûr que tu n'es pas quelqu'un de mauvais au fond.

Je m'allonge à côté de lui sur le sol, pose ma joue sur le carrelage froid. Mon visage n'est qu'à quelques centimètres du sien. Je me demande si tout ce qu'il dit n'est que pur mensonge ou s'il y croit lui-même. C'est peut-être une sorte de déni ?

— Tu m'as *larguée* le jour de nos fiançailles. Et je ne sais pas ce qui t'a pris de disparaître du jour au lendemain, mais j'imagine que c'est à cause de cette brune. Ce que tu ne savais pas, c'est que j'étais enceinte.

Il ne répond pas, ne bouge pas, laisse couler ses larmes. Je continue :

— Que tu me quittes… je peux le comprendre. Vraiment. Ce que je ne comprends pas, c'est pourquoi tu as fait tout le reste ! Pourquoi tu étais obligé de me… détruire.

Son visage se tord dans une grimace et il a l'air si misérable que je pose la main sur sa joue.

Nous restons couchés ainsi quelques instants, en silence, sur le sol froid. Sa respiration se calme et ses sanglots s'apaisent.

— Tu sais, Jesper, tout va s'arranger.

Il hoche la tête et un filet de salive coule du coin de sa bouche.

— Tout va s'arranger, répète-t-il doucement.

— Parce que nous nous aimons, dis-je.

J'embrasse sa joue collante de larmes et de morve.

— Nous nous aimons, dit-il.

Au même moment, j'entends des pas sur le perron et un cliquetis lorsque la porte s'ouvre.

Je me retourne et je la vois.

La femme brune a les mains sur la bouche, comme si elle essayait d'étouffer un hurlement. Elle recule lentement vers la porte, sans piper mot. Au même moment, je me lève d'un bond et me précipite vers elle. Une odeur de parfum flotte autour d'elle alors que moi, je suis loin d'être présentable : crasseuse, puante, les cheveux emmêlés.

Je l'attrape par les poignets et elle perd l'équilibre. Elle porte de fines bottes en cuir noir à talons hauts qui sont plus adaptées au shopping qu'au combat rapproché.

— Qu'est-ce que… ?

Sa voix est aiguë, mais semble étonnée – j'imagine qu'elle ne s'attendait pas à me trouver ici. Elle a dû se dire qu'elle avait déjà réussi à se débarrasser de moi. Nous tirons chacune dans un sens tout en tournant et je lâche prise juste au bon moment, lorsqu'elle se trouve devant l'escalier qui descend vers la cave. Elle s'envole comme un enfant qui saute d'une balançoire en plein élan. Le cri qu'elle pousse en heurtant la première marche est horripilant et me fait penser à un animal mourant.

Elle reste allongée, le corps à moitié dans l'escalier. Je fais quelques pas vers elle. Ses cheveux bruns forment un éventail autour de sa tête et une tache rouge s'élargit sur le carrelage. Je m'accroupis et l'observe. Impossible de savoir si elle respire, mais le sang continue de ruisseler de sa tête. Le sol est à présent maculé d'une mare écarlate avec une petite rivière qui coule sur le bord de la marche, comme une chute d'eau.

Je me redresse. La pièce se balance. Cela n'était pas du tout prévu. Personne ne devait être blessé. Je devais simplement parler à Jesper, rien d'autre. Je ferme les yeux pour essayer de chasser le vertige.

Jesper se met à crier.

— Arrête ! Elle n'a rien à voir dans tout ça ! Frappe-moi, mais pas elle. J'aurais dû répondre à tes lettres, à tes SMS. Fais ce que tu veux de moi, mais ne touche pas à Angelica. S'il te plaît ! S'il te plaît !

La pièce tourne autour de moi, de plus en plus vite, et j'ai soudain mal au cœur. L'odeur de sang et d'urine m'oppresse. Je jette un nouveau coup d'œil à la femme. Elle n'a pas bougé. À ses pieds, je vois un objet métallique qui brille : des clés de voiture. Je les ramasse, remonte le corps de la femme dans l'entrée et lui donne un coup de pied dans le visage pour voir si elle est en vie. Elle gémit doucement.

— S'il te plaît, libère-moi ! Je t'en prie... Pardonne-moi, j'aurais dû t'appeler. *S'il te plaît ! Pardon !*

La voix de Jesper me paraît lointaine, comme si elle venait de l'intérieur d'une canalisation. Je n'ai aucune raison de lui répondre et, honnêtement, je ne sais que lui dire. Tout a mal tourné et je n'ai qu'une envie : décamper, fuir la vision du corps maigre de Jesper gisant par terre et l'odeur de peur et de mort.

Mais ce n'est pas possible. Pas encore.

Je dois montrer à cette femme qui m'a volé Jesper qu'elle n'a pas gagné. Elle doit voir qui il aime, à qui il appartient. Et je vais l'y forcer.

— Allez, regarde, dis-je à voix basse. *Regarde bien.*

## HANNE

Le SMS d'Owe arrive vers cinq heures du matin et me tire de mon sommeil agité. Je ramasse le portable par terre et lis :

*Je t'aime.*

C'est tout. Pas de menace, pas de supplication pour que je rentre à la maison. Je fixe l'écran éclairé dans l'obscurité, étonnée de voir à quel point cette formule est usée. Comme si les mots avaient perdu leur sens – ils semblent artificiels et insipides, comme de la nourriture industrielle.

Je me dresse sur mon séant. Mon dos me fait souffrir – j'ai dormi quelques heures sur le canapé inconfortable de la salle de repos. Le groupe a travaillé toute la nuit, mais j'ai dû aller m'allonger. J'ai toujours été comme cela. Owe trouvait cela curieux, se moquait de moi parce que j'étais comme un enfant, obligée de manger et de dormir à intervalles réguliers.

Et c'est vrai. Je suis incapable de fonctionner pendant une période de temps prolongée sans sommeil. Ce n'est pas que je deviens grognon et maussade, non, je perds toute capacité à réfléchir, à percevoir les liens logiques les plus limpides.

Et je ne peux pas me le permettre.

Où est-elle passée, la femme qui a tué Jesper Orre et sa petite amie ? La femme qui…

Je prends conscience, avec une frustration grandissante, que je ne me souviens plus de son nom. C'est comme s'il avait disparu pendant mon sommeil, comme s'il était parti en fumée au cours des quelques heures où je me suis assoupie sur le canapé dur, comme s'il s'était dissipé dans l'air étouffant de la petite pièce.

Je pose les pieds à terre et enfile mon gilet. Le sol est froid sous mes pieds nus lorsque je marche jusqu'à la fenêtre. Dehors, dans l'obscurité, des flocons de neige solitaires virevoltent dans l'air. Les maisons alentour sont plongées dans la pénombre. Seules quelques fenêtres éclairées, çà et là, brillent comme des phares dans la nuit.

La salle du troisième étage bourdonne d'activité. Manfred, Sanchez et Bergdahl sont là, ainsi qu'une dizaine d'autres personnes que je ne reconnais pas. À peine suis-je entrée dans la pièce que Peter s'avance vers moi. Il pose délicatement la main sur mon épaule.

— Comment ça va ?

Sa silhouette dégingandée, son visage enfantin et ouvert, sa main qui m'effleure : tout chez lui me touche, sans que je puisse m'en défendre. Tout me rend faible et impatiente en même temps, comme si mon corps signalait que quelque chose presse. Quelque chose d'important et d'inévitable est en train de se produire, une sorte de catastrophe naturelle. Tout mon organisme le sent.

Je frissonne et fais involontairement un pas en arrière.

— Bien. Un peu fatiguée. Vous avez du nouveau ?

Peter montre ses collègues d'un signe du menton.

— Nous avons épluché les relevés de compte d'Emma Bohman. Deux jours avant l'assassinat d'Angelica Wennerlind, elle a dépensé près de 3 000 couronnes dans un magasin d'articles de plein air. Elle a aussi loué une voiture qu'elle n'a jamais retournée. Nous l'avons retrouvée à quelques centaines de mètres de la maison de Jesper Orre. Quelques semaines plus tôt, le soir où le garage d'Orre a été incendié, elle a dépensé près de 1 500 couronnes dans un magasin de peinture.

— Pour acheter de l'essence ?

— Probablement. Et nous avons lancé un avis de recherche pour la voiture d'Angelica Wennerlind. Une Volvo 740 break rouge. Nous pensons qu'Emma Bohman l'a prise pour quitter le lieu du crime.

— Vous êtes allés dans l'appartement de… Emma Bohman ?

— Oui, mais il n'y avait personne. Le procureur de garde a autorisé une perquisition que nous avons effectuée il y a quelques heures. Quel bordel chez elle ! Plein de pots de glace vides, de morceaux de papier découpés. Des spaghettis collés sur le sol de la cuisine et des taches de ketchup sur le miroir. Des coussins éparpillés par terre. La police scientifique est encore là-bas. Tu as une idée d'où elle peut se trouver à présent ?

Je contemple la pièce, observe les collègues qui travaillent avec concentration.

— Quelque part où elle se sent en sécurité. Laisse-moi éplucher les informations que nous avons sur elle. Je découvrirai peut-être quelque chose.

Les heures s'écoulent à mesure que je passe en revue le tas de papiers. Dehors, le jour se lève. L'aube est dure et froide comme du granit. Les couloirs s'emplissent de monde et l'odeur de café frais envahit la pièce. Le niveau sonore augmente. Quelqu'un pose une tasse devant moi et j'esquisse un signe de tête en guise de remerciement sans même lever les yeux.

Vers dix heures, je vais me promener. Je fais le tour du quartier, marchant avec peine dans la neige fraîche. Je laisse le vent glacé s'engouffrer dans mon manteau ouvert et les flocons fondre sur mon visage.

À nouveau, j'ai ce sentiment d'avoir lu quelque chose d'important, mais de ne pas voir le lien. La blancheur de la neige me brûle la rétine et mes joues cuisent de froid. La solution est là, quelque part, tapie sous la surface. Je le sais, mais je ne parviens pas à la saisir. Elle se dérobe, se cache dans les recoins les plus sombres de mon inconscient tel un animal effarouché.

En passant la porte du commissariat, cela me vient. Et j'ai tout à coup si peur de l'oublier que j'ai l'impulsion d'aller voir le fonctionnaire de l'accueil pour lui emprunter du papier et un stylo. Or je décide de me faire confiance – je vais réussir à m'en souvenir. Je me précipite vers les ascenseurs et enfile le couloir au pas de course jusqu'à la salle où se trouvent mes collègues.

— *Rue Kapellgränd*, dis-je à Manfred, debout au milieu de la pièce un café à la main. Emma Bohman a grandi dans cette rue et, quand on l'a interrogée dans l'affaire de la bague volée, elle a dit aux policiers qu'Orre habitait rue Kapellgränd.

— Oui… et ?

Manfred paraît perdu. Sanchez et Peter nous rejoignent. Ils me considèrent en silence.

— Elle mélange illusion et réalité et, pour une raison quelconque, cet appartement, où elle a grandi, revêt une importance particulière. Nous cherchons un endroit où elle se sent chez elle. En sécurité. L'appartement rue Kapellgränd pourrait bien être cet endroit.

Au même moment, Sanchez lève une main. Elle semble épuisée. Son maquillage a coulé et elle a des traces noires sous les yeux.

— Vous vous rendez compte que nous avons un autre problème sur le dos ? dit-elle à voix basse. La fille d'Angelica Wennerlind, Wilma, cinq ans, a aussi disparu.

## EMMA

*Une semaine plus tôt*

La rue est calme et silencieuse. De lourds flocons de neige tombent du ciel obscur. La Volvo rouge est garée devant la maison. Je descends l'allée pavée vers la voiture en maintenant fermement le bras de Jesper. Près des rhododendrons, je m'arrête et m'essuie sur la neige. Je plonge le visage dans l'épais manteau blanc et froid, me frotte pour faire partir le sang. Jesper se tient immobile près de moi, haletant comme un chien.

Je sors les clés que j'ai prises à la femme. J'ouvre la voiture, administre une nouvelle décharge à Jesper et le pousse sur le siège passager. Son visage est dépourvu d'émotion et ses yeux ressemblent à des cailloux noirs humides.

Le revêtement en cuir sombre des sièges est râpé et sent le cheval. Pour la première fois depuis des heures, je m'autorise à me détendre un peu.

— Où elle est, maman ?

La voix provient de la banquette arrière. L'espace d'un instant, la peur et l'étonnement me glacent. Puis je me retourne et contemple le visage de la fillette avec un regard fixe. Le silence se fait et nous nous dévisageons. On dirait qu'elle vient tout juste de se réveiller, mais elle ne semble pas effrayée, plutôt curieuse. Derrière elle, je distingue des valises dans le coffre.

— Maman a dû aller chez le médecin, dis-je en démarrant la voiture. Jesper et moi, on sera tes baby-sitters.

— Wilma, dit Jesper, la voix empâtée.

— La ferme !

J'accompagne mon ordre d'une autre décharge. Son corps est secoué d'un soubresaut puis sa tête bascule en avant et il reste ainsi, avec un filet de salive qui lui coule de la bouche.

— Jesper est aussi un peu malade, dis-je, tournée vers l'arrière. On va s'occuper de lui à la maison.

La fillette est étonnamment silencieuse. Je m'attendais à ce qu'elle déploie un arsenal de questions et de protestations, mais elle reste immobile, les yeux écarquillés, sans rien dire.

— Alors tu t'appelles Wilma ?

Elle fourre son pouce dans sa bouche sans répondre et fixe l'obscurité au-dehors.

— Il ne faut pas sucer son pouce. On a de la saleté et des bactéries sur les doigts, dis-je en essayant de ne pas sembler trop sévère.

Ses yeux croisent les miens dans le rétroviseur.

— Moi, c'est Emma.

Nous roulons quelques centaines de mètres en silence. Peut-être est-ce le stress, mais je prends la mauvaise direction en quittant la rue de Jesper. Je ne reconnais plus du tout la route. Au lieu des maisons, je vois des arbres couverts de neige et de vastes champs. Il n'y a pas âme qui vive.

Où suis-je ? Je n'en ai aucune idée.

— Je veux ma *mamaaaaan* ! hurle soudain la fillette.

J'hésite, allume la radio et réfléchis. Je me retourne pour lui demander de se taire, mais, avant même que j'ouvre la bouche, Jesper se jette sur moi et me pousse contre la portière. Il a dû réussir, j'ignore comment, à détacher le ruban adhésif, car ses mains sont libres. Il tente d'agripper le volant et le frein à main.

J'appuie par mégarde sur l'accélérateur, propulsant la voiture qui se met à déraper, s'envole sur un ralentisseur et va heurter un bouleau. Le bruit est assourdissant et une odeur de plastique brûlé se répand dans l'habitacle.

Jesper gît sur mes genoux, la tête contre le pare-brise. De longues crevasses se sont formées sur le verre. On dirait une toile d'araignée.

Je pivote vers l'arrière par réflexe.

La fillette me dévisage avec de grands yeux, mais elle a l'air indemne.

J'approche lentement la main du cou de Jesper, je cherche son pouls, mais ne sens rien. Un mince filet de sang coule de sa tête sur le tableau de bord. Tout est calme. Seul me parvient, depuis la banquette arrière, le bruit de la respiration de Wilma.

Je secoue doucement Jesper, mais il ne réagit pas. Ne respire pas.

Je regarde dehors. Je ne vois que des buissons couverts de neige et des champs. Je prends peu à peu conscience que je ne peux pas continuer avec Jesper dans la voiture. Je dois le laisser.

Mais je ne peux pas l'abandonner là, au milieu de la route, n'est-ce pas ?

Je fouille du regard le paysage obscur. Au loin, j'aperçois un grand conteneur carré portant une inscription en lettres claires : SABLE.

Elle est couchée dans mon lit et dort paisiblement, comme si les événements du soir n'étaient qu'un pâle souvenir : l'accident et le corps de Jesper que j'ai traîné hors de la voiture et que j'ai réussi tant bien que mal à faire basculer dans le bac à sable ; notre trajet, qui a continué comme si de rien n'était, jusqu'au parking de l'hôpital de Danderyd où je me suis garée au milieu de centaines d'autres voitures. La neige s'est étalée comme une couverture sur le pare-brise lézardé et l'aile avant enfoncée. Wilma ne m'a demandé qu'une chose pendant le court trajet de métro : où j'avais emmené Jesper. Je lui ai répondu calmement qu'il avait dû aller chez le médecin aussi, comme sa mère.

J'ignore si elle m'a crue, mais elle n'a pas bronché. Elle s'est contentée d'opiner du chef avec sérieux.

Le petit visage pâle de Wilma est tellement parfait : la courbe de ses pommettes, ses longs cils noirs, sa jolie bouche entrouverte. Je lui caresse doucement la joue. Sa peau est chaude et douce.

Elle est si belle, me dis-je. Si parfaite, intacte. C'est vraiment une petite merveille. Il y a un seul problème : elle n'est pas à moi. Mon enfant est mort et a disparu pour toujours. Il a disparu avant même que nous ayons pu nous rencontrer.

Je dors à côté d'elle cette nuit-là. Plusieurs fois, je me réveille quand elle se retourne ou qu'elle me donne des coups avec ses petites jambes musclées. Pourtant, quelque chose grandit en moi : la sensation que je suis en train de vivre quelque chose de fantastique et d'unique. Que cette enfant, que tous les enfants sont ce qui donne un sens à la vie ; que la clé de voûte de l'existence se situe dans le petit corps potelé qui repose contre le mien et qu'une sorte de vérité réside dans ces yeux bleu clair et curieusement arrondis.

Peut-être pourrais-je la garder, me dis-je. Nous pourrions nous enfuir ensemble, tout recommencer à un endroit où personne ne nous connaît.

*Peut-être peut-elle être à moi pour de vrai.*

Wilma se réveille avant moi. Lorsque j'ouvre les yeux, elle est en train de jouer avec mes boucles d'oreilles que j'ai posées sur la table de chevet. Ses bras sont pâles, presque comme du marbre.

— Tu as faim ?

Elle ne répond pas.

— Attends un peu, je vais chercher à manger.

Je vais dans la cuisine. Le réfrigérateur est vide, hormis un oignon séché et une plaquette de beurre rance. Je regarde dans les placards. Ni biscuits ni céréales : rien qui puisse plaire à une enfant. Le congélateur est presque vide, lui aussi. Mais sur l'étagère du bas, j'aperçois quelque chose. Je me penche pour saisir la boîte, ouvre un tiroir et attrape une cuillère.

Obéissante, Wilma mange la glace, assise à même le sol. Elle en fait tomber sur ses vêtements et sur le tapis, mais je m'en moque. Elle est si parfaite, me dis-je, et soudain cette pensée me revient :

*Si seulement elle pouvait être à moi.*

Je vais dans la salle de bains et me regarde dans le miroir. Cheveux courts hirsutes, maquillage noir étalé sur ma peau pâle sous mes yeux injectés de sang. Je m'enduis minutieusement de savon liquide, entre dans la douche et laisse l'eau brûlante couler sur mes épaules. Je nettoie toute cette poisse.

Des cliquetis métalliques me parviennent depuis la cuisine : Wilma doit être en mission exploratoire dans le tiroir à couverts. Je sais que je devrais aller voir ce qu'elle fabrique. Au même moment, j'entends un cri exalté puis Wilma s'exclame :

— J'ai trouvé un *trésor* ! Viens voir !

Je m'essuie et m'enroule dans une serviette. Je sors dans la cuisine. Wilma semble excitée. Elle saute presque de joie.

— Alors, tu as trouvé un trésor ?

— Oui ! Regarde !

D'abord, je ne comprends pas ce qu'elle me montre, puis j'aperçois les liasses de billets qui jonchent le sol. Je m'accroupis. De petits élastiques rouges maintiennent les coupures ensemble. C'est là que tout s'éclaire : c'est l'argent dont j'ai hérité. Qui avait disparu sans laisser de traces. Je reconnais même les élastiques.

— Où tu as trouvé ça ?

Ma voix sonne creux, comme si elle appartenait à quelqu'un d'autre.

— Là-dedans.

Wilma fait de petits bonds tout en indiquant un mince placard à gauche du four où je range les plaques de cuisson. Cela doit faire des mois que je ne l'ai pas ouvert. À vrai dire, je sais exactement quand je l'ai utilisé pour la dernière fois. C'était le soir où Jesper et moi devions dîner pour célébrer nos fiançailles, où j'ai préparé des toasts au four. Je me penche en avant et plonge le regard dans l'obscurité. Il me faut quelques secondes pour que mes yeux s'habituent. Au fond, je découvre plusieurs liasses de billets. Je les extrais, les compte et réfléchis un instant. On dirait qu'il ne manque pas d'argent.

— Comment… ? Le placard était ouvert ?

Wilma secoue la tête, l'air sérieux. Elle a de grosses taches de crème glacée sur le menton et le tee-shirt.

— Quand je l'ai ouvert, j'ai trouvé le trésor.

J'opine du chef, m'effondre sur le sol froid, tente de comprendre ce qui s'est passé. Jesper a dû rapporter l'argent… Mais pourquoi l'avoir remis à cet endroit ? La seule explication, c'est qu'il ne voulait pas que je le retrouve. Qu'il l'a caché sciemment.

Comme s'il cherchait à me rendre folle.

Au moment où je m'apprête à refermer l'étroit placard, j'aperçois une chose tapie dans le noir. On dirait un plateau appuyé contre le mur. J'introduis la main, tâtonne et attrape l'objet. Le contour est en bois. Je le sors doucement, le pose devant moi.

C'est le tableau de Ragnar Sandberg.

Je suis de nouveau devant le miroir de la salle de bains. Je fouille dans ma mémoire. Est-il possible que j'aie moi-même rangé l'argent et la peinture sans en avoir un quelconque souvenir ? Quelque chose passe dans mon esprit. Une vague réminiscence. Une cuisine plongée dans l'obscurité. Le poids de la toile dans mes mains lorsque je m'accroupis devant le placard.

Suis-je en train de devenir folle ?

J'ai dû rêver. Je pense à ma mère, au fait qu'elle ne m'a jamais donné de réponse.

La femme en vert posa la main sur mon bras, comme pour me consoler. Elle était jeune. Très jeune. Son nom, Soraya, était écrit sur son badge.

— Emma, merci d'être venue si vite. Suivez-moi, je vais vous montrer où elle est.

Nous longeâmes le couloir en silence. Par les fenêtres, je voyais les cimes des arbres. Le feuillage vert tendre dansait dans le vent. Des lambeaux de nuages se pourchassaient dans le ciel bleu. Nous dépassâmes une sorte de cuisine. Sur la table ronde en stratifié trônait un vase en plastique avec des jonquilles fanées. Une odeur de café et de plats réchauffés au micro-ondes se répandait dans le couloir.

Les pas de l'infirmière étaient à la fois silencieux et décidés. Elle s'arrêta devant une porte et se tourna vers moi.

— Avant d'entrer… Votre mère a été mise sous respirateur artificiel. Tous ces tubes peuvent faire un peu peur, mais ça ne lui fait pas mal. On lui a administré beaucoup de morphine pour la douleur. Ce qui veut dire qu'il peut être difficile d'entrer en contact avec elle. Elle n'est pas toujours consciente.

— Est-ce qu'elle va me reconnaître ?

L'infirmière esquisse un petit sourire. J'ignore si c'est parce qu'elle essaie de se montrer aimable ou parce que ma question est naïve.

— Si elle se réveille, elle vous reconnaîtra, bien sûr. Elle n'a aucun trouble mental, comme vous le savez. C'est simplement son corps qui…

— Est-ce que je peux la toucher ?

— Oui, pas de problème. Vous pouvez lui parler, lui prendre la main, l'embrasser. Ce n'est pas dangereux, vous ne lui ferez pas de mal. Mais, comme je vous le disais, je ne sais pas si elle sera consciente. Hier, elle a développé une insuffisance hépatique et rénale, elle est donc très… fragile.

Au bout du corridor, j'aperçus un vieil homme qui sortait de sa chambre à pas hésitants, tirant derrière lui un pied à perfusion. Le terminus de la vie, voilà donc à quoi il ressemblait. Un couloir d'hôpital blanc avec un sol en linoléum brillant et des lits réglables en inox. Un silence brisé uniquement par les bruits de succion et les murmures des machines.

L'infirmière près de moi ouvrit la porte de la chambre de ma mère. Je posai la main sur son bras, sentis que je devais absolument lui demander quelque chose :

— Est-ce qu'elle va se réveiller ?

— Impossible à dire.

Ses yeux bruns rencontrèrent les miens, puis elle m'adressa un bref sourire et tourna les talons. Elle s'éloigna, portée par ses silencieuses chaussures blanches.

À milieu du couloir, elle se retourna.

— Je suis dans le bureau si vous avez besoin de moi.

Je hochai la tête et pénétrai dans la chambre.

Ma mère était méconnaissable. C'est comme si tout son corps avait enflé. Elle avait toujours été grosse, mais là, c'était complètement différent. Tout son organisme semblait rempli de fluides. Sa peau était livide, vitreuse, presque transparente. Tout à coup, j'eus peur qu'elle se perfore si je la touchais, que tout le liquide se mette à couler comme lorsqu'on perce un ballon plein d'eau.

Elle était sous perfusion et les seuls bruits que l'on entendait étaient les chuintements du respirateur qui faisait consciencieusement entrer et sortir l'air dans sa cage thoracique.

Quel choc ! Je ne m'attendais pas à cela.

Je partais du principe, je crois, que je ne serais pas affectée, puisque la relation que nous entretenions, ma mère et moi, était comme elle était. Mais j'avais tort. Tous mes membres se mirent à trembler et, lorsque je tirai une chaise pour m'asseoir à côté de la tête de lit, je sentis des sueurs froides perler sur ma peau. Des souvenirs étranges, contre lesquels je ne pouvais me défendre, m'assaillirent par surprise : ma mère, mon père et moi en train de décorer le sapin que nous avions volé dans le parc de Vitaberg. Ma mère allongée dans mon lit, me serrant fort dans ses bras : l'un des rares instants d'amour et de proximité que je garde comme des joyaux. Son haleine sucrée à cause de la bière et des cigarettes. Et moi qui n'osais pas reculer mon visage malgré l'odeur, ne serait-ce que d'un millimètre, remplie d'une gratitude muette face à cette marque de tendresse. Le papillon bleu, mort et démembré sur le sol, au milieu d'éclats de verre et d'épineuses branches sèches.

Je posai doucement la main sur l'avant-bras de ma mère, évitant soigneusement les grandes marques violacées. Elle ne réagit pas. Son visage lui aussi était gonflé, surtout autour des yeux. On voyait à peine s'ils étaient ouverts ou fermés.

Mes larmes me surprirent. Elles se mirent à couler sans crier gare et je n'essayai même pas de les essuyer. Inflammation du pancréas et insuffisance rénale, c'est ce qu'ont dit les médecins. Lorsque j'ai demandé si cela pouvait être dû au fait qu'elle buvait, ils se sont contentés d'opiner du chef, d'expliquer que ce n'était pas impossible, qu'ils voyaient beaucoup de maladies liées à l'alcool dans ce service.

Je me penchai en avant pour poser la tête sur sa poitrine. Je sentais sa cage thoracique se lever et s'abaisser avec le fonctionnement du respirateur. Et tout à coup, je sus que je devais lui demander, que je n'aurais pas d'autres occasions de lui poser la question qui me tourmentait depuis si longtemps.

Je m'essuyai les yeux sur la couverture jaune et me raclai la gorge. Je serrai son bras plus fort et examinai son visage.

— Maman, c'est Emma.

Aucune réaction sur le visage tuméfié. J'augmentai la pression sur son bras : sa peau devint blanche et mes ongles laissèrent de petites marques en forme de demi-lune sur son épiderme livide. Puis je lui tapotai la joue de l'autre main, peut-être un peu trop fort.

— C'est *Emma*, maman !

L'une de ses paupières frémit légèrement. Était-ce un réflexe ou m'entendait-elle malgré tout ? Je m'avançai, collai la bouche contre son oreille.

— Maman, il faut que je sache…

Le respirateur siffla et ma mère tressaillit, comme si je lui avais pincé la joue.

— Maman, tu dois me dire la vérité… Est-ce qu'il y a quelque chose qui ne va pas chez moi ?

## Peter

Parfois j'aimerais pouvoir demander conseil à ma mère dans les enquêtes. Je l'imagine au milieu de la pièce, debout devant le tableau d'affichage, les mains sur les hanches, arborant une expression sévère. Complètement indifférente aux policiers qui se presseraient autour d'elle. À vrai dire, ma mère était une personne extrêmement lucide, avec un petit côté cynique. Elle pouvait détecter un mensonge à la minute où il était prononcé et elle n'avait pas peur de dire quand elle n'était pas d'accord. Elle *dérangeait*, en d'autres termes ; s'en prenait à l'ordre établi – du moins c'est ainsi qu'elle se voyait.

Hanne lui ressemble dans une certaine mesure. Hormis le cynisme, bien sûr.

C'est curieux. Pourquoi n'y ai-je jamais pensé ?

J'observe Hanne qui est assise au bureau et passe en revue une pile de documents. Il y a même une similitude physique, quelque chose avec ses cheveux et ses sourcils sombres et bien dessinés. Et sa gestuelle : sa façon de rejeter la tête en arrière lorsqu'elle rit. Comme si elle voulait que le ciel l'entende.

Est-ce si simple ? Suis-je tombé amoureux de ma propre mère ?

Aimer est un réflexe, me dis-je. Quelque chose que nous faisons sans réfléchir, comme dormir et manger. Peut-être tombe-t-on amoureux d'une personne qu'on a l'impression de connaître, avec qui on est à l'aise ; quelqu'un qui nous rappelle comment était la vie avant tous les échecs, toutes les pertes.

Manfred s'approche de moi, me donne une petite tape.

— T'as une sale gueule aujourd'hui ! Il s'est passé quelque chose ?

Je sais que cela part d'une bonne intention, mais sa maladresse me fait sourire.

— Merci. Quand est-ce qu'on y va ?

— Le groupe d'intervention et le négociateur seront sur place dans une demi-heure. L'immeuble rue Kapellgränd a apparemment été évacué : il va être rasé. Donc il n'y a pas d'habitants à prendre en compte. Tu viens avec nous ?

— Si tu la boucles.

Il expire bruyamment et me donne une claque dans le dos.

— Bien, Lindgren, tu as encore un peu de répondant malgré tout.

L'immeuble de la rue Kapellgränd se dresse devant nous, sombre et visiblement abandonné. Au rez-de-chaussée, on a cloué du contreplaqué aux fenêtres. J'imagine qu'il y a des éclats de verre acérés au-dessous. Nous sommes dans la voiture de Manfred – Sanchez, Manfred, Hanne et moi. Les forces d'intervention se cachent quelque part dans la pénombre.

Elles ont déjà fouillé l'appartement et constaté qu'il était inoccupé, hormis des dizaines de bouteilles vides, un tas de magazines porno et quelques couvertures sales jonchant le sol. Nulle trace d'enfant, mais nous avons convenu d'attendre un moment, au cas où Emma viendrait tout de même.

Hanne a eu de bonnes intuitions jusqu'à présent.

Nous écoutons du Morrissey, comme d'habitude, mais le volume est si bas que j'ai du mal à distinguer les paroles : *You have never been in love, until you've seen the sunlight thrown, over smashed human bone.*

Est-ce que c'est ainsi ? Elle a fait cela par amour ?

Quelques promeneurs du soir passent dans le vent. Quelques femmes voilées arrivent de la rue Götgatan, bras dessus bras dessous. Peut-être en route vers la mosquée.

Impatient, Manfred tambourine sur le volant et scrute l'obscurité. Il essuie la condensation qui s'est formée sur le pare-brise de la manche de son manteau en poils de chameau et soupire.

— Elle ne viendra peut-être pas. On cherche probablement au mauvais endroit…

Personne ne répond.

Un cycliste solitaire passe devant nous en chancelant. Au même moment, mon portable retentit.

C'est Janet.

En temps normal, j'aurais rejeté l'appel, mais comme c'est la cinquième fois qu'elle me téléphone et comme il ne se passe pas grand-chose, je décide de décrocher.

— Il faut que tu viennes ! dit-elle d'une voix qui semble essoufflée.

— Il s'est passé quelque chose ?

Manfred se retourne et me décoche un regard interrogateur. Je comprends immédiatement qu'il trouve que ce n'est pas le moment de discuter de problèmes familiaux. Mais Janet ne s'est jamais dit qu'elle pouvait déranger.

— C'est Albin, sanglote-t-elle. Ils l'ont arrêté.

— *Arrêté ?*

— Oui, la *police* l'a arrêté.

— La police ? Mais pourquoi ?

— Il a… Ils ont… trouvé…

— Calme-toi. Dis-moi ce qui s'est passé.

L'inquiétude se mêle à la gêne. C'est tellement typique de la part de Janet : elle m'appelle alors que je suis au beau milieu d'une affaire importante et s'attend à ce que je laisse tout tomber pour accourir. Elle ne s'est jamais montrée compréhensive vis-à-vis de mon travail, et pourtant je lui envoie de l'argent tous les mois depuis quinze ans.

Les regards de mes collègues me brûlent la peau. Mais, en même temps, le visage d'Albin apparaît sur ma rétine. Ce corps maigre d'adolescent et ces oreilles qui dépassent sous ses cheveux fins. *Les oreilles de Janet.* Je me rappelle les mots qu'il a prononcés l'autre soir lorsqu'il est venu chez moi à Farsta, le skate-board dans une main et le sac Coop dans l'autre :

« Me suis engueulé avec maman. Je peux crécher chez toi ? »

Je pense ensuite au regard qu'il m'a lancé quand Janet l'a conduit dans la voiture. Et moi qui suis resté caché derrière le rideau pour qu'il ne me voie pas.

*Ai-je déjà été là pour lui ?*

— Ils ont trouvé du cannabis dans son sac à dos, Peter. Et maintenant il est au commissariat avec cette affreuse bande de Skogås. Tu *dois* faire quelque chose. Tu es tout de même son père. Tu *dois*…

Sa voix monte dans les aigus et j'écarte instinctivement mon téléphone de l'oreille pour éviter ce bruit strident.

— Mais merde, à la fin ! Qu'est-ce que tu veux que j'y fasse ?

Je l'entends hurler bien que j'aie posé le combiné sur mes genoux. Tout le monde dans la voiture entend. C'est le même hurlement que lorsqu'elle a trouvé les invitations au mariage dans le tiroir du bureau. Un hurlement abyssal qui contient la même rage sans fond, la même haine que cette fois-là. Et tout à coup, c'est comme si je me voyais à travers ses yeux – un vrai monstre. Une chiffe molle qui l'a laissée seule avec Albin, sans prendre ses responsabilités.

L'instant suivant, j'entends la voix de ma mère. Faible et un peu pâteuse, comme si l'éternité lui avait volé sa netteté.

« Les responsabilités, Peter. N'est-il pas temps de prendre tes responsabilités ? »

— J'arrive, lui dis-je.

Le regard de Hanne est pesant lorsque je descends de la voiture. Elle ouvre sa portière et s'approche de moi, pose la main sur mon bras.

— Je veux que tu restes, dit-elle sèchement.

— Je ne *peux* pas rester.

Je croise son regard. Je devrais lui expliquer ce qui s'est passé. Lui parler d'Albin et de Janet, de la dette que je dois bien finir par payer. Lui expliquer que le jour est venu, que j'ai toujours su qu'il allait venir – mais pas aujourd'hui.

— Je t'en prie, Peter. Je suis sûre qu'elle va venir ici.

— Il faut vraiment que j'y aille.

Dans la rue Götgatan, je passe devant un pub. Le néon rouge clignote dans la nuit, promettant chaleur et oubli, et soudain j'ai envie d'une bière. Une seule petite bière bien au chaud au lieu d'aller directement au commissariat de Farsta ou de retourner auprès de Hanne. Un sanctuaire, loin de tous les choix qui rendent la navigation de l'existence si difficile.

Ce serait mal de ma part, je le sais. La meilleure chose à faire serait de prendre le métro sans attendre – voire de retourner tout de suite auprès de Hanne comme elle me l'a demandé. Pourtant je suis incapable de bouger d'une semelle. Je reste là, devant les grandes fenêtres, à regarder à l'intérieur du bar. J'observe les clients et les écrans qui diffusent du sport ; les banquettes en similicuir et les verres qui étincellent dans la faible lumière jaunâtre.

Entrer n'est pas une solution. Cela n'apporterait rien, ne ferait que sacrifier la dernière once de dignité qu'il me reste.

Et pourtant…

*Une bière. Juste une petite bière…*

Cela pourrait-il vraiment faire du mal ?

## EMMA

Le comportement de Wilma m'échappe. Pendant une semaine, j'ai fait tout ce que j'ai pu pour qu'elle se sente à l'aise chez moi. Je lui ai lu des livres, lui ai fait des crêpes et l'ai tenue occupée. Nous avons nourri les pigeons place Karlaplan et regardé les chiens s'ébattre dans la neige du parc de Gärdet. Quand nous entendions sonner à la porte, nous nous cachions sous le lit et jouions au jeu du silence. Pourtant, au lieu de se rapprocher de moi, je sens qu'elle est de plus en plus distante. Elle semble s'être renfermée sur elle-même d'une manière bizarre. Elle peut passer des heures à découper des papiers en morceaux minuscules qui viennent s'échouer comme des pétales de fleur sur le sol autour d'elle.

Plusieurs fois, nous sommes passées devant des journaux avec une photo de Jesper en une, mais soit elle ne les a pas vus, soit elle n'a pas compris. Quant à moi, j'ai tourné la tête en lisant le titre « Assassinat du P-DG : la traque du tueur ». Je n'ai pas le courage de croiser son regard et de penser à tout ce qu'il m'a fait.

Les dernières nuits, Wilma s'est réveillée en hurlant comme si elle avait fait un terrible cauchemar. Lorsque je l'ai secouée pour la sortir de son mauvais rêve, elle a appelé sa maman et m'a repoussée. J'aimerais qu'elle se sente en sécurité avec moi, mais j'ignore comment faire. Plusieurs fois, je me suis surprise à me fâcher devant tant d'ingratitude, oubliant qu'elle n'est qu'une enfant et que ce n'est pas sa faute si elle s'est retrouvée dans cette situation. Que ma responsabilité – mon devoir – en tant qu'adulte est de ne pas perdre patience.

Nous nous dirigeons vers le McDonald – la seule chose qui réussisse encore à la mettre de bonne humeur. Sa petite main toute collante serre la mienne. Elle babille sans s'arrêter, revient sur sa découverte du trésor la semaine dernière. Maintenant que l'argent et le tableau sont réapparus, je n'ai plus de problèmes financiers – du moins pour l'instant. C'est déjà ça. En outre, je suis contente d'avoir retrouvé le tableau, c'est vrai. Il a beaucoup d'importance pour moi – pas uniquement du fait de sa valeur financière, mais aussi parce que, fort curieusement, il relie le présent et le passé, constitue un pont vers mon enfance. Vers un pays qui n'existe plus. Vers ma mère et mes tantes et leurs après-midi enjouées à prendre le café dans notre appartement. Vers les gâteaux à la cannelle trop sucrés et un peu brûlés, l'odeur de la cigarette et la sensation de sécurité lorsque j'étais sur les genoux de tante Agneta, prise en tenaille entre ses énormes seins.

La neige tombe sur Karlaplan. D'épais flocons laineux enveloppent la fontaine en sommeil. Les grands arbres se dressent tout autour, silencieux et sérieux, comme s'ils surveillaient la place et les habitants de la ville. Devant la quincaillerie se pressent des sapins en plastique d'un vert agressif et des sacs de bois. Les gens entrent et sortent par vagues du centre commercial Fältöversten, les bras chargés d'achats de Noël. Cela me frappe : je ne recevrai ni n'offrirai de cadeaux cette année, maintenant que ma mère est morte. Noël arrivera cette année aussi, mais ce sera un Noël différent. En dépassant un marchand de journaux, j'aperçois les gros titres : « Alerte enlèvement : disparition d'une fillette de cinq ans. » La photographie de Wilma n'est pas très ressemblante, mais je cherche tout de même à l'éloigner en lui serrant la main plus fort.

— Je peux avoir un Happy Meal ? S'il te plaît, je veux un Happy Meal. S'il te *plaaaît* !

— Bon, d'accord, dis-je sans même réfléchir.

C'est peut-être idiot de laisser Wilma décider de ce qu'elle va manger. Ça pourrait lui donner de mauvaises habitudes alimentaires.

— Et un milk-shake. S'il te plaît !

J'hésite une seconde, décide qu'il sera toujours temps de corriger les mauvaises habitudes plus tard. Qu'il est plus important de profiter des moments où Wilma est un peu plus communicative et mieux disposée à mon égard.

— Bien sûr.

Nous mangeons en silence dans le restaurant bruyant.

Aux taches de glace sur les vêtements de Wilma viennent s'ajouter du ketchup et de l'huile dégoulinant des frites. L'air est moite. On est à l'étroit. Une épaisse couche de boue marron que les clients apportent sous leurs chaussures couvre le sol. Tout à coup, une femme perd l'équilibre ; une de ses boissons glisse de son plateau et bascule vers Wilma. Je l'attrape une seconde avant l'impact. La femme, en doudoune et bonnet de ski, est accompagnée de deux jeunes enfants. Elle plaque la main sur sa bouche, saisie d'effroi.

— Je suis vraiment désolée ! Votre fille, ça va ?

D'abord je ne comprends pas ce qu'elle veut dire. Puis je souris de toutes mes dents.

— Oui, pas de problème.

Une vague de chaleur se diffuse dans mon corps glacé. Je regarde Wilma qui semble tout à fait indifférente au menu drame qui vient de se jouer. Elle lèche ses petits doigts pleins de sel et de gras, la tête inclinée sur le côté.

« Votre fille, ça va ? »

Sur le chemin du retour, je ne peux m'empêcher d'y repenser. Si seulement elle pouvait être à moi, pour de vrai ! Maintenant que j'ai à nouveau de l'argent, cela devrait être possible. Nous pourrions prendre la clé des champs, partir au loin, dans le Norrland, par exemple. Nous tenir à l'écart des gens. Avoir un chat, ou un petit chien.

Il faudra un certain temps avant que ses cauchemars disparaissent et qu'elle ose me faire totalement confiance, mais je suis sûre que ça finira par marcher. Je dois simplement lui laisser un peu de temps.

Je lui prends à nouveau la main. Elle est aussi collante qu'avant.

— Quand est-ce qu'on retourne chez maman ?

Je sens l'irritation poindre en moi.

— Je ne sais pas, dis-je, en toute sincérité. Quand elle sera guérie.

— Quand est-ce qu'elle sera guérie ?

— Je ne le sais pas non plus. Il n'y a que les médecins qui le savent.

— On peut pas demander aux médecins ?

J'en ai tout à coup assez de ses pleurnicheries. J'ai répondu à ces questions des milliers de fois – pendant combien de temps va-t-elle encore réclamer sa mère ?

— Non, on ne peut pas parce que…

Je m'arrête net, regarde vers l'entrée, sens mes jambes se dérober.

Il y a plusieurs voitures de police garées dans la rue devant mon immeuble. Des silhouettes en noir conversent devant ma porte. Deux bergers allemands reniflent le trottoir.

Nous retournons en trottinant vers Karlaplan. Wilma boude à présent – elle veut rentrer à la maison regarder le trésor, pas aller ailleurs.

— Aïe ! Les ciseaux font mal !

— Quels ciseaux ?

Wilma plonge la main dans la poche et en ressort mes grands ciseaux de cuisine avec lesquels elle a joué tout à l'heure.

— Ceux que j'ai utilisés pour découper.

— Mais tu es folle ? Tu as apporté ça dans ta poche ? Imagine si tu étais tombée dessus, tu aurais pu te faire mal !

Je lui arrache les ciseaux des mains et les range dans ma poche. Un sentiment tout à fait nouveau et inconnu m'envahit : l'inquiétude que Wilma se blesse. C'est donc ça que l'on ressent quand on est parent, me dis-je, et j'en tire une certaine satisfaction.

Avant de nous engouffrer dans le métro, je hasarde un regard par-dessus mon épaule, mais personne ne semble nous suivre. De loin, les personnes devant la porte ne paraissent plus aussi menaçantes. Je ralentis l'allure, expire longuement, relâche l'étreinte autour du bras de Wilma. Elle ne dit rien, mais serre ses petites lèvres.

— Je peux avoir une glace ? dit-elle en passant devant une boutique.

Elle me fixe de ses yeux bleu clair.

— Mais il fait super froid…

— Moi, j'ai pas froid, j'ai très chaud. Je peux avoir une glace ? S'il te plaît !

Elle me tire par le bras.

Je soupire, l'accompagne dans le magasin et paie sa glace. Dans mon portefeuille, il n'y a plus que trois billets de 100 couronnes. Je n'ai rien pris de plus en sortant de chez moi et c'est trop tard pour y retourner. Cela ne suffit même pas pour louer une voiture. Dommage : cela nous aurait permis de quitter la ville, d'aller ailleurs.

Nous descendons dans le métro. Wilma mange sa glace en commençant par le bas et elle coule sur son anorak. Une rivière de vanille déferle sur sa poitrine. Je décide de l'ignorer. J'ai des problèmes plus graves.

Le train en direction du centre-ville entre en gare et nous y pénétrons. Nous nous asseyons l'une en face de l'autre près d'une fenêtre. Wilma a terminé sa glace, mais elle a toujours le bâton dans la bouche. Elle le suce et le mâchonne jusqu'à ce qu'il se fende en deux.

À la station Östermalmstorg, une femme portant une doudoune informe entre dans le wagon. Elle passe entre les sièges en distribuant des étiquettes en carton plastifiées : « S'il vous plaît, aidez ma fille. Elle est handicapée et nous n'avons pas d'argent pour un fauteuil et pour le kiné chez nous à Odessa. » Je regarde la photo. Une fillette d'une dizaine d'années est assise dans un fauteuil roulant. Ses dents et ses lunettes semblent bien trop grandes pour son petit visage. Ses bras et ses mains sont tordus, comme si elle avait une crampe. Ses jambes sont étrangement fines, semblent appartenir à un tout autre corps, beaucoup plus petit. À côté d'elle se trouve un chien.

— C'est ma fille.

La femme se tient soudain à côté de moi. Son accent et ses yeux bleus me rappellent quelqu'un et soudain tout s'éclaire : je sais exactement où aller. Je rends la photo à la femme en secouant la tête. Mon cœur bat la chamade dans ma poitrine.

— Je suis désolée, je n'ai pas d'argent.

Olga est en train de plier des jeans lorsque nous entrons. Je n'aperçois ni Mahnoor ni Björne. Peut-être sont-ils dans la réserve. Peut-être sont-ils en pause. Elle me serre fort dans ses bras. L'odeur de parfum entêtant qui flotte autour d'elle me donne envie d'éternuer.

— Mais… qu'est-ce que tu as *fait* ?

Elle écarquille ses yeux bleu clair et je suis frappée par sa ressemblance avec la femme dans le métro. Pas seulement son accent, mais aussi son visage. Elles pourraient être sœurs.

— Comment ça, *fait* ?

Elle m'ébouriffe les cheveux.

— Tu ressembles un *mec*, Emma ! C'est ça, tu veux ? Ressembler un mec ?

Avant que j'aie le temps de répondre, Mahnoor apparaît derrière moi. Elle pose doucement la main sur mon épaule. Je me retourne et elle me donne l'accolade.

— Tu es très belle, me dit-elle à l'oreille. Ne l'écoute pas. D'ailleurs, on nous a dit que tu t'étais fait virer. Quels bâtards quand même !

Puis elles aperçoivent Wilma. Une ride se forme sur le front d'Olga.

— Je vous présente Wilma. Je la garde.

— Alors tu as trouvé un nouveau boulot ? demande Olga.

Je hoche la tête.

Mahnoor et Olga regardent la fillette qui semble se désintéresser de mes collègues. Elle préfère explorer la boutique. Elle rampe sous les rayons de vêtements, tripote les antivols, farfouille parmi les barrettes et les boucles d'oreilles près de la caisse.

— C'est juste un job temporaire. Sa mère est malade, je m'occupe de la petite en attendant qu'elle guérisse.

Mahnoor et Olga opinent du chef. Je me tourne vers Olga.

— Je lui ai promis de l'amener au parc aquatique de Södertälje. Tu sais, là où il y a les toboggans et les piscines à vagues. Est-ce que je pourrais t'emprunter ta voiture encore une fois, Olga ? Je te la rends demain.

— Pas de problème. De toute façon, c'est chiant se garer en ville, répond-elle en levant les yeux au ciel.

Je la suis dans la salle du personnel. Elle va chercher son sac décoré de broderies dorées et de paillettes, fouille dedans, en sort des cigarettes, un paquet de tampons et une brosse à cheveux qu'elle pose sur la table. Elle trouve enfin ce qu'elle cherche.

— Tiens. Tu peux prendre la voiture jusqu'à demain. Aujourd'hui, j'ai pas besoin.

Je saisis les clés et donne à Olga une brève accolade.

— Merci. Tu es vraiment adorable !

Elle baisse les yeux, soudain gênée.

— Bah, c'est rien.

Nous retournons dans la boutique. Wilma est assise sur la table des jeans et aide Mahnoor à les plier. Mahnoor sourit et Wilma glousse. C'est une vision assez idyllique. Elles pourraient être dans un parc ou sur une aire de jeux.

Je m'approche d'elle, caresse la joue de Wilma.

— On doit y aller, ma chérie.

— Nan. Je *travaille* ! rétorque-t-elle d'un air très décidé.

Olga et Mahnoor s'esclaffent.

— Qu'est-ce qu'elle est chou ! Je pourrais la ramener chez moi.

Les yeux noirs de Mahnoor pétillent. Bien sûr, elle ne se doute pas une seconde que c'est exactement ce que j'ai fait. J'ai ramené Wilma chez moi.

Au moment où je m'apprête à partir, un homme en parka verte entre dans la boutique. Il s'approche de nous et, quand il croise mon regard, je le reconnais. C'est lui, *Anders Svensson*, le journaliste que j'ai rencontré. Celui qui s'évertue à saboter la vie et la carrière de Jesper Orre. L'un de mes alliés, pourrait-on dire.

Il regarde Wilma, puis moi, et je sais qu'il a compris.

Je me retourne, fais tomber les clés sur le sol, mais les ignore. J'attrape Wilma par la main et l'entraîne hors de la boutique en direction du métro.

## HANNE

Peter est parti. Il s'est levé et a quitté la voiture après cette conversation téléphonique, bien que je l'aie supplié de rester. En réalité, je ne devrais pas être surprise. A-t-il déjà fait ce que je lui demandais ? A-t-il déjà respecté un engagement, tenu une promesse ?

L'atmosphère dans l'habitacle est tendue. Sanchez et Manfred échangent des regards complices, mais ne disent rien. Je me demande ce qu'ils pensent, s'ils s'étonnent eux aussi de la crise soudaine de Peter et de son départ au pas de course vers la station de métro.

— Il fait ça parfois, dit Manfred pour arrondir les angles, comme s'il avait lu dans mes pensées.

Je ne réponds pas.

— Il a dû se passer quelque chose, ajoute Sanchez en me fixant un peu trop longtemps.

Sont-ils au courant ? Je me le demande. Se doutent-ils que ma relation avec Peter n'est pas la même que la leur ?

— On s'en sort très bien sans lui, continue Manfred.

— Pourquoi le défendez-vous ? Il disparaît sans donner de raison et vous avez l'air de trouver ça normal. Pour vous, cela ne pose pas de problème ?

Personne ne répond.

Nous restons quelques instants silencieux. Puis le téléphone de Manfred retentit. Il déplace son corps imposant pour atteindre son portable dans sa poche et répond. Écoute longuement. Lorsqu'il a raccroché, il se tourne vers moi.

— Un témoin a vu Emma Bohman et Wilma il y a une demi-heure. Dans la boutique où elle travaillait. C'est un journaliste qui écrit des articles sur Orre et qui l'a déjà rencontrée.

— Qu'est-ce qu'on fait ? s'enquiert Sanchez.

— On arrête tout, répond Manfred en démarrant la voiture.

— Attendez, dis-je. On ne peut pas rester encore un peu ? Je pense qu'elle va venir.

Manfred me lance un regard las.

— On ne cherche pas au bon endroit. On rentre.

— Je reste.

— Non, tu viens avec nous, m'ordonne Manfred d'un ton tranchant.

J'ouvre la portière et descends. Dehors, il fait nuit et une croûte gelée s'est formée sur la boue neigeuse.

— Je *reste*, dis-je fermement, tournée vers Manfred.

Manfred et Sanchez échangent un coup d'œil.

— Fais comme tu veux. Mais tu devrais en profiter pour rentrer et dormir quelques heures. Il n'y a rien que tu puisses faire ici, toute seule.

Je suis gelée. Le froid s'insinue à travers ma doudoune humide et je me rends compte que j'ai oublié mon bonnet et mes gants dans la voiture. Heureusement, j'ai pris mon carnet. Il est rangé bien en sécurité dans la poche intérieure de mon manteau. L'idée que Manfred et Sanchez auraient pu lire mes notes, avec les noms et les descriptions physiques de tous les membres de l'équipe d'investigation, et se rendre compte de l'étendue de mes problèmes, est beaucoup plus effrayante que le froid. La honte de l'innommable dépasse tout le reste.

*Démente.*

*Un cas pour la consultation mémoire.*

*En train de devenir un légume.*

Je serre les poings dans les poches. Je tente de ne penser ni à la maladie ni au froid qui me mord les joues, mais aux Inuits. Ces Inuits qui survivaient hiver après hiver dans un froid cinglant. Ils pêchaient et chassaient bien qu'ils fussent plongés dans l'obscurité totale pendant des mois. Ils offraient des sacrifices à la déesse de la mer, Sedna, pour qu'elle les autorise à attraper les animaux marins sans les entraîner vers les profondeurs.

Une demi-heure s'écoule sans rien de notable. Je mets ma capuche et enfonce les mains dans mes poches. Je piétine, tout à coup moins sûre de moi. Où aller ? L'immeuble de la rue Kapellgränd se dresse devant moi, vide, sombre, et les éclats de verre devant le contreplaqué scintillent dans la lumière de la lune comme des dents acérées.

Peut-être Manfred avait-il raison. Peut-être aurais-je dû rentrer chez Gunilla. Aller promener Frida puis me glisser dans mon lit, dormir sans mettre de réveil, oublier cette journée – Peter quittant la voiture et moi oubliant mes gants et mon bonnet sur la banquette arrière.

L'idée d'appeler Owe s'insinue dans mon esprit. Or, même ici, toute seule dans ce froid cinglant, cela ne me semble pas une option sérieuse. Plutôt attendre toute la nuit en solitaire, devant cet édifice abandonné, que de retourner dans la prison rue Skeppargatan.

Je commence à descendre vers les lumières clignotantes de la rue Götgatan, m'arrête devant un pub, hésitante. Que faire ? Rester ou rentrer ?

C'est alors que je la vois.

Elle remonte la rue Högbergsgatan, tenant la fillette par la main. Ses pas sont lents, mal assurés, son regard est braqué sur le sol, et je sais que je dois prendre une décision. Dois-je me faire connaître, entrer en contact avec elles, ou simplement les laisser passer ?

Les pas de la fillette sont lourds eux aussi. Elle traîne des pieds dans la boue neigeuse et tire sur le bras d'Emma comme si elle voulait se détacher. Son manteau est ouvert et elle ne porte pas de bonnet.

Si je ne fais rien, je sais qu'il pourra arriver n'importe quoi à la fillette. Elle peut mourir de froid cette nuit ou être emmenée quelque part, cachée. Dans ce cas, peut-être ne la trouverons-nous jamais. Mais si je prends contact avec Emma, je risque ma vie.

Ma vie… Mais quelle vie ? Que me reste-t-il une fois cette enquête terminée ?

*La consultation mémoire ?*

Je me dirige vers Emma et la fillette.

— Je sais ce que Jesper Orre vous a fait !

Emma Bohman s'arrête net et me regarde, circonspecte. La fillette s'immobilise aussi, me dévisage bouche bée, mais ne dit rien. Ses cheveux blonds tombent en paquets sur ses épaules, comme s'ils n'avaient pas été démêlés depuis des semaines. Son manteau est maculé de taches de toutes les couleurs de l'arc-en-ciel. De sa main libre, elle serre le poing et je comprends qu'elle est frigorifiée.

— Quoi ? dit Emma.

— Je sais qu'il vous a trompée et trahie. Ce n'est pas la première fois qu'il agit comme ça.

Elle cligne des yeux et son regard se tourne vers la lune massive lourdement suspendue dans le ciel noir.

— Qui êtes-vous ?

— Seulement quelqu'un qui sait beaucoup de choses sur Jesper et ce qu'il a fait.

— Ah oui ? Et qu'est-ce que vous faites ici ?

Les mots ont du mal à sortir, comme si elle ravalait ses larmes.

— Ce que je fais ici, au fond… J'attends un homme. Un homme qui ne viendra jamais.

Nos regards se croisent. Elle hoche la tête.

— *Je comprends parfaitement*, répond-elle, en insistant sur chaque mot.

Je pose délicatement la main sur son bras.

— Venez, on va régler ça.

Elle regarde nerveusement autour d'elle.

— On doit y aller.

— On pourrait entrer quelque part, se réchauffer un peu, non ? Vous ne pouvez pas fuir éternellement, Emma.

Son regard se durcit lorsque j'énonce son nom et je comprends que j'ai fait une erreur.

— Mais vous êtes qui, en fait ? Vous êtes de la police ?

— Non. Je suis…

— Laisse-nous tranquilles, bordel ! s'écrie-t-elle en se dégageant avec une force inattendue.

Je fais un pas vers elle, tente d'accrocher son regard, mais elle est plus rapide. Elle me pousse de toutes ses forces, je tombe la tête la première et ma mâchoire heurte le bord du trottoir gelé. J'entends un craquement et ma bouche s'emplit immédiatement de sang. Une douleur intense irradie dans mon épaule.

J'attrape sa jambe, m'accroche à elle.

— Lâche-moi, la vieille ! hurle-t-elle en me décochant des coups de pied pour se dégager.

Et tout à coup elle est sur moi, assise à califourchon sur ma poitrine, et me fixe droit dans les yeux. Quelque chose brille dans sa main. D'abord je ne comprends pas ce que c'est, je ne vois rien venir. Puis je les vois : elle tient de grands ciseaux de cuisine. À l'instant où elle les abat sur moi, mon existence se met en pause et je vois tout avec une étonnante acuité : la fureur dans le visage d'Emma ; Wilma qui nous observe, silencieuse et bouche bée ; les cristaux de neige près de mon visage qui étincellent dans la lueur du réverbère.

Et puis quelque chose d'autre.

Dans le pub, devant la fenêtre, Peter est assis à une table, les yeux braqués sur une bière pleine.

Au moment où les ciseaux s'enfoncent dans le tissu de mon manteau, il se redresse et m'aperçoit. Son regard exprime une terreur mêlée d'étonnement et il renverse son verre en se levant d'un bond.

C'est tout.

Puis ne restent qu'une douleur brûlante et la dureté glaciale du trottoir. Je ferme les yeux, accablée par une fatigue assourdissante. La douleur s'apaise, remplacée par une sensation douce comme du duvet, comme si je reposais dans de la neige fraîche ou à quelques décimètres au-dessus des pavés, éthérée et totalement indifférente à tout ce qui m'entoure.

Tout s'emplit d'un agréable silence. Et malgré tout, au milieu de tout cela, je la sens, la présence de Peter, comme une main chaude qui enveloppe mon âme.

## EMMA

*Quatre mois plus tard*

Je suis assise dans la petite pièce et regarde par la fenêtre. Je devine de petits bourgeons sur les arbres de l'autre côté de l'épaisse vitre. En bas, dans la rue, passe une femme enceinte, la démarche chaloupée. Elle est au bras d'un homme qui la soutient. J'imagine qu'elle est là pour accoucher et qu'on lui a dit de se promener pour mettre en route le travail. Le service maternité se trouve dans le bâtiment voisin. Plus loin, derrière les grands bâtiments rouge brique, j'aperçois une étendue d'eau. Elle est d'un gris bleuté et le vent fait moutonner la surface.

Cela signifie qu'il fait froid dehors.

Il fait froid et c'est moins agréable qu'on ne pourrait le penser. Les apparences sont trompeuses. Mais je ne sais pas si je me trompe. Cela fait sept semaines que je n'ai pas mis les pieds hors de ce bâtiment en brique. J'ai passé sept semaines à regarder par la même fenêtre, j'ai vu les petits bourgeons durs des arbres grossir et les oiseaux migrateurs revenir.

On frappe à la porte. La tête d'Urban apparaît dans l'embrasure.

— Tu veux un café ?

— Un thé plutôt, dis-je, surprise qu'il ne se souvienne jamais que je ne bois pas de café.

Bien que nous nous voyions presque tous les jours depuis plusieurs semaines, il me demande encore si je veux du café. Mais ça, c'est Urban tout craché. Malgré sa remarquable intelligence et son intérêt évident pour moi, il est parfois un peu troublé. C'est comme si ses pensées le menaient ailleurs. Comme s'il n'était pas tout à fait présent.

Il disparaît et la porte se referme dans un soupir. Au bout d'une minute, il est de retour avec deux tasses à la main et un bloc-notes sous le bras.

— Et voici le thé.

— Merci beaucoup

Il s'assied sur le tabouret en face de moi et chausse ses lunettes aux verres minces et aux montures de fer. Puis il se caresse le menton et lit ses notes.

La situation est assez comique. C'est comme s'il tentait de sauver les apparences. Comme si notre relation n'était définie que par son statut de médecin et mon statut de patiente. Comme s'il niait la réalité. Je souris, comme par réflexe, je ne peux m'en empêcher, la situation est tellement absurde. Quelques jours plus tôt à peine, nous étions dans mon lit, aussi proches l'un de l'autre que peuvent l'être deux êtres humains. Et à présent il est là et feint de passer en revue mon dossier médical comme n'importe quel médecin de famille.

Il croise mon regard.

— Qu'est-ce qui te fait rire ? J'ai raté quelque chose ?

Je secoue la tête.

— Non, c'est juste que…

Je n'achève pas ma phrase parce que je comprends parfaitement les tenants et les aboutissants de la situation. Si j'accepte de danser avec lui, je dois le laisser me guider, dicter les conditions. Il se sent probablement coupable de ce qu'il a fait. Peut-être serait-il viré si cela s'ébruitait. S'il préfère faire comme s'il ne s'était rien passé entre nous, je dois l'accepter.

Il ôte ses lunettes et pose son carnet sur la table. Il me regarde dans les yeux.

— Comment te sens-tu aujourd'hui, Emma ?

Je bombe la poitrine et laisse mon pull découvrir légèrement mon épaule, faisant mine de ne pas le remarquer.

— Euh, par où commencer ?

# HANNE

C'est comme ça que je m'imagine l'éternité.

Tout est blanc, flou et silencieux. Et le froid, qui nous enveloppe en permanence, ne me gêne même plus. Il est là, tout simplement, comme l'eau, les oiseaux et la déesse de la mer, Sedna, qui règne sur les profondeurs bleu nuit.

Le cimetière de Kulusuk s'étend devant moi et, au-delà des modestes croix de bois, on aperçoit la mer qui épouse le ciel à l'horizon. Les montagnes se reflètent dans les eaux calmes du détroit de Torsuut Tunoq et de grands blocs de glace turquoise flottent à la surface.

Les croix des Inuits ne portent pas de nom.

Dès que quelqu'un meurt, on donne son nom à un nouveau-né et la vie continue. C'est beau, je trouve. Plus tard, j'aimerais aussi avoir une croix de bois blanche et dépouillée à la place d'un bloc de granit massif barré d'une inscription dorée. Peut-être qu'on m'enterrera ici, sur la colline, là où le permafrost ne lâche jamais son emprise et où l'on est obligé d'entailler le sol à la hache.

Peter me rejoint, m'entoure la taille du bras et scrute le détroit. Un frisson de bonheur me parcourt en pensant qu'il a accepté de m'accompagner, d'aller à l'autre bout du monde pour visiter un pays dont je rêve depuis si longtemps.

La profonde plaie causée par les ciseaux a cicatrisé. Les médecins ont dit que j'avais eu de la chance. Une chance inouïe. Si mon carnet de notes ne s'était pas trouvé dans ma poche, bloquant en partie les lames, je ne serais peut-être plus en vie aujourd'hui. Le coup a été porté avec force et l'organe fragile qu'est le foie a été évité de justesse.

J'ai donc été sauvée par mon esprit méthodique et ma peur de perdre le contrôle.

C'est presque comique.

En tout cas, cela a donné suffisamment de temps à Peter, qui est arrivé en courant du pub, pour maîtriser Emma et appeler des renforts.

Peter est allé voir Albin plus tard ce soir-là, une fois Emma arrêtée et Wilma mise en sécurité. Mais il ne veut toujours pas m'expliquer pourquoi sa relation avec son fils est telle qu'elle est. C'est une chose que je dois accepter. Je dois en prendre mon parti. Comme Peter, vis-à-vis de ma maladie.

Je croise son regard. Il sourit peut-être un peu, je ne sais pas. Peut-être qu'il plisse simplement les yeux dans la lumière blanche et crue.

Je sais qu'il espère que je vais aller mieux. Qu'il ne veut pas me perdre, laisser la maladie m'engloutir. Mais je sais aussi que ça n'arrivera pas. Un jour, je sombrerai dans l'amnésie et je deviendrai exactement ce qu'il craint.

Mais pas aujourd'hui.

Et finalement, c'est tout ce qui compte, non ?

# REMERCIEMENTS

Je voudrais remercier chaleureusement tous ceux qui m'ont aidée dans l'écriture de *Un cri sous la glace*, en particulier mon éditrice, Saga, ma correctrice, Katarina, et tous les autres collaborateurs de Wahlström & Widstrand, ainsi que mes agentes, Astri et Christine d'Ahlander Agency.

Par ailleurs, merci à vous qui avez lu mon manuscrit et qui y avez, d'une manière ou d'une autre, contribué en fournissant des données et des informations importantes sur une multitude de questions, allant de la médecine légale au travail de la police, entre autres : Eva von Vogelsang, Martin Csatlos, Cina Jennehov et Kristina Ohlsson. Je vous dois une reconnaissance éternelle.

Pour finir, j'aimerais remercier ma famille et mes amis ; merci pour votre bienveillance et vos mots d'encouragement au cours de l'écriture de ce livre. Sans votre amour et votre patience, pas de roman !

PAPIER À BASE DE FIBRES CERTIFIÉES

Le Livre de Poche s'engage pour l'environnement en réduisant l'empreinte carbone de ses livres. Celle de cet exemplaire est de :
500 g éq. $CO_2$
Rendez-vous sur
www.livredepoche-durable.fr

Composition réalisée par Belle Page

---

Achevé d'imprimer en juin 2018, en France sur Presse Offset par
Maury Imprimeur – 45330 Malesherbes
N° d'imprimeur : 227977
Dépôt légal 1re publication : mars 2018
Édition 06 – juin 2018
LIBRAIRIE GÉNÉRALE FRANÇAISE – 21, rue du Montparnasse – 75298 Paris Cedex 06

71/9607/1